杨鹏◎著

投资家

作家出版社

谨以此书献给中国所有的证券投资者

目 录

24:00
23:00
22:00
21:00
20:00
19:00
18:00
17:00
16:00
15:00
14:00
13:00
12:00
11:00
10:00
09:00
08:00
07:00
06:00
05:00
04:00
03:00
02:00
01:00

人性的弱点，是证券投资交易的最大障碍。

—— 作者

引子

1

周日　6：20

秦枫依然从同样的噩梦中惊醒，梦境里永远是那个无形的“它”如同黑洞般将她吞没，这已经是六年来第472次做同样的噩梦。她穿好睡袍，拿起床头的笔记本，翻开到昨天做了记号的位置，画了一个三角符号，然后在这个三角符号后打了一个括号，里面写上472。

6点50分，上海的天色已然亮了起来，初春的清晨中有些隐隐约约的薄雾萦绕在秦枫位于三十二层高的公寓窗前，秦枫已经准备妥当。这时，她的手机响起悦耳的《天鹅湖》，接通电话，父亲秦天告诉她，他的车已经在公寓楼下了。

秦枫右手拎着IBM笔记本电脑包，左肩挎着米色的TOD’S手袋，手臂上搭了一件Burberry风衣，乘电梯到了公寓底层，刚出公寓大门，就看到父亲站在车边对她招手。

秦天，上海交通大学数学教授，中等身材，头发有些花白，穿着一套深灰色毛料西装，神采奕奕的，根本不像是年近花甲的人，一眼看上去，有点像美国NBA公牛队的前教练约翰逊。

“爸，吃过早餐了吗？”秦枫走近秦天问道。

“吃过了，你呢？”秦天微笑着看着自己心爱的女儿。

“嗯，牛奶加面包，还喝了杯咖啡。”秦枫拉开车门坐了进去，顺手将电脑包和手袋放到车后座上。

秦天一边驾车，一边对秦枫说：“你妈要是知道我送你去澳门赌博，非把我扔进黄浦江不可。”

秦枫笑着说：“她这会儿在新加坡忙乎着她的画展呢，爸，您就放心吧！我不会出卖您的。”

“真的不需要我陪你一起去吗？”秦天问。

“真的不用。”

“郑其伟是我的学生，当然也是好朋友，他会安排好你在澳门的一切。”

“好的，谢谢老爸。”秦枫给了父亲一个甜蜜的笑。

“你那五十万现金，我已经交给他了。最关键的是，你要注意安全。”秦天还是有些担心。

“您就放心吧！我知道照顾好自己的，您不是说，您最放心的就是郑其伟吗，没问题的。”秦枫安慰着担心的父亲。

秦天驾驶的黑色别克轿车很快就到达了上海浦东国际机场停车场，秦天不顾秦枫的反对，坚持陪着她一直走到了机场安全检查通道前。

“您放心，爸，我会随时和您联系。”秦枫向父亲挥手告别。

“你妈要是知道了，非把我扔进黄浦江里不可。”秦天再次对秦枫说，“祝你好运！”

2

周日　11：20

航空公司总是有这样那样最合理的理由让航班延误，这次是因为澳门天气的原因。幸运的是，从上海飞往澳门的航班只延误了半个小时，秦枫到达澳门葡金大酒店的时候，已经是上午11点20分了，葡金大酒店的左边就是亚洲著名的赌场——葡金娱乐场。

看来航空公司说的没错，澳门的天空的确如铅一般阴沉。

不过糟糕的天气丝毫没有影响到客人们的兴致，此刻赌场里已是比肩接踵，来自世界各地不同肤色的人们在这里一掷千金，希望好运降临在自己的身上。

为了这一天的到来，秦枫已经整整煎熬了六年。

秦枫没有直接进入赌场，而是跟在去机场接她的杜梅小姐身后，走进葡金酒店的大堂，乘电梯上到十层，径直来到1037号房门前。

秦枫完全没有注意到，从她在上海登机开始，她的身后，始终有一个穿着咖啡色夹克衫的男人暗暗跟随着，他鬼魅般的眼睛密切注视着她的一举一动。

杜梅按响房间门铃，门被打开了，一位身着藏青色西服套装的中年男子出现在她们面前，杜梅向秦枫介绍：“这位是郑其伟先生。”

秦枫看着眼前的男人，气质沉稳冷然，肩膀宽厚，浓眉下有一双深邃的眼睛，不怒自威，似乎可以将任何人的心底一眼看穿。

“你好。”秦枫微笑地直视着眼前这位冷峻的男人，目光没有一丝躲闪。

“这是秦枫小姐。”杜梅对郑其伟介绍。

“你好。”郑其伟棱角分明的嘴角牵出一丝笑意，打量着这个年轻的女人，身材修长，皮肤白皙细腻，笔直挺拔的鼻梁，双眼明亮而内敛，她的脸庞没有任何刻意的修饰，却透出一种隐隐的光芒。早间的行程使秦枫的神色中带着一丝疲乏，但她微笑的时候，那种从容和优雅依然自然而然地散发出来，即使就这样静静地伫立，也能让人感受到她与众不同的典雅气质。郑其伟的脑海中突然想起了很久以前读过的一句古诗：“北方有佳人，绝世而独立。”

“她集中了数学家父亲的儒雅和画家母亲的高贵。”郑其伟心中暗自赞许。

不过，秦枫的穿着却让郑其伟不易察觉地微皱了一下眉头。

“她居然一袭绿裙到赌场来，”脱下风衣的秦枫穿着一件绿色的中袖连身裙装，腰间系着棕色的双排双扣皮质腰带，郑其伟暗自寻思，“难道她不知道，在赌场里，绿色象征着失败，象征着输钱？”他不禁为眼前这个准备创造奇迹的女人担忧。

“里边请。”郑其伟将秦枫带到客厅，“事实上，我见过你几次，在你家里，当时我在上大学，你还小呢。”他一边说着，一边指着厚重的意大利牛皮沙发对秦枫说，“请坐，不过，我现在根本认不出你了。”

秦枫款款而坐：“父亲经常在我面前提到你，他总说因为有你这样的弟子而自豪。”

“你父亲是我的良师益友，他的专业造诣在数学界有口皆碑，但我更敬佩的是他的刚直个性和君子风度。”郑其伟直言不讳，秦枫则报以会心一笑。

1037号房间是一个豪华套间，从房间的窗口可以眺望急流汹涌的南中国海，季风将海浪掀起，然后重重地摔在岸边的礁石上，只剩下白色的泡沫在波涛中起伏翻滚。

“你们先聊，我去打个电话。”杜梅对秦枫打了个招呼，进到里面的房间。

两人坐在沙发上一时都没说话，静默之后，郑其伟打破沉寂，开门见山地说：“准备工作都已经安排好了，你随时可以开始。”

3

“那好，现在就开始吧！”秦枫回答。

她取出笔记本电脑打开，将一沓空白复印纸放在电脑旁边，然后将两只已经削好的中华牌铅笔放在复印纸上。做完这些，秦枫拿起了手机。“我给父亲去个电话。”

郑其伟点点头。

“爸，我现在和郑先生在一起，对，我们很快就会开始。”

“好的，澳门的一切事宜，郑其伟都会安排妥当，一切听他安排，你只需要按计划进行。”电话那头的秦天说道。

“好的，您需要和郑先生通话吗？”

“不用了，我们随时保持联系，我等你的好消息。”

正在这时，门铃响了。杜梅从里间快步走出去开门，她边走边对郑其伟说：“是林皓月到了。”

走进房间的林皓月是个年轻人，身材高大，戴着一副黑框眼镜，显得文质彬彬。他手上拎着一个黑色公文包，径直走到客厅，从包里取出一只电脑硬盘递给郑其伟。

郑其伟顺手将硬盘递给秦枫：“这是葡金赌场二十台老虎机截止十分钟前的历史数据。”

秦枫接过硬盘，心中倍感诧异：“他们居然能拿到这些数据，真是难以置信，这绝非一般人能够做到。”不过，一向内敛自制的她什么都没说，只是轻轻点了点头。

杜梅随即为两人介绍：“这是我同事林皓月，这位是秦枫小姐。”

两人点头致意，都没有过多寒暄。

林皓月坐在侧边的沙发上，把眼镜往上推了推：“现在，赌场里连线老虎机的五连线大奖累积金额已达到五千万。”

郑其伟对秦枫简要地说明：“赌场这二十台老虎机上，我的人正按照你的要求，进行小额下注，我们已将这二十台老虎机全部做了编号。”

秦枫点点头，立即将硬盘连接到笔记本电脑上，然后输入到自己的数据模型数据库里。

秦枫此行的目的，就是要实证她的这个数据模型，这个被称之为证券投资领域“哥德巴赫猜想”的数据模型——“随机数据中的偏向性数据模型”。因为证券投资理论认为，股价的波动具有高度的随机性，谁能战胜股价波动的随机性，谁就掌握了打开财富宝藏的金钥匙。

赌场每台老虎机里都装有随机数发生器，所以，只有战胜了老虎机，才能完全证明数据模型的有效性，秦枫开发这个数据模型耗费了整整六年时间。

房间里静悄悄的，大家的目光都不约而同地看向秦枫，谁也没有出声，只听到秦枫纤长的手指敲打电脑键盘的声音和电脑散热风扇的“嗡嗡”声。

房间外的走廊里，那个身穿咖啡色夹克衫的男人从1037号房间门前走过，然后闪进第十层的安全通道，透过安全门的缝隙紧紧地盯着1037号房间的大门。

三十分钟过去了，秦枫在白纸上写下了六个数字，抬起头来：“这六台编号的老虎机需要继续留用，其他的老虎机可以不用了。”秦枫将纸递给郑其伟。

“留用的六台老虎机，现在开始这样下注，每一轮下五注，每注五元；如果没有中，下一轮则翻倍下注，每注十元，依然还是连下五注；如果还是没中，后面的还是翻倍下注，每注二十元，还是连下五注；如果到了每注五百元，则不再增加下注金额。如果到了一百七十九注还是没有中，那么就停止下注。”秦枫的表述非常清晰。

郑其伟看了看纸上的六台老虎机编码，然后将纸递给林皓月：“你清楚了没有？”

林皓月肯定地回答：“清楚了。”

“重复一遍。”郑其伟说。

林皓月重复了一遍，完全正确!

郑其伟抬起他那双深邃的眼睛，目光如炬：“现在开始行动，你去赌场下注。”

林皓月立即起身，走出房间。一直藏在安全通道里的男人偷偷地跟在了林皓月身后，一前一后进入了葡金赌场。

1037号房间里，郑其伟、秦枫和杜梅静静地等候着林皓月的消息。

4

进入赌场的安全检查比机场还要严格，赌场里，五千多只摄像头随时监控着赌场里的每个角落，这里每天的赌资至少在数亿元以上。在二楼的主监控室里，赌场安全总监胡立阳在总控台前密切地注视着赌场里发生的一切。赌场里的荷官用纸巾擦完额头的汗珠后，都会将纸巾远远地丢离赌台，荷官离开赌台时，也会将双手摊开面对摄像头，然后用双手拍拍自己的衣服口袋，这些都是为了证明自己的清白。

十分钟后，杜梅的手机响起，从现在起，杜梅将按计划和赌场内负责联络的人保持通话。

“第一轮，没有中。”杜梅将收到的信息即时通报给郑其伟和秦枫。

又是十分钟过去了。“第二轮结束了，没中。”杜梅说。

这时，秦枫的手机响起了《天鹅湖》的乐曲，是父亲秦天来电。

“现在进展如何？”秦天没有掩饰语气中的期待，他非常清楚秦枫为这个数据模型所付出的心血和代价。

“刚刚进行了两轮，没有中，现在正开始进行第三轮下注。”秦枫淡淡地回答。

“行，有了进展，随时告诉我。”秦天不想过多干扰秦枫，很快就结束了通话。

“好的，我会的。”秦枫没有再多说什么，但对父亲的关切，她心中倍感温暖。

又是十五分钟过去了。“第三轮结束了，”杜梅小心翼翼地回避说出“没中”这两个字，“现在开始第四轮。”

秦枫静静地坐在沙发上，恬静的面庞上没有流露出一丝焦虑，多年职业生涯的磨砺早已培养出她高度的自制力，即使内心波澜起伏，旁人也很难察觉出她神色的变化。

郑其伟默默看着她，若有所思：“多少年来，对于随机性的挑战，无数的数学家和金融学家曾经作出过长期而艰苦的努力，几无所获。有太多的人想尝试战胜随机数，但他们的结局就是两个字——失败。”他很难确定坐在面前的这个美丽而优雅的女人今天能否获得成功。

半小时过去了。“第六轮开始。”杜梅轻声说道。

这时，郑其伟开口问道：“你下注采取的是什么方法？”

“这六台老虎机今天出现数据集合高峰，下注采取的是‘一致性正向预期下加码技术’。”秦枫回答。

郑其伟缓缓地点了点头。

时间在寂静中向前推进。等待，通常使时间显得格外漫长，一个小时的时间，在秦枫的感觉中仿佛过去了整整一年。

没中！

没中！

坏消息不断地传来：

第一百一十注，没中！

第一百一十一注，没中！

远在上海的秦天一直没有等来秦枫的电话，内心焦虑不已，好几次，他用手机拨出了秦枫的号码，但马上，又按下停止键。

一百五十注，没中！

一百五十一注，没中！

即使是祈祷，在此刻也显得苍白无力。

秦枫表面上依然显得静如止水，但来自内心深处的压力使她不由自主地握紧着双拳，手不知何时已变得冰凉，但手心却有汗水，不仅是手心，她可以感到背部也开始渗出细细的汗珠。六年了，如果是上天又跟她开了一个玩笑，那么，这个玩笑开得太大了，人的一生能有多少个六年啊！

一百五十二注，还是没中！

郑其伟久经大风大浪，阅人无数，但此时，面对秦枫，他心中不由得生出一份敬意：在如此困境中，依然保持这样的冷静、沉着，以她的年龄而论，绝非常人可比。历练到这种程度，想必多经磨难，实属不易。他在考虑，如果试验失败，将如何安慰这个年轻女子，也许她穿的一身绿衣已经预示了今天的失败。

一百五十三注，没中！

一百五十四注，没中！

时间仿佛凝固，秦枫的心一点点向下沉，她在脑海里反复回忆整个数据模型的推理过程，她在思考问题出在什么地方，也许，她将再次面临失败。

不知道又过了多长时间，是六年？

不，事实上，只过了十分钟。

突然，杜梅的手机里传出一阵嘈杂的响铃声，郑其伟听到了，眼睛里顿时闪射出慑人的光芒，秦枫也不由自主地挺直了身躯，两人对视了一眼，这铃声，应该是老虎机中了大奖后，所有连线的老虎机上方同时响起的铃声，奇迹终于发生了！

杜梅听着手机那头传递过来的消息，她的脸上泛起了红晕，握着手机的双手微微颤抖，她抑制住激动，尽量用平稳的语气，一字一顿地对郑其伟和秦枫说道：

“中了！”

“第一百五十五注……”

“三连线……”

“一千三百六十万……”

第一部分

第一章

1

周日 15：40

穿咖啡色夹克衫的男人一直暗中跟随着林皓月，见到林皓月按中了三连线大奖，立即走出了赌场，给上海委派他尾随秦枫的人打通了电话，一五一十地将秦枫的整个行程以及林皓月在老虎机上中了大奖的事情进行了详细的报告。

“很好，你继续盯着秦枫，有什么情况，随时告诉我。”上海那边电话里，一个低沉的男声说道。

穿夹克衫的男人放下电话后，伸手看了看手表，在他的左手手背上有一块暗红色的胎记，时间是3点45分。

神秘的跟踪者走进葡金酒店大堂，在一个毫不显眼的角落里，等候着秦枫的出现。

此刻，林皓月在老虎机前等候赌场工作人员做最后的确认，按照流程，赌场在确认老虎机没有故障，林皓月没有作弊的情况下，可以根据林皓月的选择，进行一次性付款或者分期付款。

赌场二层的主监控室里，安全总监胡立阳正在对林皓月下注过程所有的录像资料进行仔细的查看。

这时门被推开了，赌场老板司徒明走了进来，监控室里的工作人员都立即站起身来。司徒明五十多岁，身材高大威猛，皮肤白里透红，说起话来声音洪亮，显得中气十足。

葡金赌场的监控室一共有五个，所有的监控室墙面都是整面的液晶显示屏，这些液晶显示屏全部分为十五英寸的小屏幕，每个屏幕都动态显示并记录着赌场里发生的一切，主控室还设有专门对赌场外围以及酒店的监视器。

“怎么样？”司徒明直截了当地问道。

“看上去没有什么问题，就是下注很有规律，应该是有备而来。”胡立阳跟随司徒明闯荡江湖二十多年，是司徒明的心腹之人。

“怎么个规律？”司徒明沉声问，看着所有人都站着，司徒明挥了挥手，“都坐下吧！”

胡立阳在主控台前给司徒明拖来了一只皮靠椅，司徒明坐下后，胡立阳调出林皓月的录像，一边回放着，一边对司徒明说：“您看，他下注是从小到大，每五注变一次赌注，每五注之后，赌注就翻倍。”

司徒明仔细地看着录像，大脑快速地运转着，少顷，他庞大的身躯离开靠椅站起身来，对胡立阳说：“走，下去给他兑奖。”

胡立阳跟在老板身后走出了主控室的大门，司徒明边走边对胡立阳说：“他的背后，一定有高人。”

1037号房间里，三个人都已站起身，杜梅开心地握住秦枫的双手，语气中毫不掩饰自己的惊叹：“太厉害了，你居然能算出来！祝贺你！”此时的秦枫也沉浸在获得成功的喜悦里，面对杜梅真诚的笑脸，心中感慨万千，柔声说道：“谢谢，谢谢你们的帮助！”

郑其伟一向冷峻的脸上也露出难得一见的笑容：“祝贺你，你创造了奇迹！”很快，他话锋一转，“收拾好东西，我们马上离开澳门。”

秦枫一怔，很快她的思绪回到现实中，她相信郑其伟的安排一定自有道理，没有多问什么，立刻收好电脑和茶几上的资料。“这块硬盘？”秦枫拿起收集有老虎机数据的电脑硬盘问道。

“硬盘你带回去吧，应该还会有用。”郑其伟回答。

“好的，谢谢。”

“林皓月会处理好奖金的事情，回头一并转给秦教授。”

秦枫莞尔一笑：“父亲说了，一切听从你的安排。”

这时，杜梅从里间拖出一只黑色BALLY旅行箱，郑其伟接过来，对秦枫说道：“你把电脑放进箱子里。”

秦枫看了看郑其伟手上的旅行箱，心中迟疑着没有动。

郑其伟看出了秦枫的犹豫：“我和你一起飞回上海，到达上海后，我再把电脑给你。”

“你和我一起回上海？”秦枫有些诧异。

“是的，一起走。你现在应该给你父亲打个电话了。”郑其伟接过秦枫递给他的电脑包，放进了旅行箱里。

三个人下楼来到大堂，和那些三三两两的普通游客一样，他们走出葡金酒店的大门。

杜梅的金色雷克萨斯轿车停靠在酒店侧边的停车场，郑其伟和秦枫并排坐在车后座，旅行箱就放在他们中间，杜梅启动发动机，轿车箭一般地离开葡金酒店，向澳门大道驶去。

但是，让秦枫觉得诧异的是，杜梅并没有将车直接开往机场，而是在澳门大道第一个路口右拐，进入北京路，然后径直驶入十月一号前地的澳门警察总局大门。

赌场里，工作人员已经完成了对老虎机的检查，没有丝毫问题，周围围观的人群也已经渐渐散去。林皓月中得大奖，使得赌客们兴致更高，下的赌注更大，司徒明和胡立阳一前一后来到了林皓月的身边。

胡立阳笑容可掬："您好，林先生，相关设备我们已经检查完毕，现在可以兑奖了。"然后介绍站在身边的司徒明，"这是我们老板，司徒先生。"

司徒明满脸笑意，伸出宽厚肥大的右手很有力度地与林皓月相握："林先生，恭喜你中了我们老虎机的大奖，你是决定一次性领取奖金还是分期领取？"

林皓月对司徒明客气地笑着："谢谢，一次性领取吧，我来澳门的机会不多。"

"好，没问题。"司徒明哈哈笑着，继而似乎随意地聊着天，"林先生是一个人来澳门娱乐，还是有朋友一起过来？"

"我是一个人过来转转的。"林皓月回答。

"请问林先生下榻哪家酒店？"

"就在葡金酒店。"

"那太巧了，我们与酒店有协议，中奖的客人由我们付房费，您住哪个房间？"

"谢谢，是7026号房间。"林皓月笑着推了推黑框眼镜。

"那么，林先生打算在澳门逗留多长时间？"

"我准备待会儿就离开澳门回上海。"

"这么急着走啊！没问题，"司徒明热情地说，"林先生的机票由我们来安排，下午和晚上都有航班直飞上海。"

"那就太感谢了，我想乘下午的航班回去。"

"好，这位胡先生会给您安排好一切的，"司徒明自始至终笑容不断，"这样，你先去兑奖，兑完奖后，其他事情都不用林先生操心。"

"那太好了，多谢多谢！"林皓月笑着回答。

2

澳门警察总局门前，一辆黑色的出租车停靠在十月一号前地路边，身穿咖啡色夹克衫的男人站在出租车旁，正在给上海打电话：“他们已经进去半个小时了，还没有出来。”

“这段时间有没有车出来？”电话那头深沉的声音问道。

“有，有好几辆车出来，但是他们乘坐的金色雷克萨斯轿车没有出来。”穿咖啡色夹克衫的男人回答。

“呵呵，”男人深沉的声音阴森地笑道，“她已经换车了，好，你现在立刻回上海。”接着，挂断了电话。

他说的没错，秦枫的确是换车了。

杜梅驾车驶入警察总局大门后，直接将车开到总局大楼地下停车场一辆黑色奔驰车旁边，就在秦枫对此疑惑不解的时候，郑其伟开口说道：“我们下车，换辆车去机场。”

三个人迅速换上奔驰车，郑其伟和秦枫依然并排坐在后座，守护着放在他们中间的旅行箱，准确地说，是旅行箱里的笔记本电脑，更加准确地说，是笔记本电脑里的数据模型。

黑色奔驰缓缓驶出警察总局大门，从停靠在大门前的出租车旁开过。秦枫坐在车上，心中暗自琢磨：“郑其伟到底是个什么人呢？思维缜密且行事诡异，也许，我们不会直接去澳门机场，不知道又要转到哪里去？”

果然，不出秦枫所料，奔驰车并没有开往澳门机场，而是通过珠海边防检查站，穿过珠澳大桥，向珠海方向驶去。

赌场二层贵宾接待厅，林皓月跟随胡立阳在这里办理完中奖手续，这时，一个穿着制服的年轻女人走了进来。

胡立阳给林皓月介绍：“这是我们礼宾部的斯坦林小姐，从现在起，她一直陪同您直到您登机。”

林皓月看着风情万种的斯坦林小姐，笑道：“看来，我又中了一次大奖。”

胡立阳仍然十分客气：“林先生，如果您没有其他要求，我就先告辞了，斯坦林小姐会安排好一切的。”接着，又对斯坦林交待，“林先生是我们的贵宾，你一定要安排周全，让林先生满意地离开澳门。”斯坦林微笑着点了点头。

“希望下次再见！”胡立阳与林皓月告辞后，走出了贵宾厅。

林皓月看着胡立阳的背影，听到斯坦林甜甜的声音在耳边响起："林先生，您需要回房间整理行李吗？"

林皓月摇了摇头，手上拎着那只黑色的公文包："不用了，我没有别的行李，我们现在就直接去机场吧！"

胡立阳离开贵宾厅后，直接来到司徒明的办公室。司徒明正坐在巨大的牛皮靠椅上，见他进来，指着侧边的一个沙发："立阳，坐。"

"事情都办好了，现在斯坦林送他去机场。"胡立阳坐下后汇报。

司徒明点点头："嗯，这个林皓月是什么来头？"

"身份证是上海的，银行卡是中国银行上海分行的，至于工作，他说在上海一家园林绿化公司工作，不过我看不像。"胡立阳个头不高，身材精瘦，做事干练，深受司徒明信任。

司徒明摸了摸有些秃顶的脑袋，感叹道："老弟，他身后藏着的人，才是真的不简单啊！"司徒明说着，顿了顿，端起茶几上的功夫茶喝了一小杯，然后又将壶里的茶水倒入小杯里，继续说道："这么多年了，你我不知道见过多少人想战胜老虎机，可是，真正这样有计划、有策略，最终中奖的，仅此一人啊！"

"是的，的确不简单。"胡立阳挤了挤细小的眼睛。

"这一千多万对于我们来说，根本算不了什么，但是，他这个中奖的方法可是无价之宝啊！"司徒明的手指敲打着靠椅扶手，忖度着。

"是的，用这套方法完全可以走遍天下的赌场了。"胡立阳应和道。

"哈哈，"司徒明大笑起来，"老弟呀，有了这套方法，老虎机都能战胜，还进赌场干吗？哈哈哈哈……"

司徒明的笑，让胡立阳有些摸不着头脑，问道："那大哥的意思是？"

司徒明端起茶杯，只说了两个字："股市。"

"噢。"一向精明的胡立阳似乎明白了一些，但是没有完全明白。

"股市，才是挣大钱的地方。"司徒明并不在意胡立阳是否明白，他直接下达指令，"找人你有办法，你要在最短的时间内，找到他身后躲着的人，找到了，我要第一个见他。"

虽然胡立阳不是非常明白这其中的缘由，但是，司徒明的话对于他来说，就是圣旨，甚至比圣旨还管用，胡立阳立刻信誓旦旦地作出保证："大哥，您放心，既然大哥想要会会这个人，我一定在最短的时间内找到他。"

“好，你现在先从监控录像里找线索，然后和老爷子的投资公司那边联系一下，他们在上海有根基，请他们协助调查林皓月的背景。但是要强调，一定不能惊动他，因为我们要找的，不是他，否则，这后面藏着的人，可就真难找了。”司徒明对胡立阳详细交待。

“明白了，大哥，我现在就去办。”胡立阳站起身来，离开了司徒明的办公室。他回到总控台，调出所有摄像头二十四小时内的录像记录，开始逐一开始搜寻线索。胡立阳精于此道，他说会在最短时间内找到这个人，通常情况下，不会超过三天。

黑色奔驰缓缓停靠在珠海国际机场出发大厅门前，杜梅转过头，对坐在后排的秦枫说：“秦小姐，我很高兴今天能够认识你，我们后会有期。”

杜梅身材娇小，层次有序的短发，一双大眼睛透着沉稳与智慧，微笑时如同邻家女孩般的亲切。

从杜梅的眼神中，秦枫感受到她的欣赏和真诚，回想起今天相处的短短数小时里共同度过的煎熬时光，她不禁很是感动，伸出手来：“谢谢你，后会有期。”两个女人的手紧紧相握。

正在这时，郑其伟的手机响了。

“郑总，我是林皓月。这边进展很顺利，所有手续都办好了，他们一直派人陪同我到达澳门机场，我现在已经通过安检，他们刚刚离开。”

“好的，皓月，我们回上海见。”

郑其伟结束通话后，对杜梅说：“正好上海有些事情需要你亲自解决，你处理好这里的事情明天就来上海，这样你和秦枫也可以再见面了。”

“太好了，”杜梅喜不自禁地对秦枫说道，“那我们上海见。”

郑其伟侧过头对秦枫说道：“杜梅今天客串了一次接线生，其实，在她的专业领域里，她和你一样卓越。”

惜字如金的郑其伟居然对她们作出“卓越”两个字的评价，秦枫和杜梅都有些不好意思，秦枫对杜梅的身份更是感到好奇，不过，她没有多问，只是微笑着对杜梅说：“我在上海等你，一定给我个机会招待你。”

郑其伟提着旅行箱和秦枫一起下了车，秦枫对坐在车内的杜梅挥手作别，两人走进了珠海机场出发大厅。

此刻的上海，一股暗流已经开始涌动，就在秦枫和郑其伟准备登机返沪的时候，千里之外的上海，股票市场著名的炒家郭怀恩和金融掮客顾小兵，正在黄浦江畔伯爵咖啡馆的一间包房里，秘密策划着第二天对秦枫的阻击计划。

3

周日 17：00

炒家郭怀恩长长的脸上有一双老鹰一样的眼睛，有一只和鹰一般巨大而且带着弯钩的鼻子，他无论在什么地方，身边都带着一本书——《哲学的起源》。金融掮客顾小兵则是有些发福的身材，头发三七分，梳理得整洁干净。

“要阻击秦枫？”郭怀恩慢悠悠地喝了口蓝山咖啡，怀疑地问道。

顾小兵白胖的脸上露出神秘的笑，抿着嘴，点了点头。

“万一惊动了他们老大吴文松怎么办，他也不简单啊！”郭怀恩皱着眉头。

“量不大，就五千万的单子，时间也短，就两天，没等惊动老吴，事情就已经过去了。”顾小兵尽量打消郭怀恩的顾虑。

“做我们这行，失不得手啊，老弟，现在的市场，是越来越难做啊！”郭怀恩将身体向后靠在沙发上，深深地感叹到。

“这笔单是我大哥主动安排的，还有什么好担心的，您就等着数钱好了，两天时间，怎么也有个千八百万的利润。”顾小兵伸出大拇指和食指做成一个八字，在眼前晃了晃。

“嗯……”郭怀恩的手指在他那本《哲学的起源》上敲打着。

顾小兵没有出声，他知道郭怀恩的习惯，对于股市猎手来说，控制风险比准确出击更重要。

“事情来得比较突然，你也知道做我们这行，是在老虎嘴里抢饭食，稍有不慎，就会被老虎给吃喽。”郭怀恩顿了顿，“不过，既然是他亲自安排的事情，那就另当别论，他是个谨慎的人，一向不轻易出手的。”

顾小兵胖脸上的小眼睛笑得眯成了一条缝：“郭大哥说的极是，他什么时候主动安排过？一直都是我们找他的麻烦。”

郭怀恩缓缓地点了点头。

顾小兵接着说：“秦枫的这个账户是一个专户理财，这个账户本来有接近五个亿的仓位，上星期人家客户申请了赎回，她差不多都给清仓了，就留下了这最后五千万的仓位，在一只宝贝股票上，后天周二就是交割日，所以她明天必须清仓。这种机会，可是千载难逢啊！”

“是什么股票让她集中了这么多资金？”

顾小兵将圆滚滚的脑袋往前伸了伸，压低了声音说：“中国有线。”

“哦，那就难怪。”郭怀恩的眉头展开了，“别说她舍不得卖，就是她要卖，老吴也会让自己人给接下来。”

顾小兵笑呵呵地说：“郭大哥，现在放心了吧，以您的实力，这五千万的单子，您还不一口就给吃了。”

郭怀恩表情依然严肃，似乎还是有些迟疑：“嗯，这单，可以做，不过……”

顾小兵知道郭怀恩“不过”的后面要说什么，但是他没有接嘴，等着郭怀恩继续说下去。

郭怀恩看着满脸堆笑的顾小兵：“按照老规矩，五千万的单子，或者你，或者你大哥，要拿五百万出来一起做底单。”郭怀恩稍微停了几秒钟，“既然这次是你大哥亲自安排，那么就两百万吧，至于利润嘛，按照三百万的份额来，你看怎么样？”

顾小兵非常高兴，一时间红光满面，眯缝的眼里放着光：“郭大哥就是郭大哥，这上海滩就找不到第二个人能够和您比，谢了，我也代大哥谢了。”

郭怀恩摆摆手：“谢什么谢，都是自己人，你谢我，要我谢谁去？不说客气话。”

顾小兵点点头，接着压低声音，伸出三个手指，问道：“三级阻击？”

郭怀恩沉吟了一会，摇了摇头，伸出四个手指。

顾小兵看郭怀恩的意思是要采取四级阻击，虽然心里高兴，觉得这样更有把握，但是又觉得这次对秦枫的阻击并不是一个很复杂的事情，似乎没有必要花这么大气力，于是问道：“郭大哥，就两天时间，又是单只股票，有必要用这个吗？”说着，也伸出四个手指晃了晃。

“呵呵，”郭怀恩笑的时候，长脸上的肌肉因为拉扯，形成了无数的褶皱，就好像峡谷般布满了沟壑：“事情虽然简单，但是，对手是秦枫，这丫头六年前失过手，这几年大为长进，不容小觑，所以，她现在要是咬起人来，那可就不是闹着玩的。”

顾小兵不屑地说：“秦枫哪能与您相提并论，六年前，要不是吴文松拉她一把，她现在还不知道在不在上海滩混呢！”

郭怀恩深深地皱起了眉头："老弟啊，你知道股市里，什么样的人会成功吗？"

顾小兵怔住，一时不知道该怎么回答，按照他的想法，有确切的消息，有资金实力，就可以成功，但是想想似乎又不对，于是讷讷地问道："郭大哥的意思是？"

郭怀恩左手举起他那本《哲学的起源》，一字一句地说道："华尔街有一句名言：'一个成功的交易员，必须要经历过两次以上的破产，才能够开始他成功的职业生涯。'秦枫六年前已经遭受了一次重大挫折，不管怎样，她没有消失，现在依然还在上海滩，依然还在股市，老弟，这才是她最令人可怕的地方啊！"

顾小兵听了郭怀恩的话，若有所思，觉得有些道理。但是，作为一个游走在各金融机构之间老道的掮客，他在乎的是每一笔交易自己能够得到多少利益，他有他的生存之道，并且，他生存得很好。

"那我现在就给我大哥打电话？"顾小兵征询道。

郭怀恩点点头。

顾小兵拨通了号码："大哥，是我，小兵。"

"谈完了？"又是那个深沉的声音，是那个委派咖啡色夹克衫的男人去澳门监视秦枫行踪的人！

"是的，郭大哥现在就在我身边。"

"好的，我跟他说话。"深沉的声音说道。

顾小兵将手机递给了郭怀恩。

"郭总，您好！"

"你好你好！"郭怀恩声调高出了几度。

"不知道小兵讲清楚了没有？"

"讲得很清楚，我准备用四级阻击。"

"噢，打算把媒体也拉进来？"

"是的，这事儿还是做得有把握点妥当。"

"郭总准备找哪家媒体？"

"《证券日报》，我今晚就和他们约。"

"准备找谁呢？"

郭怀恩沉吟了一下，说出了一个圈内人熟知的名字："辛洁。"

手机那头沉默了片刻，然后说道："好的，就找她！"

4

周日 19：00

东方航空公司珠海飞往上海的航班平稳降落在上海浦东国际机场的跑道上，十分钟后，郑其伟和秦枫走出机场到达出口。

秦天已经在出口处等候着他们多时。

“老师，您好。”郑其伟上前握住秦天的手。

“麻烦你了，其伟。”

“老师，实际上，今天秦枫是给我上了一课。”郑其伟看了看站在身边拎着电脑包的秦枫说。

秦枫笑了：“应该说，是我开了眼界。”

秦天的开心之情溢于言表：“不管怎样，都要庆祝一下，我们先去吃饭。”然后对郑其伟说：“她母亲在新加坡办画展，我现在每天一个人吃饭真冷清，你来了今天我接风，走吧！”

郑其伟满含歉意地说道：“老师，不好意思，今晚我确实还有紧急的事情要处理，您是知道我的。”他知道秦天一直待他很好，如果不是要事在身，他其实很想与老师一起共度闲暇时光，但是，对他而言，有太多时候身不由己。

秦天知道他不是有意客套，虽然遗憾，也很理解：“好吧，那我就不勉强了，你空闲下来，咱俩再聚吧！”

“好的，老师，”郑其伟又转过身，对秦枫说道，“我的车在停车场，就先告辞了。”

秦枫笑道：“这不意外，应该说你的车在任何地方。”接着，她诚恳地说道：“非常感谢你的帮助，我要再说一次‘谢谢’。”

郑其伟摆摆手：“这个不要再提了，不知道我是否能问你一个问题？”

“请讲。”

“你是否知道绿色在赌场上所象征的意义。”郑其伟终于道出了心中的疑惑。

“如果我说的没错，绿色在世界上所有钱生钱的游戏里，都象征着失利。”

“那么，能否告诉我，你为什么要挑战这种观念？”

秦枫停顿了几秒钟，她那清澈的目光中闪动着自信的光芒：“那只是别人的观念，并不是我的。我到澳门只是来和老虎机对赌，不是和别人的观念对赌，当然，除非有人为此下赌注。”

从秦枫简短的回答中，郑其伟清楚地感受到她清秀外表下蕴藏的执著和坚韧。郑其伟点点头，然后对秦天说：“老师，我的任务现在圆满完成，秦枫交还给您了，再见。”

秦天和郑其伟的手再次紧紧握在一起，握手间两个人不约而同地感受到来自对方心底的绝对信任：“再见！”

秦天驾车在机场高速路上飞驰，秦枫软软地靠在椅背上，听着车里飘荡的蓝调爵士，从清晨以来紧绷的神经终于有所放松。

她问父亲：“郑其伟很神秘，似乎无所不能！”

秦天点点头：“是啊，有些事，只有他才能办得到。你别问我为什么，以后你自然会明白的。”

看到女儿疲惫的神情，秦天怜爱地说道：“到市区还有一段路，你忙了一天了，现在，闭上眼睛休息一下，老爸等会儿给你摆庆功宴。”

“爸，我想先回公司一趟。”

“今天是周日，你回公司干吗？”

“今天公司有不少人在加班，准备和中东联合投资公司见面会的事情。”

“那你明天去也来得及啊！”秦天对女儿的辛苦有些不满。

“还是送我去公司吧。还有，白阿姨应该也在公司，白云山明天出院，我想晚上陪白阿姨一起去看看他。”

秦天无奈地点点头：“好吧，听你的，不过，一定要注意身体啊！”

“老爸，你真好！”秦枫闭上眼睛沉浸在悠扬的音乐中，在父亲身旁，她总是感到温暖和安全。

不久，秦天将秦枫送到了金茂大厦楼下。

金茂大厦这幢八十八层的塔式建筑矗立在上海陆家嘴金融区的中央。

东方证券投资基金管理公司在金茂大厦的三十五层，这时的天色已全部黑了下来，但公司内此刻灯火通明，虽然是周日，加班工作的人不少，总裁吴文松的办公室也亮着灯。

走进公司大门，勤杂工白阿姨正拎着一个鼓鼓的黑色垃圾袋往外走，看到秦枫进来，她停下脚步关切地问道：“秦经理，你这么晚还来加班啊？”

白阿姨是位中年妇女，个子不高，长相平常，走进人海中很容易被淹没，但如果仔细观察，你会发现她有一双洞悉世情的眼睛，那眼神中有着历经沧桑后的忍耐和坚强。

“我就知道您也在呢！”秦枫微笑着对白阿姨说。

“秦经理，找我有事吗？”秦枫是公司里对自己最关心体贴的人，白阿姨的心中一直满怀感激。

“我想晚上陪您一起去看看白云山，他不是明天出院吗，今天咱们要把事儿都安排好。”秦枫轻声解释。

白阿姨不由得眼眶一热，泛着点点泪光：“真谢谢你了，想得这么周到，你总是这么好，不管是对我，还是对云山……”

“您又见外了，白阿姨，这都是应该的。”秦枫伸手扶住白阿姨的手臂安慰道。

正说着，公司总裁吴文松从通道走过。

吴文松五十多岁，头顶有些微秃，保养得当，只是身材略有发福，脸上永远带着和蔼的微笑。

他看到秦枫，不禁惊讶：“秦枫，你回来了？”

秦枫对吴文松笑着点头：“是呀，刚刚回来，正准备去您办公室报到，然后和白阿姨一起去看看白云山。”

吴文松看了看站在秦枫身边的白阿姨，关切地问道：“白云山现在怎么样了？身体好些了没有？”

面对总裁的关心，白阿姨赶紧回答道：“好多了，医生说，明天就可以出院了，所以秦经理要和我一起去看看。”

“那是应该去看看，一转眼就过了六年了，不易啊！”吴文松感慨地说，“也代我向他问好，祝他完全康复，我们都很挂念他啊！”

白阿姨连忙答应着：“谢谢，谢谢！”

吴文松温声说道：“白阿姨，我要找秦经理说点儿事，等会儿你和秦经理一起走。”

白阿姨赶紧说：“我不着急，您和秦经理先忙吧！”接着拎着垃圾袋侧身走开了。

吴文松稳步向总裁办公室走去，虽然他的内心很急切想知道结果，但并未开口询问，秦枫紧随其后，走进宽大的总裁办公室。

“来，坐下说，辛苦了。”吴文松请秦枫坐下，两人相对坐在办公室黑色牛皮沙发上。

“情况怎么样？”吴文松关切地问道

“进展还算顺利，中了老虎机三连线大奖，所有的相关数据我都带回来了。”秦枫言语简短，似乎在说着一件稀松平常的事情。

“好，太好了！”一向喜怒不形于色的吴文松此时难掩兴奋，“那就是说，数据模型实证成功了！”

“可以这样说。”秦枫端坐着，点点头。

“重大突破啊，秦枫，这可是前无古人的重大突破！可喜可贺啊！”吴文松连声称赞，“看来，我们对中东联合投资公司这笔单子是稳操胜券了。”

“您的意思是……”

吴文松高兴地摸了摸微秃的头顶：“这次见面会就由你去了，有了你的投资模型，一定会出奇制胜。”

“公司原先是准备怎么安排？”秦枫清楚公司里早已开始准备这件事情，但细节不甚了解。善良的秦枫不希望因为自己的突然介入，而影响到其他同事的计划和发展。

“原先是安排投资总监钱向东去，但说实话，把握不大。现在你的数据模型实证成功了，你去，一定会引起轰动。”吴文松断言。

“这些我倒没有想过，关键还是要准备好相关资料。”秦枫听吴文松这样说，放下心来，钱向东在公司是仅次于吴文松的二号人物。

吴文松笑呵呵地点着头：“中东联合投资公司这次首次进入中国投资，并且全权委托给本土投资基金管理公司进行管理，对于任何基金公司而言，这都是一次实现跨越的机会，何况，这笔两百亿美元的单子还是他们的首期投资！说到底，各家公司拿出来进行较量的，就是投资策略，现在各家都在虎视眈眈啊！”

“我会尽快准备好资料，再给您过目。”秦枫顿了顿，“不过……”

“你有什么想法，尽管说。”吴文松的身体略向前倾，摆出一种非常乐意倾听的姿态看着秦枫。

“关于这个数据模型的投资交易决策体系，我可以在资料里完整地体现，但是具体的数据模型我不想公布。”秦枫对老板直言不讳，她的职场风格一向干脆利落。

“好，没问题，只要有实证说明就足够了，数据模型是你个人的研究成果，何时解密，当然应该由你自己决定。”吴文松非常通情达理，他非常清楚地知道秦枫这个数据模型的价值。

5

吴文松和秦枫商议应对中东联合投资公司投资见面会的时候，在金茂大厦不远处的瑞吉红塔大酒店咖啡厅，炒家郭怀恩正与《证券日报》知名财经记者辛洁讨论着关于配合自己次日阻击行动的财经评论。

咖啡厅里浓香四溢，浪漫的钢琴声如溪水般潺潺流动，但是，郭怀恩与辛洁所商议的一篇看似毫不起眼的财经评论，却没有这般温柔婉约，郭怀恩知道，辛洁的评论将如一把利刃插向秦枫，在明天的交易日里，给予秦枫最直接的打击。

事实上，辛洁和秦枫是闺中密友，她俩不仅是人民大学金融专业的同班同学，而且还同是号称中国证券投资黄埔军校——“中投”的第五期学员。

辛洁端坐在橘色的布艺沙发上，她的前额很饱满，白皙的瓜子脸略显骨感，眼眶微凹，使纤密睫毛下那双明净的美目更为灵活生动，丰润的红唇微微向上翘着，充满了诱惑力，和她迷人的笑容一样可以轻易迷倒众生。

辛洁穿着一件金色V领长袖薄呢连衣裙，一条墨绿色的Gucci流苏披肩随意地搭在肩上，她用娇嫩的手指将散落下来的流苏缠绕着又松开，接着伸出颀长的手臂，端起面前的曼特宁抿了一口，淡淡地对郭怀恩说：“虽然我没有兴趣知道你想阻击谁，但是，这份稿子，我不能发。”

郭怀恩对辛洁的脾气了若指掌，脸上不禁堆满褶皱笑道：“其实啊，这篇报道你怎么写，都不是空穴来风啊，中星二十五号卫星的升空，使得卫星电视节目信号完全覆盖了每个角落，这对有线电视的冲击是显而易见的事情。”

辛洁微微摇了摇头：“可是，中国有线的电视节目内容集成平台、有线电视网络的广泛应用，以及有线电视的互动功能，每年都会创造几千个亿的市场需求，要按你的说法去写，还不如要我直接落款为白痴呢！”

郭怀恩“嘿嘿”地笑了起来：“那可不敢，辛大记者啊，你看看能不能够变通一下，通过其他的方式来评论，总之，我们得看到一篇是你署名的东西，你的影响力是众所皆知的。”

辛洁转了转灵活的大眼睛，略作考虑，说道：“这样吧，你得先弄个传闻出来，我对传闻进行评论。”

郭怀恩早就想到这一招，实际上他已经安排了人明天先撰写一个关于卫星电视节目对有线电视冲击的传闻，看到辛洁反应如此之快，半是赞赏半是奉承地大加称颂："我怎么就没想到呢，果然厉害，真是虎父无犬女啊！"

辛洁听了郭怀恩的话，立即将脸色沉了下来："什么意思，你又把我跟我爸扯上关系，说不上哪天，你还盯着他手上的股票呢！"

郭怀恩赶紧摆手，连声说道："那可不会，那可不会，这个真是想都没有想过。我倒是希望哪天能得到你父亲的关照呢！那样，我也就没有必要这么辛苦了，这碗饭，现在不好吃啊！"郭怀恩喝了口咖啡，"你知道，一个个都如狼似虎啊！唉……"炒家郭怀恩感叹着阻击的不易。

辛洁拿起咖啡勺，轻轻搅动着杯中的咖啡："我爸能关照什么，基金公司也不能保证总是赢家，只不过是资金量大，相持能力强一点而已。"

"你说的也是，不过，你父亲是大名鼎鼎的华诚基金的总裁，这些年来，华诚基金在行业里，无论是规模还是业绩，都遥遥领先，这的确是让人望尘莫及啊！"

辛洁不想和郭怀恩过多地谈论自己的父亲，于是说："如果事情这样定了，那我就先告辞了。"

郭怀恩内心里很想和辛洁多谈一会儿，一方面，辛洁作为"中投"五期毕业生，她的评论在业界有相当的影响力；另一方面，辛洁的父亲辛睿夫是目前业内规模居前的华诚基金的总裁，能够和辛洁拉近距离无疑对他有莫大的好处，于是脸上露出无比关切的表情对辛洁说道："其实，我一直都有一个疑问，想请教，可又不知道该不该问。"郭怀恩这样说，首先给了自己下台阶的机会。

辛洁疑惑地说："有什么疑问？说说看。"

郭怀恩问道："以你的实力和资历，为什么不进入投资主业，直接参与投资呢？难道说，你今后要做的那个金融数据服务公司，会比投资主业还容易赚钱吗？"

辛洁展颜一笑："在美国，金融数据服务、财经信息服务、证券交易服务以及证券分析服务，这些投资辅业的营业收入占到整个证券投资行业的35%以上，也就是说，任何参与到投资主业的人，无论是机构投资者还是个人投资者，都要分担这35%的成本，很少有人算过这笔账。"辛洁停顿了一下，继续说，"投资主业你就比我更清楚，投资实务界中，无论是机构投资者还是个人投资者，最终都无法超越零和游戏规则，其结果就是十个投资者中一个人赢，两个人平，七个人是输家，而机构投资者中则因为专业能力和相持能力的原因，两家赚，三家平，五家亏。"

郭怀恩点点头："说的也是。"

辛洁直言道："何况投资主业的参与者，对于金融数据的需求是一个长期的刚性需求，所以，做一家领先的金融数据服务公司的收益，应该更为长久和稳定，不过，假如你在投资实务上有一致性的正向预期，那就另当别论。但是，郭总，你比任何人都清楚，具备一致性的正向预期这个赚钱能力的前提，是要拥有长期稳定有效的投资交易决策体系。"

"说得太好了。"郭怀恩拍了拍放在桌面上的那本《哲学的起源》，表示赞许。

"可是，郭总，世界各国的投资理论界和投资实务界每年都花费无数的财力和人力，无不是围绕着开发、研制、实证有效的投资交易决策体系来进行的，这么多年了，整个投资实务界依然还是沿用的人家美国人开发出来的那几个经典策略，你说说，想要拥有一致性的正向预期，谈何容易。"

郭怀恩感叹道："是啊，要是真有好的交易决策体系，谁还愿意去虎口拔牙，多难啊！"

看到郭怀恩一脸痛苦状，辛洁不禁莞尔："我看你就特狠，看准了，咬人家一口，咬完了就跑，呵呵。"

郭怀恩也笑了："你只看到我咬完了跑的时候，可是你没有看到被人家抓住了，挨打的时候。"

"所以，你现在就应该清楚我为什么要做一家金融数据服务公司了吧，首先，你们这些人就得购买我的金融数据……"辛洁突然正色对郭怀恩说道，"不过，我可是要提醒你，我爸那边也有不少中国有线的股票，不过他是长期持有，不会动，但是你要是折腾得太厉害了，时间太长了可不行啊！"

郭怀恩笑着回答："放心吧，辛大小姐，就两天时间，绝对不会影响到辛总那边的，我也招惹不起啊！"

辛洁端起咖啡杯，轻抿了一口咖啡，放下杯子："要是没有其他的事情，那就这么定了，明天上午开盘后，我要看到你的传闻出来后，再出评论。"

郭怀恩笑着点头道："放心吧，9点35分传闻一定出现，绝对没问题。"紧接着话锋一转，"辛洁啊，你真的只需要整个阻击的数据，还是拒绝我想略表谢意……"

辛洁打断郭怀恩的话："钱，我有，别人也有，可是，这些阻击数据，就只有我有，别人没有，是不是？"

郭怀恩的鹰眼里精光一动："不错，确实如此。"

“所以，别人有的，我当然会有，而我有的，别人得不到。”

辛洁不仅拥有美丽的容貌，还有一颗极其好胜的心，幸运的是，上天同时赋予了她聪明智慧的大脑。从小到大，辛洁在学业上的表现一直十分优秀，让众多以为她空有美貌外壳的人大跌眼镜，看着她一帆风顺地以高分考取中国人民大学金融专业，又考入“中投”深造，毕业后凭借自己的能力闯下一片天地，在财经评论界独占一席之地。这些都令她的父亲——华诚基金公司总裁辛睿夫深感自豪，将这位独生爱女视为自己此生最大的骄傲。

在辛洁的人生字典里，从来就没有“不可能”、“得不到”这样的字眼儿，她强烈的好胜心是建立在强大的自信心基础之上的，她清楚地知道：只要她想要的，就一定可以得到。

辛洁说完，起身告辞了郭怀恩，翩然离去。

第二章

1

秦枫离开吴文松的办公室，找到白阿姨一起下楼，乘坐出租车来到了上海市协和医院住院部。

“今天外出办了点事情，我就没开车。明天中午，我会开车过来，和您一起来接他出院。”下了出租车后，秦枫对白阿姨解释。

“真是辛苦你了，你那么忙，还来看他。”白阿姨始终感激着秦枫的关心。

可是到了病房，却没有看到白云山的人影。

“咦，你看这孩子，到哪儿去了？”白阿姨走到住院部的走廊左顾右盼着。

秦枫手上一直还拎着陪伴她一整天的电脑包，这时感觉到胳膊有些发酸，于是将电脑包放在病房的桌上。

这时，白阿姨看到了从医生值班室走出来的白云山。

白云山一米八的个头，身材魁梧，线条硬朗的脸上有着刚毅和坚强，左侧眉骨旁有一道浅浅的疤痕，那是六年前的车祸留给他的纪念。当时，他是东方证券投资基金管理公司成长型基金管理人，秦枫是他的助理。六年前车祸之后，白云山陷入深度昏迷，完全依靠医疗器械的辅助维持着生命，度过了三年植物人的生涯，最终在与死神的抗争中取得了胜利，三年前终于苏醒过来。但当时，他几乎失去了全部记忆，仅能勉强认得自己的母亲，又经过了整整三年的恢复性治疗，白云山凭着他与生俱来的顽强执著和从不认输的个性，克服常人难以想象的困难，最终奇迹般地康复了。白云山的父亲在七年前去世，连续遭遇家庭不幸的白阿姨因为秦枫的提议和帮助，车祸发生后进入东方证券投资基金管理公司做勤杂工。

看到白云山走过来，白阿姨转头笑着对秦枫说：“秦经理，他在这里呢。”

秦枫抬头看时，白云山已经走进了房间。

"请问你找谁？"白云山看着秦枫。

秦枫愣住了，之前来探望他那么多次，明明知道他的记忆已经完全恢复，怎么现在又不认识自己了，难道他的病情又出现反复？"你……不认识我了吗？"秦枫满脸担心地问道。

白阿姨跟在白云山身后，脸上也露出了焦急的表情。

"是啊，请问你是……"白云山问秦枫。

"我是……我是秦枫。"秦枫开始紧张起来，那种长期以来对白云山车祸的自责心理又开始从心底里冒出来。

白云山用一种很认真的表情问道："是东方公司成长型基金管理人秦枫小姐？"

秦枫立刻反应过来，是白云山在与她开玩笑，不禁脸涨得通红，佯怒说道："你真是的，怎么这样子吓我们，还以为你又失忆了。"

白云山哈哈大笑了起来，刚毅的脸上露出难得出现的顽皮笑容。

站在他身后的白阿姨用力在他身上拍了几下："你这孩子，开玩笑也没个轻重，看把秦经理担心的。"

白云山搂着白阿姨的肩膀笑着说："妈，再怎么着，秦枫我还是认得的呀。"

秦枫也笑了："别吓着白阿姨就行。"

白阿姨却不依，她拉住白云山的手，极其认真地说："云山，别的你忘了，我都不管，可有一条，你可千万不能忘了，你身上，可流着秦经理的血。"

白云山车祸后急需输血，恰好赶到医院的秦枫是万能输血者。

秦枫有些不好意思地拦住话头："白阿姨，您别总提这个事情了，事实上……"

没等秦枫把话说完，白云山就接过话来："放心吧，妈，绝对忘不了，还有这些年来，秦枫对您一直这么照顾，我知道的。"

秦枫赶紧说："照顾什么呀，就是给吴总建议让白阿姨在公司工作而已。"

白阿姨想到这几年母子俩的艰辛和秦枫的热心相助，一时间百感交集，眼圈泛红："云山，我告诉你，你就算是把我给忘记了，你也别忘记了秦经理。"

"白阿姨，您看他完全康复了，大家高兴还来不及呢，以前的事不提了！"秦枫一边安慰白阿姨，一边对白云山说，"公司最近比较忙，大家都在为投资见面会做准备，就是我上次跟你说过的中东联合投资公司对华投资的事情，我明天中午下班后来接你出院。”

“要是忙，就别来了，这回家的路，我还是记得起来的。”白云山不想太麻烦秦枫。

“这个我相信，不过我的想法是，直接接你去公司和吴总见个面，你看怎么样？吴总也代问你好呢。”秦枫对这个六年前的上司说。

白云山考虑了片刻，点了点头：“也好，就按你的意思，先见见吴总。”

“好，你今天好好休息，我明天还有事情要跟你讲。”秦枫从桌上拿起电脑包准备离开。

“行，我明天上午办理好出院手续，等你过来。”白云山没有问秦枫是什么事情。

白阿姨站在一边，听说秦枫要走，连忙说：“云山，秦经理可辛苦了，是得让她早点回去休息。”又对秦枫说：“秦经理，你也要注意身体啊，我这儿把东西收拾收拾，让云山送送你吧。”说着，就推着白云山赶紧送秦枫。

秦枫含笑点点头，两人并肩往外走去，白阿姨看着他们渐渐远走的背影，脸上浮现出欣慰的笑容，不由自主地眼圈又红了。

两人到了住院部门口，秦枫准备打车，白云山不禁问道：“怎么，没有开车过来吗？”

“没有，我刚刚从澳门回来。”

“从澳门回来？”白云山突然像是明白了什么，但他没有追问。

“是的，你回去吧，明天我再慢慢跟你讲这个事情。”

“那好，明天见。”

秦枫告别了白云山，乘上出租车。直到这个时候，她才开始感觉到了全身的疲惫。毕竟今天她飞行了上千公里，并且还在澳门进行了紧张的数据模型实证。但是，此时此刻，她还有一件最重要的事情必须马上做：将数据模型实证成功的好消息告诉一个人——古天牧。

2

周日　22：30

秦枫回到公寓大楼，进到自己的房间，放下行李立刻就拨打了古天牧的电话号码。

“秦枫！”毫无疑问，对于秦枫深夜来电，古天牧有些意外。

“天牧……”听到古天牧带有磁性的嗓音，秦枫突然感到自己的软弱，她轻声念出他的名字；这两个字既熟悉又陌生，熟悉是因为她曾无数次在心中念着这个名字，而陌生，则因为是她自己硬生生地把这个人的心推到最远的距离，足足六年时间。

“你，还好吧？出了什么事？”古天牧听到秦枫只叫了一声自己，就没有下文，他的心一下子提了起来，顿时感到十分紧张。

“没事，我很好，只是有些累了。”秦枫话音里有些哽咽，只有在古天牧面前，秦枫才会表现自己柔弱的一面。“我刚刚从澳门回来。”

“你去了澳门？你是说……”古天牧的回应迟疑着，但心中却突然充满了期待。

“是的，我去试试老虎机。”秦枫极力控制着自己的情绪，但她控制不了眼中慢慢浮现的泪光。

电话中出现了几秒的沉默，古天牧立刻就明白了秦枫的意思。“顺利吗？”他的声音明显有些紧张和急促，

“嗯，很顺利，中了大奖。”此刻，秦枫的泪水盈满眼眶。

“那么，我现在能马上过来吗？”古天牧听出了秦枫话音里的轻颤，他恨不能立刻飞到她的身边。

“如果你还记得过来的路。”秦枫再也忍不住，泪水倾泻而出。

秦枫的房间在世纪花园旁边三十二层高的毕加索公寓顶层，从这套三居室的窗口看下去，可以鸟瞰整个世纪公园。

放下了手机，秦枫突然觉得全身酸痛。她斜靠在客厅里的黑白条纹相间的意大利真皮沙发上，用遥控器打开了沙发对面矮柜上的“柏林之声”音响，穆特的小提琴声立刻在屋子里流淌起来。

在穆特悠扬婉转的琴声中，秦枫觉得捆绑在身上的重负被慢慢地卸去，逐渐感受到了轻松后的无力，整个人就好像躺到了温暖的棉花垛上。她没有动，就这么倚在沙发上，静静地等候着古天牧的到来。

古天牧开着自己的宝蓝色路虎飞驰在马路上，六年的漫长期待在今天终于云开雾散。

身材高大、外形英俊的古天牧有着明星般的气质，从小到大，他也一直如明星般发出耀眼的光芒。

古天牧出生在北京，父母均为国家外交部高级官员，作为中国驻外使节长期在国外工作生活，古天牧从幼年时起，就接受到中西方文化的共同

熏陶，也形成了他阳光开朗的性格。小学三年级时，他被父母送回北京，由外婆照顾，就读于北大附小、北大附中一直到高分考入北京大学国际金融专业。

古天牧不仅学业优异，而且爱好广泛，堪称全才。他在北大附中创造的校百米纪录至今无人打破，大学期间连续四届夺得全国大学生定向越野比赛冠军，是为数不多的健将级登山运动员之一。大学毕业后，古天牧进入“中投”五期培训班，之后离开北京闯荡上海，选择当时起步不久、实力有限的富海证券公司大展拳脚，短短数年时间，他成功运作多起大手笔项目，不仅使富海证券在自营业务上成为证券行业的翘楚，古天牧也以不足三十岁的年龄稳坐公司投资策略总监的交椅，创下业界奇迹。

古天牧的人生之旅如此顺利辉煌，但当他碰到秦枫之后，却遭遇到前所未有的波折。

飞驰的路虎在红灯的指示下，减速停下，古天牧双手搭在方向盘上，上身往后靠着椅背，仰头向天，从胸腔里深深吐出一口气，回忆着自己与秦枫在“中投”五期学习时开始的相识、相知、相爱。

从“中投”毕业后来到上海，两人在职场中相互鼓励、相互支持，各自事业发展很快，感情迅速升温，共同度过了一段如胶似漆的甜蜜时光。

但在六年前，秦枫的事业遭遇重大打击，在一次金融阻击战中因她的失误导致了公司遭到惨重损失。上司白云山闻讯开车赶往公司，在途中与秦枫通电话时，被一辆违规行驶的大货车撞翻，白云山因此陷入深度昏迷。秦枫深为自责，几近崩溃，拒见任何人。自闭一段时间后，秦枫开始将全部精力投入到数据模型的开发上，对感情避而不谈。古天牧深知这次打击对秦枫的巨大伤害，以秦枫的个性不会在两人的感情里寻求慰藉，她必然会重新站起来，依靠自己的力量。

绿灯亮起，古天牧一脚油门，向秦枫的公寓急驰，一颗心满怀着重燃激情的期待。

六年来，古天牧心中珍藏着与秦枫的感情，也将全部精力投入到事业中，屡战屡胜，成为业界最年轻的投资策略总监。他尊重秦枫的决定，无视秦枫有意的冷淡，始终不远不近地守护着秦枫，保持着朋友般的联系。但在内心深处，他一直等待着秦枫，从未让任何其他人走进自己的生活，即使是辛洁这样的天之骄女。

他相信秦枫内心的强大和过人的才华，他等待着，因为，爱一个人，意味着绝对信任和无悔付出。

半小时后，当古天牧出现在秦枫房间里的时候，这一对等待了六年的恋人，终于深情地拥抱在一起。

“真的好想你，你瘦了好多。”古天牧凝视的眼神中，有着无限的爱怜和疼惜。

“我也想你，”此刻的秦枫已解下多年来层层包裹自己的铠甲，在恋人面前流露出从不示于人前的软弱，一颗颗晶莹的泪珠沿着她光洁的脸庞滴落下来，“对不起，可能是我太任性了。”

“别说傻话了，这怎么能够怪你。只是看着你一个人熬着，我很心疼。”古天牧的鼻梁和嘴唇有着希腊雕塑一般的完美线条。

“都是我不好，我过不了自己的关口，却连累你这些年的担心。”秦枫在古天牧的怀抱中释放出无言的压抑，她知道古天牧一直在等她，六年来他默默付出的关心和等待，其实一直是她心底的慰藉。

“所有伟大的投资家，都要渡过这道关口，华尔街综合征不是谁都能战胜，现在你成功了。”天牧坚强有力的臂弯使秦枫渐渐平静下来。

“对不起，天牧，我不会再让你离开我。”秦枫在爱人的臂弯里呢喃着。

“不会的，我从来就没有离开过你。”古天牧深知华尔街综合征对职业投资人的折磨，“现在还做噩梦吗？”他深情问道。

秦枫缓缓点了点头：“还是在做，不过不像以前那么频繁，我想今后应该会好的。”

“这只是个过程，你一定会走过去的。秦枫，华尔街的大师们都会经历这样艰辛的过程，对市场无形之手的恐惧，对无影无踪的‘它’束手无策，但是，走过去就是新天地，你就会进入更高的境界。”古天牧抚慰着秦枫。

面对古天牧的安慰和鼓励，秦枫更是自责不已：“我好后悔，真的，我不该那么自私地把你推出我的生活。只是我总在想，救赎是我自己的事，成败未知，我不想连累任何人，更不想把你当做自我逃避的避风港。你原谅我好吗？”

“枫，不要再说原不原谅的话了。没有人比我更了解你的个性，我能够理解你的决定，所以，我从未远离过你。只是我也深知，走过这段黑暗，必须靠你自己的力量，如果我在你身旁，反而会让你背着包袱前行。但你一直都知道，我爱你，我在等你，是不是？”

古天牧的肺腑之言，让秦枫的心阵阵酸痛和甜蜜，她为自己六年前的决断而自责，也为这一刻的相拥而倍感温馨。

“天牧，其实我时时刻刻都在想你，每天都想拿起电话拨通你的号码，可是我知道自己心中有阴影，只有战胜心魔，才能像从前那样与你在阳光下携手，这也一直是我开发数据模型的动力。今天，我终于战胜了它，我们又能在一起了。”秦枫看着古天牧，眼神里带着柔情，带着坚定。

“是的，我们不会再分开。”

两人深情对视着，秦枫白皙的面孔慢慢泛起红晕，她突然意识到自己一直被古天牧紧紧搂在怀中，不禁有些羞涩，轻轻扭动了一下上身，似乎想挣脱出来。但这个动作彻底点燃了古天牧难以克制的激情，他俯下头，坚定而又小心翼翼地轻吻上秦枫盈润的双唇，秦枫浑身一颤，这柔软的触觉多年来只在回忆中出现，还没有等她完全适应，古天牧已经按捺不住自己，开始激情地深吻，秦枫的心狂跳着，索性闭上了眼睛，双臂环抱着古天牧的身体，用压抑已久的热情回应着他的浓浓爱意。

窗外，响起了上海今年的第一声春雷，这对恋人没有受到任何惊扰，他们已经完全沉浸在属于自己的两人世界了。

春雨，开始淅淅沥沥地下了起来……

当上海深夜的春雨淋湿浦江两岸的时候，澳门葡金赌场二层的总监控室里，胡立阳终于在录像里发现了秦枫。

精瘦干练的胡立阳从下午开始就没有离开监控室半步，他从林皓月获奖时刻的录像开始跟踪回放，从五千只摄像头中拼接着林皓月在酒店和赌场的行踪。他发现，林皓月的确入住了7026号房间，可是他只是昨天晚上在里面住了一晚，今天中午林皓月在进入赌场之前是从1037号房间出来，而进出1037号房间的，还有另外一个男人和两个女人。胡立阳分析，林皓月背后真正的高手，应该是那个身材高挑、拎着电脑包，穿着一套令人费解的绿色裙装走进葡金酒店的女人。

胡立阳立刻来到司徒明的办公室，向他报告自己的发现。

虽然是深夜，却是赌场最忙的时候，司徒明的精神比白天还要好。司徒明从来不担心胡立阳找人的本事，听到他的汇报后，也来到监控室，胡立阳将编辑好的录像资料放给司徒明看。

“这个穿绿色衣服的女人，很重要，她应该就是我们要找的人，”司徒明反复地看着这段录像资料，然后说道，“和她在一起的男人我好像在哪里见过。”

司徒明闭上眼睛回忆着，过了好大一会儿，他睁开眼睛，摸了摸脑

门，“想不起来了，看来不服老不行啊！”司徒明停顿了一下，继续说，“这个人是专门罩着这个女人的。“

胡立阳很了解司徒明的意思：“大哥，这个人有来路？”

司徒明缓缓点点头：“并且，来路应该不小。”

“大哥，您认为他们……”

司徒明盯着定格在液晶屏幕上的秦枫和郑其伟：“他们不是吃我们这碗饭的人，让我想想。”他沉吟了一下，“金融，应该与金融有关，如果我分析得不错的话，是搞证券投资的。”

胡立阳附和地点点头。

“他们不会再来了，但是，我们一定要找到他们。呃，最关键，是要找到这个女人。”司徒明看着定格的液晶屏幕，指着男人的头像说，“最好不要惊动这个男人。”

“我明白，”胡立阳说，“另外我还有一个发现，您看看。”

胡立阳说着，又调出了一段录像，这是一段关于一个身穿咖啡色夹克衫男人的录像。

胡立阳一边放着录像，一边说：“大哥，您看这个人，好像一直跟着这个女人，还有这个林皓月，但是他们似乎不认识这个人。”

司徒明仔细地看了几遍，抬起头来笑道：“你看得很准，他和我们一样，对这个女人和她手里的东西，很有兴趣。”

“大哥，查林皓月的事情，我已经和老爷子的投资公司联系过了，您看这下一步……”胡立阳问。

“明天一大早，你就动身去上海，与投资公司上海方面的负责人碰上头，找找看。但是一定记住，不要惊动他们，特别是那个中年男人。”司徒明多年的江湖经验告诉他，郑其伟不是等闲之辈，但是，他一时半刻无法确定他的身份。

“这个穿咖啡色夹克衫的男人呢？”胡立阳问道。

“这个人，也要找，找到了他，也许我们会了解到更多、更清楚！”司徒明发出指令。

3

周一 7：00

“叮……”清脆的闹钟铃声将秦枫从梦中唤醒。

秦枫轻轻张开双眸。“真舒服！”昨晚睡得很香，黑夜总是给予白天以活力，良好的睡眠给她的身体注入新的力量。

秦枫拿起床头柜上的笔记本，在昨天记录的三角符号后面，画上了一个圆圈，那个恐怖的无形噩梦昨夜暂时没有惊扰她的梦乡。

推开窗，屋外清新的空气扑面而来，夹带着春天清晨里特有的丝丝湿润，沁人心脾。秦枫摆开芭蕾舞第六手位的姿势，在房间里转起圈来。

秦枫卧室的风格在简洁中透显着雅致，芭堤雅风格的衣柜旁摆放着一张巨大的德国床，床上浅紫色的全棉床单上，印着暗花，是一株株盛开的兰花图案，床头堆着几只同一系列的紫色兰花枕头。房间里没有摆放任何植物，但空气里飘着淡淡的兰花香味，与秦枫的体香浑然一体。

大床的对面是一个柚木英式五斗柜，柜上放着一只圆形的金鱼缸，不过鱼缸里没有养鱼，而是撒满了玫瑰花瓣。于是，兰花香、玫瑰花香，再加上窗外飘进的清新的晨风，秦枫的卧室是一间名副其实的香闺。

秦枫在原地用五手位顺转了三十来圈，然后用三手位逆转着出了卧室，她在上海的清晨里如旋转着的仙子，做着晨运动。

做完了运动，开始准备她的早餐，事实上只用把牛奶放在微波炉里热一下，因为昨晚已在街角的西点店买好了面包，还有，就是要煎一只鸡蛋和煮杯热咖啡。

之后，她端坐在了玻璃餐桌边，餐桌上吊着一只黄铜吊灯，那是从一艘报废的西班牙邮轮上买来的。秦枫打开了吊灯，餐厅与客厅相连，她一边吃早餐，一边开始早上的另一个功课，观看电视直播的早间财经新闻。

宏观经济依然是未知数，微观经济面临压力，电视里的陈词滥调每天都会占用一些时间，但是这是必须的，不过，今天有两则新闻引起了秦枫的关注。

一则新闻是管理层决定大力发展机构投资者，遏制证券交易市场的投机行为，鼓励投资者进行科学投资、长期投资。“机构投资者就一定是科学投资者，就不会是投机者？就一定是理智的长期投资者吗？”秦枫思考着。

另一则新闻是警方破获重大网络足球赌博案件，其涉案金额达到五百亿美元，其中一百亿美元已被警方收缴，该案件为国际赌博集团与内地庄家联合设赌，并且有大量资金流入到中国证券交易市场。

秦枫一边看，一边喝着咖啡想：“股票交易与赌博，同样是钱生钱的游戏。如果在股票投资过程中，不具备一致性正向预期的方法，那么股票投资就成为一种糟糕的赌博，反之，如果在赌博中采取了一致性正向预期的方法，赌博则可以成为一种投资。”

当杯里的蓝山咖啡喝完的时候，她又想到了一个有趣的事情："股票交易里的一些术语似乎借鉴了许多赌场里的东西，比方说筹码、代表筹码金额大小的蓝筹、庄家等，还有就是参与过程的心态，这两则新闻放在一起，不知道是巧合还是有意，但两者的确有着异曲同工之妙。"

秦枫整理完房间，从衣柜里取出一套灰色暗条纹的Armani西服裤装，虽然她大多数的上班装束都是西服套裙，但她还是喜欢经常穿着长裤，那给她带来的是一种洒脱与随性的感觉。

"今天有几件重要的事情，除了吴文松交待的准备投资见面会的材料，还有就是蔚蓝的中恒公司理财专户的五千万中国有线的股票要平仓。"

秦枫穿好了衣服，对着落地镜审视了一下，镜中是一位优雅干练的职业美女，剪裁合身的西服套装更加衬托出身材的完美，她在白皙修长的脖子上挂上一条黑玛瑙项链，又戴上Cartier黑色珍珠鱼皮腕表，椭圆表盘上指针指向了7点45分，她应该出发了。

秦枫将电脑放进一只黑色大挎包里，拎着挎包走出房门，乘电梯直达地下停车场。很快，她驾驶着自己的白色奥迪轿车，沿着世纪大道向金茂大厦驶去。

车开出后不久，秦枫戴上蓝牙耳机，拨通了辛洁的电话。

"生日快乐，辛洁。"秦枫看着前方，微笑着说。

"亲爱的，我就知道今天第一个打来电话的，一定是你。"辛洁的声音有着一种巧克力般的甜蜜。

"今天生日准备怎么安排？"秦枫问道。

"你晚上到我家来喝红酒吧，待会儿我们见面再细说，我上午要来你们公司。"辛洁甜甜地说。

"来我们公司？辛大记者亲自来采访？"

"是啊，采访吴总，老板要我出一份关于机构投资者的稿子，已经和吴总约过了。"

"那好，我们见面再说。"秦枫看着前面的滚滚车流，笑着说。

"好的，亲爱的，待会儿见。"

周一早晨上班高峰时间，塞车一向严重，但秦枫今早一路上却颇为顺利，使她的心情更为舒畅。秦枫很快来到了金茂大厦，电梯还算宽松，同一趟电梯里遇上两位公司同事，几乎还没有等他们寒暄完，就已经到达三十五层，秦枫和同事们一起走进了公司大门。

绕过前台，秦枫走过公司的会客区，穿过走廊来到自己的办公室前。她打开门，直接走到窗前将窗帘拉开，瞬间，阳光透过落地玻璃窗射了进来，整个屋内明亮起来。接着，秦枫在办公桌前坐下，取出笔记本电脑，今天要做的第一件事情，就是填写交易记录单。

时间：周一

市场状态：常态波动

交易对象：中国有线

计划单量：一百万股

昨日收盘价：50元

十日均价：48.5元　三十日均价：47元　六十日均价：46.5元

交易指令：市场价格指令

交易波长：小波长 预期波长1.2%

交易信号：无交易信号，资金赎回交割日到期

信号性质：无

系统风险值：30

交易对象价格风险值：20

交易心理控制方式：

预期市场走势：长期向上

执行单量：

执行时间：

交易后市场反应：

风险控制方式：

……

……

刚刚填写好交易记录单的计划部分，吴文松的秘书严小冉就敲门进来：“秦经理，吴总要我给您的文件。”

“谢谢你，小冉。”秦枫接过文件袋，严小冉笑着摆摆手离去。

秦枫打开文件袋，吴文松交给她的，是关于中东联合投资公司在世界各国的投资情况以及投资分析报告。

秦枫将文件放进了办公桌的抽屉里，带上公司统一印制的黑色皮面笔记本，穿过走廊，来到公司一号会议室，准备参加每天的公司晨会。

会议室里，公司的投资总监以及几位基金管理人都已经坐到了会议桌前。

4

秦枫今天要平仓的账户属于上海中恒投资公司，此刻浦江岸边的一幢高层公寓里，中恒投资公司总经理蔚蓝正悠闲地躺在宽大的浴缸里，将整个身体浸泡在温热的水中，透过紧挨着浴缸的玻璃窗看着黄浦江上往来穿梭的航船。

放在客厅茶几上的笔记本电脑发出有新邮件的提示声，蔚蓝没有马上理会。她头上包着雪白的浴巾，浴缸的水汽渐渐模糊了玻璃，蔚蓝伸出丰腴雪白的手臂用小方巾抹了抹，玻璃重新清晰起来。经过昨夜春雨的冲洗，上海的天空显露出难得的明净清澈，她轻轻抚摩着柔软的小腹，想象着几个月后自己大腹便便的样子，心中又是甜蜜又是紧张，不禁望着窗外的蓝天微笑起来，好一会儿，才强迫自己将思绪拉回到现实中。

蔚蓝从水中出来，身上裹着一条宽大的白色厚棉浴巾，来到梳妆台前。拆开包在头上的浴巾，蔚蓝板栗色的大波浪披肩鬈发瀑布般地倾泻下来。每个见过蔚蓝的人，都会不由自主地想起“风情万种”这样的字眼，因为她不仅美艳动人，而且举手投足间充满妩媚娇柔，全身散发出成熟女人的致命诱惑，偏偏她又是应用这种武器的行家。

一直到用完三明治加燕麦早餐，蔚蓝才开始坐到茶几前的沙发上，打开电子邮箱查看邮件，两封新邮件都来自澳门。

第一封：上海中恒投资公司蔚蓝，请务必敦促东方基金投资专户款项的赎回事宜，保证明日按期交割，并及时划转资金。

第二封：蔚蓝女士，请协助查明以下三人身份背景，今日葡金娱乐场胡立阳总监将来申与你见面。

在这封电子邮件后面，附带了林皓月的照片和身份证号码、电话号码和银行卡号，还有秦枫、郑其伟以及一个穿着咖啡色夹克衫男子的照片，邮件后附带了简要的事件说明。

毫无疑问，美艳性感的蔚蓝小姐，是国际赌博集团的重要成员。

蔚蓝在澳门出生长大，长着一张轮廓分明的欧化面孔，丰润的红唇配合迷离的眼神，轻易使男人心猿意马，可是，没有人察觉到她面具后的脆弱与无奈。

蔚蓝母亲早亡，父亲嗜赌成性。尝尽命运之苦的她，深知求学是唯一出路。蔚蓝天性聪慧，她凭借自身的努力考取了梦寐以求的耶鲁大学并获得奖学金，可此时父亲因欠下巨额赌债，被赌博公司逼债上门。为了这世上仅有的亲人，蔚蓝以身抵债，与赌博公司签下长期工作合约。所幸，赌博集团大老板看中蔚蓝的潜质，同意她出国深造，以便将来为己所用。毕业后，蔚蓝就进入到了赌博集团投资公司工作，多年历练后，现已身居上海投资公司总经理的高位。

蔚蓝很清楚第一封邮件的意义。“集团因为遭受网络赌球案件的冲击，近一百亿美元的资金受到查封和收缴，集团运转着的庞大资金链条出现了断裂，不得已才将已经洗得干干净净的投资款项进行回流，用于弥补短期资金漏洞。”蔚蓝思忖着，“这顺理成章，没有任何问题。”

可是第二封邮件却让蔚蓝有些愕然，因为在照片中，她居然发现一个自己非常熟悉的人——秦枫。

蔚蓝关上电脑，从沙发上站了起来，走到衣帽间。她一边穿戴，脑子里一边在快速地运转着。“秦枫去过澳门，赌场在暗中查找她，从邮件后面的说明来看，秦枫和林皓月采取了某种方法中得了大奖，他们要寻找的其他两个人又是谁呢？”蔚蓝暗自琢磨。

如果是涉及其他人，蔚蓝完全可以立即将有关情况向澳门方面通报，可是现在涉及的是秦枫，蔚蓝不免有些踌躇。她顾虑的不是秦枫，而是和自己密切相关的另外一个人，也就是肚子里孩子的父亲，目前，他和秦枫在一家公司共事。蔚蓝越是琢磨，越是觉得事情开始变得复杂起来。人往往就是这个样子，有些事情只要经过人的大脑过滤后，事情立刻就像起了化学反应，变得扑朔迷离起来。

“不能将秦枫的信息告诉胡立阳，也暂时不能让胡立阳知道自己对秦枫非常熟悉。”蔚蓝穿上一件Prada黑色长袖蕾丝裙，腰间系上金色腰带，经典的蕾丝花朵镂空图案配合贴身的剪裁尽显她的柔媚，而外罩一件豹纹风衣，使她顿时又有了冶艳的性感，蔚蓝看了看镜中自己的精致妆容，戴好首饰，拎着黑色鳄鱼皮手袋，准备出门。

这时，她的手机铃声响了起来。

“您好，我是蔚蓝。”

“蔚蓝小姐，你好，我是澳门的胡立阳。”

“是胡总监啊，我们好久没见啦。”蔚蓝语气中透着好似老朋友般的亲热，实际她之前只见过胡立阳一次而已。

“是啊，很久没有见到蔚蓝小姐了，今天要麻烦你了。”胡立阳非常客气。

蔚蓝知道，胡立阳的客气就像她的外套一样，随时都可以脱下的。

“我已经收到了邮件，听说您今天要来上海。”

“是啊，所以给蔚蓝小姐添麻烦了。”

“瞧您说的，您是贵客，请都请不到呢！几点到上海？我去机场接您。”

“谢谢，我正在办理登机手续，航班三十分钟后起飞，上海见。”

蔚蓝放下手机，从门口走回屋内。“胡立阳到上海还有两个多小时。”她坐在沙发上，点燃了一只香烟，正要送到嘴边，突然想起了肚子里的小生命，赶紧又将点燃的香烟灭掉。

“先去东方基金公司，再去查找林皓月的情况！” 蔚蓝决定后，拿起手机，拨通了秦枫的号码。

“你好，蔚蓝。”

“秦枫，早上好，这个时候来电话，不打搅吧？”

“没关系，你请讲。”

“我想确认一下我们公司账户交割的事情。”蔚蓝的声音很柔和。

“没有问题的，明天一定可以按时交割，如果你有时间，下午三点以后过来一趟，我们到楼下的中国银行办理预约手续。”

“那太好了，不过，秦枫，如果不打搅的话，我想现在就过来一趟。”

“好的，我现在正在会议室，马上准备开晨会，如果你到了，我们的会议还没有结束，就请你稍候片刻。”秦枫考虑得很周全。

“行，那你先忙你的，我慢点儿过来，再见。”蔚蓝挂断手机，立刻快步走出门去。

周一　8：30

秦枫放下手机，在一号会议室里，投资总监钱向东、价值型基金管理人华迪、公司指数型基金管理人季增宇、债券投资基金管理人李宏韬都已经到齐，大家围坐在会议桌前，你一言我一语地评说着管理层关于发展机构投资者、鼓励科学投资、长期投资的新闻。

“鼓励长期投资，我觉得首先要取消这个基金业绩排名，这每个月也排，每个季度也排，让人家怎么能安心下来搞价值投资啊，不都指望着短期炒作了。”季增宇发着牢骚。

“排名吧，你们受不了，不排名吧，你们更受不了。”吴文松一边笑呵呵地说着，一边走进会议室大门。

5

吴文松虽然总是面带微笑，和蔼可亲，但是工作效率却非常高，晨会一向都进行得快捷而高效，三十分钟不到，他就将日常交易事宜基本部署完毕。不过，吴文松没有马上合上面前的笔记本，大家看情形就知道，他还有事情要讲。

“日常的事情，今天就讨论到这里，”吴文松清了清嗓子，继续说，“现在有一件重要的事情想和大家商量，就是关于明天下午五点，在香格里拉大酒店召开的中东联合投资公司与本土基金公司的投资见面会。”透过会议室的落地玻璃窗，吴文松朝着窗外不远处香格里拉大酒店的方位做了个手势。

“这两天，大家都在加班做准备工作，我看了一下各位报上来的材料，觉得都非常好。不过，现在面临着一个比较困难的选择，那就是，我们公司派哪一位去参加这个投资见面会比较合适。”

“钱总监，请说说你的意见。”吴文松的目光落在了一个四十多岁，戴着一副纯钛无框眼镜的男人身上。

钱向东是东方公司投资总监，全面负责公司的具体投资业务，他略作思考后，说道：“这次见面会是近期业界关注的头等大事，树欲静而风不止啊！我认为，这件事情最关键的，是要了解其他公司都准备采取哪些投资策略来参加这次见面会，实际上，各家公司拿出来较量的，就是投资交易决策体系。”

吴文松点点头，接过话来：“是啊，钱总监说的对，证券投资，归根到底，最关键在于投资交易决策体系。每年世界各国的投资理论界也好，投资实务界也好，花那么多资金，那么多精力，为了什么？都是为了开发、研制、验证有效的投资交易决策体系，希望能够在投资策略上有关键性的突破。可是到目前为止，不用说国内的投资机构，就算是国际上先进的投资机构，也没有在之前的经典投资策略上有所突破。”

“吴总，这种突破谈何容易啊，要是突破了，那就获得诺贝尔经济学奖了。”季增宇年轻气盛，一向敢于直言。

“季经理说的对，1990年，美国人夏普因为资本资产定价模型而获得了诺贝尔经济学奖，从而开创了现代分散化科学组合投资理论，这才有了当今投资实务界一直应用的指数化投资策略。而因为期权定价模型获得1997年诺贝尔经济学奖的得主默顿和舒尔茨，加盟了美国长期资本管理公司后，发现了债券跨市场间的套利机会，从而点石成金，令这家公司在短短四年时间里，从一个小规模的投资基金公司发展成为与量子基金、老虎基金、欧米伽基金齐名的公司，被称为国际四大‘对冲基金’。虽然在后来的俄罗斯金融危机中，长期资本管理公司出现了巨大的投资失误，但是期权定价模型现在已经广泛应用在金融各领域。”吴文松环视着大家说道，“所以说，在投资交易决策体系上取得突破是我们投资基金管理公司发展的关键所在。”

“吴总，您该不会是要我们开发出一个投资模型，创立一个新的投资交易决策体系吧？”季增宇笑着说。

“呵呵，现在啊，秦枫的研究有了进展，我想让她去试试。”吴文松笑着说，此言一出，众人均是一怔。

吴文松顿了顿，环视着在座的各位，看大家都没有出声，他接着说道：“秦枫经理最近几年一直都在研究股价波动随机性的问题，大家知道，这个问题是证券投资实务的核心问题。”吴文松又停了下来，看大家依然都用疑惑的眼神看着他，继续说，“我昨天找秦经理谈了谈，觉得她在随机性问题的研究上，已经取得了一定的突破，所以，我想让她代表我们公司去试一试。大家都知道，现在各家公司大多数采用的，无非就是指数化投资策略、价值型投资策略、成长性投资策略和统计学派投资策略，还有那些扯得太远的所谓的灵活策略和主题投资策略，如果各家都拿着同样的投资策略去竞争，这样彼此之间比较的，就不是投资策略而是公司的管理资金规模了，以我们东方目前的规模状况，很难稳操胜券啊！”

吴文松的一席话，无疑向大家抛出了一颗炸弹，一下子把毫无防备的众人都炸蒙了，这个消息来得太突然，并且吴文松也没有具体谈及到秦枫在股价波动随机性上作出了什么程度的突破，一时间，大家都不知道从何说起，会议室一片沉寂。

钱向东轻咳了一声，打破了寂静：“这的确是一个令人惊讶的消息，如果秦经理对于股价波动的随机性有了突破，那么严格的说，就应该研发了具体的投资模型，并且投资模型必须要经过市场验证以及跨市场随机数据的检验，否则，在国际大投资公司面前，很难具有说服力。”

很显然，钱向东对秦枫在随机性上的突破难以置信。不过，无论是吴文松还是秦枫，都没有开口对这个问题作过多的解释。

钱向东继续说：“何况，仅仅有投资模型还远远不够，一个完整的投资交易决策体系如果仅仅有市场分析模块，只能说是完成了整个投资决策体系的20%，还有80%的风险评估模块和心理控制模块怎么办？这都是问题。我并不是反对秦枫经理代表公司去参加这个投资见面会，我想说的是，中东联合投资公司是跨国老牌投资公司，我们不能拿没有经过市场验证为有效的东西去参加竞争。如果万一，我是说万一，在论证过程中出现了关键性的错误，对公司的打击也是可以预期的。”

吴文松合上了笔记本：“钱总监说的很有道理，我看这样吧，秦枫经理今天尽快地把相关材料准备好，我们明天晨会再详细讨论，大家看看意见如何？”

围在会议桌前的基金经理们，包括钱向东都把眼光投向了从始至终一言未发的秦枫。秦枫心里很清楚，吴文松这样安排是在替她考虑，也让同事们有一个心理准备，并且不至于过早地对外暴露投资模型的存在，她迎着大家怀疑的目光，对着吴文松点了点头，用平静的语气说道：“我尽量完善资料，明天给大家讨论。”

晨会散会后，大家鱼贯而出，秦枫走在最后面。刚刚走出会议室，她就闻到了走道里有着一丝淡淡的清香，不错，这是Chanel Chance邂逅香水的味道，辛洁到了！

第三章

1

辛洁和吴总的秘书严小冉正坐在总裁办公室旁的专属会客室里聊着天。辛洁穿着一条红色长袖连衣裙，她将一条蓝白色图案的Hermas丝巾折起来，系在窈窕的腰间，在侧边打了一个漂亮的结，她的宝蓝色漆皮大包放在会客桌上。

和秦枫一样，辛洁也喜欢Chanel的饰品，不过她戴着的是一串Chanel金色镂空山茶花项链，黑色的长发随意地披洒在肩上，发尾微卷，在这样一个春天的早晨，她就像一朵洒满露珠的法兰西玫瑰在会客室里绽放着。

秦枫走进会客室，望着辛洁微笑着："我们的时尚女王驾到！"辛洁笑了起来，立刻站起身迎上前，张开双臂给了秦枫一个拥抱。"嗨，亲爱的，会开完了吧！"

辛洁中高身材，原本比秦枫要稍微矮一点，不过今天她穿着一双蓝色高跟鞋，就和秦枫一般高了。

秦枫轻轻搂着她的双肩，由衷地说："你真美，生日快乐！"

辛洁一向对穿着极为讲究，又特别喜欢鲜艳的色彩，这是她鲜明热情的个性使然。同时，她对色彩的配搭十分擅长，有着自己独特的品位，是公认的时尚混搭高手。

从小家庭的富裕和父母的宠爱给了辛洁远远超过常人的优越感，无论走到哪里她都能轻易地成为人群中的焦点，她常常在别人眼里看到对自己的羡慕、惊艳或者嫉妒，对此她已习以为常。辛洁的朋友不多，秦枫是最特别的一个。

秦枫与辛洁在人大校舍里同吃同住，像所有少女一样，成为闺蜜之后共同分享着属于自己的小秘密。她们相互欣赏着对方，秦枫喜欢辛洁的热情开朗，辛洁欣赏秦枫的淡定冷静，尤其是秦枫在数学方面展现的才华让众多男生到了望而生畏的地步，常使辛洁暗自佩服。而秦枫从容不张扬的个性从没影响到辛洁在学校里众星捧月的地位，更使辛洁在潜意识里感受到一种安全感。所以，这么多年来，两人一直保持着在学校时的亲密关系。

“不快乐，”辛洁娇嗔着，“都觉得自己老了，不敢过生日了。”

“你要是老了，这天下就没年轻人了，我更成老巫婆了。”秦枫边笑边摇头。

辛洁指了指边上的严小冉：“你看小冉，多青春啊！看上去就羡慕。”严小冉大学毕业两三年了。

严小冉忍不住笑了：“辛小姐别笑话我了，谁不知您是公认的美女加才女，我才是无比羡慕呢！”

秦枫也笑着：“你看你，漂亮得简直不近人情，还要调侃人家。”

辛洁的瓜子脸上，一双美目眼波流转，听着两人的夸奖，很是开心，继而神秘地对秦枫说：“晚上去我家喝红酒啊！一醉方休，到时我有件重要的事情要宣布。”

“好，晚上我过来。”秦枫说，“我们的会开完了，你去采访吴总吧！”

严小冉也说：“辛小姐，吴总说了，请您去他的办公室。”

辛洁对严小冉笑了笑：“好的，这就去。”转身又对秦枫说：“采访很短，就几个问题，能交差就行，我一会儿到你的办公室。”说完，由严小冉引着路，来到总裁办公室。

吴文松已经坐在靠窗的沙发上，看到辛洁，站起身来笑呵呵地说：“辛洁，让你久等了啊，过来坐。”

辛洁走近吴文松，依然用她那巧克力般的甜蜜说道：“吴总，打搅您了，真是抱歉。”

吴文松一脸的和蔼可亲：“别客气，也好久不见你了，你们都长大了，你父亲好吗？”吴文松与辛睿夫交情不浅。

辛洁在吴文松对面的单人沙发上坐下：“谢谢您的关心，他挺忙的，我跟他碰面的机会也不多。”接着直接转入正题：“社里需要有实力的投资基金管理公司对机构投资者的责任发表一些看法，总编说了，找您就最合适。”

吴文松不禁笑了起来：“找我合适？你们总编啊，她怎么忘记了你是谁的女儿了，辛睿夫的女儿，哈哈，还有谁说的话比你爸更有分量啊！”

“别提我爸了，他对我不好，还是吴叔叔对我好。”辛洁嘟起了红唇。

“好，开始问吧，今天打算问几个问题？”吴文松一派长者的慈祥。

“吴总，就三个问题，好不好？”辛洁打开采访录音笔。

“行，三个问题。”吴文松在沙发上挪动了一下身躯。

“第一个问题，东方公司将采取什么方式来稳定市场？”辛洁问了第一个问题，这个问题无疑是给予了吴文松一种压力，无论吴文松回答采取什么方式，无疑就是告诉辛洁，东方公司不仅对证券交易市场证券价格具有影响能力，而且将东方公司一下放到了操控市场的角度。

吴文松慢条斯理地回答道：“我们东方证券投资基金管理公司坚持价值投资、长期投资，绝不会受市场杂波影响而采取短期投机行为。”

“第二个问题，东方公司在稳定市场与给予客户回报之间如何选择？”辛洁的提问直接将稳定市场与客户回报对立起来。

对于这个问题吴文松几乎不假思索地回答道：“我们东方公司相信，只有健康发展的市场，才能给予我们的客户长期稳定的资产增值。”

“第三个问题，明天下午，中东联合投资公司将与本土投资基金管理公司进行投资见面会，东方公司将采用什么投资策略参与这次竞争？”对于这个问题，辛洁并没有期望吴文松能多说什么，但是让她感到诧异的是，吴文松在这个问题上，却以完全意外的方式谈了起来。

“事实已经证明，只有采用有效的投资策略，才能使得投资资金在高风险的证券交易市场里保持长期稳定的增值，目前证券实务界也大都采取诸如指数型投资、价值型投资、成长型投资等经典投资策略。但是，证券市场有一个铁的规则，那就是‘零和游戏’规则，任何投资者都无法凌驾于这个游戏规则之上。这样看来，如果某种投资策略被广泛应用，即使再有效、再经典的投资策略，都将削弱甚至丧失其有效性，所以东方公司一直以来，都本着科学客观和严谨务实的态度，开发和实证新的投资策略，并且取得了一些突破，所以，在明天的投资见面会上，我相信我们东方公司会拔得头筹。”

吴文松的回答让辛洁感到非常意外，她没有想到一向不露声色的吴文松会以这样一种姿态进行表态。

她不禁继续问道：“那么东方公司究竟会采取什么投资策略呢？”

吴文松又笑了：“这是第四个问题了，明天就会知道了。”他抬起手看看腕上的萧邦正装表，“快开盘了。”

辛洁知道吴文松想说的都已经说了，不想说的，那是怎么也问不出来的，就甜甜地笑着说：“吴总，谢谢您的接待，您还有好多事情要忙呢，我就先告辞了。”

吴文松笑眯眯地送辛洁走出总裁办公室大门，挥手说：“代我问你父亲好。”

辛洁应着：“谢谢，一定！我去秦枫那里坐坐，就回社里发稿子了。”

吴文松知道辛洁和秦枫是好朋友，点点头，转回了办公室。

辛洁来找秦枫的时候，秦枫正埋头仔细研究吴文松给她的关于中东联合投资公司的相关资料。

“我觉得，你一进入工作状态，就有一种特殊的气度。”辛洁一边走进秦枫的办公室，一边说。

秦枫抬起头来：“这么快就采访完了？”

“吴总打发我有的是办法，三言两语就把我给‘咔嚓’啦！”辛洁做了一个手枪的手势。

“得了吧，你不咔嚓人家就好了，”秦枫笑着说，“坐会儿吧！”

这时，辛洁注意到秦枫颈上的黑色山茶花玛瑙项链，不禁发出惊呼：“哇，亲爱的，你的这条香奈尔项链真别致，比我的好看，你戴上高贵得像个公主。”

山茶花造型的黑色玛瑙在秦枫白皙嫩滑的锁骨间微微摇动着，银色的链条顺着锁骨向里蔓延。锁骨，才是真正的美女最性感的地方，黑色和银色相互纠结着，犹如与灵魂的优雅相约。

“你才是公主呢，并且是今天过生日的公主。”秦枫嘴角上翘，对辛洁的快言快语早就习以为常，眼里带着宽容的笑意。

这时在她们的背后，传来了一个声音：“今天谁过生日呀？不知道我是否能有幸得到邀请？”

秦枫和辛洁回头一看，是公司价值型基金管理人——华迪。

辛洁看华迪来了，立刻收起了和秦枫之间的无拘无束，对秦枫说道：“股市马上开盘，我不打搅你了，咱们晚上见。”

说完，转身对着华迪：“想被邀请啊，可以，”然后抬起右手放在耳边，做了一个打电话的手势，“晚上，等着电话吧！”

说完，对秦枫抛了一个告别的眼神，然后像一片红色的云彩般飘然离去。

看着辛洁离开，华迪和秦枫不约而同看了看手表。

9点28分，两分钟后股市开始交易。

前十分钟的交易完全在秦枫的意料之中，市场在预期的正常状态下波动，中国有线的股价开盘在50.15元，随后股价在前日收盘价附近进行小幅震荡。

秦枫开始下达委托指令。为了保证小波长离场，不引起回波效应，她的每份委托单量都保持在一个相对较小的水平，基本上控制在每单两三百手之间。在这样的状态下如果再正常运行三十分钟，秦枫将考虑将今天的交易任务转交给交易员去处理，自己则一心准备与中东联合投资公司投资见面会的相关材料。

9点42分，正当秦枫开始准备向交易员下达交易任务单的时候，秦枫办公桌上的三台电脑中，负责市场信息的那台电脑开始出现了信息报警声，秦枫抬起头移动鼠标打开了这份警告信息：

据权威人士透露，中星二十五号卫星上周成功升空，这将意味着我国所有地区被卫星电视信号所覆盖，全国所有电视观众将彻底告别有线电视时代，卫星电视信号接收器将会帮助观众无限制接收来自于世界各国媒体播放的即时电视节目，并且无需承担任何收视费用，同时，这也意味着目前处于垄断地位的有线电视网络的历史使命宣告结束。

消息来源：证券信息网

秦枫仔细看了看整段消息："纯属无稽之谈。"她没有将这则消息放在心上。"这种坊间的毫无根据的传闻每天在互联网上如雪花一样纷飞，犹如乱花迷眼。"在通常状态下，这样的信息最多也只会引起市场中极个别中小投资者在极短时间内的心理波动，在股价的表现上，有的时候，会产生一丁点杂波，但在大多时候，不会产生任何有实质性意义的影响。

秦枫继续填写即将转交给交易员的交易委托单。

9点44分，信息报警声再次响起，这次是一则针对刚才传闻的评论：

中星二十五号卫星的升空引起了各方关注，此前证券信息网发表了有关业内人士对于有线电视的悲观预期，本人认为，这种悲观的预期如果成为事实，首先受到冲击的无疑就是有线电视的龙头企业——中国有线，如果卫星电视真正拔掉了电视机后面的长尾巴，那么中国有线的确是要开始考虑电视观众离去后，自己将何去何从，这同样也是中国有线的投资者所要考虑的问题。

《证券日报》记者：辛洁

看到这篇报道，秦枫的头皮有些发麻，等到看到落款人是辛洁的时候，她的后背一阵凉意："辛洁！她怎么突然对这个消息发表评论，她难道不知道她所说的每一个字对于市场中小投资者的影响？"果然，几乎是在秦枫看完这篇报道的同时，中国有线的股价开始出现了一些令人不安的波动，不断地有大笔卖单向下直接按照指令价格卖出，股价从50.10元开始迅速下跌，在不到七分钟时间里，股价跌到了47.5元，整整下跌了五个百分点，然后在47.5元附近进行小幅的震荡。

这样的市场状态，已经超出了秦枫的预期，这种股价的突然转变，她已经很难按照市价进行小波长的离场了，不仅无法按照市价离场，而且即使向下按照指令价格离场，按照她一百万股的单量，要不了几单就会将股价卖到跌停。

秦枫默默地看着股价突然出现的急剧波动，她的第一反应是首先停止交易，第二步就是立刻开启模型，进行市场分析，重新拟订交易策略，可是偏偏就在这个时候，她办公桌上的电话铃声响了。

"您好，秦经理，前台有位中恒投资公司的蔚总找您。"公司前台的接待员说话向来非常礼貌，并且从来都不紧不慢。

"好，请她进来。"秦枫放下电话，此时她的数据模型刚刚只打开了数据库部分。

"秦枫，你好。"不到一分钟，蔚蓝就站在办公室门前，轻轻地敲了敲开着的玻璃门。

"蔚蓝，你好。"秦枫站起身来，微笑着迎上前去。

"这个时候来不打搅你吧？"蔚蓝的脸上带着一种动人的笑容。

"不打搅的，不过也许不能陪你谈太长时间。"此时秦枫内心有些焦急，她需要时间马上考虑市场变化的应对之策，但她没有将这种情绪流露出来。

"其实也没有什么特别要紧的事情，我来就是想问问，明天我们是否可以按时交割？集团公司那边催得很急。"蔚蓝说。

"没问题的，蔚蓝，按时交割一定没问题，"秦枫淡淡地微笑着。

"那就好，你看我们是不是要去银行办理一下预约？"蔚蓝问道。

"蔚蓝，我现在手头有几笔比较紧急的交易要做，你看我们是否可以下午三点收盘以后再一起去银行，不过那样就又得麻烦你再跑一趟了。"秦枫依然保持着得体的微笑，征求蔚蓝的意见。

"没问题的，反正我也没有那么紧急的事情要做，"蔚蓝的每一个动作都恰到好处地表现出她的妩媚，即使是对秦枫轻轻地摆手，"那我到华经理那里聊几句就走，好久也没有碰到他了。"

"你们是校友，是应该好好叙叙旧，"秦枫道说，"很抱歉，我这会儿不陪你了，下午见。"

蔚蓝微笑着点头告辞，秦枫办公室的对面就是华迪的办公室，蔚蓝敲了敲门，华迪办公室的大门打开了。

浦东黄浦江畔一座带院子的老别墅，一层右首的房间是郭怀恩的交易室，郭怀恩正和他的交易员卢林在一单一单地往下卖出中国有线。郭怀恩就有这个本事，他总是能够弄到他所要阻击的股票的底仓，这次，又不知道他是在哪家大户手上借来了一些股票，用来配合消息对股价进行短暂打压。

"慢慢打，我们手上的货不多，"郭怀恩告诫自己的交易员，"现在最关键是要等着她开始卖出，你看，吕品的股评出来了，我看是到了她作决定的时候了。"郭怀恩指了指电脑屏幕上显示着的吕品的股评。

目送蔚蓝离开自己的办公室，秦枫刚刚转过身来，她电脑上的信息警示又"嘟嘟"地响了起来。秦枫快步走过去，点开鼠标一看，是富海证券的证券分析师吕品对中国有线进行了即时股评：

> 从消息面上看，中星二十五号卫星的升空无疑是给中国有线最沉重的打击，这个打击是致命的，卫星电视的市场份额将会在今后逐年提高，直到有线电视完全退出市场，所以，本人对中国有线的基本面不再进行任何评价，因为中国有线已经丧失了基本面，而从技术面来分析，今日中国有线的股价如果不能收回到五日线上方，则在均线系统上，在高位形成死叉，随机指标也形成了高位死叉，综合评定，我们给予中国有线卖出评级。

吕品用所有分析师一贯的表达方式综合地评价了中国有线。

秦枫看着吕品的评价，既生气又觉得好笑，生气的是吕品纯粹是在胡说八道，好笑的同样是吕品纯粹是在胡说八道。

但是，不管是生气也好，还是好笑也好，秦枫这个时候已经作出了一个肯定的判断——自己遭受了阻击！

2

周一 9：50

吕品的股评过后，股价随即出现了再次大幅下跌，中国有线从下跌

5%迅速下跌到8%，股价在46元附近徘徊。

秦枫用铅笔在面前的文稿纸上写着：1.分析判断阻击的性质；2.重新拟订交易策略；3.厘清阻击资金来源。她犹豫了片刻，在文稿纸上重重地写上了三个字，4.反阻击。

秦枫看着不断跳动着的股价显示屏，冷静地进行着分析：“股指大盘依然保持着正常波动，系统风险值依然处于低风险状态，而在所有几千只股票当中，有线电视上市公司除了龙头企业中国有线，还有其他五家地方有线电视上市公司，而这些公司的股价并未受到今天相关消息的影响，仅仅是在中国有线出现大幅下跌的时候，出现了短暂的脉冲式的下跌后，股价随即恢复到了正常波动状态。同一板块的股票受到龙头企业影响，出现脉冲式下跌，这完全符合股票价格波动的心理性特征。而这些相关公司的股价随即恢复到正常波动状态，说明整体市场对于市场传闻以及相关的财经评论并未动摇市场主要投资资金对于有线电视行业的投资发展预期。”

秦枫在市场分析单的系统分析一栏，填写了分析意见，同时打开了自己的投资模型，目前秦枫的投资模型已经可以动态地分析市场在未来三个月内的运行发展方向。“投资模型中的整体市场动态跟踪检测模块认为，目前整体市场并未出现逆转信号，未来三个月内整体市场依然保持着震荡向上的发展趋势。”

秦枫在市场分析单的市场动态监测一栏也填写了自己的分析意见。

接下来，秦枫将今天对于有线电视板块不利的消息以及财经评论纳入到了投资模型中进行了市场外部数据分析，然后就中国有线具体的交易情况进行了分解。

秦枫静静思考着：“虽然中国有线的股价出现了大幅的下跌，但是从换手率上来看，并未出现大幅增长，而从成交价格的统计分析上来看，并未出现主要股东减仓迹象。”

“中国有线目前的主要股东分别是华诚基金、东方基金和一个自然人股东沈露露。”秦枫将中国有线的主要股东填写在了交易分析单上，“华诚基金总裁辛睿夫是辛洁的父亲，他绝不会受到这样的市场评论影响而抛售股票，即使是辛洁的评论，并且从市场检测上来看，华诚基金也没有采取任何交易措施。东方基金另外九百多万股的持仓集中在自己所管理的另一只基金上，而持有三百多万股的自然人股东沈露露，已经持有中国有线七年时间，从来没有进行过任何一笔卖出交易，她是一个神秘的长期投资者，市场内部数据分析显示，沈露露也没有采取交易措施。”

秦枫在交易分析单的仓位分析一栏中填写了分析意见。

秦枫抬起头，用左手托着下巴，眼睛深深盯着在下跌8%位置小幅波动的中国有线股价，然后右手握笔在面前的交易分析单上写出最终的分析结论："点对点综合阻击！"

当秦枫确定了对方的阻击性质时，她的全身不由自主地微微一颤："又来了！过了六年，又来了！"

秦枫站起身来，她没有再看中国有线股价的跳动："点对点的阻击，是精确化的打击行动，这种精确化打击行动的前提就是对于对手的交易行为了如指掌。"

"自己上午已经进行了卖出，按照规定，自己今天哪怕是卖出了一手，也不能再进行回转交易，更何况今天这个账户的股票要彻底出清。"秦枫走到办公室门口，伸手关上了玻璃门，然后又缓缓走到了玻璃窗前，看着不远处滔滔入海的黄浦江，"看来对手胜券在握。"

"点对点阻击，自己已经完全被对手掌控，可是，这种阻击的风险也是可想而知的，对方没有百分百地掌握自己的交易情况，是不敢轻易采取这种阻击行为的，更何况还结合了媒体和股评，这种综合的阻击分明就是要将自己置于死地。"秦枫双臂在胸前环抱着，修长的身影此刻显得有些凝重，"能够确切知道自己交易信息的人，只有公司内部人，包括蔚蓝都不清楚我的交易信息。"秦枫内心非常不愿意面对这样一个事实，"公司内部有内奸！自己身边的人出卖了自己，联合炒家发起了今天的阻击行动！"

"那么是谁？为什么要下这么重的手？"秦枫环抱在胸前的双手渐渐地握紧成了拳头。

秦枫的思维在脑海里飞速地旋转着："是钱向东？因为中东联合投资公司见面会的原因？不可能，吴文松提议将派自己去参加见面会是今天晨会的事情，这样的阻击行动，至少要提前一天计划。季增宇？是这个胸怀大志、冲劲十足的指数型基金管理人？应该也不会，季增宇外表看似桀骜不驯，实际上是一个非常稳重而专业的人，他不会违背自己的投资原则和做人的底线。"秦枫思忖着，"华迪？自己办公室对面，现在正和蔚蓝交谈的华迪？更加不可能，华迪是'中投'四期毕业生中的佼佼者，是价值型投资的代表人物，他怎么可能去采取这种投机行为……"秦枫不停地在内心里自问自答。

"但是，事实是，在公司内部已经出现了内奸，没有其他人能够准确掌握自己的交易信息。"秦枫抬起手腕看了看表，9点55分。"不管怎样，先向吴总汇报一下。"

秦枫走到办公桌前，关上了数据模型，将装有数据模型的移动硬盘锁到了抽屉里，然后拿起交易分析单走出了办公室。

秦枫边走边想："等了六年，你终于来了，这一次，一定要进行强有力的反阻击。"还没有走到总裁办公室的门口，她就已经有了一个具体的反阻击方案，"吴总一定会同意，"秦枫心里暗自思量，"这个方案对于吴总来说，下决心并不难。"

秦枫敲门的时候，吴文松刚刚放下电话，看到秦枫在门口，忙招招手："秦经理，快进来坐。"等秦枫坐下，又紧接着问："中东联合投资公司的资料都看过了吧？"

"看过了。"

"好，你赶紧开始准备资料，等资料备齐之后与钱总监聊聊，他会同意由你代表公司去开会。"吴文松信心十足。

"吴总，我有另外一件事情要向你汇报。"秦枫看着一脸春风的吴文松，"我遭遇了阻击！"

3

秦枫说着，将手中的交易分析单递给吴文松。

吴文松接过交易分析单快速浏览了一遍，然后在办公桌上的电脑中调出中国有线的交易行情进行着自己的判断，他的笑容开始慢慢地褪去。

"点对点阻击。"吴文松一脸严肃，一字一句说道，这句话不是在问，而是对秦枫观点的肯定。

秦枫看着吴文松少有的凝重表情，轻轻地点了点头："是的。"

吴文松用左手的手指缓缓叩击了两下桌面，然后直视着秦枫："那么就是内部出问题了。"吴文松沉声说道，一向和蔼的眼神顿时变得锐利起来。这是他最不希望看到的事情，但是却真真实实地发生了。

"说说你的想法。"吴文松将交易分析单递还给秦枫。

秦枫伸手接过分析单，语气坚定地回答："先解决赎回的问题，同时启动反阻击。"

吴文松眉头紧锁："如果公司内部有问题，这比遭遇阻击更为严重。如果进行反阻击，你一个人无法完成，稍有不慎，恐怕又会落入炒家的圈套。"

"可是，吴总，如果不反阻击，那我们就直接进了炒家的圈套，并且也无法查处内部泄露今天交易信息的人。"秦枫提出了自己的看法。

“但是，也许炒家的目的就是希望你反阻击。”吴文松思考着。

“您为什么这么看？”

“秦枫，你看啊，炒家启动综合性的阻击，一定是有备而来，而你的仓位只有五千万，炒家在这五千万上阻击一把，预计也就是一千万左右的利润，炒家不会为了这区区一千万启动综合性阻击，所以我认为他们还有别的目的。”吴文松看了看电脑屏幕上中国有线的股价，现在还维持在下跌8%之间波动，心里明了，“这明显是在等着秦枫卖出剩余的股票。”

“如果我要出清手上的股票，估计价格就会直接到跌停位置，不出意外的话，明天中国有线会出澄清公告，炒家顺势拉上去，就可以全身而退，两天时间他们就完成了这次阻击，除此以外，他们还会有什么目的？”秦枫问道。

“你说的也有道理，可我总是感觉，他们要的不仅仅是这一千万的利润，恐怕还有其他的东西。”吴文松在金融圈内拼杀多年，对事情自有一套看法，“这样吧，你和华迪做一个对冲交易，在这个价位附近，你把股票卖给华迪，这样的话，既可以让你顺利出清，股票也没有流失到对方手上去。”毫无疑问，这是目前为止最好的解决方法。

秦枫无法说动吴文松同意进行反阻击，她可以理解吴文松的决定，毕竟从公司层面上来看，这是比较稳妥的方法。可是听完了吴文松的话，一阵如乌云般的巨大阴影开始在她内心蔓延，吴文松的这个决定无疑让她在六年之后，再次背负遭受阻击而失败的压力。六年前的压力曾经让她不堪重负，这一次虽然没有六年前那样惨败，可是失败就是失败，失败这两个字用世界上的任何文字都无法解释为胜利。尽管有“失败是成功之母”的至理名言摆放在每个人的面前，但是对于自己来说，投资生涯又能有几个六年，自己的生命又能承受多少次失败之重，而要卸掉这个重负的方法就是胜利，何况反阻击的方法就明明摆在眼前。

但是，秦枫内心也非常清楚，目前的状况下，暂时无法说服吴文松采取反阻击：“先按照吴总的意见，将手上的股票仓位出清。”虽然心中很不舒服，秦枫还是尽力说服自己接受公司的指令。

吴文松看出秦枫神色有些黯然，他的脸上已经恢复往常的和蔼，语重心长地说道：“秦枫啊，胜败乃兵家常事，你现在最重要的，是赶紧把赎回账户上的股票出清了，然后全心准备中东联合投资公司的见面会，争取在见面会上一举成功。这个时候，大局为重啊！”

秦枫点了点头，此刻，外表看上去依然沉稳干练的她，内心如同被一座沉重的大山压着，有些缺氧的感觉：“好的，吴总，我和华迪做对冲。”

吴文松给华迪打完电话后，很快华迪就出现在吴文松的办公室。

华迪身高一米七八，身材稍瘦，穿着一套深蓝色单排扣西装，戴着一副金丝边框眼镜。他是耶鲁大学金融专业高才生，回国后又被选入“中投”四期进行培训，这位价值型投资基金管理人平时言语不多，在任何场合都表现得儒雅得体，极有风度。

华迪在吴文松的示意下，坐在了秦枫身边的皮质坐椅上。

吴文松给华迪简单地讲述了秦枫遭遇阻击的情况，华迪微微带着笑意的脸上也渐渐地阴沉了下来。

“这种精确的阻击，恐怕是有消息泄露了。”华迪说着，转身看了看秦枫。

秦枫是“中投”五期毕业生，华迪是她的师兄。

秦枫无言地点了点头。

“吴总，计划启动反阻击吗？”华迪问吴文松。

秦枫听了华迪的问话，有些动容，她很感激华迪此时能够提出这样的建议。

“不启动，现在的计划是你和秦枫就在这个价位对冲，事实上，这也是对炒家的一种反阻击。”吴文松用平和的语气说道。

“也好，这样做炒家没有拿到秦经理太多的筹码，也算是没有占到多大便宜。”华迪看了看秦枫，又看了看吴文松，然后点头说道。

“秦枫，你看还有没有其他的意见？要是没有，就这么办吧。”吴文松虽然主意已定，他还是微笑着征求秦枫的意见。

“好的，我没有意见。”秦枫简洁地回答。

秦枫和华迪走出了吴文松的办公室。

在走廊上，华迪轻轻问了句：“你还好吧？”话不多，秦枫已感受到他的关心。

秦枫展颜一笑，看不出一丝内心的震荡：“没问题，我们准备做交易吧！”

“好，我把蔚蓝送走，我们就开始交易。”华迪说。

秦枫站在办公室门前，华迪送蔚蓝出来的时候，她顺便给蔚蓝打了个招呼，华迪送着蔚蓝走向公司门口，秦枫则回到了自己的办公桌前，查看中国有线的交易情况。

可是，在不到三分钟的时间里，让她措手不及的事情又发生了，中国有线的股价被直接打到了跌停板！

在跌停板上，已经无法进行对冲交易，与华迪的对冲计划，无法实施了！

秦枫伸出手腕，Cartier腕表的指针定格在10点12分。

4

蔚蓝离开东方公司后，立刻驾车前往浦东国际机场，在到达厅等候了不久，胡立阳出现在出口处。

蔚蓝迎了上去，短短的一节路，在她的身后留下了诱人的香气，豹纹风衣穿在蔚蓝身上，既展现出她的优雅气质，亦流露出不羁魅惑的性感，引来了不少男人的注目。

“胡总监，真是难得一见呀，一路辛苦了。”蔚蓝伸出手，用纤长的手指与胡立阳的手碰了碰。

“蔚蓝小姐是大忙人，又是集团的重要人物，见到你是我的荣幸。”精干的胡立阳奉承着蔚蓝。

两人一路寒暄着走出了机场。

在机场高速路上，蔚蓝一边开着车，一边问道：“胡总监，在上海的行程打算怎么安排？”

“一切都听你的安排。”胡立阳回答得非常干脆。

蔚蓝心想：“听我的安排就是完全不听我的安排，这老狐狸就没有一句真话。”

“那就先到酒店安顿下来吧！好好休息之后，我们再出去转转。”蔚蓝体贴地建议着，用顾盼婉转的眼神征求着胡立阳的意见，心里很清楚这不是他需要的。

“如果蔚蓝小姐没有很紧急的事情，我想还是直接到园林公司去打听林皓月的消息。”果然，胡立阳直接提出要求。

“噢，我没有什么事情的，我所有的事都是按照集团的要求来做的。”蔚蓝娇笑着瞟了胡立阳一眼，“当然，今天最重要的就是陪好胡大哥，一切听大哥安排吧！”

“呵呵，蔚蓝小姐太客气了，”胡立阳打着哈哈，接着话锋一转，“邮件里的另外几个人，你想怎么去找他们？”

“先了解林皓月的底细，然后通过调查他的关系网应该是可以找到线索。”蔚蓝答道。

“司徒大哥分析，他们很有可能是金融界的人，并且最有可能是搞证券的人。”胡立阳说。

蔚蓝心中一紧，没想到他们这么快就锁定了范围，而且非常准确，但脸上却露出轻松的神情：“那就简单了，证券界这个圈子小，找个万事通或者掮客没准就可以很快找到他们了。”蔚蓝一边说着，一边踩紧油门，银色的宝马轿车箭一般地向前飙去，胡立阳身体不由得向后一靠。

不久，他们到达上海园林公司。

园林公司的办公地址在一大片绿化带的旁边，整个办公楼被大片绿荫包围着，环境幽雅，蔚蓝和胡立阳都觉得这里的空气比市区里其他地方要清新很多。

蔚蓝将车停在园林公司大门口，走下车来，胡立阳留在车内，透过贴着深色车膜的车窗观察着四周。车里弥漫着蔚蓝的身体与香水融合后的独特味道，让胡立阳感觉到春天的萌动。

园林公司接待室里坐着一个五十多岁相貌平常的男人，看到一位美艳的女人走进公司的大门，连忙迎上来：“请问找哪个部门？”

蔚蓝的脸上挂着迷人的笑容，温柔地对这个半拉老头说：“这位先生，正要找你问个事情呢！”

守门人被蔚蓝这么一叫，感觉到内心好像发出一阵青蛙的叫唤声，整个人立刻好像夏日一样浮躁起来：“呃，你有什么事？”

“请问先生您怎么称呼？”蔚蓝没有回答他的话，而是反问了一句。

“我姓黄，就叫我老黄吧。”老黄打量着蔚蓝。

“是黄先生啊，真巧，我男朋友也姓黄呢。”蔚蓝笑着说，“我来找一位很久没有联系过的朋友，不知道能不能烦劳黄先生。”

“哦，你找的人在园林公司工作吗？园林公司没有我不认识的人。”老黄信誓旦旦地说。

“只是通讯地址是园林公司的，还真不知道是不是在园林公司工作呢，所以要麻烦您啦。”蔚蓝一边说着，一边伸手扶了扶老黄的胳膊。

老黄就像是被电触碰了似的，全身酸麻起来。“那你说说看，叫什么名字。”老黄热心地说。

“叫林皓月，是个年轻人，不知道黄先生是不是不认识这个人？”蔚蓝没有问老黄是不是认识，而是问他是不是不认识。

“你找林皓月？”老黄看向蔚蓝的眼神似乎发生了变化。

“您认识啊？太好了，他在公司吗？”蔚蓝问道。

老黄既没有回答认识，也没有回答不认识，蔚蓝敏感地感觉到老黄的态度出现转变，刚刚上去的温度似乎降了下来。

老黄问道："你是哪个单位的？"

蔚蓝回答："我在上海一家投资公司工作。"

老黄又从上到下仔细地打量了一番蔚蓝，语气不再有刚才的热情："你先在接待室坐一会儿，我去问问看。"

"不要紧，我就在门口转转吧，外面空气不错，我等您啊！"

老黄又看了蔚蓝一眼："好吧，你就在门口等着，我一会儿就过来。"说完，转身就沿着楼梯上楼去了。

蔚蓝在门口的绿荫下缓缓地踱着步，考虑着等会儿见面时可能会出现的状况，心里已做好几种预备方案。过了大概五分钟，老黄还没有下来。在车内的胡立阳凭着自己多年的经验，直觉上感到有问题，警觉地观察着四周，突然，他发现在四楼一扇打开的窗口后，老黄露出一个头，旁边好像还站着其他人，正对着楼下指指点点，胡立阳立刻拨通蔚蓝的手机："快，赶紧走，有问题。"

蔚蓝听后，没有多说一句话，因为她非常了解胡立阳这种人，他们比狐狸还要警觉，一定是胡立阳发现了不安全因素，毕竟他是在鱼龙混杂的赌场里打拼多年的人，于是她毫不迟疑地快步走向停在门口的宝马汽车。

在身后，蔚蓝已经隐约地听到从楼道里传出的急促的脚步声，她敏捷地钻进车内启动汽车，调转车头快速离开。胡立阳回过头往后一看，老黄正带着另外两个人急匆匆地从园林公司大门跑了出来，其中没有林皓月。

宝马飞驰在世纪大道上，两人无语，还是蔚蓝先开了口："看来这个林皓月不简单。"

胡立阳默默地点了点头，看着大道两侧不断后退的高楼大厦，沉默半晌后说道："先送我去酒店吧！"

蔚蓝转过头，对胡立阳笑着说："那就住香格里拉吧，那里的床睡着挺舒服的。"

不过，当蔚蓝把胡立阳送到香格里拉大酒店门前的时候，胡立阳却没有让蔚蓝下车，而是说道："蔚蓝小姐，你先去忙你的事情，这几个人的事，就交给我了。"

第四章

1

华迪将蔚蓝一直送到公司大门外的电梯口，待蔚蓝进了电梯后，才返回到秦枫的办公室。

“秦枫，你看我们什么时候开始？”华迪外表儒雅俊秀，但是嗓音却很浑厚。

秦枫看着走进门的华迪，眼角向上扬了扬，淡淡地回答：“现在看来，对冲交易行不通了。”

华迪的脸上露出惊诧的表情，推了推金色镜框：“怎么了？”

秦枫将原本前倾的身体向后靠在座椅椅背上，仰起头，右手指着办公桌上的一台电脑屏幕：“你看看吧！”

华迪走近秦枫的办公桌，躬身看着电脑屏幕上中国有线的交易分时图，片刻后，他站直身子，双臂环抱在胸前，左手的大拇指和食指张开托着下巴，眼睛依然还是盯着屏幕。“够狠的。”华迪吐出三个字。

秦枫的手上拿着一支铅笔，波澜不惊地笑着：“你看他在跌停板上压的卖单，总共才一千多手。”

华迪皱着眉头进行着分析：“这是在等着你卖股票呢！”

秦枫抬头看着华迪：“你看，过了六年，又来了。”

华迪与秦枫共事多年，知道六年前的那件事对秦枫的影响有多大：“这次，你怎么看？”

“这一次，一定不会和上次一样了。”秦枫肯定地回答。

“你的意思是……”华迪听出秦枫的话语中想要进行反阻击的火药味儿。

秦枫没有直接回答，只是默默地看着面前的电脑屏幕上中国有线的股价在跌停板上画出的直线。

“可是，吴总的意思好像……”华迪没把话说完，两人都明白吴文松对此事的处理意见。

“反阻击并不是没有办法，吴总为什么不同意呢？”华迪问。

“吴总认为准备好明天和中东联合投资公司的见面会对公司来说更为重要。”秦枫的回答里似乎带着一丝苦笑。

“吴总说的也有道理，能够拥有战胜股价随机性的投资模型，拿到中东联合投资公司两百亿美元的单子，比应对暂时的阻击确实是要重要得多。”华迪坐在了秦枫办公桌侧边的椅子上。

“华迪，阻击，也是股价波动的一部分，美国长期资本管理公司就是因为在投资模型里将阻击之类的小概率事件忽略不计，没有纳入到投资交易决策体系当中，从而在俄罗斯金融危机中遭遇了炒家阻击，上千亿美元的资金，转眼间灰飞烟灭。所以，不管什么投资决策体系，都应该把阻击行为引起的股价波动考虑在内，你说是不是？”秦枫一向对华迪的专业度非常尊重。

“现在对冲不能做了，你还是过去跟吴总商量一下吧！”华迪没有继续讨论这个问题，也没有过多地和秦枫探讨关于投资模型和投资决策体系的事情。这是华迪一贯的作风，在对人对事上把握着恰当的分寸，既尊重他人也不显得过于亲疏，加之自身能力出色，使秦枫以及公司其他人对他都很敬重。

华迪与秦枫告辞，回到了对面自己的办公室。按照上午的晨会安排，他还有自己的交易计划要完成，即使没有完成对冲交易，秦枫依然从内心里感激华迪。

秦枫思考了片刻，准备去找吴文松汇报。她站起身，伸手准备关上已经重新启动的投资模型数据库，但是想了想，觉得没有这个必要，于是拿起交易单走出办公室，顺手带上了门。

吴文松办公室的门开着，秦枫进来的时候，吴文松正在等着她。

“我知道你会过来，坐下说吧！”

吴文松有意放慢了说话节奏，似乎也让秦枫慢了下来，她坐到吴文松对面：“吴总，中国有线跌停了，对冲无法进行。”

吴文松没有觉得意外：“我刚才也注意到了，正等着你过来商量呢！”

“吴总，我觉得很奇怪，对方怎么会突然将股价打到跌停？”秦枫想要说的意思很明白，吴文松当然听得懂这句话背后的含义，他缓缓地说道：“是啊，很显然，对方是不想让我们做对冲，拿定了主意要吃掉你这一万手股票。”

“吴总，您认为对方怎么会知道我们要做对冲呢？并且偏偏又是在我们准备做对冲的前一分钟将股价打到跌停。”秦枫征询吴文松的看法。

吴文松端起自己专用的茶杯，抿了一口浓茶：“有两个可能性，一个可能性，就是我们内部有人将我们要作对冲的决定告诉了对方；另外一个可能就是炒家非常精明，已经算计好了我们要做对冲，并且在时间上拿捏得很准。”

“知道我们要做对冲的，除了您以外，就只有我和华迪知道，但是这几分钟时间，华迪正好送蔚蓝到大楼电梯口，他不可能当着蔚蓝的面和炒家联系，除此以外，他也根本没有时间和其他任何人联系，除非是我和炒家联系，不然炒家的确是太神了。”秦枫带点自嘲地说。

“对手的确是很厉害啊！并且公司内部也有人和他们有关系，他们是在暗处，你现在是在明处，从阻击的手法上来看，很凶狠；从综合阻击的方法上来看，很老到；从他们选择的对象来看，很有实力。”吴文松分析道。

“是这样。”秦枫肯定地点了点头。

“我基本同意你之前的分析，对方是进行短期阻击，我也认为，中国有线的股价会在短期内被拉回正常轨道波动。”吴文松继续说。

秦枫心里似乎突然点燃了一线希望的亮光，吴文松的分析与自己相似，看来他会同意开始进行反阻击，这是秦枫现在最想要的。

“你管理的成长型基金还有几万手中国有线吧？”吴文松问道。

“是的，九万多手。”秦枫的心里开始涌现了一阵暖流，内心默念，“如果能让自己进行反阻击，这一次，一定不会放过这个凶狠的炒家。”

“经过这次阻击，按照常理，中国有线的股价会弹得更高一些，并且极有可能改变原先的上升轨道，形成更为陡峭的攀升趋势。”吴文松自有见地。

“您说得对，这是一种大概率事件，中国有线的股价会因为这次炒家的阻击而引起市场更为深刻的关注，同时也会改变上升角度。”秦枫十分赞同吴文松的分析。

“现在对冲做不了了，你有什么打算？”吴文松笑着问。

秦枫的手指紧握，平静而坚定地对吴文松说：“如果您同意，我立刻就进行反阻击。”

但是，吴文松的回答，让秦枫一下子从高空坠落到了谷底。

吴文松微笑着：“秦枫啊，既然这样，我看今天的阻击就不用理它了，”吴文松接着说出几乎要让秦枫窒息的八个字：“你今天就暂时认赔！”

2

周一　10：30

离开吴文松的办公室。秦枫心里很不是滋味："吴文松的分析并非没有道理，而且对于公司的整体利益来说，吴文松的决定也无可厚非。"她尽量努力地让自己能够接受这样一个现实：再次遭炒家阻击而认赔的现实。

回到自己的办公室，她打开抽屉，将手上的交易分析单塞了进去，然后开始准备认赔出局。她查看着中国有线这段时间的具体交易情况："交易明细显示交易量并未出现大幅上升，对方还在等自己下决心。"秦枫不自觉地苦笑了一下。

可是，当她移动鼠标打开投资模型数据库的时候，刚才因苦笑而露出的一丝笑容，突然在她的脸上凝固了。

数据库被人入侵，所有数据库的数据样本全部被洗劫一空！

此刻，秦枫的大脑出现瞬间的空白，她似乎听到自己心脏的猛烈跳动声，这种跳动的力度足以与赛车启动时发动机向前冲去的动力相比。

秦枫牙关紧咬，几乎在几秒钟内，她毅然作出了一个最终的选择："反阻击！任何原因、任何借口都不能改变这个决定！"

秦枫柔美的脸上，此刻显现的是坚毅和决然："除非将我击倒，如拳手般倒下，即便如此，倒数十下以内，我依然能站起来！"她的决心已下，不可动摇。

她站起身来，走到落地窗前，看着不远处耸立着的东方明珠电视塔，迅速调整好心情。一场战役即将开始，她将所有的精力集中在如何组织反阻击计划上，她需要的是理性、是冷静，不让情绪干扰自己。

此刻，郭怀恩在他的交易室里，坐在靠椅上，一手将他那本《哲学的起源》放在大腿上，另一只手用五个手指在上面轮番轻轻地敲打着这本厚书的封面，书面上发出一阵阵马蹄声。郭怀恩深深凹陷下去的眼睛紧紧盯着交易员卢林面前的电脑屏幕，缓缓言道："她是时候卖出一部分股票了，至少应该是四分之一仓位。"

是的，几乎在郭怀恩说话的同时，秦枫的确是开始卖出股票了，不过不是四分之一，而是账户仓位的一半，五十万股。

郭怀恩对于秦枫这五十万股的卖单觉得有些意外，卢林请示道："吃不吃？"

郭怀恩没说话，只是摇了摇头。郭怀恩有他自己的考虑，虽然他是鹰一样的猎手，可是，在大多数时候，他又像兔子一样谨慎小心。

“秦枫不是等闲之辈，她肯定知道自己受到了阻击的，这点不用怀疑。可是，按照常理，秦枫即使是要出仓，也应该是分批按小单一点一点地卖出，但是现在她居然一下子放了一半的仓位在跌停板上，会不会有什么问题？”郭怀恩反复思量，“最大的可能是想知道我这边的交易席位。行，知道也没有关系，反正就两天时间，即使你今天收盘以后知道了，明天我就收网了。”

“吃了。”郭怀恩开口了。

秦枫看着自己放上去的五十万股被对方一口吃掉了，没有再继续进行出仓：“你真想吃，那就耐心地等等，下午再说吧，现在不陪你玩儿了。”

秦枫没有再理会中国有线的交易，而是开始试图查找数据样本被洗劫的原因。

“幸好自己没有把整个数据模型都放在上面，看来吴总说的没错，对方不仅是要赚这笔钱，而且还想拿到其他的东西——我的数据模型。”

“那么到底是谁入侵到了自己的电脑？公司内部的局域网有强大的防火墙，外人如果没有后台密匙，根本无法进入到公司内部系统，更不用说侵入我的电脑。那么，侵入到我的电脑拿走数据模型的人，要么是公司内部人员，要么就是内部人员将后台密匙告诉了入侵者。”

“这一切都会有办法找到。”秦枫一边想着，一边输入自己的管理密码，进入到公司系统的管理后台。后台显示，整个上午，没有任何外部访问信息，公司的防火墙有着很高的防御级别，并且管理严格。

秦枫在后台对管理员做了访问登记后离开。

“这就是说，公司内部人员通过局域网入侵了。”秦枫作出判断。

她开始通过自己的电脑防火墙查询访问记录，从上午到现在，除了公司系统自行进行的安全扫描以外，防火墙访问记录显示，刚才秦枫在吴文松办公室汇报的时候，有过两次访问记录。

查找访问IP对于秦枫来说是轻而易举的事情，几乎不费吹灰之力，两次访问的IP地址如果查明，真相即将大白。秦枫再次进入公司后台管理系统，对照查询这两个IP地址的电脑机主：“一定要将这个内鬼揪出来！”秦枫满怀信心。

但结果却让秦枫大跌眼镜，这两个IP地址都是吴文松办公桌上的电脑IP地址，是三台中的两台！

可是，刚才自己走进吴文松办公室的时候，分明看到吴文松根本就没有在使用电脑，并且自己一直都在和吴文松谈话，吴文松不可能分身去使用电脑，更加不可能进入到自己的数据库。

唯一的可能就是有人借用了吴文松电脑的IP而进入到了自己的系统里。

秦枫刚刚燃起的希望，片刻间熄灭了："事实上，这一次阻击，比六年前更复杂，用意更深刻。"秦枫在分析清楚事实之后，反而变得更加冷静起来。

她用手机拨通了古天牧的号码。

"秦枫。"古天牧在电话里热情地叫着她的名字。

"天牧，有个事情想告诉你。"秦枫说。

"什么事情？"古天牧听出秦枫口吻的严肃，感到了一丝不安。

"我今天又遭遇阻击了。"秦枫的语气很平和。

"怎么回事？"古天牧却顿感焦急。

秦枫简单地对古天牧讲述了遭遇阻击的过程，然后说："天牧，很显然，你们公司的分析师吕品，和这次阻击的炒家有关，你看能不能侧面了解一下对方是谁。"

"好的。"古天牧毫不迟疑地回答。

"还有，我估计辛洁不知道她的评论针对的是我，所以，暂时不要告诉她。"秦枫特地强调。

"好的，我知道了，我尽快去查。"他清楚行动是对秦枫最好的支持。

秦枫本想跟古天牧再说点什么，但是一时间不知道从何说起。"好，再见。"她结束了通话。

3

放下手机，秦枫静静地思考着："市场总是以出乎人意料的方式进行，阻击在某种意义上来说，同样应该归结为市场波动的一部分，股价的波动，才是这个市场生命所在，如果把阻击当做一种偶然，那么也必须要考虑到这种偶然性当中的必然。"

但是现实不清楚是偶然还是必然，一个身影出现在秦枫办公室的门前，秦枫抬头一看，着实令她吃了一惊，站在门前的男人穿着一件深灰色休闲西装，白色纯棉衬衣的领口没系领带，宽实的肩膀使穿在身上的西装极具轮廓感，来人居然是郑其伟。

“你总是在我意料之外的神秘。”秦枫站起身，迎上前去。

郑其伟的嘴角露出了一丝笑意。

“我很想知道，你是怎样做到让前台接待员不通知我的。”秦枫将郑其伟请到落地窗旁的黑色牛皮接待椅坐下。两只接待椅的中间是一个不锈钢支脚的圆形玻璃茶几，秦枫走到办公室内的自动咖啡机旁，按出一杯曼特宁咖啡递给郑其伟，自己也取了一杯，然后坐在茶几边的另一侧。

郑其伟没有回答秦枫的话，反而是郑其伟的问话让秦枫觉得有些意外。

“你了解蔚蓝这个人吗？”郑其伟开门见山。

“蔚蓝？她是我的客户。”秦枫露出惊诧的表情，望向郑其伟那双深邃的眼睛。

郑其伟看了看门口，犹豫了一下，自己起身关上了秦枫办公室的玻璃门，然后重新坐下。

“我是问她的个人情况以及公司情况。”郑其伟进一步说明。

“蔚蓝是中恒投资公司的总经理，你为什么要了解这些呢？”秦枫不解地问，出于自己的职业操守和对客户隐私的保护考虑，秦枫不想透露太多信息，即使她对郑其伟是绝对信任的。

郑其伟思考了片刻，然后从随身的黑色牛皮公文包的内层，取出了一本封面上印着金色国徽的蓝皮工作证，递给秦枫。

秦枫一愣，接过去仔细地翻看着，在澳门发生的一切她现在彻底地明白了。

秦枫将工作证合上还给郑其伟，微笑着说：“很荣幸，邦德先生。”

“中恒公司是国际赌博集团下属的投资公司在上海的分支机构，专门负责将已经洗干净了的钱进行证券投资活动。”郑其伟直接挑明事实。

秦枫听了，不禁哑然失笑，这种反应让郑其伟有些费解，秦枫连忙摇摇手：“对不起，我实在是忍不住了，我是在笑自己。”

“笑自己？”郑其伟不明就里。

“是啊，是在笑自己。”秦枫的脸上是一种无奈的笑容，语气却不轻松，“今天清晨当我睁开眼睛的时候，我本以为今天是一个如丝绸般顺滑的交易日，可是，到了现在，”秦枫抬手看了看Cartier的椭圆形表盘，“才到上午十一点，非常事件就一个接一个不停发生，事情已经成了一堆乱麻。”

郑其伟不禁关心地问道：“怎么回事？”

“还是先谈你的正事儿吧！”秦枫没有马上回答他的提问，接着说，“我是三年前认识蔚蓝的，公司的另外一个基金管理人和她是校友，他们在校友会上认识之后，蔚蓝的中恒公司开始和我们公司合作。因为中恒投资公司的投资思路比较符合我所管理的成长性投资思路，所以最后商定与我长期合作。”

“这个和蔚蓝是校友的基金管理人是谁？”

“华迪，我们公司价值型基金管理人，他和蔚蓝都是耶鲁留学回来的，”秦枫紧接着又说，“我想华迪应该也不了解中恒公司的实际情况。”

“蔚蓝是国际赌博集团投资环节中的重要成员之一。”郑其伟明确地说。

“那我们和她的公司合作……”

“合作倒是没有问题的，中恒公司是合法的公司。”

“那就好。”

“所以我今天来没有直接去找吴总，而是直接来找你。”郑其伟的脸上恢复了冷峻的神情。

秦枫疑惑不解地看着郑其伟。

“今天上午，蔚蓝陪同澳门赌场的负责人胡立阳去找过林皓月。”

“啊？”秦枫吃惊不小，“去找过林皓月？”

“我推测，如果不出意料，胡立阳会很快找到你。”

“找我？找我干什么？”

“我想，他们一定是发现了林皓月中奖是因为你，不过，”郑其伟顿了顿，“有一点我觉得非常奇怪。”

“怎么？”秦枫不禁追问。

“按道理，他们应该有你和我的视频截图，蔚蓝也应该已经拿到了你的视频截图，但是为什么她没有带胡立阳来直接找你，而是去找林皓月呢？”郑其伟说出心中的疑惑，“蔚蓝应该很清楚，林皓月是很难找到的，这里面一定有问题，所以我特地来找你。”接着，他话题一转，“今早你这里有什么特殊情况吗？”

秦枫原本就对郑其伟非常信任，现在知道了他的真实身份，信任更深了一层。于是，她将自己今天上午受到阻击，遭遇阻击的资金就是中恒公司的专户资金，蔚蓝上午与她见面约定下午碰面，并且和华迪有过短暂的交流以及自己投资模型的数据库被入侵、所有数据样本被窃等一系列事情，简要地向郑其伟讲述了一遍。

郑其伟听后也皱起了眉头："的确是够你乱的。"

秦枫苦笑着："没办法，事情总是要面对的。"

"这样吧，我刚才提到的事情，你暂时不要对任何人谈起。如果澳门那边的人找到你，你先看看他们有什么意图，然后马上和我联系。"郑其伟敏锐地察觉出秦枫的无助，虽然她掩饰得很好，"关于数据模型的数据库被窃的事情，你暂时不要声张，尽量找出这个入侵者来。你电脑里有没有跟踪软件？"

"没有。"

"那你很难找到入侵的电脑，"郑其伟思考片刻，"这样吧，我中午会给你发一个跟踪软件过来，这样，即使这个人绕过防火墙，借用了别人的IP地址来访问你的电脑，你也有办法跟踪到他的数据源。"

秦枫将自己的电话号码以及E-mail地址一并递给了郑其伟，郑其伟告辞而去。

4

郑其伟在秦枫的办公室谈到蔚蓝的时候，蔚蓝正在上海浦东妇幼保健医院做妊娠检查。

胡立阳今天的到来以及上午收到的电子邮件给了蔚蓝一些莫名的压力，她到现在为止都无法判断胡立阳找秦枫的真实目的，所以，为了肚子里孩子的父亲着想，她没有告诉胡立阳，自己不仅认识秦枫而且对她非常熟悉。同时，蔚蓝也非常清楚，这样做是在冒险，集团的做事原则她不是不知道，但她的人生一向充满了风险，蔚蓝似乎已经习惯于这种生活方式，不冒险的生活也许就不是她的生活。

"目前你的情况一切正常，孕期的头三个月很重要，要照顾好身体，营养要保持平衡，这是你的检查单。"妇幼医院的医生总是柔声细语，给未来的母亲以最大的关怀。

"谢谢。"蔚蓝带着复杂的心情离开了检查室，"到现在为止，我还没有把有了孩子的消息告诉他，这都是为了他着想。"蔚蓝将检查单放到了手袋里的内侧夹层中，"他能否体会到我的一颗真心呢？为了他做任何事，我都无怨无悔……"

胡立阳在香格里拉大酒店几乎没有做任何停留，他将行李放在房间后，径直来到了酒店大堂。

“请问，附近有没有证券公司营业部？”胡立阳客气地向大堂经理询问，同时眼睛在大堂经理的胸牌上扫了一眼。

“先生您好，这里是上海浦东陆家嘴金融区，附近有很多著名的证券公司营业部。”大堂经理是一位端庄干练的小姐，言谈举止间体现出非常好的职业素养。

“你能介绍一家近一点、名气大一点的吗？”胡立阳又问。

大堂经理略作考虑，右手手掌向右前方伸出，为他指引方向：“富海证券，您出酒店右转，步行很快就到，这家公司离酒店最近。”

按照大堂经理的指引，不到十分钟，胡立阳就出现在了陆家嘴环路的富海证券营业大厅里。

富海证券的营业大厅和所有证券公司的交易大厅一样，永远是人声鼎沸。不断跳动的股价总是这样或者那样反复刺激着人们的神经，人们抱着追逐财富的梦想拥挤在这里，为下一秒的未知而痴狂。人类对探索未知有着无穷无尽的动力，而股市的随机性恰好满足了这种人类心灵中本能的需求。

老股民申思理无疑是大厅里的重量级人物，他戴着一副比啤酒瓶底还要厚的眼镜，穿着一件款式老但很整洁的西装。在成为职业股民之前，申思理是上海第三针织厂的车间主任。成为职业股民之后，申思理依然和在厂里的时候一样，准点上下班，不过是准点来证券公司营业部上下班，十年来，不管严寒酷暑、风吹雨打，他从来没有迟到或者早退过一次。

申思理是个肯于钻研的人，这些年来，对于股市的潜心研究，使他总结出了很多方法，这不仅令申思理在股市上小有斩获，而且赢得了营业部里普通股民们的广泛尊重。

此刻申思理表情严肃而凝重，看着中国有线的股价走势图认真思考着，围在他身边的人都没有出声，这些人都和他一样，手中或多或少持有着中国有线的股票，他们都在等待着申思理的分析结论。

申思理经过了反复细致的考虑，查看了中国有线的短期、中期和长期周期的走势图，推了推眼镜框：“短期技术指标有走坏的迹象，但是中期指标没有出现问题，长期来看，应该是继续向上的。”

“那我们到底怎么操作呢？”旁边有人在问。

“从消息面上来看，对短期走势是不利的。”申思理考虑了一下说，“短期技术形态已经走坏，不排除有继续惯性下跌的可能性。”

“那我们要卖出吗？”

"现在已经跌停了，在这个价位上卖出，得不偿失啊！"申思理分析着，"从有线电视板块来看，其他的股票并没有受到今日消息面的影响，也没有受到中国有线下跌的影响，所以还有一种可能性。"

"还有什么可能性？"周围的人们都急着想知道下文。

"还有一种可能性就是庄家在制造消息打压吸筹。"申思理的分析通常有过人之处，这就是为什么大家都佩服他的原因，他一向都是临危不乱的人。

"那我们到底怎么办？"

申思理沉思了片刻："我认为应该再观察观察，不要中了庄家的诡计，就算是庄家短期打压吸筹，他也是为了最终拉高股价，所以即使短期股价会有一个向下的调整，但是我们输的只是时间。"申思理给了围在身边的人一颗定心丸。

听了申思理的话，周围的人们开始安下心来："庄家真是可恶。"大家纷纷议论。

胡立阳站在人群旁，也听到了申思理的分析和大家的议论，不过他到这里的目的不是来听别人分析股票的，他要通过这里找到他要找的人。

胡立阳在大厅里观察了片刻，然后来到大厅侧边的服务台，服务台里坐着一个年轻的小伙子，看上去刚参加工作不久的样子。

"请问开户是在这里吗？"胡立阳问道。

"对，是在这里。"小伙子回答。

"请问你们这里开大户需要多少资金？"

"我们公司对大户的资金要求在一百万以上。"小伙子热情地介绍。

"如果资金在五百万以上有没有其他的服务呢？"胡立阳接着又问。

"如果资金在五百万以上，我们公司会委派专门的客户经理进行单独服务。"小伙子感觉对方来头不小，马上从座位上站了起来。

"我想在你们公司开一个户头，大约有八百万左右的资金。"胡立阳说话带有明显的广东口音，小伙子听了，不禁眼睛放亮，脸上明显露出兴奋的表情。

"我们可以提供专门的大户室，以及专门针对大户的优质服务，比方说可以为您配备专门的投资咨询人员等，有什么需求都可以提的。"

"你能不能介绍一下，你们这里有哪些优秀的客户经理或者分析师，我想先和他们谈谈。"

"没问题，没问题，"小伙子一迭连声地答应着，"请问您贵姓？"

"姓胡，古月胡。"胡立阳知道自己的普通话不是特别标准，特别加以说明。

小伙子从饮水机里给胡立阳倒了一杯水，双手递给胡立阳："胡先生，请您稍等，我马上和公司的证券分析师联系一下。"然后离开了服务台，从营业大厅侧边的楼梯一路小跑了上去。

小伙子要找的，就是公司的著名分析师——吕品。

5

吕品和古天牧同在富海证券公司工作，但不在同一个部门。古天牧的投资策略部属于公司自营业务范围，而证券分析师属于客户服务范围，吕品很奇怪，在公司内外声名远扬的古天牧为什么要找他。

"哈哈，古总找我有什么事情要吩咐？"吕品走进古天牧的办公室，满脸堆笑地说。

吕品四十多岁，个头不高，穿着一套深蓝色条纹西装，整洁的白色衬衣领口系着一条红色斜纹领带，皮鞋擦得锃亮。为了显示身份，他在西服上装的口袋里插着一只万宝龙钢笔，优雅的六角白星标志让任何人可以一目了然。

"别说什么吩咐不吩咐的，吕大分析师跟我还客套什么。"古天牧从办公桌后起身，将吕品让到沙发上，自己坐在他的侧边，递出一支香烟。

"古总，别人不知道，你还不了解我们做分析师的，按照内行人说的话，要真有本事在股市赚钱，谁还做分析师啊！"吕品笑着接过香烟，"现在，人家都把分析师和黑嘴联系在一起了，只要提起分析师，立刻就想到黑嘴这两个字，哈哈。"

"话也不能这样说，市场分析是投资的第一步，如果这一步都走不好，别的就免谈了。"古天牧的话很实在。

"古总……"吕品的话刚出口，古天牧打断了他，"别古总古总的，叫名字听得顺耳，别那么见外。"

"好，天牧，我说的可都是真话啊！"吕品无不感慨地说，"分析师这碗饭，真的是不好吃啊，永远都是吃力不讨好。你分析对了，人家要么认为是他自己操作得正确，要么过两天就忘记了，但是你要是分析错了，嘿嘿，什么难听的话你都得听着。"

古天牧拿起桌上的Dupont打火机，给两人点燃了香烟。"这与分析师所处的市场地位和观察市场的角度都有关系，不能完全怪到分析师头上。"古天牧吸了一口烟，继续说，"分析师是要得到客户的认同，而作为投资实务是要得到市场的认同，这两者市场角色定位不一样。”

“古总，哦，天牧，你说得太对了！”吕品对古天牧的话很认同，“每天的市场行情、财经信息，都要你去分析，你说说，外行人不懂，这内行人谁不知道，你就算是有天大的行情，也需要给市场一个时间来慢慢体现。股票市场每天都在不停地波动，这些波动里，大多数都是日间杂波和市场心理波动，但是你还不能这样说，你要这样告诉客户，‘这是杂波，不要理它。’客户就会认为你没有水平，在客户的眼里，每一个波动都有原因，都是所谓的庄家干的好事，所以你分析师不分析出个所以然来，人家还不依，客户就会走掉。但是你要是什么都拿来分析，你们这些搞实务的内行就在一边看笑话，我们这不是在猪八戒照镜子嘛。”吕品发了一大通牢骚。

“所以说，这就是市场定位的不同。假如分析师按照做实务的那样去对客户进行市场分析，那分析师早就消失掉了，反过来说，要是做实务的按照分析师的分析思路去进行操作，那也早就消失掉了，这根本就是两个业态嘛！”古天牧表现出对吕品的体谅。

“对，我看啊，以后应该分别成立专门的分析咨询公司和交易公司，现在这样都混在一起，不合适。”吕品不知道古天牧找他来做什么，索性天马行空地聊到哪里是哪里，反正能够和这位公认的前途无量的投资策略总监拉近点关系，对他没有任何坏处。

“实际上，现在很多著名的交易系统，都是分析师发明的，这一点不可否认。”古天牧依然谈论着分析师与投资实务的关系。

吕品听了古天牧的话，不觉一愣，当了这么久的分析师，他还真不知道哪些交易系统是分析师发明的。“呃，现在你们实务界还在用哪些分析师的交易系统啊？”吕品问道。

“现役交易技术中，还是沿用了很多分析师发明的交易系统，比方说捕捉跳空开盘对股价影响的，跳空高开买入然后达到某值出场的‘跳空交易系统’，还有利用交易品种波动周期的著名的‘泰勒簿记交易法’，这些都是经典交易技术啊！”古天牧一一阐明。

吕品为面前这位真正的行家所折服，不禁对自己一贯沿用，却连自己都觉得无法证实有效的分析体系而感到汗颜。同时，吕品非常清楚，古天牧今天跟他谈这些，一定有更为重要的事情，否则，他绝对不会对自己透露关于现役投资交易技术的丝毫信息。

“天牧，我佩服啊！哪天晚上有时间，我做东，一起去酒吧喝几杯，我要多多请教啊！”吕品对古天牧发出了邀请。

“没问题，但是说好了，我做东才是。”古天牧笑着说，“这不，我正有事儿要找你帮忙呢！”

“天牧，你有什么事情尽管说，只要我能够帮得上的。”吕品爽快地回答。

“我跟你就照直说了，你可别见外。”古天牧对着烟缸弹了弹烟灰。

“没关系，天牧，有啥事儿照直了说。”

“我有个朋友，拿了不少中国有线，看今天的交易情况，似乎有人想折腾一下，但是不知道是短炒还是长期行为。”古天牧尽量把话说得委婉些，但是吕品依然听得明明白白。

吕品吸了一口香烟，吐出了烟雾：“我今天的确是对中国有线进行了评论，不过结合消息面和上午的盘面来分析，应该是一个短期的炒作行为。不过话说回来，各路资金都自己的利益，究竟会怎样，你应该比我了解得更清楚。”

古天牧知道没有必要再打听下去了，吕品能够告诉自己这是一个短期炒作，已经是很够意思了，于是，古天牧真诚地对吕品伸出手：“好，谢谢！”

吕品也伸出手与古天牧的手握了握：“咱们一定找个时间聚聚，你们自营部门成天压力那么大，也该放松放松。”

“好的，一定。”两人正说着，客户服务部的小伙子出现在了古天牧办公室门前。

“古总好，吕经理好，不好意思打扰了，我有点急事儿要找吕经理。”

第五章

1

吕品是个见多识广的人，看到站在大厅接待台前环顾着四周的胡立阳，他就觉得此人非同一般。待到走上前来，他注意到胡立阳手上戴的劳力士金表，就知道自己的判断没错。

“这位是我们公司著名的分析师吕经理。”小伙子向胡立阳介绍。吕品向胡立阳伸出右手，胡立阳非常客气地伸出了双手握住他的手，吕品顿时心想：“低调啊，这人真是特别低调。”

“幸会，幸会。”胡立阳握着吕品的手客气地说。

“胡先生有什么需要帮忙的？”吕品用关切的姿态问道。

“想在贵公司开个户头，进行一点股票投资。”胡立阳谦虚地用广东口音的普通话回答。

“非常欢迎，”吕品的话音也不自觉地带了点广东腔，“我们公司最关注的就是对客户的服务。”

“那就最好了，是一个朋友介绍我到这里来的。”

“是吗，不知道是哪位啊？”吕品问道。

“是苏雪，香格里拉大酒店的苏经理。”胡立阳的记忆力很好，苏雪的胸牌他看了一眼就能记住，他也没有对吕品撒谎，本来就是苏雪告诉他富海证券地址的。

“哦，苏经理啊！”吕品着实想不起来什么时候认识过苏雪，但是自己的客户多，一下子想不起来也很正常，“既然是朋友介绍来的，那就更不一样了，”吕品热情地说，“胡先生，请到我的办公室坐一坐吧。”

“吕经理，我看营业部旁边有家星巴克，要不，我们一起过去喝杯咖啡？我还有好多事情要请教吕经理呢。”胡立阳诚恳而不失风度，一边说，一边抬起手腕看着时间，镶满钻石的表圈折射出炫目的光彩。

吕品是个识货的人，戴这种手表的人，身价最起码三千万以上，这是个大客户。

“好的，胡先生，请稍微等一会儿，我带上几份资料。”吕品立刻上楼到办公室拿了一些富海证券的介绍册子以及有关自己的资质证书和宣传报道的资料，然后下楼陪着胡立阳来到了街角的星巴克咖啡。

咖啡馆里，不少潮男潮女们在咖啡桌上竖着笔记本电脑做移动办公，其中不少人正在查看着股市交易行情。胡立阳和吕品各自要了一杯拿铁，然后找了一处角落的位置坐了下来。

“胡先生打算用多少资金来投入？”吕品已经从客户服务部的的小伙子那里知道胡立阳想投资八百万左右的资金，但是他还是要亲口确认一下。

“先期打算投资八百万左右。”胡立阳回答。

“请问胡先生是做哪行生意的？”

“主要做电子进出口。”

“好，您在交易佣金和其他服务上有些什么要求，请尽管提出来，只有是我能决定的，就一定按最好的条件提供给您，我不能作决定的，也一定向上面汇报，为您争取最好的服务。”吕品边说边将手上的资料递给胡立阳。

胡立阳接过资料仔细地翻阅着，然后抬起头来：“能够认识吕经理，真是荣幸，您在证券界是相当出名的。”

吕品笑着说：“哪里，不过是从业时间比较长，在这行做久了，自然朋友们都比较抬举。”

胡立阳也笑着：“吕经理真是谦虚啊！看来我找对人了，交易佣金如果能够按照最优惠的条件就太感谢了。”

“这个绝对没问题，胡先生，我可以保证给你最优惠的交易佣金。”吕品拍着胸脯。

“不过我最关注的，还是客户经理的分析能力，要能赚钱才行啊，您说是不是？”

“那是那是，在股市里，赚钱才是硬道理，这完全取决于对市场的分析能力和对行情的把握。”

“我有个朋友，也是从南方过来的，是位女士，她在上海做投资，找的投资经理人就很不错。”胡立阳微笑着说道，开始把话题引向自己需要的方向。

“哦，是在哪家公司做？”吕品问道。

“具体是哪家我也不清楚，我这个朋友这些年可赚了不少钱。不过有些其他的原因，我不太想和朋友挤在一起做。”胡立阳说话点到为止。

吕品是个聪明人，立刻明白了胡立阳的意思："胡先生，这个股票投资其实也涉及个人隐私和商业秘密，再好的朋友，在证券投资方面还是各做各的好。"

"吕经理说的极是，"胡立阳称赞道，"不过，据她说，她的投资收益可以达到每年50%以上的递增，不知道吕经理能不能帮助我做到这样的水平？"

"这不大可能，上海证券界没有我不认识的人，没有谁能保证每年50%的资产收益，更加不用说收益递增，您朋友的话是言过其实啊！"吕品认为这种说法实在夸张。

胡立阳从口袋里取出最新款的蓝莓手机，从手机文件中调出秦枫、郑其伟和穿咖啡色夹克衫的男人的照片，神秘地对吕品说："我的朋友就是找的这几个人操作的。"

吕品好奇地接过胡立阳递给他的手机，不看则已，一看之后立刻觉得有些诧异："胡先生，你那位朋友有多大的资金规模？"

胡立阳笑而不答。

吕品将手机还给胡立阳，换了个问题："胡先生，你的朋友在股市里投入了多少资金？"

胡立阳这才回答："也就七八个亿吧！"

吕品点点头："那就对了，资金量少，根本就不可能找到他们。"

"噢？你也认识他们？"胡立阳的眼神突然变得非常急切。

"男的，我不认识，但是这个女人，我知道。上海证券投资界有实力的人，我还是比较熟悉的。"吕品自豪地说。

"这个女人是……"胡立阳追问道。

"她是东方投资基金管理公司的成长型基金管理人，叫秦枫，"吕品说道，"但是，她也做不到每年50%的收益递增。"

胡立阳知道自己终于取得了突破性进展，心中轻松不少，又和吕品聊了一会儿，说好随后会尽快和他联系，两人站起身准备离开。

还没走到门口，就看到一位一袭红衣的时尚女郎拉开大门走进星巴克。

吕品一眼就认出来，是《证券日报》的著名财经评论人——辛洁。

2

辛洁在吧台点了一杯摩卡，随后找了个靠窗的位子坐下，拨通了古天牧的电话。

“天牧，我在星巴克。”辛洁的声音里总带着巧克力般的柔滑甜蜜。

“好，我马上就过来。”几分钟后，古天牧就出现在星巴克。

高大俊朗的古天牧穿着格纹衬衣，外套一件蓝色休闲西装，他一进门，就看到鲜红靓丽的辛洁向他扬手。古天牧点头示意，转身去吧台点了一杯美式咖啡，然后端着个大马克杯来到辛洁身旁。

“今天是我生日，你怎么打算给我庆祝？”辛洁没等古天牧坐稳，就开口问道。

“生日快乐，辛洁。”古天牧说道，语气虽然真诚但没有辛洁所期望的热度。

“怎么了？连张笑脸也没有，说句生日快乐就这么难受啊？”辛洁毫不掩饰自己的不满意。

“可能是今天事情比较杂，挺累人的。”古天牧本想告诉辛洁，她的评论引发秦枫遭遇阻击的事情，但是想到秦枫特地交待过不要告诉她，话到了嘴边又打住了。

“什么呀，我看你就是根本不想见到我。”辛洁娇美精致的面孔上显露出一丝不满，她假装生气地埋怨着。

古天牧在商务谈判中一向能言善辩，但每次面对辛洁的时候，他就会变得拙嘴笨舌。

“怎么会呢，能够和辛大记者一起喝咖啡，是我的荣幸。”

“你别什么大记者、小记者的，今天是我生日，你能不能用别的称呼？”辛洁丰盈的红唇不开心地嘟着。

“好，好，辛洁同学，祝你生日快乐！”古天牧马上改正。

“我不，我要你叫别的。”辛洁娇嗔着，面对她的撒娇，古天牧总是束手无策。

“别开玩笑了，说正经的，你打算怎么庆祝生日？”古天牧问道。

“我怎么知道该怎么庆祝，谁在七年前救活了我，就该谁负责。”辛洁瞪着一双灵动的明眸盯着古天牧。

“你看你，又提这件事，都过去这么多年了，别老是放在心上。”古天牧有些尴尬地笑着。

“本来就是嘛！人家被毒蛇咬了，本来舒舒服服地躺在那里，从此再也没有烦恼了，可是你偏偏要把人家身体里的毒液给吸出来，又要让我回到这个世界上受苦，你说你不负责，谁该负责？”辛洁白嫩光洁的脸上泛起红晕，对古天牧一阵抢白。

“什么叫舒舒服服地躺在那里，我真服了你了，也不知道当时是谁哭得一塌糊涂的。”古天牧笑着打趣道。

“是啊，人家的丑态都被你看到了，所以你要对我负责。”辛洁咬紧不松口。

“谁说过是丑态了，那是梨花带雨。”古天牧回避着辛洁的步步紧逼。

“反正就是丑了，嫁不出去了，你要负责。”辛洁任性地说。

“这个我可真不敢负责，要说比漂亮，你看那些电影明星真没有几个能比过你的。你天生丽质，又才华出众，听说论坛上你的粉丝团规模庞大，你随时可以呼风唤雨的。”古天牧只能东扯西拉。

“不，就要你负责，你告诉我，你什么时候正式向我求婚？”辛洁不想再和古天牧不着边际地纠缠下去，索性直截了当地问道。

“辛洁，我说过，我们俩真的不可能在一起。”古天牧无法继续逃避辛洁的逼问，但他实在不希望给辛洁带来丝毫的伤害。

“七年前，大家一起去野营，我被毒蛇咬了，是你撕开了我的衣服，吸出蛇毒，又抱着我跑去医院，把我救了回来，其实，从那时起，我就真心喜欢你了。但当时你和秦枫已经在一起了，我从来没有跟你提出过我们交往，这是不是事实？”辛洁幽幽地问道。

古天牧没有出声，默认了。

“六年前你亲口跟我说，秦枫向你提出了分手，这是不是事实？”辛洁又问。

古天牧沉默着。

“是秦枫和你分手后，我才提出了我们交往，当然，是我主动提出来的，但你没说不行，这是不是事实？”

古天牧张了张口，没说不行是不想直接伤害她的颜面，但自己也没说行啊，但此刻，这样的话古天牧却无法说出口，只好沉默。

“我长得很美，很有气质，我的事业是靠自己打拼出来的，这是不是事实？”

古天牧点了点头。

“我现在已经二十八岁了，还没有出嫁，这是不是事实？”

“我没有结婚是因为你，这是不是事实？”

古天牧看着情绪越来越激动的辛洁，不知道如何回答。

“那你就应该对我负责，对不对？”辛洁问道。

古天牧只有沉默，在这个时刻，言语稍有不慎，会像一把尖刀深深刺伤辛洁。

“今天是我生日，我要你向我求婚。”辛洁说完，两手摊开，看着古天牧。

古天牧无言以对，因为他的确不知道该怎样回答辛洁的问题，也不知道该如何化解他们之间的问题，这个在证券市场一向谈笑自如的策略总监，在面对辛洁的这个问题上，没有任何策略可以应对。

“反正今天你不向我求婚，我明天买条毒蛇，自己咬自己算了。”辛洁说着，用修长的手指做了一个咬自己的动作。

沉默半晌后，古天牧终于开口了：“辛洁，实际上我从来没有怀疑过你会遇到适合你的人。”

古天牧英俊的面孔上显现出严肃和真诚：“我觉得，每个人都会命中注定地遇到自己的另一半，这种感觉或许是前世约定，只有自己能体会到，当年我遇到秦枫时，心里就有这样的感应。你也知道，这些年以来，我一直都在等着秦枫从阴影里走出来，我们三个人一起进‘中投’学习，一起走到现在，一切都像上帝说的那么美好，我觉得我们的友谊完全可以一直这样美好下去。”

此时此刻，面对一往情深的辛洁，古天牧无法直接说出他和秦枫就在昨晚重归于好的事实，毕竟今天是她的生日，他只有试图使辛洁理解自己不能作出承诺。

辛洁美丽的大眼睛里开始泛出泪光：“天牧，你知道吗，当我遇到你的那刻，我的心灵也是有感应的。你和秦枫分开了这么久，我想，这些年你一定能感受到我的心意，为什么你一直与我保持着距离，为什么不能爱我，就像我爱你这样？”

没等古天牧说话，辛洁又说：“也许，你觉得和我在一起会让秦枫很尴尬，毕竟，我们都是这么好的朋友。但是，我相信我和秦枫之间的友谊，能够化解这一切世俗的尴尬，我和她依然会是最好的朋友。”

“最好的朋友？”古天牧苦笑着摇了摇头，“是啊，只有最好的朋友才会伤害得更深。”

“我从来没有想到过要伤害秦枫，你凭什么这么说？”辛洁白皙的面孔涨得通红。

“可是，你已经伤害了。”古天牧脱口而出。

“我怎么伤害了？”辛洁没好气地问。

“你知道你今天写的财经评论帮助炒家阻击了谁吗？”古天牧终于忍不住说了出来。

“谁？”辛洁已经有了预感。

“当然是你最好的朋友了。”古天牧回答。

辛洁听了古天牧的话，“刷”的一下站起来，拎起手袋，对古天牧说了句：“晚上给你电话，到我家里来。”然后头也不回，冲出了咖啡馆，将星巴克里飘逸着的爵士乐抛在了身后。

3

秦枫正在办公室忙碌着，她一边盯着中国有线的交易情况，一边准备着明天投资见面会的相关资料。突然，她潜意识里觉得桌前站着一个人，猛地抬头一看，不禁吓了一跳，心脏猛烈地撞击了几下，默默站在她办公桌前的，是公司投资总监钱向东。

钱向东走路时总是像猫一样悄无声息，常常如影子般地突然出现在你的身边，他走进秦枫的办公室的时候，秦枫丝毫没有察觉。

这位早年毕业于剑桥商学院的投资总监，在公司地位是仅次于吴文松，不仅投资风格稳健老到，而且对投资策略的应用总有着超越常人之处。

多年英伦的生活，给钱向东的生活和工作各个方面都打上了深深的烙印。今天，他穿着一套裁剪得天衣无缝的深灰色英式西装，白色领口细条纹的法式衬衫贴身而合体，这种正装衬衫的白色领子比普通衬衫高出八个毫米，不系领带的时候，可以让领子九十度耸立，使人自然流露出贵族的味道，不过钱向东总是系着深色条纹领带。钱向东的衬衣袖口两边被一颗黑色菱形玛瑙袖扣连在一起，使得紧贴着手腕的袖口形成一个高贵的水滴形。在钱向东左手袖口处，格拉苏蒂腕表若隐若现，这款标有Chronometer标记的手表最大特点是分秒极其精准，而精准一向是严谨的钱向东所要求的。

他像一尊雕塑般地站着，低头看了看秦枫放在桌面的笔，缓缓地点头说道：“嗯，秦经理永远都是用铅笔，中华牌铅笔。”

秦枫骤然起伏的心跳已经逐渐平稳了下来，这两天，她已经经历过好几次这样的冲击，所以平复得很快。秦枫站起身来：“钱总监，请这边坐。”接着，到咖啡机上取下一只保持着温度的茶杯，然后放入一个立顿红茶包，按出热开水进行冲沏，将泡好茶的杯子放在了玻璃茶几上，她知道钱向东平日常喝立顿红茶。接着，自己冲了一杯咖啡坐在茶几的另一侧。

钱向东略微欠了欠身，没有马上拿起茶杯，而是说了一句让秦枫觉得不着边际的话："我一向认为，铅笔比圆珠笔、比钢笔，都要深刻。"

"您的这个看法，我还是第一次听说呢！"秦枫有些好奇。

"拿破仑第一次发动对英德的战争，铅笔就是其中一个重要的起因，这也是世界历史上唯一一次因为笔而引发的战争。"钱向东不紧不慢地说着。

"钱总监，这个典故我还从来没有听说过，真是孤陋寡闻了。"秦枫知道钱向东是一个知识渊博的人。

"我观察了一下，这么多年来，全公司里面，就你一个人喜欢用铅笔，并且是中华牌铅笔。"钱向东端坐着，后背挺得笔直。

秦枫不禁笑着问："钱总监，这不会引起战争吧？"

钱向东一脸的严肃，没有被秦枫的玩笑话所动："我在英国学习的时候，从剑桥的博物馆里知道了这段历史。1564年，在英格兰的巴罗代尔发现了石墨矿，从而才有了铅笔，英王乔治二世将巴罗代尔的石墨矿划归为皇室所有，铅笔便成为了皇室的专利品。一直到了18世纪，全世界还只有英国和德国能够制造铅笔，并且主要为贵族使用，拿破仑发动了对邻国的侵略，英国和德国就停止了给法国的铅笔供应。后来，拿破仑命令化学家孔德在法国的国土上找到石墨矿，最终，研究出了制造铅笔的方法。所以，整个欧洲的宗教、文化以及艺术，都与铅笔密切相关，这就是铅笔的深刻之所在。"

秦枫看了看眼前一本正经的钱向东，又看了看办公桌上的中华牌铅笔，这才意识到，自己确实在大多数时候喜欢使用铅笔："钱总监，我父亲是搞数学研究的，母亲是画家，从我小时候起一直到现在，家里到处都是铅笔，所以我也习惯了用铅笔。不过，还真没有想到铅笔有如此的深刻意义。"

"铅笔有没有意义，关键还是要看用铅笔的人啊！"不苟言笑的钱向东开始转入正题，"上午吴总开会时说了，想派你去参加明天的投资见面会，所以我特地来找你，想听听你的投资模型的设计原理和投资策略，这的确是一个让人难以置信的重大消息，当然，这也是要拿出去和人家硬碰硬的东西。"

钱向东的到来让秦枫感觉到了一丝紧张，她不禁联想到了数据库被侵入的事情，但是，这个念头只是在大脑里一闪而过，因为钱向东作为公司的投资总监，对于自己代表公司在投资见面会所阐述的投资策略表示关心，以及作为公司业务负责人对此进行把关，是完全应该而且必要的。

“对于投资模型的核心部分，我现在的想法是进行保密，至于模型的外围模块以及整体投资策略，我可以毫无保留地拿出来让公司评测。”秦枫按照一贯的说话方式，直截了当地表达了自己的观点。

“我很欣赏你的直率，核心部分自然是要进行保密，这是你作为投资模型发现人的权利。但是，作为公司来讲，如果你代表公司参加见面会，你的投资交易决策体系所代表的就是公司而不是个人，所以，我想了解一下。”钱向东也毫不隐晦。

秦枫特地问了一句：“钱总监，数据库的样本选择需要讲吗？”

钱向东考虑了片刻：“这个就不用了，你就说说模型的设计哲学和理论基点吧。”

钱向东提出的问题已经涉及了模型设计的核心，秦枫特地问他是否需要数据库的数据样本，实际上也是在证实自己的猜测。

秦枫起身拿来铅笔和几张白纸放到玻璃茶几上，重新坐下，开始了她的阐述：“从现役的投资交易决策体系来看，主要归纳为两种，一种是积极的投资交易决策体系，一种是消极的投资交易决策体系。”

钱向东的脸上看不出任何表情，他拿起茶杯，喝了一口红茶。

4

“消极的投资交易决策体系的理论基点是证券理论学派的‘效率化市场理论’，认为市场无法战胜，其投资哲学是基于股票价格从长期来看，具有向上的偏向性，所以采取分散化长期持有策略。

“积极的投资交易决策体系认为市场可以战胜，其理论基点是依据股票的特异性进行投资，由此分别形成了以市盈率特异性的价值投资、以增长性特异性的成长投资等，不过这些积极的投资交易决策体系都是建立在股票价格波动具有周期性的哲学之上。”

秦枫知道，在钱向东面前务必严谨而专业化，否则钱向东可以不顾情面地拂袖而去，很多人都经历过这种尴尬。

钱向东听了秦枫对现役投资交易决策体系的简单阐述，赞许地点了点头：“果然秦经理对投资交易决策体系了然于心，但是，有一点我依然保持着疑问。”

秦枫微笑着说：“钱总监，您请讲。”

“股价波动的随机性，是衡量所有投资交易决策体系有效性的试金石，目前为止，世界上很少有投资家直接面对随机性的挑战，大多是绕过了这道坎，所以关于随机性的突破，你能不能解释一下？”钱向东推了推鼻梁上的纯钛眼镜，镜片后的眼神极为敏锐。

“股价波动具有随机性，在同一个层级上来看绝对是毋庸置疑的，之前的投资家和证券研究界之所以没有在这上面取得决定性的突破，是因为他们都将注意力放在同一个层级上，”秦枫喝了一口浓香的咖啡，“而我之所以取得了突破，是因为我发现，在证券波动的层级之间，具有非随机性，正如墒理论所阐述的那样。”秦枫的语调自信而坚定。

钱向东沉默了，他的内心被秦枫的视野所震撼，对于这样的投资视点，并不需要做太多的解释，只需要秦枫寥寥数语，对于深谙投资之道的钱向东来说，就非常清楚秦枫已经取得了决定性的突破，并且是具有划时代意义的突破，一向以“一览众山小”姿态示人的钱向东刹那觉得眼前的秦枫已站在高山之巅。

钱向东一脸的凝重：“如果事实如此，我将不得不对此表示仰视。”

秦枫看到钱向东少有的姿态：“钱总监，您言重了。”

钱向东依然用一种古板的语气问道：“你是成长型基金的管理人，那么，你的这个投资模型到底是属于成长学派的投资模型，还是属于统计学派的投资模型？”

“钱总监，成长学派的投资模型是以企业的成长性为核心，六年前，我已经在上面栽过跟头，而统计学派的投资理论我认为具有哲学上的错误，但是，统计学派的统计方法，我认为应该得到所有投资交易决策体系的重视和应用。”

钱向东皱着眉头，似乎对秦枫的回答不甚满意：“我就是统计学派的忠实拥戴者，我很想知道秦经理对于统计学派的投资理论的高见。”

秦枫回答：“我并不否认统计学派具有的客观性。”

钱向东表述他的观点：“真正的统计学派并不是精确化数理统计，而是站在历史的角度上来看待市场问题。”

秦枫点点头：“精确化数理统计的确是将精英群体使用的统计学派理论庸俗化，这点我也不赞成。”

“那些所谓的精确化数理统计完全违背了统计学派客观化的投资思想，不值一提，但是，秦经理是怎么看待正统的统计学派理论缺陷的呢？”钱向东的话有着一股深藏的火药味。

秦枫不是没有闻到这种隐藏在钱向东贵族式装束下的杀气，她淡淡地笑着说：“不知道我的观点会不会让您觉得肤浅，”她顿了顿，“大多时候，肤浅的看法会让真正的大师啼笑皆非。”秦枫在说话中尽量维护着钱向东的面子。

钱向东虽然喝惯了洋墨水，但是秦枫这种中国式的铺垫他还是很受用，语气平缓了一些：“秦经理，没有关系的，我的确很想听听你的看法。秦经理在股价波动随机性上取得了重大突破，我个人认为，你对现役投资交易决策体系也应该有了一个全面的评判，否则不可能取得如此成就的。”此话确是肺腑之言。

秦枫不再回避，一针见血地说：“我个人认为，正统统计学派在投资哲学上具有一个重大的缺陷，那就是将各种变量之间具有的相关关系，错误地理解成为了一种因果必然关系。”

钱向东听了秦枫的话，心中先是一怔，再将这句话细细回味，头脑中发出石破天惊般的一声巨响，他被深深震撼了。

“秦枫，”钱向东没有继续称呼秦枫为秦经理，而是直接叫她的名字，“你的这句话，将会直接把美国九十年代以来的证券研究成果扫出华尔街，”然后又一字一顿地说，“你，将创造历史。”

秦枫没料到在工作上一向苛刻的钱向东会对自己作出如此高的评价，自己确实消受不起：“钱总监言重了，我并无此奢求。”

钱向东了然地说：“我明白，我的确是就事论事。”

两人一时间有短暂的沉默，钱向东说道：“那么，你的投资交易决策体系就已经不是成长型投资了。”

秦枫点了点头：“我也这么认为。”

“那么能否告诉我这个投资交易决策体系的名字？”

“我还没有考虑好该叫什么名字，”秦枫微笑着说，“整个交易决策体系的核心就是‘随机数据中的非随机性数据模型’，而交易决策的路径，是从可以预期的未来层级来决定当前层级的交易决策。”秦枫没有对钱向东做任何隐瞒，因为她将在投资见面会的申报材料里更为详细地阐述这个投资交易的决策路径。

钱向东垂下眼睛盯着地面，沉默了片刻之后，抬眼直视着秦枫：“如果以剑桥商学院的理论命题要素来看，你的投资交易决策体系应该叫做逆向投资策略，也可以叫做逆向投资交易决策体系。”

秦枫听了钱向东的话，心中一阵惊喜，的确，在理论命名上，剑桥有着独特的命名标准，钱向东的建议为她明天参加投资见面会提供了及时有效的帮助。

“谢谢。”秦枫由衷地说。

钱向东站起身来，秦枫也连忙起身。此时，钱向东做出了一个让秦枫十分意外的举动，他僵直的身体向秦枫行了一个表示尊敬的英式贵族礼，吐出几个字："请注意投资模型的保密。"然后头也不回，转身离开了秦枫的办公室，扬长而去。

秦枫看着钱向东的背影，对他刚才的举止有些不知所措，站在门口停顿了片刻。正要转身回去的时候，对面办公室的门开了，华迪走了出来。

5

周一 11：30

"秦枫，收盘了。"华迪向秦枫打着招呼。

秦枫点点头，迅速走回办公桌前，看到中国有线的早盘收盘价格，依然还是处在跌停的位置，但是上面的卖出单量并不大。

"上午没有办法做对冲，下午再看看情况吧。"华迪遗憾地对秦枫说道。

"好的，尽量找机会吧。我现在有事要出去一会儿。"秦枫说。

"那好，下午我们再找时间商量。"华迪保持着一贯的风度，他是不会问秦枫去哪里的，除非秦枫主动告诉他。

"白云山今天出院，我要去一下。"秦枫略带歉意地对华迪说，毕竟华迪是在帮自己的忙。接着，她清理好桌面，拎着包离开办公室。

秦枫驾车带着白阿姨驶出金茂大厦地下停车场的时候，辛洁刚好赶到，眼看着秦枫的白色奥迪轿车转弯离去，辛洁赶紧将车停靠在路边，但是车还没有靠边停稳，前面就走过来一个交通警察，示意她赶紧离开。的确，这个地段交通实在太繁忙了，不远处的东方明珠电视塔前人流如织，只要有一辆车在路边停靠，后面就会堵成一条长龙。

也许这就是天意，辛洁火急火燎的心慢慢地平息下来，她将红色的雷克萨斯转到环路的慢车道上缓缓向前游走着。刚才她急着要见到秦枫，解释自己的无辜，告诉她阻击者就是郭怀恩，现在辛洁反复思忖着，到底应该不应该这样做。

辛洁的脚轻轻地搭在油门上，车缓缓地向前滑着，很快，她作出了一个新的决定，拿起手机拨通了郭怀恩的电话。

半个小时之后，辛洁出现在了郭怀恩的交易室。

正坐在交易室沙发上喝茶的郭怀恩看到辛洁进来，赶紧站起来，笑着说："辛大小姐大驾光临，不胜荣幸啊！"一边说，一边请辛洁落座。

辛洁倒也没有客气，放下手袋坐在沙发上。沙发前宽大的茶几上有一套梨花木茶盘，茶盘上放着一套青花瓷功夫茶具，一只盖碗，一只茶海，整齐地摆放着六只小茶杯。

郭怀恩在辛洁对面坐下，重新烧好开水，顺手将原先盖碗里的茶倒掉，从茶盘边上的锡制茶叶罐里取出了新茶叶放到盖碗里，对辛洁说："这是刚刚到的安溪铁观音，朋友的茶厂，海拔八百米，呵呵。"

辛洁脸色阴沉，情绪不是很好："我有个事情想问你。"

郭怀恩伸手把放在茶几上的那本《哲学的起源》挪到沙发上："有什么事情，照直了问，我知道党的政策，坦白从宽，抗拒从严嘛。"

辛洁欲言又止："郭总，问你这些，我觉得不大合适，但是，今天也许要破例一下，希望你不要介意。"

辛洁说话一向快人快语，今天的态度着实让郭怀恩有些奇怪："辛大小姐，有什么合适不合适的，你只要不强迫我承认'9·11'是我幕后策划的，别的事情，没有不合适的。"

郭怀恩的打趣让辛洁的心情明显好了不少："就是问你关于'9·11'的事情呢。"辛洁被逗笑了。

"行，辛大小姐要真逼我承认，我也就认了，真是我干的。"郭怀恩把话题扯得老远。

"你一般搞阻击，几天时间啊？"辛洁直接切入正题。

"呵呵，你不都是清清楚楚的吗，最多三天。"郭怀恩知道辛洁要问的不仅仅是这个。

"嗯，这次阻击，"辛洁第一次在郭怀恩面前说话有些吞吞吐吐，"大概有多大的利润呢？"

郭怀恩一听辛洁的问话，不禁笑了起来，鹰一样的眼睛眯成一条缝，"哈哈，你放心，只要你一句话，我们就对半分，我郭怀恩从不食言。"

"我不是要这个，我就是想知道这次阻击会有多大的利润？"辛洁坚持她的问题。

"这次阻击如果顺利的话，利润在一千万到一千二百万之间，我按照最终的结算利润，给你一半。"郭怀恩说话向来是掷地有声，何况是在辛洁面前。

"对方会有多大损失呢？"辛洁又问。

"你关心对方的损失干吗？哈哈，难道想帮别人垫钱不成？"郭怀恩觉得辛洁的问题有些好笑。

“我就是想知道，这次对方的损失有多大。”辛洁显得有些焦急。

郭怀恩没有马上回答，他将开水倒入到青花瓷盖碗里，盖上碗盖。“先喝茶吧！”

辛洁看着郭怀恩将盖碗里的茶水过滤到茶海里，然后又从茶海里倒入辛洁和自己面前的茶杯里，伸手用一只红木镊子镊着倒满了茶水的茶杯，将刚刚倒进去的茶水倒在了茶盘上，然后这才又将开水倒进了盖碗，不过，面前的空茶杯里，倒是溢出了阵阵的茶香。“真香！”辛洁不禁称赞道。

“待会儿你品一品，那才是真香。”郭怀恩对茶道研究颇深，听到辛洁的话不免有些得意。然后，他回答了辛洁的问题，“对方的损失并不大，五百多万吧。”

辛洁听到这话，立刻感到安心下来：“幸好刚才没有给秦枫电话，这个电话要是打过去，大家损失就不止五百万了。”

“这股市里，咱们可不能有同情心啊！”郭怀恩将沏好的茶倒入辛洁面前的青花杯，“来，尝尝吧。”

辛洁抿了一口，果然是入喉柔顺、颊齿流香。

郭怀恩自己也倒了一杯，慢慢体味着新茶特有的清香：“你要是不吃别人，别人就得吃掉你，这些股市里的大户机构，哪一个不是因为吃了别人才肥的自己？所以，你的同情心是很可怕的。”

辛洁放下茶杯，点点头：“理论我倒是有一大堆，真刀真枪的，还真是从来没有干过。”

“你昨天跟我说的话，我考虑了很久，”郭怀恩的手在那本《哲学的起源》上拍了两下，“你说得有道理，零和游戏规则，是股市的最高规则，想做常胜将军，最好就不要直接进入股市，就做你的金融数据服务公司，你的想法，很有哲学内涵啊！”

辛洁抬起头，第一次认真地从上到下打量了一下郭怀恩，郭怀恩穿着一套整齐干净的深灰色中山装，中山装的款式老旧，但是面料质感上乘挺括，裁剪合身，看得出是找很好的裁缝量身订做的。扣得严严实实的中山装领口上露出一沿白色的粗布衬衣衣领，同样是干净而整洁，在郭怀恩的胸前口袋上，挂着一个“为人民服务”的红色徽章。

第六章

1

周一 11：50

秦枫搭载着白阿姨来到医院时，白云山已经办完了出院手续，正在等候她们。

事实上，秦枫来接白云山出院，在某种程度上是一种仪式，既是庆贺白云山的完全康复，也是希望他在遭遇车祸六年后重返公司，与吴文松见上一面。为此，白云山今天特地换上了一套整洁的西装。

经过这几年的康复运动，白云山原本魁梧的身材显得更为强健，看不出曾经是一名长期卧床昏迷不醒的病人，只是以前喜怒哀乐都写在脸上的性情中人，在历经磨难后，反而变得平和而超脱，他刚毅的脸上总是带着微笑，似乎感受着生命是如此美好。

在开往公司的路上，白云山问秦枫："公司最近除了投资见面会的事情，还在忙些什么？"

"主要精力都放在这件事情上，中东联合投资公司要进入中国资本市场，第一期投资是两百亿美元，并且是委托本土基金公司进行管理，吴总对此非常重视。"秦枫一边稳稳地掌控着方向盘，一边对白云山说道。

"这是一家国际老牌财团，能拿下这个项目，对任何一家本土公司都具有重大意义。"

"是啊，明天下午在香格里拉酒店召开投资见面会，现在各家都在全力准备，志在必得。"

"公司打算派谁去？"白云山问道。

"原本是钱总监代表公司去，但今天的晨会上，吴总倾向于要我去试一试，钱总监当时有些不同意见。"秦枫如实地告诉白云山。

"钱向东？"白云山追问了一句。

秦枫点了点头。

“钱向东的意见很重要，他是一个很固执的人，不近人情，但在业务上确有独到之处。”

秦枫突然问道：“你还记得六年前的事情吗？”

“呵呵，当然记得，我已经彻底康复了。”白云山笑着说。

“我是说，六年前因为我的失误而遭遇阻击的事情。”

“怎么叫你的失误，不要把责任都揽到你自己身上，其中也有我的原因。”白云山转头看着秦枫，他很清楚，秦枫虽然在外表上表现得冷静理性，似乎无懈可击，但她的内心其实十分敏感而倔犟，总把失误全部归结到自己身上，阻击事件之后加上自己车祸受伤，懊悔和自责一直在深深折磨着她。

秦枫感受到了白云山关心的目光，她对他笑了笑，继续目视前方，开着玩笑：“看来你还没有完全康复。”

“实际上你的思路到现在我依然还是赞同的，虽然我们是成长型投资人，但是菲舍的投资模型的确是要进行客观化的改造。再说回来，我们始终都是沿用别人的投资模型，我不仅怀疑模型最终的效用，而且对于越来越大的心理压力束手无策，并且在风险控制上也存在很多悖论。”白云山在脑海里回忆着六年前的那场失败。

“云山，你说我们当初失败的根本原因是什么？”这是秦枫六年来第一次向白云山正面提出这个问题，这个问题在她的脑海里曾无数次地浮现。

“根本的原因还是在于成长型投资本身具有的缺陷。”白云山深沉的目光凝视着前方，这个伴随着计算机和互联网革命成长起来的坚定的成长型投资人，显然对成长型投资进行了深刻的反思。

秦枫没有马上说话，等着白云山继续讲述他的看法。

“成长型投资模型的核心要素是‘人’与‘技术’，这种投资策略从长期来看，是一种有效的投资策略，但是这种投资交易决策体系里，缺乏中短期价格分析模块，这就直接导致了成长型投资在中短期的战役层面和战术层面缺乏胜算，所以天生就是一种高风险投资行为，这是我们遭遇阻击的根本性原因。”白云山一语道破天机，他作为忠实的成长型投资者，对于成长型投资的反思注定是深入骨髓。

白云山继续说道：“这种投资策略在战略层面有胜算，但是在战役层面和战术层面相对被动，非常容易在投资周期中遭遇暴涨暴跌的价格风险，所以不是一种全方位的投资交易决策体系。当时，你试图通过市场内部数据对菲舍的投资模型进行改造，直到现在，我都认为你的出发点是正确的。”

秦枫知道白云山是在安慰自己，不禁鼻子发酸，感觉眼前有点模糊，她尽量不经意地用力眨了眨眼睛。

“这种对于模型的改造，又从根本上与成长型投资模型的理论哲学本身相违背，这就是你当时遭遇阻击的另一个主要因素。”白云山十分坦诚地分析着，这些话不得不说也必须要说。他深知这件事给秦枫心中带来的巨大阴影，这个打击对当时意气风发的秦枫而言是多么残酷，但是，他更相信秦枫直面挫折的勇气和智慧，从成长到成熟，每个人都要经历百炼成钢的过程。而且，秦枫不仅是他曾经的下属，更是他的挚友，在某种意义上可以说是给予他第二次生命的人。

“云山，我当时也真的是没有想通，新能源未来替代石油是明显的发展方向，为什么还遭遇到对方打击。”秦枫也陷入回忆中分析着。

“但是阻击我们的，是石油期货和股市炒家，他们对能源价格短期的敏感度远远超出我们，而当时你对模型改造，正好进了他们的圈套，人家不打击你，打击谁？”

白云山的话使两人不约而同地微笑起来，这是一种默契，是一种对过往的反思，是一种对职业的尊重，同时也是对六年前那波烽烟的释怀和解脱。

白阿姨坐在车内后排座位上，看着坐在前面的秦枫和儿子交谈，他们谈的什么她听不懂，白阿姨的心里除了开心，就是喜悦，还有就是最虔诚的祝福，她多么希望这对共同经历过磨难的人，能够最终走到一起来，她在内心祈祷着：“老天爷，要是您能让秦枫和儿子走在一起，我每天都给您烧高香。”

白云山扭头想跟母亲说句话，看到她一脸幸福的笑容，不解地问，“妈，什么事情让您这么开心啊？”

白阿姨把手搭在白云山的肩上，拍了拍：“我看着秦经理，就忍不住高兴。”

白云山回握着母亲放在肩头的手，真诚地对秦枫说：“这几年，谢谢你一直这么照顾我妈。”

“不是说好了，不要再提这个事儿了呀。”秦枫有些不好意思。

“你说说，这么好的姑娘，到哪里去找啊！”白阿姨对白云山说。

白阿姨这句话的意思再明白不过了，白云山有些尴尬地将头转向车窗外，秦枫白皙的脸庞染上一片红晕，她感觉到自己的耳根在发热。

白色奥迪驶进了金茂大厦地下停车场，几分钟后，秦枫、白云山和白阿姨来到了大厦三十五层东方证券投资基金管理公司。

“你们先谈事情，我去忙了。”白阿姨看着儿子和秦枫站在一起，心中无比欣慰，生怕打扰到他们，找了个借口走开了。

两人来到秦枫的办公室，白云山站在房间中央环顾四周，秦枫笑着对他说：“欢迎回来。”

这里，原先是白云山的办公室。

2

胡立阳和吕品回到富海证券环路营业部，走进了营业部大门口，胡立阳停下脚步，客气地对吕品说：“今天能够见到吕先生，实在是非常荣幸，以后会有很多事情需要麻烦您了。”

吕品以为胡立阳要离开营业部，伸出手和他握了握：“您别客气，有什么事情，尽管来找我，我给您的名片上有我的全部联系方式，您可以随时联系我。”吕品很希望能够和胡立阳这样的大客户合作。

胡立阳和吕品握完手后，没有马上离开，他站在原地面带笑容地说：“吕先生，您有事情先去忙，我想在大厅看看股票行情。”

吕品赶紧建议：“您想看行情不需要在大厅里，跟我一起到楼上，到我办公室或者我给你安排一间大户室，都可以的。”

“我在大厅看看就好了，中午我还有其他事情要办，不然我早就邀请吕先生共进午餐了。”胡立阳客气地推辞着。

“您还是到楼上的大户室去看行情吧，我给您安排，很方便的。”吕品依然热情相邀，担心怠慢了眼前的贵客。

“吕先生，您的好意我心领了，我只想随便看看，马上就得出去办事了，您去忙吧，您要是这样陪着我，我只好现在就走了。”胡立阳半开玩笑半认真地说。

吕品是个明白人，看他这么坚持就不再强求：“那好，胡先生，我们后会有期，我等着您的电话。”

吕品和胡立阳再次握手告别，胡立阳对吕品笑着点了点头，往营业部里的人堆里走去，吕品一边慢慢地走上楼，一边转头看着胡立阳挤在嘈杂的人群中看着股票行情的大屏幕，一副气定神闲的样子，吕品在心里自言自语：“低调，这就是低调。”他实在是佩服这种不显山、不露水的人，他感叹着走回了自己的办公室。

胡立阳就像是全身都长了眼睛，就这么短的时间，他既了解到股市行情，也快速观察了大厅里的每一个人，同时留意着吕品的举动，这是几十年在赌场练出来的功夫。

在确定吕品已真正离开的同时，他也发现了大厅里有几个小群体，这在世界上所有人群中都一样，胡立阳深谙此道。

胡立阳走进人群，挤到了申思理的身边，弯下腰对坐在电脑前的申思理说："申老师，有个事情想请教一下。"胡立阳跟着周围的人称呼他为申老师，申思理也习惯了别人叫他主任或者老师，抬起头来一看，是个陌生面孔，不熟，看衣着打扮应该有些身份："哦，有什么事情？"申思理推了推啤酒瓶底的眼镜框。

胡立阳指了指申思理面前的电脑屏幕："申老师，请问，这个电脑里能不能查到基金公司的情况呀？"胡立阳的态度很谦虚。

申思理咳嗽了一声，又抬眼瞅了瞅胡立阳："新股民？"

胡立阳笑着点了点头。

"可以查的，这里什么资料都有，所有基金公司的详细资料，以及每个季度的持股情况都一清二楚的。"申思理用老行家的口吻意味深长地说，"要随时了解机构的动向，我们才能立于不败之地啊！"

胡立阳不停点头："那是，那是，申老师，能不能帮我查一下东方证券投资基金的情况吗？"

"可以啊，"申思理说道，"东方旗下有几只基金，你要查那只？"

"想看看成长型基金。"胡立阳回答。

申思理开始移动鼠标查找东方旗下成长型基金的资料："你们新股民，都是这样，喜欢冒风险，成长型基金主要投资科技股和概念性的股票，风险很大啊！"申思理的话说完，边上就有人附和："就是，科技股风险大，暴涨暴跌的。"也有人说："其实，我们最关键是要随时观察主力动向，暴涨暴跌有什么不好的？我们散户就是要与庄共舞，这样才能赚大钱啊！"

申思理保持一贯的独立姿态，没有理会周围的议论，不一会儿，就帮胡立阳调出了东方基金管理公司旗下秦枫所管理的成长型基金的资料。

"申老师，这个基金怎么样呀？"胡立阳请教道。

申思理看着秦枫所管理的基金资料："具体我还不是很了解，但是成长型基金风险大，收益可能也会高一些，"申思理把电脑屏幕微微转了一个角度，让胡立阳能看上两眼，"来，你自己看看。"

胡立阳伸着头仔细地查看着，他关注的是基金公司的地址、基金管理人以及基金的持仓。

胡立阳想要知道的，都已经找到了，他谢了申思理，挤出了人群，申思理立刻又被旁人围了起来。

胡立阳走出营业厅，慢慢步行回到香格里拉大酒店，进到大堂就碰上了大堂经理苏雪："您找到了富海证券公司营业部吗？"苏雪礼貌地问道。苏雪是一位非常优秀的职业经理人，她记得这位客人曾向她打听的事情。

"谢谢，找到了。"胡立阳对苏雪的关心报以感谢。

"如果您有什么需要，请随时联系我们，希望您在酒店过得愉快。"苏雪微笑着说道。

胡立阳回到房间，立刻拨通了司徒明的电话："大哥，您要找的那个女人，我基本查清楚了。"

正如司徒明所预料，胡立阳想找的人，他就一定会找到："是什么人？"

"您说得没错，这女人是金融界的，上海东方基金管理公司的基金管理人，名字叫秦枫。

"很好，我等会儿跟你联系。"司徒明结束了通话。

十分钟后，胡立阳的手机响起，是司徒明。

"我今天晚上就赶过来，我们急需找到这个人。"司徒明吩咐道，"不过，你现在暂时不要惊动她。"

"您放心，我知道该怎么做。"

结束和司徒明的通话后，胡立阳走到房间的窗户边，透过玻璃窗看着不远处的金茂大厦。

"秦枫，我们马上就要见面了。"胡立阳心里暗自窃笑。

3

胡立阳离开富海证券环路营业部不久，股市早盘就收盘了。申思理在电脑屏幕前端坐了一小会儿，回答完周围几个股民咨询他的问题，离开了营业大厅。不过，还有很多勤奋的股民在电脑屏幕前认真研究分析着股价的走势。

申思理的家离营业部不远，骑自行车也就不到二十分钟的路程。他到家里的时候，老伴已经做好了饭菜等着他。

自从退休以后，申思理的生活就是证券公司和家里两点一线，很有规律。

儿子申军今天轮班在家休息，他在一家大型电信公司从事电脑工作，在IT界颇有名气，这是申思理最大的欣慰。工厂车间主任出身的申思理心里就相信一个理儿：荒年饿不死手艺人。现代社会，懂得电脑技术，就是拥有了在现代社会生存的手艺，何况儿子的电脑技术的水平出类拔萃，什么黑客红客的，都能搞定，经常有人上门请他帮忙。就连申思理自己，也受益于儿子这门手艺——电脑技术分析。申思理之所以比别人强，一方面是因为申思理这么多年的经验加钻研；另一方面，就是有儿子申军是电脑技术行家这个得天独厚的优势，让申思理对电脑技术分析掌握得比大厅的大多数人要高出许多。不说别的，光说那些技术指标参数的设置，还有好多技术指标的组合应用，一般人就用不来。

吃完午饭，申思理开始在自己家的电脑上分析股市行情。这是固定的工作，马虎不得。电脑刚一打开，就有人敲门，老伴去开的门，申思理也走到客厅伸头张望，来的是一个穿着咖啡色夹克衫的年轻人，手里拎着个笔记本电脑包："阿姨好，申军在家吧，我和他约好了过来的。"

申思理的老伴笑着对客人打招呼："他在呢，请进。"

申军从他的房间里走了出来，他高高瘦瘦的，套头毛衫加牛仔裤，头发有些乱蓬蓬的，与来人打着招呼："哟，顾小文，这么快就到了。"

申军将顾小文带进自己的房间："什么事情这么着急啊？"

顾小文关上房门，皱着眉头："找你，肯定是难办的事儿。"

"呵呵，你这次该不是想进美国五角大楼吧？"申军笑着打趣他，"这已经没啥挑战性了，别人都进进出出好多次，跟逛巴黎春天百货公司一样的。"

"不是，这个比进五角大楼还要麻烦。"顾小文愁眉不展。

"说说，什么事情这么麻烦？"申军对技术上的挑战有着本能的兴趣。

"我现在需要从一个人正在使用着的电脑上，拷一份东西下来。"顾小文神秘地看着申军。

"哇，这明明就是抢了。"

"不管是抢还是怎么着，你说说该怎么办吧？"顾小文和申军是好朋友，他知道申军是绝对的电脑高手。

"知道对方装的什么防火墙吗？"

"知道，但是按照我老板的估计，对方会装上更高级的防火墙，具有跟踪功能的防火墙。”

“是你们公司老板要干这事吗？”

“不是我的老板，是另外的……唉，一时也说不清楚，你别管这个了。”顾小文不想和申军过多地谈论这些，只是催促着说，“拜托了，哥们儿，好好想想，写个反跟踪程序出来。”顾小文的老板，就是他的哥哥顾小兵。

“不知道对方用的什么防火墙，很难写反跟踪程序的。”申军有点儿为难。

“那还能有什么办法，让对方找不到我？”顾小文问道。

“凡是你进入到了别人的电脑系统，都会留下你的IP地址，何况还是在别人用的时候，这个难度太大了。”申军实事求是地说。

“是啊，真难办！”顾小文用左手抓了抓脑袋，手背上有一块暗红色的胎记，忽然，他灵机一动，“如果我能让对方暂时从电脑旁边离开一会儿，利用这个时间进入对方系统，拿完东西就走，那你能不能想个办法，让对方就是找不到我呢？”顾小文着急地问。

“办法是有的，但是你得告诉我是什么事情，违法的事情咱们可不能做。”申军对顾小文的要求不太放心。

“又不是要你做，你只要告诉我方法，我来做。”顾小文用手推了推申军的肩膀。

“不行，你要先告诉我是什么事儿。”申军做人做事有自己的主见，父亲申思理是个善恶分明的人，他自小在父亲的教诲下，养成了正直的性格。申军虽然熟稔黑客技术，是圈内公认的高手，但他行事一向坚持自己的原则。

“这就是你不够哥们儿了，你只要告诉我方法就行了，我哪会去做违法的事情呢！”顾小文求着申军，“再说了，凡是黑客，就没有什么违法不违法的概念，这是一个技术问题。”顾小文知道，只有申军能有办法来帮他解决问题。他要拿的东西可是千金难求，说到底，就是秦枫的随机数据中的非随机数据模型，这件事，他能告诉申军吗？肯定不能，但他也不想编个理由来骗申军，申军可不是能轻易糊弄过去的，再说，他顾小文是个讲义气的人，宁愿不告诉申军，也不会骗朋友，这是他做人的底线，要不然，以后怎么混。

“其实，你这是抢劫，根本不用什么技术的。”申军摇着头。

“为什么说根本不用什么技术？”顾小文好奇地问。

“你说可以让对方离开电脑一段时间，那就说明你有内线。”申军果然聪明过人，“既然有内线，你就有办法进入到对方的系统。你其实担心的，是别人发现你的IP地址，找到你，对不对？”

顾小文使劲点头：“是啊，就是啊！”

申军笑着说：“既然左右都是抢劫，你索性就来个明刀明枪，照直了去抢，现在啊，干什么事情都要专业，抢劫也一样，别抢劫的时候，用小偷的办法，那样就会抢也没有抢到，偷也没有偷到。”申军依然没有直接告诉顾小文真正的办法，他知道，顾小文还没胆子敢做违法的事儿，不过他要干的事儿多半是不光彩的，自己绝对不能和这样的事情沾边，要是闯进美国国防部或者美国科技部的服务器自己还有点兴趣，这种鸡鸣狗盗的事情，岂是他这样的电脑高手所为。

顾小文知道申军有了办法，于是小心地赔着笑脸：“老大啊！你说说，怎么样专业地去抢？”

4

“我要告诉你，那我就成劫匪了。”申军笑着摇头。

“这事儿对我很重要，你别卖关子了，我都已经走投无路了！”顾小文急了。

申军看得出顾小文真急了，毕竟是多年的好朋友，看来不说也禁不住他的软磨硬泡：“你担心人家知道你的IP地址，对不对？”

“是啊！”顾小文回答。

“担心人家知道你的IP地址是因为什么？”

“这样，人家就会通过IP地址找到我的电脑啊！”

“人家要是只找到一个电脑，又有什么关系呢？”申军说完，没再解释什么，而是低头开始整理电脑桌上摊得乱七八糟的专业书籍和资料。

顾小文似乎明白了一些，看着申军桌上的笔记本电脑，可想了一会儿之后，还是不明白：“无线上网？WIFI技术？”

申军没有回答，只是皱了皱眉头，继续收拾着书桌。

顾小文的脑筋飞快地转动着，猛然间恍然大悟：“我明白了，用个上网本，找家有WIFI网络的咖啡馆，用完了把上网本扔垃圾桶得了。”顾小文终于明白了申军所说的明刀明枪的方法。

“我可没有告诉你要这样做。”申军整理好书桌，抬起头正色对顾小文说，“大家是兄弟，听我一句劝，你最好别干这种事。其实，你现在做投资咨询业务，收入也很可观呀！”

顾小文伸手拍了拍申军的肩膀："不管怎样，谢谢你了！"然后拎起自己的电脑包，"有些事情，一言难尽。我这人，说白了，就是贪心，知道那样子做是不对的，可是我还是会去做，这就是人性，我是人，不是神。"说完，告辞而去。

顾小文，正是跟踪秦枫去澳门的那个人，现在他又受命于那个阴沉的声音，那个隐藏在秦枫身边的黑影，一心想要窃取秦枫的投资模型。顾小文背后的老板很清楚，在明天下午五点中东联合投资公司的见面会开始之前，秦枫以及东方公司都不会透露关于这个数据模型的消息。现在的问题，时间最为关键，他必须在明天中午之前，将完整的投资模型搞到手。

此刻，上海的天空是晴朗的，而秦枫的身边阴霾重重，危机四伏。上帝总是用各种方法来考验着每一个人，包括秦枫。

白云山站在自己原来的办公室环视四周，六年的时间似乎凝固了，他平静的心情扬起一丝波澜，但很快就平复了。

秦枫轻声问道："要不要去给吴总打个招呼？"

白云山微笑着点头："好，走吧。"

两人来到了吴文松的办公室门前。

可是，敲门进去后，秦枫和白云山却发现，钱向东坐在吴文松办公室里，两人正谈着什么。

"哟，是白云山回来了。"吴文松看到他们，马上站起身，大步走上前握住白云山的手，"云山，好久不见，大家都很牵挂你啊！"

白云山看钱向东也在场，带着歉意说道："谢谢！吴总和钱总监在谈事情，是我打搅了，我们待会儿再过来吧！"

"没事，我们也就是在闲聊，"吴文松拉住白云山的手不放，满面笑容，"来，正好钱总监也在，一起坐坐，这一转眼就是六年啊！"

白云山对钱向东笑着打了个招呼："钱总监好。"

钱向东依然面无表情，不过语气还是很温和："你好，白经理。"

于是，在吴文松办公室里，四个人围着沙发坐了下来。

"身体完全康复了吧？"吴文松关切地问。

"完全康复了，吴总。"白云山礼貌地回答。

"那就好，那就好，真是让人担心啊！"吴文松感慨道。

"谢谢吴总关心。"白云山微笑着说。

秦枫很希望吴文松能够说到正题，她希望公司能够立刻安排白云山开始工作。

"白经理现在康复了，我身上的压力就轻多了。"秦枫主动引出话题。

这句话的意思在座的人都听得出来，吴文松问道："钱总监，白经理现在身体康复了，你有什么看法？"他不想直接表态，将这个问题抛给钱向东。

钱向东坐在旁边一直默默无语，现在听吴文松问他，冷然说道："这六年，行业里有了很多新的资格考试以及业务考核，白经理现在身体虽然康复了，但是如果还打算在这个行业做下去，恐怕还有很多课要补上来。"

钱向东说的也是实话，这些年对于基金管理人的任职资格的确发生很大的变化，并且在考核上也采取了逐年考核的办法，白云山这些年一直在医院里，按照钱向东说话的意思，他已经达不到目前基金管理人的任职资格。

秦枫听钱向东这么说，无异于就是直接拒绝了白云山回公司工作："钱总监，白经理的业务能力在业界是有口皆碑的，对于成长型公司的研究也有独到之处。"秦枫虽然知道钱向东所说的也是实情，但是对这样的做法感觉有些不近人情。

钱向东倒也真不近人情，他说话一向不会顾及别人的感受："六年前成长型基金三个亿被人家打掉了百分之三十，这个在业界也是都知道的。"

钱向东不说这个倒罢了，一说到这事上来，秦枫立刻就被钱向东的话逼得哑口无言。

吴文松听到钱向东已经把话说得过于直白，他不希望旧事重提惹出大家的不快，立刻摆摆手，笑容可掬地说："白经理这些年在医院养病，自然是在有些资格考核上错过了，我看能不能这样，"他顿了顿，看着白云山，"云山啊，这些年，新成立了不少基金公司，所以，各家公司都在争取人才，你是公司的元老，公司永远都欢迎你回来，不过钱总监说的也对，现在对于执业考核严格了许多，但是，你业务基础很扎实，我想要不了多久，这些例行的考核都可以通过。要不这样，你现在一边养身体，一边慢慢通过这些婆婆妈妈的考核，公司始终都留着你的位置。"

5

吴文松的话给白云山的去留问题下了一个结论：东方公司欢迎白云山

回来，但是前提条件是白云山必须通过一系列的资格考核，这对白云山也是一个考验。

秦枫知道，这个过程是漫长的，不是一天两天就能够办到，但是吴文松已经下了结论，并且于公于私都算是合情合理的，秦枫不好再多说什么。

倒是白云山非常豁达，回到秦枫的办公室之后，白云山看秦枫的表情凝重，就开起玩笑：“秦经理，要不然你收留我，我临时给你打打下手，不知道需要通过什么考核？”

秦枫有些无奈地对白云山说道：“很抱歉，吴总的决定我帮不上太多忙。”

白云山看出秦枫的内疚，他收起玩笑，诚恳地说：“秦枫，你也知道，这其实就是一个仪式。如果我出院了，不到公司来一趟，那是我的不对，于情于理都说不过去。但是实际上，我早已有自己的决定，所以，钱总监的拒绝实际上造成了这个必然的结果。”

秦枫看着白云山，带着些许疑问：“如果你真这样想就好。”

白云山知道秦枫对他的话是很认真的：“秦枫，我说的是真心话，这些年来，当你面前所有的人、所有的事，突然间都变得完全陌生，你所能面对的，就是一个完全的自己。”白云山看着还站在那里一动不动的秦枫，“你好像忘记了，我很喜欢喝咖啡。”

秦枫不禁笑了笑，转身走到咖啡机前。

白云山则径直走到靠窗的椅子上坐下，一边看着秦枫倒咖啡，一边继续说：“知道吗，这就是完全真正的内心自我，如果一个人用了六年的时间来面对完全真实的自我，那么这个人应该完全清楚自身存在的意义。”

白云山说的每个字都让秦枫震撼着：“自己这六年来，又何尝不是如此。”浓香四溢的咖啡装满了咖啡杯，秦枫双手捧着递给了白云山，这个从始至终一直待自己如兄长一样的男人。

“说说你吧，秦枫，”白云山尝了一口咖啡，“现在该我来关心关心你了。”

“我？”秦枫脸上露出了一丝苦笑，“本来你刚刚出院，我不应该跟你讲的，”秦枫看了一眼白云山，“但是我看你状态还不错，应该可以承受得住这个黑色的幽默。”

“什么事，说说看。”白云山听出秦枫话里有话。

“云山，六年前的故事，今天又重新上演了。”秦枫的脸上挂着微笑，但眼神里没有一丝笑意。

“事情严重吗？”白云山的心立刻提了起来。

“事实上，”秦枫顿了顿，“在阻击级别上和资金规模上，不严重，但是严重与否不是这件事情的意义所在。”

白云山听了秦枫的话，心中了然：“是的，遭遇阻击就是遭遇阻击，不存在级别和资金规模的区别，何况我们有着六年前的失败阴影，所以，再次遇到这样的事情，只会造成更大的心理压力。”

秦枫点了点头，白云山很理解她，这件事情不是阻击程度严重与否的问题，对于秦枫来说，任何程度的阻击，性质都是相同的。

“我能够知道具体的详情吗？”白云山问。

秦枫没有马上回答，她望向白云山停顿数秒后，一本正经地问道：“你确信拿到了医生给你的康复证明？”

说完，两人都哈哈地笑了起来。然后，秦枫详细地将事情的经过讲述了一遍，包括她在澳门实证数据模型以及数据模型的数据库被入侵的事情，在工作上，她和白云山之间没有任何秘密可言。

“首先祝贺你取得了这么重大的突破！”白云山从内心为秦枫感到高兴，“吴总不同意你进行反阻击，自有他的道理，毕竟，公司眼下最重要的事情就是拿下中东联合投资公司这笔单子，而你的这个突破无疑是具有极强的震撼力。如果你现在进行反阻击，吴总担心你可能会忙中出错。”白云山的分析很理性。

“这个我也清楚。”秦枫说道，“但是，做好见面会的准备资料，对我来说并不是一件非常复杂的事情。”

两人正说着，华迪和季增宇敲门进来了。他们也都是白云山的老同事，知道白云山出院来公司了，自然是要过来打个招呼，大家寒暄了一番。

等到他们两人离开后，白云山继续回到刚才的话题：“那么，你的决定呢？”

“我的决定是肯定的。”秦枫用坚定的眼神看着白云山。

“我能够理解，否则你无法摆脱阴影。”

“这是一个方面，其实，还有另一个方面，我认为逆向投资交易决策体系，”秦枫停了一下解释说，“这是钱总监取的名字。”

白云山点点头，赞许地说：“不错，很恰当，钱总监毕竟是投资策略专家。”白云山没有因为钱向东之前的拒绝态度而对钱向东的专业能力有所贬低，“这个名字符合你的投资模型的哲学基础和理论根基，并且也直接表明了投资决策以及投资交易的路径。”

“你接着说。”白云山很想了解秦枫的全部思路。

“我认为逆向投资交易决策体系，应该是一个全天候的决策体系，既能解决战略层面的问题，也应该可以解决战役和战术层面的问题。”秦枫毫无保留地说出自己的想法。

白云山沉思了一会儿，建议道：“如果你已经下了决心，那么你就必须在整个反阻击过程中，应用投资模型，同时搜集完善完整交易数据样本。”

“是的，不仅仅是市场内部数据，还包括外部数据。”秦枫认同。

“市场内部数据很好解决，但是你要进行有效的反阻击，外部数据这部分，你有没有作出完整的统计分析？”白云山一针见血地问道。

白云山的话问到了秦枫的心坎上，这正是关键所在，她摇了摇头：“现在还没有开始进行对方的交易分析以及人格分析。”

白云山不由得微锁眉头，语气有些沉重：“知己知彼才能进行有效的还击，如果你不了解对方，没有完整的统计分析做基础，就无法清楚对方的交易心理，最重要的，是不知道对方的风险控制方法。”

第七章

1

白云山和秦枫提到了风险问题，几乎是在同一时刻，在郭怀恩的交易室里，郭怀恩也在跟辛洁谈论着风险的问题。

郭怀恩虽然和辛洁合作过多次，但是每次彼此之间的交谈仅限于合作的范围，这似乎是大家对辛洁一向的看法，她总是如此，像一个高傲的公主般高高在上，对不感兴趣的事情不屑一顾，不仅是在郭怀恩面前，包括圈子里的其他人，辛洁也是一样的对待，所以郭怀恩和辛洁之间关于工作上合作以外的话题根本没机会谈论。今天郭怀恩看辛洁对他少有的好脸色，并且还正眼看自己，于是就趁机和辛洁说起了一些题外话。

“辛洁，你知道为什么我每次有交易，就喜欢找你合作吗？”郭怀恩放下茶杯，坐直了身子，笑着问道。

“两个原因，一个是省钱，跟我合作，我从来不要你们一分钱，我只是要交易数据。”辛洁捋了捋滑顺的秀发，“第二个原因，当然就是因为我爸了，他是华诚基金的总裁，谁不想和他扯上关系。”

郭怀恩“呵呵”地笑了起来，脸上的褶子千沟万壑：“我就知道，你一向是瞧不起我们这些……”郭怀恩顿了顿，“呃，很多人叫我们是炒家。”

郭怀恩继续说：“你一向是瞧不起我们这些炒家，认为我们这些人唯利是图，纯粹就是在股市里进行投机炒作。”

辛洁一双美目灵活地转动着，笑着说：“郭总希望给炒家新的定义？”

郭怀恩今天倒是显得少有的快言快语：“其实不然啊，”他摇晃着脑袋，“股市是个干什么的地方？是来进行交易的地方，这个必须首先弄明白了，这个要是不明白，那到股市里来就是没事找事干。”

辛洁听着郭怀恩发表他的高论。

“股市，就是股票交易的场所，和集贸市场一样，只不过这里大家进行交易的，是股票。”郭怀恩又给自己倒了一小杯铁观音，抿了一口，“那股票交易又是在干什么呢？这个事情绝大部分人就搞不明白了，所以才说我们是在投机。”郭怀恩一副痛心疾首的模样。

“证券投资理论教科书上，说股市是完成资源有效配置的地方，这话要解释起来，太复杂了，太复杂的话，就很难理解，并且，我始终相信一个道理，解释一件事情用太复杂的话，那就说明你还没有真正明白这件事，要真明白了，再复杂的事情，一句话就能讲清楚了。”

辛洁对郭怀恩的话表示了赞同：“有道理。”

郭怀恩今天好像特地对辛洁打开了话匣子，一向不谈及交易核心的郭怀恩开始在辛洁面前畅所欲言：“你说，要是连自己在干吗都不知道，这事情他能干好吗？”

辛洁点点头：“也是。”

郭怀恩继续说：“有的人说股票交易是进行一种价值投资，所以他们分析股票的价值，他们交易的是所谓的价值，还有的人说就是为了赚钱，赚股票价格波动的差价，还有厉害的人，干脆说股票交易就是赌博。”

郭怀恩顺手拿起放在身边的《哲学的起源》，在空中扬了扬：“要我说，股票交易，其实是在交易风险。这个市场里的每一个交易者，基于对股票风险认知的不同，从而采取买进或者卖出的抉择，这在实质上，是在对股票的风险进行交易，这才是股票交易的哲学。”

辛洁没想到郭怀恩能有如此精辟的论断，不禁脱口赞道：“高见！”

“每个人，因为对当前股价的风险认知不同，有的人认为风险高了，于是就卖出，有的人认为风险可以接受，就继续持有，而有的人却认为，在当前的风险下，还能够得到基于当前风险水平的更高收益，就采取买进的措施。”郭怀恩说着，一对老鹰一样的眼睛瞪得溜圆，“不管是所谓的价值投资也好，所谓的长期投资也好，所谓的成长性投资也好，还是所谓的技术分析等，归根到底，都是基于自己对股票的风险分析，股市里的每一个交易者，都是在寻求低风险高收益。”

辛洁赞许地说道：“深刻，郭总果然不同凡响。”

郭怀恩放下手中的书，正色言道：“我为什么有交易动作喜欢找你合作呢？因为你在做交易行为的数据库，这些交易行为的数据库，就是风险交易的样本库，可以这样说，目前为止，关于市场交易层面的数据样本，你这里虽然不是最完备的，但是，却是最典型的，并且你有一个特点，从来不参与和打听任何交易细节问题，这是找你的第一个原因。”

辛洁听得饶有兴致。

“第二个原因你说的没错，是因为你父亲，”郭怀恩整了整自己的中山装，“但不是因为你父亲是华诚基金的总裁，我要接近你，巴结他。”

辛洁接过郭怀恩的话说：“这个是自然，你郭总身后的财团实力不比华诚弱。”

郭怀恩摆摆手：“与华诚基金和平相处，当然大家可以共赢，这个是毋庸置疑的，但是，其中有另外一个原因，那就是你父亲的投资哲学观，让我对你父亲十分敬佩。”

辛洁很少和郭怀恩这样深度交流，刚才从古天牧那里知道郭怀恩阻击秦枫而对他产生的怒气现在已经烟消云散，她倒是很想听听郭怀恩的见解。

“你父亲对股市有着与众不同的风险观，他并不赞同一般人的观点，就是所谓要将投资风险降到最低的观点。他主张将投资风险区分为获取投资收益所必要、并且一定要主动承受的风险，以及无法承受，或者要规避的风险，这种哲学观才是我郭怀恩佩服的地方。”郭怀恩并不是在巴结辛洁，他说的确实是肺腑之言。

辛洁听到郭怀恩对父亲辛睿夫由衷称道，心里也非常开心：“郭总能够有这样的高度，也非常难得。”

“所以说，虎父无犬女。”这个时候，郭怀恩就有点奉承辛洁的意思了，“你现在做交易行为数据库，今后提供金融数据服务，说到底，是给别人提供交易风险评价的依据，让交易者清楚自己交易股票的风险究竟是什么、有多大，这可是造福证券界的大好事啊！”

郭怀恩说得辛洁心花怒放：“看来郭总很会夸人。”

“这不是我在夸你，而是事实，”郭怀恩一副非常诚恳的表情，“你父亲就说过，不管是机构投资者还是个人投资者，首先要能够区分风险，只有有效地区分了市场风险，投资者才能对自己的交易行为负责。”郭怀恩慢慢地和辛洁说上了正题。

2

“所以说啊，这个市场的每一个参与者，都要对每一笔交易风险进行有效的评估和控制，要对自己的每一次交易行为负责，”郭怀恩说得来劲了，“说我们是炒家也好、投机也好；但是，我们的交易对手大多不是大户就是专业的机构投资者，他们的交易目的说到底也是为了赚钱，我们彼此之间的交易，就是大家互相在交换风险，我们搞阻击，说到底，就是让对方觉得风险大，而迅速离场，或者让对方觉得风险几乎没有了，而大举进场。辛洁，这些机构大户的交易行为，没有谁拿着冲锋枪逼着他这样干，他所有的交易行为都是完全自愿的行为。”郭怀恩一脸无辜地对辛洁说，“你是‘中投’出身的，你说说，我们这是在投机吗？我们这是在炒作吗？我们是在对交易风险进行自己的评判，并且我们为自己的交易行为负责。”

辛洁听了郭怀恩对自己投机炒作行为的辩解，突然间也觉得郭怀恩的话说得有些道理。她知道郭怀恩是在为自己的行为作辩护，不过这些对于辛洁来说无关紧要，最重要的，是郭怀恩的话让她觉得内心开始坦然起来：“秦枫遭遇到郭怀恩的阻击，一方面损失并不大；另外一方面，就像郭怀恩所说，秦枫的交易行为也是为了赚钱，而她在做股票交易的时候，应该对风险有一个充分的认识，应该对自己的交易行为负责。”辛洁在心里对自己说。

不过即使心里是这样想，辛洁直接问道：“这么说，你认为炒作投机是正确的事情？”

郭怀恩笑着晃着脑袋：“呵呵，应该说是‘正常’的事情，而不能谈论正确与否。我们做阻击，也不是说每次都可以赢，我是军人出身，我一向认为，在股市里是成败论英雄，一笔交易，只有最终是赢了，才能算是做了正确的事情。但是，股票交易者每一次进行的交易，无论是买进还是卖出，都一定会有一个对手在进行相反的操作，所以，如果你把你的操作当做阻击，或者把对方的操作看成阻击，那么阻击与反阻击就是一个常态的事情，换一句话说，阻击就是一个正常的事情了。”

郭怀恩对阻击的解释的确与常人不同，虽然他是在为自己从事阻击投机找借口，试图把这样一个纯粹的投机性事件转化为一种正常的交易概念，但是，辛洁也同样认为，郭怀恩所说的常态，在客观上是存在的，毕竟在股票交易过程当中，的确如郭怀恩所说，每一次交易，都有一个对手存在，你无法根据当时的交易决策来判断谁是对的，谁是错的，现实很残酷，只能看结果。

“如果按照郭总所说，把阻击当做正常的交易行为，或者说把正常的交易行为视为阻击，那么阻击岂不是不具备一致性的正向预期了？”辛洁问出一个根本性的问题。

郭怀恩直接回应：“阻击，是一种游离于主要投资交易决策体系之外的一种交易策略，这种交易策略，完全源于获得了诺贝尔经济学奖的博弈论的思想，所以，虽然很多科班出身的交易员不屑于阻击，但是，股市本身就是一个战场，交易的双方无时无刻不是在进行博弈，如果无视阻击的存在，不对这种博弈行为进行研究，再怎么正统科班的投资交易方法，都不可能是一种有效的交易方法。”

辛洁对于郭怀恩所说的交易博弈并非陌生，其实她对博弈论曾有过相当深入的研究，于是问道：“那你说，你们这种阻击交易的方式，属于博弈的哪一个层面？”

郭怀恩听辛洁这么问，知道她对博弈论有一定的研究，伸出了大拇指：“辛大小姐果然厉害。”

“到现在为止，能够完成颤抖手博弈规则的投资交易决策体系，只有现代长期投资这一种投资策略。”辛洁直言不讳。

听了这话，郭怀恩长长叹了一口气：“辛洁，这么多年，我郭怀恩才是真正遇到了知音啊！”郭怀恩的话匣子彻底打开了，他从来都是冷冷的身躯此时不觉得有些热血沸腾。

“郭总客气了。关于股市博弈的思想，实际上证券投资理论和实务界都在进行着深入的研究，也取得了很多成果。”辛洁这时倒是真觉得郭怀恩作为炒家，的确具备了比普通交易者更高的交易素质。

郭怀恩点点头：“股票交易行为，实际上就是博弈论里的最高层级博弈——‘不完全信息下的动态博弈’，股市里的交易者，谁也不知道对方是谁，对方采取的交易策略是什么，谁也不知道别人是想买进还是选择卖出，所以在这个基础上的策略，就只能是遵循颤抖手博弈规则。”郭怀恩挪动了一下身子，抬起他干瘦的右手比画着，“我们正是因为无法达到这个层面，也非常清楚在不完全信息下的动态博弈选择是多么的艰难，以及符合颤抖手博弈规则的有效的交易方法是多么难以找到，所以我们才选择了阻击。”

郭怀恩说到这里，谙熟股市博弈论的辛洁彻底明白了郭怀恩为什么在股票交易策略上选择阻击方式：“在没有有效地解决颤抖手规则之前，你们就将博弈层级降低，将不完全信息下的动态博弈改变为完全信息下的动态博弈，这样就可以降低风险，形成了交易的正向预期。”

辛洁的话不但让郭怀恩感到震惊，而且让他有了一种迎面而来的压迫感，不禁在心里说道：“都是狼，都是狼啊！”

辛洁说完，抬起手腕看了看红色的Gucci手表：“郭总，和你聊天很有意思。马上就要开盘了，我就不打搅你了。”于是告别了郭怀恩，翩然离去。

在回报社的路上，辛洁又想到了遭遇阻击的秦枫，自己的好朋友，那么，她又是怎样来看待这个事情呢？她又是如何来面对阻击呢？

3

是的，了解对手，是反阻击的重要环节。

“所有的炒家都非常注重交易风险控制，”秦枫在办公室与白云山继续探讨着，“这次阻击是一次时间很短的阻击，按照我的分析，对方今天就会完成整个阻击过程。”

白云山点点头：“这种短期阻击往往不具备战略目的，所以他们在风险控制方式上不会采取战略上的风险控制手段，攻破对手的防线，而是将重点放在战役和战术层面的风险控制方式分析上，另外一点就是一定要分析对方的交易行为规则。”

秦枫认同白云山的观点，她提到了另外一个话题：“人民大学金融研究所是目前为止对金融行为学研究最为深入的机构，目前国内最完整的证券交易行为数据库就设在人大金融研究所，据说数据库几乎涵盖了全球机构投资者和主要资金力量的交易行为分析，当然也包括中小投资者交易行为分析，可以说是全国最大最全的金融行为数据库。”

“你就是人大金融专业毕业的，和他们有没有联系？”白云山问道。

“只有一些工作上的往来，但是从来没有进入过他们的数据库，他们的数据库一般不对外开放。”

“有没有别的办法？”

“办法应该有，不过……”秦枫有些犹豫。

“不过什么？”白云山追问。

“不过你刚刚出院，我不想把你扯进这件事来。”秦枫还是说出了心里话。

“没有关系的，我状态很好，现在时间紧迫，这些话就不要说了，我能不能帮得上忙？”白云山问。

“现在金融所的负责人是你和华迪在‘中投’四期时候的导师，费清明。”秦枫之前已经进行过了解。

“告诉我怎么和他们联系。”白云山站了起来，秦枫也起身走到办公桌前，从电脑里调出了人民大学金融研究所数据库的地址，金融所的电话以及费清明的联系方式，用铅笔写在了纸上，递给白云山。

白云山立刻用秦枫办公桌上的座机拨打了费清明教授的手机号码。

“您所拨打的电话不在服务区，请稍后再拨。”一连拨打了几次，电话里传来的都是自动语音系统在回应。

“不在服务区。”白云山想了想，对秦枫说道，“我再拨打他办公室的电话试试。“他又开始拨打费清明办公室的电话。

感谢上帝，电话响过几声之后，对方就提起了话筒，不过讲话的不是费清明：“您好，人大金融所。”电话听筒里传来的是一位中年女士的声音。

“您好，请麻烦找费清明教授。”

“对不起，费教授现在不在国内，他在美国。”

“我是费教授的学生，请问您怎么称呼？”

“我是金融所办公室的，姓王。”

“王老师，很抱歉打搅您，有件事情想麻烦您，不知道能否帮忙？”白云山礼貌地问。

“请讲。”

“我是东方基金公司的，我们想通过金融所的交易行为数据库查找一些资料。”

“很抱歉，我们的数据库是不对外的。”

“王老师，我是费教授的学生，能不能关照一下？”白云山急迫地请求。

“即使我愿意帮你，现在也很难办到，进入数据库的密码只有费教授一个人有，我很遗憾。”王老师告诉白云山。

“请问王老师，有没有办法现在联系上费教授呢？”白云山继续做着努力。

“恐怕比较困难。”

这时，站在旁边的秦枫对白云山说：“你问一下，她是否认识人大金融系的王冰瑗老师？”

“请问，您认识王冰瑗老师吗？”白云山问道。

“是的，我就是王冰瑗。”

白云山捂住话筒对秦枫轻声说道：“她就是王冰瑗老师。”

“让我来跟她通话。”秦枫接过话筒，“王教授您好，我是秦枫，好久不见，您好吗？”

“哦？是秦枫啊，好久不见了！”王冰瑗的语气显然很高兴，她是秦枫大学时代的老师，秦枫当时在证券交易行为分析中所展现的才华曾给王冰瑗留下深刻的印象，秦枫毕业后也曾回校探望过她。

“王教授，您现在调到金融所了？”秦枫问道。

“是的，现在有课题在这边做。”王冰瑗告诉她。

“太好了，王教授，我正好有事情需要金融所帮忙。”秦枫感到很开心。

“秦枫，你说的帮忙是指刚才电话里提到的事情吗？”王冰瑗问。

“是的，我现在有一个很重要的事情需要在交易行为分析数据库里查找资料。”

“很遗憾，秦枫，我也很想帮你，但是只有费教授才有进入数据库的密码。”

“太遗憾了，您有没有办法能够联系到费教授呢？”

“有办法的，费教授每隔一天都会与所里联系，因为他在美国四处走动，没有固定的联系方式。明天下午，费教授会给所里来电话，到时候我请示一下他，应该可以帮到你。”王冰瑗这样说已经尽了最大的努力，秦枫能感受到王冰瑗对她的关爱，虽然秦枫知道，到明天下午一切都已太迟。

“谢谢，我们对这个数据分析要得很急，主要是今天下午需要。”秦枫说，“不过，真的很感谢您，下次来北京再来看望您。”

王冰瑗在电话那头听到秦枫的话，也清楚在证券交易市场的确是分秒必争，股市行情瞬息万变，争取时间，就是争取胜算。她想了想，说道：“虽然我们所里的数据库今天没有办法进入，但是还有一个人也建有和我们类似的数据库，就金融行为分析而言，据说数据样本也很完善。”

“太好了，谢谢王老师。”秦枫感激王冰瑗的雪中送炭。

“我想，她一定会帮得到你。”王冰瑗在电话里说道。

“啊，她是谁？”秦枫十分惊讶。

“就是你大学时候最好的同学——辛洁。”王冰瑗说道。

4

秦枫若有所思地放下电话。

“怎么样？”白云山感到纳闷儿，他听到秦枫刚刚还在说“太好了”，怎么放下电话，却是一副心事重重的模样。

“金融所的数据库要等明天下午费教授给所里电话后，才能确定是否能进入。”秦枫露出一副尴尬的笑容，“不过，王老师告诉我另外一个渠道。”

“什么渠道？”

“辛洁，她建立了一个可以和人大金融所媲美的数据库。”

“是交易行为分析数据库？”白云山十分惊讶。

秦枫点点头。

白云山难以置信：“辛洁怎么会建这种数据库？”

“她一直打算成立一家金融数据服务公司，我想王老师说的没错，辛洁应该建了这样一个数据库。”秦枫与辛洁深交多年，常听辛洁提起她的宏伟蓝图。

“太好了，如果我没有记错的话，你和辛洁是最好的朋友，你直接跟她联系就行了，这真是得来全不费工夫。”白云山对这个意外的消息感到高兴。

秦枫在向白云山讲述上午发生的事情时，唯独没有告诉白云山，上午那篇财经评论就是辛洁写的，她在心中回避着这个事实。而现在王冰瑷老师建议秦枫借用辛洁的数据库，这件事的确让秦枫有些为难。如果是在今天之前的任何时候，秦枫一定会毫不犹豫拿起电话打给辛洁，并且，她相信辛洁也一定会让她完全自由地使用数据库。

可是现在，秦枫心中十分矛盾，她不知道是否应该在这个时候找辛洁求助，也不知道如何对白云山解释清楚，只好说：“这件事情我还是想自己来解决。”

“你不找辛洁？”白云山深感奇怪。

“暂时不想麻烦她。”

“也许你有你的想法，但是这次反阻击的一个重要环节，就分析对方的风险控制方式，时间紧迫，你为什么不呢？”白云山追问。

“是啊，为什么不呢？”秦枫自问，“与其自己这样无端地猜想，还不如直接打辛洁电话。”

“你说的对，应该找辛洁。”秦枫作出了选择，虽然潜意识里，她觉得这个选择有些别扭，但是，她将这种别扭归纳为自己对辛洁上午发表的评论的一种想法、一种情绪，“是我想多了，辛洁绝对不可能和炒家合作来阻击自己。”秦枫对自己说道，然后拿起了电话。

“亲爱的，你好。”辛洁接到秦枫电话的时候，刚刚从郭怀恩的交易室出来，打开车门坐到驾驶员座位上。

“辛洁，有件事情恐怕要麻烦你。”秦枫说。

“哎呀，直接说事情，前面的话就别说了。”辛洁甜蜜蜜地说。

秦枫克服着心中的障碍，说道：“辛洁，我想用一下你的数据库。”

“你需要哪方面的？数据库我有好几个呢！”辛洁咯咯地笑着。

“关于交易行为分析的数据库。”秦枫第一次感觉到自己和辛洁说话有些犹犹豫豫的。

辛洁一听就明白，秦枫是要用她的数据库分析阻击方的资料，于是非常爽快地回答：“没问题，你什么时候需要？”

“事情比较急，我想现在就要。”

“二十分钟行不行？我得先回家开电脑。”

“非常感谢，辛洁。”辛洁如此热心相助，秦枫心中很是感激，她对自己原先的某些念头感到惭愧。

“等我电话。”辛洁说完，挂断手机，开车驶向自己的家。

秦枫如释重负地放下电话，对白云山展颜一笑：“二十分钟，辛洁回家后就来电话。”

“好！”白云山高兴地说。

周一　13：00

秦枫放下电话的时候，午盘交易已经开始进行了。中国有线依然在跌停板游弋着，秦枫指着电脑屏幕对白云山说道：“你看，他们还惦记着我下午卖出另一半呢。”

正说着，秦枫的手机响了，是郑其伟的号码：“你好，我是秦枫。”

“打开邮箱，接收软件。”郑其伟说话一向简短而精练。

“好的，谢谢。”秦枫很感激今天能有这么多人帮助自己。

郑其伟给她的跟踪软件并不复杂，秦枫打开邮箱下载后，又按照郑其伟告诉她的方法安装了这个程序。

辛洁很快回到了家，她到书房立刻打开了电脑，在电脑开机自动检测的时候，辛洁作出了一个她认为理所应当的决定。

于是，在电脑自检完毕后，她打开了自己费尽心血建成的交易行为分析数据库，将标有郭怀恩交易记录的所有分析资料另外备份后，从数据库中全部进行删除。

辛洁心道：“秦枫，你的确是我的好朋友，不过商场如战场，你应该对你自己的交易行为负责。你不是一向能力超强吗，这点小挫折对你应该算不上什么的，没我的帮忙，也许你一样能搞定……”辛洁一边删除郭怀恩的交易资料，一边在心中为自己的行为开脱，“而且这个数据库是我花了那么多心血、付出很大的代价建立起来的，可不是一件容易的事，而且，而且什么呢？”

“而且，古天牧总是对你念念不忘……反正，还有很多而且。”辛洁为自己找到了充足的理由，然后拨通了秦枫的电话。

“亲爱的，我上线了，你记一下我的IP地址。”辛洁甜甜地对秦枫说。

“非常感谢，辛洁，晚上陪你一醉方休。”秦枫一边记着辛洁的IP地址，一边由衷地说道。

“你记一下密码。”辛洁告诉了秦枫自己服务器的密码。

“好的，你说。”可是，秦枫在记完密码的时候，铅笔停在了最后一个数字上，因为，辛洁数据库的密码是古天牧的生日加上辛洁的生日，这几个数字无疑对秦枫来说是相当敏感的。

“密码记住了吧？还有什么要我做的？”辛洁热心地问。

秦枫迅速地在内心里批评了一下自己的胡思乱想，笑着对电话那边的辛洁说：“记下了，其他都不需要，我马上开始干活了。”

“亲爱的，那我就开着电脑，现在我要回报社了，有什么情况随时给我电话。”辛洁左手托着手机，看着桌面上的液晶电脑显示屏。

“去忙你的吧，我现在已经进入到你数据库了，谢谢！”

辛洁看着已经删除掉郭怀恩的所有交易数据的数据库，甜蜜地笑着：“亲爱的，晚上见。”

5

周一　13：05

在郭怀恩的交易室里，郭怀恩一边看着市场的交易情况，一边看着手上的分析资料，这是一份关于秦枫个人情况以及交易情况的完整分析资料。

“哎呀——”郭怀恩拖长了声音说，“这丫头，不简单啊！多好的苗子。”

交易员卢林转过身来问道：“郭总，您是说秦枫？”

“是啊，你看看，人民大学金融专业毕业，‘中投’五期，注册会计师，具备所有证券从业资质，居然还通过了精算师考试，这根本就是人尖子啊，按你们的话说，是精英中的精英！”郭怀恩感叹道。

“这要通过多少考试啊？您说这人平时都在干吗呢？我看除了工作就是去考试了。”卢林既惊讶又羡慕。

“小伙子，你再好好看看前面。”郭怀恩用手指敲着摊开的资料，“少儿芭蕾舞赛冠军，全国大学生健美操冠军，还登上过昆仑山，人家玩得可比你快活啊！”郭怀恩摇晃着脑袋笑道。

“说得也是啊，她哪来的那么多精力，什么事情都可以做好！”卢林自愧弗如。

“年轻一代的顶尖人物，前途不可估量啊！”郭怀恩继续感叹着，“看来无论如何，明天一定要收官。”

“您觉得会有什么问题吗？”卢林不解地问道。

“秦枫在六年前遭遇了做跨市场套利的资金阻击，当时大家都很看好生物质新能源，用粮食做乙醇汽油，如果不是吴文松有先见之明，在秦枫买入新能源股票的同时，他在期货市场大量做多粮食期货，恐怕当时秦枫很难全身而退，东方公司也会一蹶不振。”郭怀恩一边看着资料，一边分析，“她一直以来都是成长型投资人，而成长型投资本身是一种高风险高收益的投资方式，这种投资方式是依靠投资时间的延长来不断降低投资风险，所以，对于短期市场的剧烈波动，几乎没有招架之力。”

“那她为什么还要采用这种方法投资？”

“为了赚大钱。你要知道，赚大钱是需要时间的，这种投资交易策略是一种赚大钱的方法，不同于我们这种小打小闹啊！”郭怀恩深有体会。

“既然成长型投资方式无法应对短期波动，那么她在日常交易中岂不是很被动？”卢林提出了疑问。

“问题就在这个地方了，”郭怀恩严肃地说，“首先，撇开秦枫本人不讲，就成长型投资者而言，影响他们交易决策的因素不是短期股价的波动，他们既不是趋势交易者，也不是价格交易者，他们属于特别价值交易者。”郭怀恩在给他的交易员上课，“成长型投资交易决策体系，是脱胎于价值型投资策略的一种新型投资交易决策体系，他们同样是依据股票的特异性进行投资，只不过，成长型投资关注的特异性是上市公司科技研发能力和管理团队对企业的管理能力，对于人的因素的分析要占很大比重。”

“从事实上讲，秦枫是进行的主动投资。”

“是啊，这种投资交易决策体系在投资过程中，交易心理基本上不受股价波动的影响，唯一能够影响他们投资心理的，就是上市公司管理团队的变化以及上市公司所在行业的科研进步。”郭怀恩话题一转，“但是，从对秦枫的个人分析上来看，事情就没有这么简单了。”

“您有什么看法？”卢林问道。

“从秦枫的资料上来看，她的交易心态稳定不稳定？”郭怀恩反问。

“稳定。”

“从她的交易指令分析来看，她的交易行为果断不果断？”

"果断。"

"从她具有的这些从业资质上来看，她勤奋不勤奋？"

"勤奋。"

"那么从她的履历来看，她这个人执著不执著？"

"非常执著。"

郭怀恩笑着说："一个心态稳定、交易果断、工作勤奋、态度执著的对手，你怎么看这个人？"

"呃，我们不是已经在内部……"卢林吞吞吐吐地说。

"那是另外一码事，现在我要考虑的问题是，自己面对的这样一个对手，她在这六年的时间里，都在想什么，都在干什么，并且在六年之后，又碰到几乎同样的事情，她会怎么想，会怎么干。"郭怀恩到底是老谋深算，否则也无法在这个激流汹涌的股海里如鱼得水般生存下来。

"如果我想得没错，以秦枫的性格、心态以及她的专业背景，她一定会解决成长型投资交易在应对短期阻击时力不从心的不足之处，六年的时间，对于她来说，足够弄出一个神不知鬼不觉的玩意儿出来。"郭怀恩深凹下去的眼睛滴溜溜地转着，"没准，她就等着我们今天这次阻击呢。"

作为炒家，郭怀恩无时无刻不把风险放在首位，这是他的生存之道，也是他的投资哲学：第一是风险；第二是风险；第三，还是风险。

"您的意思是说她会反阻击？对方不是说了她不可能反阻击吗？"卢林对老板的担心有些不解。

"钱没有装进你的口袋之前，一切都有可能，多少人在上午九点半股市开盘的时候还是腰缠万贯，到了下午三点收盘就变成了穷光蛋！这就是股市，你永远没有办法知道今天会出现硬币的哪一面。"

"那么您认为，假如她进行反阻击，会采取什么方式呢？"

郭怀恩站起身来，踱步到房间的窗前，看着窗外不远处高架桥上的滚滚车流，意味深长地说："无论她采取什么方式，她要打击的目标无非就是我的弱点。"他转过身来，对卢林说道："人性的弱点，人性在股市里最显著的弱点，贪婪和恐惧！"

"这她就拿您没有办法了，我觉得您在这两个方面几乎无懈可击。"卢林并非是奉承郭怀恩，事实上，郭怀恩在交易决策上是坚决严守纪律的，他时刻都在规避着交易过程中随时会出现的情绪波动。

"我是人，不是神，但是，无论如何，都要时时刻刻提醒自己，严格按照事先拟订的交易规则进行操作，随时要检讨自己是否犯了这两个错误。"这正是郭怀恩超越常人之处。

第八章

1

周一 13：18

“要想反阻击胜利，必须要找到对方的交易弱点，其中最主要的，就是利用对方的贪婪与恐惧。”白云山对正在进行交易行数据分析的秦枫说道。

秦枫一边进行综合数据比较，一边点头：“的确如此，不过，从目前的状态来看似乎不能如愿。”

“没有搜索到有价值的线索吗？”

秦枫在反复地进行了比较数据之后，摇摇头：“没有，看来需要从其他方面突破了。”她退出了辛洁的数据库。

“既然不了解对方的交易规则和风险控制方式，还有什么方面可以突破？”白云山既是在问秦枫，也是在问自己。

“云山，从上午的情况来看，这次阻击很可能有内部人提供信息，并且对方很有可能是希望一箭双雕，既取得阻击胜利，又能够得到投资模型。”秦枫分析道。

“但是也有可能炒家的目的就是阻击，而身边的人需要模型，这样对方的目的依然可以顺利达到。”白云山也在分析。

“是的，事实也极有可能就是这样。但是有一点是可以肯定的，那就是对方不管如何控制心理情绪，贪婪的本性是很难改变的，控制，也只是隐藏在内心深处不让这种情绪爆发。另外，我相信对方在没有拿到投资模型之前，恐怕不会甘心停止阻击。”

“你为什么这样说？”

“我是成长型投资人，所有人都知道，不是在这种阻击状态下，我不会使用投资模型进行分析，这是其一。另外，这个投资模型在明天下午的见面会上将会公布，虽然不公布核心模块，但是模型的实际检测成果以及投资模型设计的思想必须公之于众的，也就是说，谁能够在明天下午5点投资见面会之前公布这个投资模型，谁就是这个数据模型的发现者。”秦枫说出自己的判断。

“你完全可以在明天上午就公布嘛，难道对方不会考虑到这点？”

“公司为了能够在投资见面会上出奇制胜，一定不会在5点之前公布，只有内部的人才了解公司这个决定，这样对方就会在今天下午或者明天上午的交易时间里，在交易时段，利用我搜集和分析实时数据的时候，想办法获得投资模型。”

秦枫的思路越来越清晰：“既然是这样，对方的弱点就出来了。炒家进行阻击，时间上是绝对不允许拖得太久的，如果明天他不收官，等我喘过气来了，对方就很被动。”

“有道理。”白云山表示同意。

“而对方在没有拿到模型之前，又不会立刻停止阻击，这样就使得他们在交易规则上出现了矛盾。”秦枫冷静地分析。

“你打算怎么办？”白云山问道。

“不管怎么样，首先要拖住对方，要让他们延长收官时间，今天下午收盘以后，我就能查到今天对方的交易席位，就可以对对方进行有针对性的分析，这样的话，只需要将对方的收官时间拖到明天下午，我们就可以考虑和实施反阻击方案。”秦枫说出自己的应对之策。

“你打算怎样拖住对方的收官时间？”

秦枫沉思了片刻：“你的老客户，电力财务公司。”

“电力财务公司？”

“是的，电力财务公司这些年依然是我们的老客户，他们的资金里有几十万股中国有线，我们得想办法让对手知道这个消息，并且对方一定会得到这个消息。”秦枫神色凝重。

“如果的确是身边有对方的内线，这个消息对方很快就会收到，但是要是对方不予理睬，依然还是明天上午收官怎么办？”白云山考虑得更为全面。

“既然对方和我们身边的人在利益上是一体的，那么要说服炒家的，就应该是这个内线了。”秦枫明白这么做其实也是在冒险。

“云山，我打算立刻联系电力财务，争取让他们在今天下午提请资金赎回，这样，还有几十万股中国有线明天要出局的消息就会第一时间传到对方的耳朵里。”时间紧迫，秦枫毅然作出决定，抬起头用征询的目光看着白云山。

白云山听了秦枫的这番话，沉吟了片刻，然后走到秦枫的身边，在电脑中打开中国有线的资料，低头详细地查看：“看来，辛睿夫应该不会卖出中国有线。”他直起身说道。

秦枫点头：“是的，我也是这样认为。”

白云山在内心反复权衡之后，也认为目前的形势下，只有也是必须采取秦枫的这个策略：“那好吧，只有暂时先拖住对方了。”

秦枫一直盯着中国有线的股价走势，对方居然打开了跌停板，但是股价依然在跌停板高出一分钱的位置波动着，秦枫笑了：“他们在告诉我，要卖，就得抓紧时间了。”

秦枫开始进行小单的卖出委托，看着这几笔小单被对方悉数吃掉后，她拨通了电力财务公司总经理方心鹤的电话。

“方总，您好，我是秦枫。”

“秦枫，下午好。”

“方总，我就不跟您客套了，有一件很重要的事情需要您的支持。”秦枫说道，两人合作多年，关系一直很融洽。

“我们是老朋友了，什么事情尽管讲，只要不违反原则，我一定支持。”方心鹤是东北人，一向豪爽干脆。

“我想马上和您面谈。”

“事情很急？”方心鹤知道秦枫如果没有非常紧急的事情，不会这么说话。

“方总，事情确实很紧急，下午两点之前我想和您见面。”秦枫对方心鹤开诚布公。

“两点之前？”方心鹤考虑了片刻，果断地回答，“这样吧，我现在出发，1点50分我在金茂大厦三楼商务咖啡厅和你见面。”方心鹤是那种遇到事情不用解释就可以分清轻重缓急的人，所以主动提出自己过来见秦枫。

“非常感谢。”真正的感谢这四个字已经足够。

2

周一　13：25

秦枫结束与电力财务公司总经理方心鹤的通话，午盘的交易已经进行了25分钟，为了让对方保持乐观，秦枫依然采取着有规律地小单离场方式。

郭怀恩看着这些有规律的委托，提着的心渐渐地放了下来。“如果对方有什么动作的话，不会采取这种方式离场，时间上也不允许秦枫有反击动作。”

周一　13：33

在进行了近8分钟的整数小单卖出后，秦枫停止了下单。如果依然继续，对手相反会认为有问题，在股市里，比狐狸还精明的炒家们从来不认为被阻击方正常的反应是合乎情理的，这些刀口舔血的股市阻击者，有着与生俱来的市场嗅觉，尤其对反应交易者短期情绪的市场杂波有特别的甄别能力。

如果秦枫此刻表现出没有情绪，那么在郭怀恩看来是一件非常可怕的事情，秦枫此刻虽然不知道对方是谁，但是对于炒家这一共同点，她是非常清楚的。

秦枫看了看时间，抬头对坐在旁边一言不发的白云山说：“还有17分钟，方心鹤就要到了。”

在这8分钟里，白云山并没有闲着，他一直在分析今天遇到的状况以及考虑着更为完善的解决方法，希望对秦枫有所帮助。

白云山正要对秦枫谈自己的想法，秦枫的手机响了，是辛洁。

“亲爱的，找到你需要的东西了吗？”辛洁亲热地问着。

“你的数据库浩如烟海，很遗憾，时间不允许我再继续查找了，所以无功而返。”

“没关系，反正你现在知道了密码和地址，只要你需要，我就开机让你进入。”辛洁完全是亲密无间的口吻。

“辛洁，你还是修改一下密码吧，我可不想总帮你惦记着这件事呢！”秦枫尽量笑着说。

“我才不呢，我的密码是不会修改的，我告诉你啊，我的银行账户的密码都是我和天牧的生日，我对你没有任何秘密呢！”辛洁的音调如百灵鸟般宛转悠扬，但是每一个字却都像仙人球的刺一样尖锐，让秦枫感觉到不知道什么地方在隐隐刺痛。

“辛洁，你知道吗，让别人知道你的秘密，会给别人带来心理负担和压力的。”秦枫有些笑不出来，但是面对辛洁表现出来的信任，秦枫的语气非常温柔。

“别人想分担这个压力还没有指望呢，我就是希望你能分担我的压力，谁要你是我最好的朋友呢！”辛洁甜丝丝地说。

“会把我压趴下的，我没有你想象的那么坚强。”秦枫苦笑。

“哇，你能不能自我介绍一下，请问，你是秦枫小姐吗？”辛洁在电话里娇笑着。

“呵呵，不是我，还有谁那么好受你欺负的，谢谢你的鼎力相助，我现在手头有点事情，回头再给你电话。”秦枫看着电脑屏幕右下角闪烁的时间——已经是13点37分。

“好吧，不打搅你这个大忙人赚钱了，晚上我只请了你和天牧到家里，回头联系啊！”辛洁听秦枫说有事要办，很快通情达理地结束了这通滚烫的电话粥。

秦枫的一丝苦笑僵在脸上，她感觉到握着电话的手有些酸麻，自己和古天牧重归于好的消息不知如何启齿告诉辛洁，她知道辛洁对古天牧一直情有独钟，从不掩饰。

“应该下楼和方总见面了。”白云山在旁提醒她。

秦枫回过神来，歉意地说：“马上就去，你要不要和我一起去？”

“我和方总倒是老朋友了，但是不知道是否方便。”白云山有些顾虑。

“一起走吧，刚才还有人说要帮我呢！”秦枫很快调整好状态，笑着对白云山说。

“非常荣幸。”白云山也笑了。

“先等等。”秦枫正要离开办公桌，但转念一想，又回到电脑前下了一笔卖单，“先让他吃点儿，然后再惦记20分钟，要不然，人家还以为你要干吗呢！”

说完，两人走出了办公室，秦枫还特地将办公室的门锁扣上。

在走道里，两人正好碰到了迎面走来的钱向东。

秦枫和白云山都客气地打着招呼：“钱总监好。”

“嗯，要出去？”钱向东的口气里没有一点温度。

“我送白经理下楼去。”秦枫回答。

钱向东对秦枫身边的白云山点了点头：“白经理，如果抓紧时间，完成所有的考核也仅仅需要一年的时间，你在医院六年都过了，不急在这一年，我想你应该是有实力回到这里的。”

白云山知道钱向东的行事风格，并没有对他的冷淡态度有什么不满：“钱总监，不管是否能通过考核，遇到真正的难题，我还是会请教您的。”

钱向东的腰板挺得笔直，面无表情地指着秦枫对白云山说：“秦经理以前是你的助手，但是，我可以负责地告诉你，她现在今非昔比，所以真要想请教，就找她吧！”

“钱总监，您过奖了。”对于钱向东的再次称赞，秦枫既感意外又有些不好意思。

“事实如此，再见。”钱向东硬邦邦地挥了挥手，路过秦枫的办公室，走向走廊的另一头，经过秦枫的办公室门前时，钱向东没有停下脚步，只用余光扫了一眼扣上的门锁。

秦枫和白云山来到大厦三楼的商务咖啡厅。虽然是午后，咖啡厅的服务生依然如往常一样的繁忙，咖啡厅已经有大多数台位被人占用，英俊的服务生将两人带到了一处安静的角落坐下，秦枫还没有开始点单，方心鹤的电话就打来了，他已经到达金茂大厦一楼。

秦枫告之台位号，不到一分钟，器宇轩昂的方心鹤就出现在咖啡厅门口了。

秦枫和白云山看到方心鹤走过来，两人都站起身来。

方心鹤一眼就看到了白云山，大老远就伸出手来，待到和白云山的手握在一起的时候，方心鹤又是开心又是感慨：“太好了，云山，终于又见到你了！这些年，你倒好，彻彻底底把所有的事情都忘得一干二净，倒让我们这些老朋友总是惦记着你啊！”

方心鹤和白云山相交多年，两人都是爽直开朗的性格，私交一向很好。白云山车祸后，方心鹤曾多次探望，但白云山当时谁都认不出来。

白云山也紧紧握着方心鹤的手：“你放心，老朋友我一个也没忘，尤其是你这位东北大哥。”

待大家都坐下，秦枫笑着对白云山说：“方总是个念旧情的人，就是因为你的原因，所以方总才没有走，一直跟我们公司合作。”

方心鹤豪爽地挥挥手：“交朋友就要讲情义，哪能干人走茶凉的事儿，我方心鹤不是这种人。”说着，望向秦枫，“有什么急事，说吧。”

3

“这件事听起来有些匪夷所思，”秦枫说道，“因为我可能要请求您对电力财务的委托资金进行赎回。”

这话的确是出乎意料。“出了什么状况吗？”方心鹤问。

“方总，我没有必要对您隐瞒任何事情，事实上，只是需要一个形式上的赎回。”服务生过来点单，秦枫停顿了一下，三人点好咖啡，服务生离开后，秦枫继续说，“这主要是一个交易上的策略，就是需要让交易对手知道，您在我这里的账户出现了大额赎回。”

“听起来并不复杂，你想要赎回什么时候进行？”方心鹤的国字脸上一双剑眉向上飞舞。

“必须要赶在今天下午3点股市收盘之前。”

“恐怕来不及。”方心鹤带着遗憾的表情对秦枫说道，“这需要在公司走一个程序，最快也要到明天上午才行。”方心鹤说的是实情，他虽然是电力财务公司的总经理，但是作为大笔资金赎回，他是无法个人作出如此决定的。

“这确实是个难题。”秦枫明白方心鹤说的是实情。

三个人一时间陷入沉默，方心鹤的眼光望向远处深思了片刻，突然剑眉一动：“不过，如果你仅仅是需要一个形式，也就是仅仅让别人知道我们在采取赎回，应该还有其他的方式。”

“您的意思是……”秦枫心中顿生希望。

“恐怕我的能力范围只能做到这个地步。”方心鹤说道，“赎回公司对东方的委托资金，无论是对我个人而言还是对于公司而言，都会很矛盾，所以就算是我提议赎回，公司也会存在不同意见，毕竟这些年，你为我们公司赚了不少钱。”

“但是，如果你只是需要一张给对方看的赎回申请，我想这个应该可以做到。”方心鹤的脸上笑容舒展。

“那具体的做法是……”秦枫有些不解地问。

“如果我们公司给你递交一份赎回申请，并且同时再附带一份撤销赎回申请，那么这个赎回在事实上是不存在的，就仅仅是一个经营投资策略上的问题，这在我的职权范围之内，我只需要回去和书记商量一下应该就能办到，”方心鹤看了看白云山和秦枫，“如果这样做能够帮到你们的话。”

方心鹤的提议似乎使秦枫在黑暗中看到一束亮光，她十分感激：“这样会不会让您很为难？”

“不要紧，只要没有进行实质上的赎回，就属于经营策略层面上的问题，我能摆平。”方心鹤肯定地说。

秦枫会心地笑了：“我实在是太感谢您了。”

“呵呵，别这么说，朋友有难必然鼎力相助，”方心鹤抬起手腕看时间，“怎么样，秦枫，云山？现在两点刚过，3点前应该还来得及。”

“好，就按您的意见办。”秦枫知道这时候再说感谢的话就多余了。

“方总，我随您一起去公司吧！”白云山征求方心鹤的意见。

“成，正好在路上和你好好聊聊，看看你还记不记得咱们那些事儿。”方心鹤对白云山开着玩笑，又对秦枫说，“真得要抓紧时间了，正好书记下午在公司，我还得回去和他打个招呼。”

“那就让云山陪您一起去吧，我来买单，”秦枫明净的双眸闪动着无言的谢意，“方总，非常感谢！”

方心鹤笑着摆了摆手，和白云山一起匆匆离开咖啡厅。

秦枫回到办公室，时间刚好是14点10分，她看着中国有线的股价，毅然将中恒公司蔚蓝账户上剩余的接近五十万股中国有线的股票全部放在了跌停板上。

在郭怀恩的交易室里，看到二十分钟没有动静的中国有线突然出现了大笔的卖单放在跌停板上，郭怀恩突然打了一个激灵，这是一种本能的反应，他要等待的时刻，终于到来了。

“吃不吃？”卢林问郭怀恩。

“等等，我需要确认一下是不是秦枫的单子。”郭怀恩依然小心谨慎，特别是到了这样关键的时候，他更是显得冷静。

秦枫正在观察着自己放在跌停板上的委托卖单的变化情况，严小冉出现在门口：“秦经理，吴总找您，请您到他办公室去。”

看到秦枫走进办公室，吴文松笑着问道：“这单是你下的吧？”

秦枫走近吴文松的办公桌，看到他也在关注着中国有线的股价走势：“是的，吴总，是我下的。”

“这样看来，中恒公司的仓位就彻底解决了。”吴文松直视秦枫，他需要秦枫亲口答复这件事。

“是的，今天这五千万就是收尾。”秦枫回答。

“秦枫啊，这样就对了，由他们去折腾，你最重要的任务，就是把明天见面会的资料准备齐全，这可是大事啊！”吴文松语重心长地说道，确认秦枫放弃了反阻击，他很是高兴。

“您放心，见面会的资料我一定会准备好的。”秦枫说，她本想告诉吴文松下一步的计划，但是略作考虑之后，还是决定等拿到了电力财务的赎回单再说。

“你在见面会的资料里，一定要注重投资模型的跨市场适用性，因为中东联合投资公司在期货市场也有很长的投资历史。”吴文松提醒道。

“是的，数据模型已经在SP500和LME以及纽约汇市做了实证，目前的数据库样本也很齐全，实证数据显示，已经超过了这几个市场目前所采用的主要交易体系的有效指标。”秦枫如实地告诉吴文松投资模型的跨市场适用情况。

“好，非常好！”吴文松很满意。

秦枫理解吴文松的要求，之前华尔街有很多投资银行都声称发掘了全新的投资模型，但是往往不具备广泛适用性，并且在同一市场里，也仅限于有条件的适用，这样无异于是一种刻舟求剑的做法，这种做法就使得投资模型的有效性成为一种假象，因为市场状态没有任何时候是完全等同于投资模型有效的假设前提的。

重新回到自己的办公室，秦枫发现放在跌停板上的卖单纹丝未动，觉得有些奇怪。

可是等她坐下来仔细查看的时候，更加意料之外的事情发生了。

在那台负责信息监控的电脑屏幕上，郑其伟发送给她的跟踪软件显示：“系统受到侵入”。

秦枫的心脏不由自主地狂跳起来。

4

风险控制模块被窃走！

上午，完整的数据库失窃！现在，三个主要模块中的一个重要部分失窃！

秦枫的投资模型分为三个主要模块：市场分析模块、风险控制模块以及心理控制模块，市场分析模块秦枫没有打开。

庆幸的是，郑其伟的软件留下了系统入侵的路径，秦枫按照跟踪软件上提示的IP地址进行了查询，结果令秦枫大失所望：“这个入侵的IP是环路上的星巴克咖啡馆。”郑其伟的跟踪软件相当先进，留下了对方电脑的物理地址，秦枫立刻拨通了郑其伟的电话。

“2点13分，我的系统被侵入，其中一个重要模块被窃走了。”秦枫直截了当告诉郑其伟。

“跟踪到对方IP没有？”郑其伟问。

“跟踪到了，是环路星巴克咖啡馆。”秦枫将跟踪到的IP地址和入侵者使用的电脑物理地址告诉了郑其伟。

“好的，我马上处理这件事。”郑其伟放下了电话。

可是，拳击手总是双拳出击。

就在秦枫放下郑其伟的电话时，郭怀恩也接到了东方公司的内线电话："这笔委托我查过了，是秦枫下的单。"

听到这个消息，郭怀恩彻底有了底气："吃一半，留着一半最后十五分钟吃。"他对交易员下了指令。

等到秦枫回头再看中国有线的交易情况的时候，自己的卖单已经被吃掉了一半。

秦枫清楚，对手已经确认了这笔卖单是自己委托的，她下意识地看了看自己的办公室："这里出什么问题了？"

她忽然感觉到一向明亮舒适的办公室里，有一股暗流涌动，可是这股暗流只能感觉，却看不明白，她不知道这股暗流来自哪里，她只是感觉到它似乎全身布满了眼睛，在房间的每个角落注视着自己，自己的一举一动都无法逃脱，这不同于自己梦寐中的暗影，梦寐中的暗影是无底的黑洞，而这股暗流如鬼魅般在游走，飘忽不定。

周一　14：33

郑其伟打来了电话，听到《天鹅湖》的乐曲响起，秦枫从这四面环绕的阴暗中挣扎出来，按下了手机接听键："你好，我是秦枫。"

"秦枫，电脑在环路星巴克咖啡馆附近的一只垃圾桶里找到了，但是分析显示，数据模型已经被拷贝走了。"郑其伟知道这是个糟糕的消息。

"谢谢，你的速度让人惊讶。"秦枫感到自己的无力。

"很遗憾，秦枫，你要更加小心。"

"我会的。"

秦枫放下电话，开始在脑海里回忆刚才发生的一系列的事情：首先是与白云山一起下楼，门锁上了；回来之后下了委托单，对方没有任何交易动作；然后严小冉来传达吴文松的口信，自己去见吴文松；回来后发现系统被侵入；然后对方开始进行交易……

"这个人是谁？"

秦枫问自己。现在已是14点40分，白云山还没有回来，这是更加糟糕的事情。

秦枫力争让自己轻松地站起来，不过她依然感到胸口如山一般的沉重。她站起身，盯着眼前的交易屏幕，似乎在等待着对方最后的一记重拳。

时间在死一般的寂静里执著地推进着，14点45分，秦枫所下的中国有线委托卖单被一举吃空。

即使秦枫已经完全做好了心理准备，但是，当对方完成这笔决定性交易的时候，遭遇阻击再次失败的事实，如同钱塘江八月的潮水一般猛烈地撞击着她的心脏。

“祝贺你，炒家，你今天成功了！”

站在办公桌前的秦枫像一个已经精疲力竭的拳手，摇摇晃晃地承受着对方这致命的一击，她竭力坚持没有倒下，而是看着中国有线的股价打开了跌停板，开始缓缓上升。对方的操作手法老到而稳健，股价依然控制在下跌9%的地方盘整。秦枫知道，如果14点55分白云山还没有回来，自己收到电力财务赎回的消息不能公布，那么一切计划就化为泡影，股价将会迅速回升。

沉睡了一天的上帝，终于在14点51分推开了秦枫办公室的大门，进来的，是大汗淋漓的白云山。

“塞车太厉害了，我是乘摩托车来的。”白云山将手中的文件袋递给秦枫，头发有些凌乱。

秦枫连忙打开文件袋，仔细将文件查看了一遍，现在是14点54分，还有6分钟股市收盘。

取出赎回申请单，秦枫对白云山说了句：“我去交给投资部。”然后快步地走出了办公室。

两分钟以后，公司投资部所有工作人员的电脑上都显示了一条提示信息：成长型基金管理人秦枫所负责的电力财务账户收到全额赎回申请。

几乎是在同一时间，郭怀恩的手机响起：“将中国有线股价重新压到跌停。”又是那个深沉的声音。

“为什么？”郭怀恩怀疑地问。

“秦枫刚刚收到一张赎回申请，还有三十万股中国有线明天要出。”

“这恐怕不行，明天上午必须收官。”郭怀恩坚决地说。

“明天上午她卖出后就可以收官。”

“不行，这里面一定有问题。”

“什么问题？”

“迟不赎回，早不赎回，偏偏在这个时候赎回，我们还是小心为妙。”郭怀恩依然坚持自己的意见。

“绝对不会有问题，如果你担心，我明天上午先划两百万到你账上。”

“我不是这个意思，这样做，有风险。”郭怀恩是一个非常坚守自己交易原则的人。

“就算是帮我的忙了，我需要明天上午的交易时间，这很重要。”很显然，他需要时间拿到秦枫投资模型的市场分析模块。

“好吧，就延长明天上午两个小时。不过我还是要说，这样做有风险，我们不能贪心。”郭怀恩比谁都知道，贪婪和恐惧是股票交易者最大的敌人。

“好。”说完这一个字，对方立即挂断电话。

放下手机后，郭怀恩下达指令，将中国有线的股价重新放回到了跌停板。

秦枫回到办公室的时候，已经是14点58分。

白云山坐在电脑前，秦枫快步来到他的身边，看到中国有线的股价又回到了跌停板，两人都没有出声。两分钟过后，15点整，股市收盘，中国有线的收盘价格最终被对方恰如其分地停留在了跌停板上，秦枫这才舒了一口气，一双清澈明亮的眼睛熠熠生辉：“我终于争取到多两个小时的交易时间。”

白云山默默地点了点头，线条硬朗的脸上表情凝重。“秦枫，你明天将面对的，是更为残酷的两小时。”

5

郭怀恩在交易室里背着双手，紧锁着眉头，足足在房间里转了十几个圈子，然后停下来问卢林：“他在一秒钟之内，决定追加两百万过来，加上今天上午划过来的两百万，一共是四百万，你说说，什么原因会让一个老到的投资高手，在一秒钟之内做一个价值四百万的交易决定？”

卢林眨了眨眼睛：“是否排除他得了绝症，生命只剩几天时间的可能性呢？”

郭怀恩不禁笑了起来：“你想得很周到，当然要排除。”

“这么快作出这样的决定，那就是说，他能有至少三倍以上的收益，甚至是五倍。”卢林跟在郭怀恩身边有段日子了，他很聪明，在郭怀恩的调教之下进步很快。

“呵呵，”郭怀恩赞赏地点点头，“不错，有潜力。”

卢林对郭怀恩难得的夸奖感到有些兴奋：“郭总，这次是人家主动找我们，到手的钱，不赚白不赚呢！”

郭怀恩听了他的话，表情立刻就严肃起来："钱，你就知道钱。"他伸手整理了一下胸口挂着的"为人民服务"的红色徽章，语重心长地说："股票投资，是一门哲学、是一种艺术，如果一心想着钱，在交易过程中就难免会出现贪婪和恐惧，这，可是投资之大忌啊！"一番话说得卢林连连点头。

郭怀恩又正色问道："你说，这件事背后到底会给他带来多大的利益？"

卢林非常了解自己的老板，这个绝口不提钱字的人，事实上全身都淹没在钱眼里，郭怀恩的哲学只有两个字，那就是——利益，这是他所有行为的动机，也是他分析这个世界上一切事物的动机。

"您说得是，他不是缺钱的人，除非……"小伙子没敢把话说完，因为他不知道该不该把自己的看法直接说出来。

"除非什么？"郭怀恩倒是很有兴趣知道。

"除非是通过这四百万，他能得到很多很多钱，或者是可以得到赚很多很多钱的东西。"卢林鼓起勇气说。

郭怀恩立刻问道："比方说是什么东西？"

卢林脱口而出："比方说是他们所有证券投资人梦寐以求的东西。"

郭怀恩的一双鹰眼紧盯着卢林："说得好！他们梦寐以求的不是钱，而是能够保证在股市赚钱的方法。虽然结果都是赚钱，但是这可以给他们带来无尽的财富和内心的成就感，还有俯瞰众山的权利。"

"郭总，既然他很想得到这样东西，那就说明了一个问题。"卢林在老板的赞许下，胆子更大了些。

"讲，什么问题？"郭怀恩鼓励他说下去。

"他这么快就下赌注，一方面说明这件东西很重要；另一方面说明这件东西现在他没有，不过这四百万的赌注却可以让他能够如愿以偿。"卢林是名牌大学科班出身，悟性很高。

郭怀恩背着手又在屋子里转了一圈，然后站在卢林面前，伸出手拍了拍他的肩膀："从现在起，你是公司投资部项目经理助理了。"

卢林听了，高兴得差点晕了过去："谢谢郭总！"小伙子的幸福来得很突然。

"不要谢我，应该谢谢你自己。"郭怀恩说，"你先把交易分析报告做完。"

郭怀恩在屋子里转了几圈之后，坐了下来，他思考着："这两天，证券界有哪些重要的事情发生了或者即将发生呢？又有什么重要的事情，能让一个小心谨慎的人在一秒钟内作出一个价值超过四百万的决定？”

“最大的事情莫过于中东联合投资公司那两百亿美金的投资，他下的这四百万赌注，十有八九与这件事有关，”郭怀恩沉思着，“如果真如自己的交易员所讲，这四百万赌注的背后就应该是一个远远出乎意料的投资交易工具。”

“是啊，还有什么东西能够如此让人心动呢！”郭怀恩感叹道。

郭怀恩站起来走到了卢林的身后：“你打开中国有线的交易行情，我再看看。”说着，在旁边的椅子上坐了下来。

“你想要了解的一切，都在这曲曲弯弯的走势图里，关键看你用什么眼睛去看它，”郭怀恩既像自言自语又像是对卢林说，“你用心去对待它，它就会完全告诉你真相，你想知道的所有真相。”

“郭总，您所说的，是不是就是效率市场理论？市场走势涵盖一切市场信息，无论是市场内部信息还是市场外部信息。”

郭怀恩缓缓点头：“是的，即使是阻击，也无一例外，任何事情都逃不过市场的眼睛。”

郭怀恩逐笔回复着当天的交易情况，他将自己完全放在了秦枫的位置上，每一笔交易都仔细地揣摩着对方的心理变化，这样反反复复地回复了好几遍所有交易明细后，郭怀恩抬起头来，一双鹰眼似乎已将猎物牢牢锁定，目光森然，嘴唇紧闭。

“其实，秦枫没有做任何有实质性意义的抵抗，这并不意味着我们有多么强大，而是有更为重要的东西促使她放弃了抵抗。” 他在内心说道，“秦枫今天这五千万被打到跌停板损失有五百万，按照这样分析，这个更为重要的东西远远超过了五百万的价值。”

老谋深算的郭怀恩此刻已经得出了一个结论：“这件东西，就在秦枫的手上。”

这就是为什么昨天他们主动找到自己，并且自己今天能这么顺利地捡到便宜的根本原因。

郭怀恩站了起来，整了整中山装的衣领，拎起他那只有些磨损的老式咖啡色牛皮公文包，走出交易室：“阻击，明天我会继续，但是这后面的东西，我也有份儿，这绝对不是我贪心，而是这东西实在是太诱人。”

第二部分

第九章

1

上帝一定是个地地道道的工作狂，所以他把人们的生活也总是安排得满满当当，就像他让日月星辰不停地流转一样，事情多得总是让人忙碌不停，无法喘息。

股市三点整收盘，白云山一路抢时间赶回秦枫办公室，办完事刚刚倒了杯咖啡坐下来，秦枫则忙着做好当日交易记录单，之后还要完成投资见面会的资料。可是三点才过五分钟，蔚蓝就来了。

造物主真的很神奇，他总是会让有些女人注定与众不同，就好比蔚蓝。她的全身上下每个毛孔里都散发出磁力，一头中分大波浪的栗色鬈卷披在肩后，曲线分明的婀娜身姿和顾盼生情的眼眸从走进东方公司的时刻开始，就被众多目光尾随着，似乎打破了这一整天工作的沉闷。因为上午有了预约，所以蔚蓝直接来到了秦枫的办公室。

灵敏的嗅觉是人类天生的本能之一，蔚蓝身上混杂着体香的香水的味道提前飘进了秦枫的办公室，所以当身着豹纹风衣的蔚蓝出现在门口时，白云山和秦枫不约而同地抬起了头。

"秦枫，下午好。"依然还是那撩人心弦的嗓音。

"蔚蓝，下午好，请进。"秦枫站起来迎接蔚蓝。

"还在忙吧？"蔚蓝的声音湿润得能够拧出水来。

"没关系，你是先喝杯咖啡还是这就下去和银行做预约？"秦枫征求蔚蓝的意见。

"就先去预约吧！办完了我们在下面坐坐也挺好的。你有朋友在这儿，不会打扰了吧？"蔚蓝微笑着，看着坐在窗边的白云山点点头，算是打了一个招呼，那渗透到脚趾尖的性感妩媚使白云山也怔了一下。

"这位是中恒投资公司的总经理蔚蓝小姐。"秦枫为两人相互介绍，"这位是白云山先生，我的老上司。"

白云山站起身来，彬彬有礼地说道："蔚蓝小姐，幸会。"

蔚蓝则走上前，伸出手来与白云山相握，娇媚的面容上满是笑意：“白先生，很高兴认识你，在上海滩，总是会碰到惊喜，白先生一定要给机会我们做朋友。”

“不胜荣幸。”白云山微笑着回答。

“蔚蓝，你们先聊一会儿，我去财务部做一个核准马上回来。”秦枫说罢，转身离开。

白云山伸手指着窗边咖啡桌边上的椅子：“蔚蓝小姐，请坐。”

等到蔚蓝款款落座，白云山才在另一侧的椅子上坐下。

对面办公室的华迪似乎隔着几层玻璃都可以感受到蔚蓝身上的香味或者说是吸引力，蔚蓝和白云山刚刚坐稳，华迪就推开办公室的大门走了过来：“蔚蓝，你过来了。”

“是啊，上午就和秦枫约好了。”

“秦枫给你介绍了这位白云山先生没有？”华迪熟络地问道。

“刚才介绍过了。”蔚蓝说。

“蔚蓝啊，这位白先生可是不得了的人物啊，多少年前就是证券界最年轻的基金管理人了，在业内大名鼎鼎。”华迪竖起大拇指。

“谬赞，谬赞，他这是逼着我夸他呢。我和华迪是‘中投’四期的同学。”白云山笑着说。

“云山，蔚蓝是我在耶鲁大学的师妹，从国外来到上海发展，以后大家多多关照。”

白云山拱手道：“失敬，失敬，我是有眼不识泰山。”

三人边说边笑，秦枫从门外走了进来：“蔚蓝，财务部已经做完核准，要不，现在我们一起下去？”

蔚蓝站起身来：“好的，我们走吧，我还要请你喝杯咖啡呢，白先生要不要一起去？”她柔媚地笑着发出邀请。

白云山也站起来：“我就不打扰了，我也得回家一趟了。”

华迪伸手和白云山紧紧握了握：“云山，多保重。”又向蔚蓝礼貌地点点头，于是大家一起走出了秦枫的办公室。

白云山、秦枫和蔚蓝到了大厦一层，走出大堂来到大厦办公区的拱门外，中国银行就在大厦的另一侧。白云山与秦枫和蔚蓝告别后，乘上了门前的出租车离开。

秦枫立在原地，看着白云山乘坐的出租车一路远去，站在身边的蔚蓝勾着眼睛笑着问：“好像很舍不得的样子，男朋友啊？”

秦枫白皙的脸庞泛起红晕：“是很好的朋友，我之前的顶头上司。”

蔚蓝神秘地笑着："我看人挺不错的，又帅又有风度，看得出他对你也很好哦！"

秦枫一手拿着档案袋，一手拉着蔚蓝："真的不是那样的，咱们走吧！"

秦枫和蔚蓝绕着大厦走了半圈，穿过大厦外花坛中间的人行道，走进了大厦另一侧的中国银行。

可是，她们却没有注意到，在大厦外花坛中的绿荫带后面，有一个精瘦的中年男子正紧紧地盯着她们两人。

胡立阳从吕品那里知道了秦枫的身份，又通过申思理了解到了东方基金管理公司的地址，于是便从酒店出来，在金茂大厦附近转悠着。他有一种直觉，这种直觉不是与生俱来，而是这么多年赌场经验锻炼出来的直觉，那就是胡立阳认为蔚蓝也许会在这里出现。

果然，十分钟前，他看到蔚蓝的宝马驶进金茂大厦的地下停车场，于是，胡立阳就静静地守候在大厦门前的花坛后。

此时，他亲眼看到蔚蓝和秦枫并肩出来，并且一起走到了隔壁的中国银行。

胡立阳证实了自己的猜测，蔚蓝是认识秦枫的。

但是，胡立阳依然有几个问题想不明白，首先，他没有想到蔚蓝和秦枫看上去关系这么好，应该说非常密切；其次，他不知道蔚蓝为什么要隐瞒认识秦枫的真相。难道她和秦枫之间有什么勾结？难道昨天在赌场中奖的事情，也有蔚蓝的一份？或者蔚蓝自己有着不能暴露的秘密？她还隐瞒了什么呢？……

胡立阳百思不得其解，但是，有一点胡立阳很明白：现在必须死死盯住蔚蓝，看看这件事情究竟如何发展。

2

周一 15：25

秦枫和蔚蓝来到中国银行会计部，因为事先已经有过预约，并且中国银行和东方公司本身就有很多业务往来，会计部主任商靖看到秦枫，立刻就迎了上前。

"等着你们呢。"商靖与秦枫在工作上长期打交道，已成为很好的朋友，她招呼两人在会计部接待区三角形的会客桌边坐下，蔚蓝把手袋放在桌上，会计部的文员立刻递上了茶水。

“商主任，这位是我们公司的重要客户，中恒公司的蔚蓝总经理。这位是中国银行会计部商靖主任。”秦枫为两人介绍。

五个亿的大额支付，按照银行要求需要履行例行的各种程序，不过事情非常顺利，很快商靖就给秦枫和蔚蓝办理好了一切手续。

蔚蓝从包里拿出笔来签字，不知道是无心还是有意，上午在妇幼医院的检验单从包里掉了出来，落在会客桌上。

在商靖离开到结算部去做确认的时候，秦枫开口问道：“蔚蓝，身体有些不舒服吗？”秦枫见桌上的是医院检验单，不免关心起来。虽然上午郑其伟告诉了她关于蔚蓝的另一个身份，但是那些并不重要，蔚蓝和秦枫有着多年的合作，彼此之间还是有一份友谊。

蔚蓝伸手打开检验单，递给秦枫：“我要做妈妈了。”蔚蓝幸福地笑着。

“恭喜你，蔚蓝。”秦枫真诚地祝福着，“希望你生个健康聪明的宝宝。”

“事情办完了，我们能一起坐坐吗？我有些事情想跟你谈谈。”蔚蓝的眼神里带着深深的忧郁。

秦枫看了看时间：“现在我手上的事情挺多的，要不我们约明天的时间？”

蔚蓝用一副伤感的表情恳求着秦枫：“那给我10分钟时间，好吗？”

秦枫不知道蔚蓝要对她说些什么，但是，看到即将成为母亲的蔚蓝如此忧心忡忡，天生善良的秦枫实在无法拒绝她的恳求，不得不决定暂时放下手头的事情：“好吧，我们等会儿去三楼咖啡吧坐坐。”

商靖走回来确认手续已办好，明天上午东方公司进行交割后蔚蓝即可到银行来直接划款，于是两人与商靖告辞。

秦枫和蔚蓝来到了三楼的商务咖啡厅，巧的是进门时依然还是碰到了中午的那个英俊服务生。服务生已经习惯了这个大楼里的人们在咖啡厅里进进出出，热情地将秦枫和蔚蓝带到了一个立柱旁的位置，可能他觉得女性客人更需要安全感。

坐下后，秦枫问蔚蓝是喝咖啡还是果汁，蔚蓝说：“还是咖啡吧，习惯了，医生也说喝咖啡没事。”

蔚蓝看上去满腹心事：“你知道吗，一个女人要做妈妈了，是一件很幸福的事情，可是，我却不同。”

“为什么呢？”秦枫关切地问。

“你是知道的，秦枫，我还没有结婚，况且，到目前为止，肚子里baby的父亲还不知道这个消息。”蔚蓝一双水汪汪的大眼睛闪着泪光。

“怎么会这样？”秦枫忍不住问道。

“是的，一切都似乎不可思议，我也没有想到会是这样。”蔚蓝说着，服务生已经端来了热咖啡。

蔚蓝的话让秦枫的确觉得很意外，这是蔚蓝的个人隐私，她完全没有必要告诉自己，可是既然蔚蓝说出来，秦枫觉得这本身就是一种信任，她没有理由不给予蔚蓝安慰与祝福。

“无论如何，做妈妈是一件幸福的事情。”秦枫轻声劝慰。

“事情本应如此，可是情况往往出人意料，这个世界上似乎总有一些时候，你会被迫去做一些你不愿意去做的事情。”蔚蓝对秦枫欲言又止。

“我想每个人都会作最好的选择。”

“是的，但是，最好的选择不一定是正确的选择。”蔚蓝好像一个忧郁的天使。“有些时候，选择很为难，我担心有些事情会影响到孩子的父亲。”

秦枫点点头：“是的，几乎每个女人在作选择的时候，都会考虑到自己的另一半。”秦枫在说这句话的时候，想到了自己在六年前的选择，她当时同样也不希望将古天牧连累到纷扰中来。

“秦枫，我了解你的为人，事实上，我是想请求你一件事，如果哪一天，我们的一些选择伤害到了你，希望你能看在我的小baby份儿上，原谅我们。”

秦枫感到很意外，不知道该如何回答蔚蓝的请求。

郑其伟上午已经告诉了自己，蔚蓝是赌博集团的成员，可是郑其伟也说过，蔚蓝在中恒投资的资金是“干净钱”，自己只是一个基金管理人，只要在法律意义上没有违规的资金，自己就有责任去管理好，去为客户创造利润。可是，蔚蓝的话中掩藏暗示，她指的到底是什么，难道是郑其伟所说的赌博集团寻找自己的事情，抑或是今天遭遇阻击的事情？蔚蓝的话无异于像钟摆一样左右敲打着秦枫。

秦枫快速地思考着：“无论从哪个方面来说，蔚蓝都没有可能参与到这次阻击中，因为她不知道自己的持仓状况，或者即使是要阻击，也不会等到这最后一天交易日。”

秦枫又想到了可怕的另一层：“蔚蓝难道参与了自己电脑系统的入侵？这个可能性也应该不存在，上午自己电脑系统受到入侵的时候，蔚蓝就在东方公司。那么蔚蓝所说的究竟是什么事情呢？”

“蔚蓝，你是否多虑了，我不相信你会做什么事情伤害我，我们这些年合作得很好。”秦枫抿了抿嘴唇，桌上的咖啡两个人都没有碰一口。

“我是说假如，假如真的有些事情伤害了你，我请求你原谅我们，好吗？你就当做一个怀孕的女人的胡思乱想吧！”蔚蓝带着祈求的眼神。

3

秦枫一时不知道如何回答。这些年来，不管是蔚蓝还是秦枫，都将自己一生中最宝贵的时光献给了投资事业，姑且不谈事业上的收获，仅仅是共同度过的这几年的青春时光，就值得大家共同珍惜，更何况每个女人都会从经历单纯到成熟、从少女到成为一个母亲的蜕变过程。人人都说女人的青春更宝贵，这句话简直是亘古不变的真理，岂止是宝贵，只有经过了这段时光的人才知道，年华流逝，对于一个女人来说是一件多么重要的事情，时间在女人身上留下的印记往往要深刻许多。

“我答应你，但我希望，你的担心永远不会发生。”秦枫白皙的脸上隐隐透出圣洁的光芒，她内敛的眼神中展现出内心坚定的信念，“蔚蓝，你也要答应我，无论发生了什么事情，你都要善待自己。我们所从事的这个事业，给予了我们更多需要坚强的理由，我们必须自己站在更高处，看得更远更清晰。我们每一个人，都要对自己的行为负责。同样，我们也要对自己犯下的错误付出代价。”

“谢谢你，秦枫。”

秦枫送走蔚蓝后，自己才乘坐电梯回到了公司，刚进公司的大门，就碰到了严小冉：“秦经理，吴总要见你。”

于是，秦枫直接去了吴文松办公室。秦枫进去后，吴文松顺手关上了办公室的门，然后和秦枫面对面坐在沙发上，仍然以一贯和蔼的态度问道：“秦枫啊，能不能跟我说说电力财务赎回的事情啊？”

吴文松这种少有的开门见山的讲话方式，让秦枫觉得脸上发烫，她心里清楚，在吴文松这个老牌投资家面前，很多东西都无法隐瞒：“吴总，今天出了一些状况，我本打算不跟您汇报的。”

“什么状况？”吴文松问。

“吴总，今天上午和下午，我的电脑系统两次被人入侵，投资模型的数据库和风险控制模块已经被窃走。”秦枫终于把电脑系统被入侵的事情说了出来。

向来和颜悦色的吴文松顿时笑意尽褪，眼神瞬间显现锋芒："你为什么不早跟我讲？"吴文松追问，"公司的防火墙难道没有用吗？"

秦枫详细地解释："上午侵入我的电脑系统的IP显示是公司内部人员所为，我查过了系统后台，根本就没有任何访问记录。"

"那也应该留下了进入你电脑系统的IP地址啊！"吴文松眉头紧锁。

"是的，发生这件事情的时候，我正在您的办公室，而入侵我电脑的人，盗用了您电脑的IP地址。"秦枫如实相告。

吴文松用力拍了一下沙发扶手："岂有此理！"吴文松表现出在他身上极为少见的愤怒。

"下午是什么情况？"吴文松表情严肃。

"下午我离开办公室不到20分钟时间，防火墙显示是外部电脑入侵，不过，使用的是我们的系统后台安全码。"秦枫的意思很明白，这是在告诉吴文松，整件事情就是有人内外勾结。

吴文松听了秦枫的话，站起身，背着双手，在办公室里来回走动着，好一会儿，才停步坐下。秦枫看到，吴文松的脸色平和了许多，刚才的一阵怒火已经平息下来。吴文松是个很有涵养的人，同时具备有非常好的心理调节能力，多年的投资生涯，使得吴文松达到了一般机构投资人都期望达到的更高境界。

"秦枫啊，这件事，最心痛的是你啊，我完全可以理解你的心情。"吴文松首先考虑到了秦枫的感受，这是一位老板应有的风度。"我的心情也很难受，东方公司在我手上这么多年，从无到有，从小到大，我对公司看得比我的生命还要宝贵，现在公司出了这样的事情，实在是让我心如刀割啊！"

秦枫虽然没说话，但也体会到吴文松此时的心痛。

"我很理解你的心情，作为一个年轻的基金管理者，几年前遇到了阻击，没有机会反击，现在又碰到了类似的事情，并且这次有机会进行反阻击，反阻击的胜算也不是没有，我却没有同意，想必你心里会有些想法，我作这样的决定，很明显对你也不公平。"吴文松用和蔼的眼神看着秦枫，"事实上，我作这个决定的时候，也很矛盾，我不是不清楚，如果这次你遭遇阻击而认赔，给你的心理上会带来何种压力，我也是这样过来的，感同身受啊！"

秦枫点了点头，心里感到一阵温暖。

"但是，你要知道你的这个投资模型的重要性和不可估量的价值，明天下午，你就可以对全世界宣布，你发现了全新的有效的投资模型！所以，在这两天的时间里，我不能让你出现任何闪失。秦枫啊，你的投资模型是一个伟大的突破，但是，一个伟大的东西在诞生之前，往往会碰到最大的阻碍，就像日出之前的黑暗，所以我希望你能理解我的决定。”

秦枫对吴文松的关怀备至感动了：“谢谢吴总，可能的确是我眼光短浅。”

吴文松这时的脸色已经完全恢复到以往的状态，他依然和蔼地问道：“你还没回答我，电力财务的赎回是怎么回事呀？”

秦枫和盘托出自己的想法：“吴总，电力财务还有几十万股的中国有线，因为我分析身边有人和炒家联系，所以想拖住对方两个小时交易时间，然后进行反阻击，所以找了方总帮忙。”秦枫停顿了一下，继续解释，“方总那边同时签了赎回申请和撤销赎回申请，所以不会出现实质性的问题，这只是一种策略。”

“此举不妥！”吴文松批评了秦枫的做法，“你这样做不是给人家话说吗？你信不信，明天媒体上就会有人捕风捉影，说你管理的基金遭到大额赎回，甚至是全面赎回，这样做，对于你代表公司参加明天下午的见面会很不利。”

吴文松语重心长：“一切，都要以大局为重，我希望你能认真权衡。”

“吴总，公司的大局我不是没有考虑，可是我也有我的想法。”秦枫知道吴文松的一番好意，但是她有自己的看法，既然有看法，就要当面讲出来，这是秦枫一贯的作风，“要得到与中东联合投资公司长期合作的机会，人家看的是投资交易决策体系，而不是媒体上怎么讲。再说，我这样做也是为了公司内部管理着想，现在公司里有人想拿到投资模型，可是现在还没有拿全，他一定想尽一切办法，我觉得这是一个挖出公司内线与炒家勾结的好机会。”

4

“你这是在冒险！假如人家把整个投资模型全都拿走了怎么办？要是他拿走之后，提前宣布怎么办？”

“市场分析模块和心理控制模块这两个最重要的模块我一直没有与交易系统对接。”

“你不会是要告诉我，明天交易时间你会将投资模型完全与交易系统对接吧？”吴文松听出秦枫的话里有话。

秦枫点了点头："目前是这样计划的。"

"不行！"吴文松否定了秦枫的想法，"你这是在对自己不负责任，对公司不负责任！"

秦枫心想："我这样做就是为了对自己负责、对公司负责。自己开发投资模型的目的，就是为了能够让这个投资交易决策体能够具有全天候的投资能力，如果为了中东联合投资公司这笔两百亿美元的单子，就放弃自己研发投资模型的初衷，未免太过功利。一个真正有效的投资模型，是用来实战的，而不是用来吸引投资资金的关注，成为一种浮于形式的社交工具，更加不能让投资模型沦为华丽的圣诞礼盒的外包装。一个有效的投资模型不仅具有一致性的正向预期，更为重要的，它是投资者的风险控制和心理调阀工具。"

"吴总，我的看法是这样的，每一个投资者在交易市场上无时无刻不面临着交易风险控制问题，同时，也时刻都在面对着市场各方面给予投资者的巨大心理压力，如果我们在交易过程中遇到心理阻力的时候，选择回避，那么无疑我们就要承受更大的价格压力，这一点，无论是否遭遇阻击，都是客观存在的。另外，基金公司内部人员与炒家勾结进行市场炒作，这一直以来也是机构投资者的诟病之一，我这样做，就是为了对自己负责、对公司负责。"秦枫依然据理力争。

对于秦枫的坚持己见，吴文松继续耐心地教导："我不是要你逃避心理压力，也不是要你无视内外勾结而不顾，而是在事情面前要有一个轻重缓急。"

可是秦枫不想轻易放弃自己的想法："您一直以来都对我们强调，作为机构投资者，要尊重市场，要主动承担心理风险和心理压力。现在从客观上来说，今天针对中国有线的阻击，无疑是炒家利用价格影响力而造成的心理风险，在某种意义上来说，无论这次阻击是否存在，中国有线的价格风险已经形成了正面风险，我们姑且放开反阻击不谈，现在事实是心理风险已经是负面，而价格风险是正面，至少在投资交易选择上，我们也应该把握这种难得的投资机会。"

秦枫的话无疑与吴文松的要求针锋相对，当然，吴文松也清楚秦枫的观点很有道理，专业投资者不同于普通投资者，普通投资者在交易过程中往往会选择心理压力小的交易方向，这种交易选择，大多在事后证明要承担更多的价格风险，而机构投资者的选择往往是南辕北辙，在交易过程中，通常选择心理压力最大的交易方向，这样在客观上就规避了股票的价格风险，这是判断一个投资者是否成熟的标准之一。

“我同意你对市场的判断以及交易方向的选择，但是，公司的发展还有一个更为重要的指标，那就是资金管理规模，这同样也是我们要面对的一个选择，孰轻孰重，应该不言而喻。”吴文松如长者般循循善诱。

但秦枫执著坚韧的个性使她从不轻易改变自己的原则：“现在所说的，都只是我们的选择，那么，我们是否要站在中东联合投资公司的角度来考虑问题呢？”秦枫说道，“中东联合投资公司作为一家历史悠久的跨国财团，您给我的资料我详细看过，这家公司几乎在全球各个资本市场都有投资，那么，他们是否会无视市场的交易状况？如果他们碰巧也了解到我今天遭遇阻击的事件，那么他们又会作出什么选择呢？资料上显示，他们多次参与了国际汇市的阻击战，他们和其他财团一样，也具备有各国资本交易市场的全息监控体系，说到底，我们很难保证中东联合投资公司没有监测到今天的阻击，何况是在他们的第一笔重大投资之前，按理应该对目标市场更为关注。”

秦枫的这番话，让吴文松心中一动，这点他倒没有顾及。

吴文松胸怀宽广，一向能够海纳下属的各种意见，这也是东方公司快速发展重要因素之一，所以秦枫针锋相对的直言，并没有让吴文松对秦枫个人有什么想法，即使有分歧，那也是工作上的分歧，在吴文松的内心，依然是对秦枫爱护有加的，更何况秦枫说的也不无道理。

但是，作为公司的掌舵人，他又深知，现在秦枫所面临的问题不完全是投资交易层面的问题，他必须让事情简单化，至少是在秦枫对外宣布投资模型之前，要让事情的脉络清晰，不至于发展到错综复杂的地步，这是吴文松处理事情的一贯方式。更何况，目前秦枫所面临的事态，已经朝着错综复杂的方向发展，他必须将这件事简化成一个单一事件，简单到就是秦枫准备资料去参加明天见面会这么一个最直接的路径上来。没有谁是千手观音，面面俱到只是一种幻象。

吴文松端起茶杯，喝了口茶，然后宽和地说道：“秦枫，你说得也很有道理。我看这样吧，公司内部人员的事情，我来着手调查，你的当务之急，是在明天晨会之前完成见面会的资料。钱总监刚刚跟我商量过了，我们有一个共同的想法，就是任命你为公司投资副总监，并且他还提到了你这个投资体系命名的事情，我也觉得，‘逆向投资交易决策体系’这个命名很确切。既然你提到了中东联合投资公司对当前市场动态的关注问题，这的确是我们需要考虑的一个范畴，你看这样行不行，”吴文松用商量的口气说，“你的基金名下是中国有线的第二大股东，你可以将这次阻击加入到你的案例描述里去，不过角度可以变化一下，改变成为你的主动性退守行为，改变成为是在对中国有线的良好预期下，我们对短期热钱的主动性退让，其目的是让热钱在相对低价进入，进而推高股价。这样不仅使得我们的交易策略顺应了市场的未来发展，也同时表明我们在战术应用上的灵活性。”

秦枫着实没有想到吴文松会作出这样的部署，她无法定义这种策略是圆通抑或圆滑，吴文松这样的安排，显然在交易策略上看来是一种高明的做法，不出意外的话，吴文松还将通过媒体作出相应的呼应。

可是，这种粉饰与圆通难道也是一种投资之道吗？

5

秦枫回到自己的办公室，头脑里还在想着刚才的事情。吴文松和钱向东提出要任命她为公司投资副总监，这应该是一个好消息，多少人都在为此而奋斗着，秦枫自己也不例外。可是她似乎有些高兴不起来，仔细分析这高兴不起来的原因，既不是因为吴文松坚决不同意自己进行反阻击，甚至也不是因为数据库被盗的事情，而是她觉得自己的投资价值观和吴文松出现了分歧，可能这是她非常不希望面对的现实。

不过即使如此，秦枫还是决定将这个好消息告诉古天牧，实际上，她现在非常想听到古天牧的声音。今天遭受到的一次次冲击，使秦枫感到身心疲惫。虽然，她的表现完全是一位坚强果敢的战士，不惧危机，有勇有谋，但是那只是一种表象，在她内心深处，她需要慰藉需要依靠，尤其是恋人的关爱。

“天牧。”秦枫拨通了古天牧的手机。

“秦枫，怎么样，还好吧？”古天牧总是这样问。

自从六年前秦枫遭遇那次阻击，紧接着白云山出了车祸之后，秦枫自闭了一段时间，总觉得是她的原因导致了一切的发生。从那以后，秦枫开始经常性地陷入到噩梦中，自责与内疚折磨着秦枫，她决心要自己开发投资模型，并且选择的目标是战胜股价波动的随机性。

古天牧至今还清楚地记得当时秦枫苍白的脸色和坚定的眼神。当秦枫告诉古天牧，她无法继续两人之间的感情时，古天牧更多是为秦枫担心，他了解自己的爱人，知道她作那样的决定是为了什么，她无法背负着对另外一个朝夕相处的人的生命之重来继续恋情。这些年来，秦枫似乎已经没有了自己的生活，她的全部，都已经投入到了这个波澜起伏的资本市场，她的全部，都在探求一条属于投资人自己的光明之路。

“嗯，还好，”秦枫柔声回答，“下班后有空一起吃饭吗，我有个消息要告诉你。”

秦枫每次听到古天牧问候她“还好吧”的时候，内心总是如同雷电击中般的疼痛。六年来，两千多个日日夜夜，她无时无刻不在思念着古天牧，他们在同一座城市，两个人办公地点相距不过十分钟的路程，但他们之间的距离却犹如天涯般遥远，这个距离都是自己造成的。可是，每次当她去医院看望如同植物人一般的白云山，她就无法释怀，她无法原谅自己的错误，虽然她知道，这样对古天牧同样是一种伤害，可是，她无法作出别的选择，这六年里，秦枫每天都在感受着，什么才是真正的痛。直到昨晚两人的深情相拥，秦枫终于使自己从多年的重负中解脱出来，有了一种重生的美好。

“当然有空。”古天牧很高兴，他们已经太久没有在一起共进晚餐，他依然还记得两人在一起的甜蜜时光。他们之间的话题总是那么多，他们的看法总是出奇地一致，甚至两人在不约而同说出某一个字、某一个词、某一句话的时候，彼此相望着开怀大笑，一切都还历历在目。他一直等待着，现在，他终于等到了她回来，终于等到了两个人全新的开始。

“那么，六点在君悦酒店西餐厅见。”秦枫说。

是的，他们曾经有多少个夜晚是在君悦的西餐厅里共同度过的，一边享受着烛光晚餐，一边欣赏着浦江美景。

六年来，秦枫无数次回想两人在一起的美丽时光，每一次在日记中写到古天牧的名字，她的指尖和心口都会微微颤抖。每一次回忆，就是一种新的痛；每一次回忆，都促使她更加努力去寻找那浩瀚的随机数中时而显现出的那一丁点儿亮光，

上帝永远有一双仁慈的眼睛，他总是用无所不在的关爱注视着这个世上的每一个人。

白云山终于康复了，数据模型进行了跨市场实证成功了，昨天终于又完成了完全随机数的检验。秦枫在内心中感谢上苍对她的恩赐，她要拥有幸福，即使是已经过去了六年，即使是遭遇了阻击，即使是电脑系统被入侵，都不是最重要的，她一定要用她全部的爱，来弥补自己对古天牧的不公平。这六年，古天牧事业迅速发展，声名远扬，但他一直洁身自好，紧守感情之门，秦枫如何能不明白他的这番深情。

结束通话后，秦枫给君悦酒店西餐厅打电话预订好座位，然后开始专注地完成明天与中东联合投资公司见面会的资料。

古天牧放下电话也继续埋头做事，他刚刚从交易所拿到今天的机构席位交易简报，他必须尽快做好中国有线今天的交易席位的分析，找出阻击资金的席位，从而定位阻击者，这样才能够帮到秦枫。

古天牧在这方面有着得天独厚的平台资源，富海证券的机构席位交易数据总是快捷即时，这也是为什么QFLL在中国的第一单就落地在富海证券的原因之一。

可是，事情远不如想象中的顺利，交易所的席位交易信息中，秦枫的卖出席位清晰可见，但是炒家的买入席位却无法明确地判断出来。

“看来这个炒家进行了分仓买入。”古天牧心想，“如果连我都无法了解炒家的交易席位信息，那么秦枫那里就更加无法清晰定位。”

“自己应该会想到这点。”古天牧知道炒家一定会想尽办法不让对手发现自己。

古天牧再次想到了吕品，但是，又有什么办法能够让吕品告诉自己炒家的身份呢？古天牧将中国有线的交易席位明细打印了一份，拿在手上走出办公室去找吕品。

吕品此刻并不在办公室里，而是在交易大厅对中小股民做当天收盘后的交易分析。

作为分析师来说，吕品是很成功的，他在股民中拥有大量的崇拜者，从来他的分析和预测都非常准确，并且总是能够抓住市场的热点，这一点使得吕品名声在外。

“市场今天的表现基本在我昨天的预测之中。”吕品的开场白与世界上所有分析师基本相似。

“我昨天给大家点评的股票，今天表现良好，达到了我们的预期，有很多股民朋友跟随我们一起，在昨天最低价进场，在今天的最高价出局，短短一天时间，盈利就达到百分之七以上，我在这里恭喜这些股民朋友。”毫无疑问，吕品在说这话的时候，一定没有考虑交易手续费和最低价与最高价出现的时间以及成交金额，没有谁是神奇之手，能够捕捉到心电图一般的日间杂波，但是，赚快钱，是大多数中小投资者的期望。

第十章

1

“市场从短期来看，有一个震荡的过程，而中期市场的发展我们的观点没有改变，依然坚持看好，而长期来说，要看宏观经济的发展指标，以及政府是否会出台新的经济调控政策。”吕品的手在空中划出优美的弧线。

“毫无疑问，震荡是市场的常态，股市的生命力就在于股价的正常波动，股市不震荡就和铁板没有两样，而中期趋势向上是所有投资人最美好的愿望之一，长期趋势太遥远，政府对于宏观经济的调控是否促进市场趋势的变化，这是一个至今都无法证明的问题。政府的调控往往是在市场出现某些状况之后再进行，资产出现泡沫就提出紧缩政策，市场流动性不足就实行开放性政策，到底是市场作用于经济政策还是经济政策来作用于市场，这本身就是一个哲学。”在古天牧看来，这是一个唇齿相依的问题，不过吕品作为分析师这样讲，也是无可厚非的。

吕品继续在发表他的评论：“市场明天的走势，就非常关键。”的确，每天都很关键。

“那么我在这里给大家推荐现在市场上的热点板块中的龙头品种，大家明天可以择机进场，注意高抛低吸。”吕品对市场的评价堪称完美。

吕品在评论完毕后，看到了站在一角的古天牧，古天牧对他招了招手，吕品看到古天牧找他，于是快步走了过去：“找我吗？”

“走，到我办公室去聊聊。”古天牧说。

吕品随着古天牧来到他的办公室。对于古天牧今天第二次找他，吕品清楚古天牧一定是有很要紧的事情，否则，在公司地位高过他很多、彼此交情不深的古天牧没有必要下楼来等着他。

古天牧在身后关上办公室大门，请吕品坐在沙发上，将手中的交易席位的资料放在茶几上，然后递给吕品一支香烟：“讲得不错啊！”

吕品接过香烟：“天牧，你这是在笑话我。我们做分析师的，只能讲热点，要不然，人家不爱听，你就没市场了。”

两人点燃了香烟，古天牧深吸了一口后说：“其实，中小投资者关注热点也无可厚非。热点股票，股价波动剧烈，价格波动区间相对比较大，所以人们会认为有交易性机会。”

“天牧，你难道还不清楚，这一旦成了大家都关心的热点股票，这股票就越是上蹿下跳，最后还不都是被庄家给吃了，有几个散户能真正在热点股票里赚到钱的。”

“说得也是，吕品，不过我有一个疑问，”古天牧顿了顿，“你说那些庄家难道就真的能够把市场掌握得那么准吗？”

古天牧的这个问题，曾经有无数的中小投资者对吕品提出过，这也是吕品最难以回答的问题之一。

“天牧，这个问题应该我问你才对，你才是行家啊！”吕品吸了一口烟，笑着说。

“吕品，你就别对我见外了，我找你，就是跟你谈这个事情呢！”

“谈这个事情？”吕品有些疑惑。

“是啊，就是谈这个庄家的事情。”古天牧半开玩笑半认真地说。

“天牧，你可别跟我开玩笑啊，我要是了解庄家，那不就成黑嘴了，哈哈。”吕品没搞懂意思，只好打着哈哈说。

“不是这个意思，庄家之所以能够在证券市场翻云覆雨，自然有他们的交易策略，我这个做策略总监的，如果对庄家的交易行为毫无了解，也是失策啊！”古天牧很真诚地说。

“不过说真话，我对庄家还真是不了解，”吕品摇了摇头，“市场上的中小投资者，一般都认为你们做券商自营的，或者基金公司，或者私募的投资公司是庄家，这个你应该很清楚。”

古天牧弹了一下烟灰，笑着说：“券商自营也好，基金也好，只不过是资金实力强一些而已，在交易过程中，因为回波效应，对股票价格有一些资金规模上的影响力，但是不足以来操控股价。”

“可人家就是这么认为的，认为资金庞大就是股市里的庄家。”吕品说的是实情。

“资金实力，充其量只能说是相持能力强点儿，对股价的趋势根本就没有决定能力，所以中小投资者这样看待投资基金和券商自营，实际上是将相持能力误认为是对股价的控制能力。”古天牧对眼前的吕品句句话都要说得实在，有价值才行，因为在吕品这种长期嘴巴里跑火车，没一句靠谱的话的人眼睛里，最能分辨出什么是有价值的话，什么是毫无意义的天马行空。

“天牧，你说得有道理，”吕品听古天牧讲在了点子上，接过话题，“不过，庄家也并不是万能的吧，天下哪有那样的神人，无所不知，无所不晓，操控市场于指间？”

“是啊，庄家当然不是万能的，他们只不过是在资金庞大、具有价格影响力的基础之上，相比普通投资者而言，实现了一些交易策略上的跨越。”古天牧说。

“什么跨越？”吕品很感兴趣地追问。

古天牧站起身来，走到自己的办公桌前，打开抽屉，从里面的一个档案袋里取出一份厚厚的文件，走过来递给吕品。

吕品接过去只是看到了标题，心脏就剧烈跳动起来，他感觉到全身的血液沸腾起来，人的血液从三十六点七度到一百度沸腾的升温时间只需要不到一秒钟时间，以前他只是听说过，今天吕品可有了切实体会，人的心脏的推动能力是多么的强大。

古天牧给吕品看的是一套市场动态风险评估体系，这套风险评估体系囊括了市场风险的细分，各项风险的评估方法，各种风险值的比较方法以及不同投资策略对应的风险控制方式。

古天牧重新做到沙发上，一只腿架起来，后背靠在沙发上：“庄家在交易策略上首先是对市场动态风险的掌控上取得突破。”

“天牧，你为什么要给我看这个？这可是你的核心机密啊！”吕品的手有些微微颤抖，他尽量压制着激动的情绪问道。

2

古天牧拿起茶几上中国有线的席位资料单：“吕品，我想分析和了解一些市场主要资金力量的交易策略，希望你能帮我这个忙。”说完，将资料递给吕品。

吕品接过资料单，看了看，抬起头来：“需要我做什么？”

古天牧伸手弹了弹烟灰：“我只需要一个名字，其他的交易分析我自己来做。你放心，这件事情，不管你同意不同意，都仅限于我们两人之间。”

吕品明白了古天牧的意思：“他是想用这套市场动态风险评估体系来交换中国有线炒家的名字。”

这是一笔无限划算的交易，根本不用计算，吕品就可以知道这笔交易会给他自己带来多大的利益，何况以古天牧的为人他绝对会守口如瓶的，况且他只需要一个名字，一个名字并不能代表任何问题，而更重要的是，自己得到了也许一辈子都得不到的东西，一套完整的风险评估体系，这是古天牧之所以能够当上公司策略总监的核心价值所在。

不管这个名字对古天牧来说重要到什么程度，吕品心里盘算着，这套资料的价值对于自己来说，远远超过了目前他所能想到的所有重要的东西，他必须果断地作出决定，这个机会一旦错过了，就绝对不会再有了，并且毫无疑问，古天牧需要这个名字，这是一个交易，谁也不会亏欠谁的。

“郭怀恩。”吕品的手指有些微微发抖，他手里捧着的古天牧那套市场动态风险评估体系的资料也在微微摇动着。

“谢谢，希望这套资料对你有用。”古天牧在烟缸里掐灭了香烟。

古天牧递给吕品一只牛皮纸封的档案袋，吕品将资料小心翼翼地放进去后，如同捧着珍贵古董一般，捧着档案袋离开了古天牧的办公室。

吕品一离开办公室，古天牧就来到电脑前，开始通过公司的数据库查找郭怀恩的资料。

正当古天牧一无所获之时，辛洁打来了电话。

“天牧，在干吗？”辛洁温柔地问。

“在查一些资料。”

“晚上不加班吧，下班后我们一起吃饭。”

“不加班，”古天牧说，“不过，我已经和别人约好晚餐了。”

“不行，今天是我生日，你得陪我。”辛洁娇柔的声音里含着不满的情绪。

“我刚跟人家约好了，要不晚餐后到你家里来，为你庆祝生日吧！”古天牧建议道。

“不行，那我晚上就不吃饭了。”辛洁撒娇说。“明明知道是我生日，还和别人约着吃饭，你告诉我，是和谁一起吃饭？”

“我约了秦枫一起吃晚饭，所以……”古天牧不想对辛洁隐瞒，他希望找到合适的机会，告诉辛洁自己与秦枫和好的消息，但话没说完，听到“啪”的一声，辛洁挂上了电话。

古天牧无奈地放下电话，继续通过各种方式查找郭怀恩的详尽资料。半个小时过去了，除了了解到郭怀恩是凯旋资本的掌门人以外，其他的几乎一无所知，这只老狐狸将自己隐藏得很深。

古天牧点燃了一支烟，深深地吸着，考虑着如何查到郭怀恩的具体情况，这时，门被推开了，进来的，是辛洁。

“她是比我好、比我漂亮、比我能干，但是今天是我生日，你该陪我吃饭。”辛洁进门后一阵连环炮，把古天牧轰得一愣。

辛洁走到古天牧身旁，半倚在他的座椅上，几缕发丝垂下来拂过古天牧的肩头，一股清新醉人的芳香扑鼻而来，古天牧不敢往后躲，担心椅子一动会使辛洁失去平衡，没准就坐到自己身上了。他只好无可奈何地一动不动。

辛洁凑过头，看着电脑屏幕上的显示，又低头看到他面前文稿纸上写着的郭怀恩的有关片段：“在看什么呢，你在查郭怀恩的资料啊？”

“今天阻击秦枫的就是郭怀恩，我想了解一下他的详尽信息，希望能够帮到秦枫。”古天牧对靠在身边的辛洁直言不讳。

“郭怀恩的资料你找不到的，人家很低调，并且藏得很深。”辛洁看着屏幕，一张娇颜几乎碰上了古天牧的面庞。

“是啊，基本上没有他的相关信息，只了解到他是凯旋资本的掌门人。”古天牧站起身来，招呼辛洁一起坐到沙发上。

“你这里查不到，不等于说别人那里没有啊！”辛洁抬起那双灵活的美目，纤长的睫毛闪动着。

“谁有郭怀恩的资料？”

“很详细，个人的详细经历，人格分析、交易案例、交易数据分析、风险偏好、交易规则、交易心理控制方法、资金背景、人脉关系，等等。”辛洁身子往后靠在沙发上，慢条斯理地说道。

“辛洁，这些资料对秦枫非常重要，了解到这些，秦枫还有机会反败为胜。”古天牧有些焦急。

“那我呢，我重不重要？”辛洁冷冷地问道，古天牧听出来她生气了。

“你当然也重要，不过，这是两回事儿。”古天牧不知如何应对。

“有多重要？”辛洁问，“能够比得上一顿晚餐重要吗？”

古天牧又点燃了一支香烟，转移着话题：“到底是谁有郭怀恩的资料？”

辛洁用手指了指自己的胸口：“都在这里呢，你问她好了。”

“你是说，你有他的资料？”古天牧俊朗的面容上是诧异的表情，辛洁不禁又开心起来了，“我今天晚上想吃水蛋鱼子酱。”

“别开玩笑了，你要知道，你今天的财经评论在某种程度上帮助了郭怀恩阻击秦枫。”古天牧皱了皱眉头。

“每个人都要对自己的交易行为负责，何况是一个职业投资人。我现在只想知道你是否愿意跟我一起共进生日晚餐，当然，你想要的东西，我可以给你。”辛洁开出了条件。

古天牧看着漂亮得无可挑剔的辛洁，心想着：“其实，她才是一个真正的交易者，永远都在提出‘公平’的交换条件。不过，秦枫现在最需要的就是对手的资料，这比陪她吃饭更重要，先拿到资料再说吧！”

权衡之后，古天牧拿起电话，拨通了秦枫的号码。

3

秦枫接到古天牧的电话时，见面会的资料已经准备好了大半，得知古天牧临时有事，晚上不能和她一起吃晚餐，感觉有些遗憾，正要给君悦酒店西餐厅打电话取消预订，郑其伟的电话打来了。

“秦枫，你好。”郑其伟的声音总是能够让秦枫感觉到一种稳定、一种安全感。

“你好，邦德先生。”

“杜梅来上海了，在我身边。”郑其伟说话一向简洁。

“太好了，能让我跟她说话吗？”秦枫问。

郑其伟将手机递给了杜梅：“秦枫，你好，果然我们今天就可以见面了，晚上几点下班？”电话里杜梅问道。

“杜梅，如果晚上没有要紧的事儿，我们一起吃晚餐好吗？”

“和你吃晚餐就是最要紧的事情呢。”杜梅的声音清脆如银铃般悦耳。

正好君悦西餐厅的订座还没有退：“六点整，君悦酒店五十四层西餐厅见，好吗？”秦枫问。

“好的。”杜梅将手机递给了郑其伟。

“今天晚上请你和杜梅吃饭，六点整，君悦酒店西餐厅。”

“不胜荣幸。”郑其伟笑着说。

放下电话，秦枫双手揉了揉有些发酸的眼眶望向窗外，晴朗的天空似乎变得阴暗了，空气里飘浮着一层淡淡的薄雾，远处的高楼在这都市的尘雾中若隐若现。

秦枫的这一天过得似乎扑朔迷离，炒家是谁？入侵自己电脑系统的人又是谁？公司里究竟是什么人在和炒家联手？赌博集团的人找自己干什么？蔚蓝为什么要对自己说那样的话？……这一切问题的答案都似乎隐藏在那窗外的渐渐阴暗的天色里，让人无法看清真相。不过，秦枫知道，这一切总会水落石出的。

历经多年市场搏击拼杀，秦枫已经磨砺出一种职场本能：遇到任何困境，不畏不惧，冷静面对，敢于担当。因为她知道，既然自己选择了这份职业，就意味着选择了风险，选择了永远的未知，随时承担巨大的心理压力。市场面前，不分年龄不分性别，输赢成败，往往一念之差，只有真正的强者，方能在大浪淘沙后立于潮头。所以，她总是告诫自己，要冷静理性，要坚韧顽强，实际上，她现在已经做到了，而且做得很出色。

但在内心深处，秦枫何尝不渴望自己能享受青春的洒脱和快乐，像平常的年轻女孩一样，无拘无束，恣情任性。秦枫一直很喜欢辛洁，欣赏她的开朗活泼，甚至经常任意妄为，这是自小内敛沉静的秦枫不可能做到的，不是不想，而是性格使然。只有在最熟悉的人面前，她才会偶尔释放出自己的敏感和脆弱，因为她早已习惯于一个人独自承担。

秦枫站起身来，坐到办公室的一个角落，那里放置着一个不起眼的双开门木质立柜。把柜门打开，却是一个精巧的衣橱，里面挂着好几件不同款式、风格的衣服和饰品。秦枫的工作很繁忙，有时下班比较晚，若是约好与朋友见面或是参加聚会，根本没时间回家换装。如果穿着上班的职业装赴约，实在太过正式，自己也觉得不自在。所以，她在办公室放置了几件搭配性很强的衣饰，以备不时之需。

秦枫从衣柜里挑了一件白色高领针织衫，外罩银色亮丝长袖开衫，换好衣服后对着柜门内侧的试衣镜看了看，颜色太素静，想到还要为辛洁庆祝生日，她又取出一条LV玫瑰花长围巾在修长的脖子上绕了两圈儿，仍然穿着灰色宽腿长裤，将笔记本电脑放入包内，拎着包走出了办公室。

辛洁坐在古天牧办公室的沙发上，看着他退掉了与秦枫的约会，然后又打电话在以法国菜著称的百汇餐厅预订座位，心里非常开心。

“现在可以把郭怀恩的资料给我看看了吧？”古天牧订好了晚餐座位后问辛洁。

“当然。”辛洁说着，从宝蓝色的漆皮大挎包里取出一只移动硬盘，拿在手上，人却坐在沙发上没有动，然后向古天牧伸出手。

古天牧从办公桌旁站起身走过来，正要伸手去接，辛洁又把手缩了回去。“求我。”辛洁翘起她樱桃般的红唇。

“好了，辛洁，别闹了。”古天牧实在拿辛洁没有办法。

“你知道吗，你这样做会让我很吃醋的，为了秦枫这么卖力。”辛洁将移动硬盘递给了古天牧，但总觉得心气不平。

古天牧没有理会辛洁的话，他将移动硬盘和自己的电脑连接好：“辛洁，资料在什么文件夹里面？”

“你还没有回答我的问题呢。”

“什么问题？”古天牧有些莫名其妙。

“你这样做会让我很吃醋的。”辛洁酸酸地说，“让我的爱人从我的数据库里找东西，为了帮他的前女友，并且是在我生日的这天。”

辛洁说话总是先入为主，让古天牧无法招架：“好了，辛洁，快告诉我在哪个文件夹里。”

“那你先告诉我，你这样是不是对我不公平。”辛洁还是不依不饶。

“好了，好了，是不公平。”面对辛洁的娇蛮，古天牧总是束手无策。

“你要记得补偿我，”辛洁说，“在凯旋资本文件夹下面，笨！”

辛洁非常知道什么叫恰如其分的胡闹和恰如其分的撒娇。

果然，在辛洁的移动硬盘里，存放着所有有关凯旋资本的交易记录以及郭怀恩的详尽资料。“你这些资料是怎么弄到的？”古天牧十分惊讶。

“都已经死过一次的人了，当然是拿生命弄到的。”辛洁优雅地靠在沙发上，微微斜着身子，看着古天牧。

古天牧不敢再搭腔，两眼盯着电脑屏幕仔细地看着郭怀恩的资料，“我可以拷贝一份吗？”

“还用问吗？我的所有都是你的。”辛洁一双妙目紧紧盯着古天牧的脸，而古天牧却没有勇气对上她的目光。

古天牧就算是块木头，也能体会到辛洁的情意。但是，古天牧的心中由始至终只有秦枫，他知道自己承受不起辛洁的情意。只是，他不希望对辛洁造成太大的伤害，总是回避推托，认为辛洁总有一天会明白两人的不可能。他从没在感情上欺骗辛洁，带给她误解，然而辛洁似乎对越是得不到的东西兴趣越大，简直是愈挫愈勇，就是由着性子，对他一往情深，使古天牧不知如何招架。面对这样美丽聪慧的天之骄女，古天牧觉得自己真的亏欠她太多。

“我只拷贝了郭怀恩的相关资料。”古天牧将移动硬盘从电脑上卸了下来，走过来递给辛洁。

“打印出来，然后把电子文档加密或者删除，不要留下后遗症。”辛洁提醒古天牧。

古天牧点了点头，将郭怀恩的资料打印了出来，然后按照辛洁的建议，彻底删除了电脑上的有关郭怀恩的所有资料内容。辛洁考虑得很周到，古天牧的电脑里放着炒家的资料，在某些时候实在是说不清道不明的。

古天牧看着打印出的资料：郭怀恩，军人出身，参加过对越自卫反击战，从部队转业后进入华东师范大学哲学系学习，之后进入证券界，目前是凯旋资本掌门人，凯旋资本与国内外热钱有着千丝万缕的联系。

资料显示，郭怀恩的身影近年来屡屡出现在著名的资本市场阻击战中，与市场分析师、证券媒体等素有往来，此人交易策略老到，非常擅长“开盘价交易技术”，最大的特点就是严守自己定下的交易纪律，这与他的军人出身莫不相关。无论是从凯旋资本的资金实力上来讲，还是从凯旋资本奉行的交易策略上来讲，此人都相当厉害，难以对付。

“谢谢你，辛洁。”古天牧将打印好的资料和先前的交易席位分析单一起放进了档案袋里，将封口封好，塞进了桌上的黑色软皮公文包。

辛洁知道他会把资料交给秦枫：“晚上秦枫会到我家去，到时候你再给她吧！”辛洁站起身，拿起挎包，“不过你要答应我一件事情。”

“什么事情？”

“不要告诉秦枫，资料是在我这里拿的，好吗？”

古天牧点点头：“好的。”

两人走出富海证券的大门。“坐我的车去百汇，吃完饭你再回来取车吧！”辛洁建议。

古天牧点头答应，作上她的雷克萨斯，辛洁幸福地和古天牧一起向百汇餐厅驶去。

4

此刻，在上海世博会园区旁边的“凤凰私家菜馆”， 郭怀恩正和顾小兵在三楼的一间包厢里聊着。

凤凰私家菜馆是典型的仿古装修，颇有些江南水乡情调。

顾小兵伸着油光水亮的脑袋，正在奉承着郭怀恩。

“郭总出手，就是不一样，呵呵，这笔钱赚得顺畅啊！”

郭怀恩没有正面回应顾小兵，而是站起身来，背着双手走到窗户前，挺着胸，遥望着不远处世博园中国馆的“中国之冠”，深深地叹了口气：“中国人的精神，都哪儿去了啊！”

顾小兵被郭怀恩叹的这口气弄得丈二和尚摸不着头脑，“郭总，您这是在发什么感慨啊？”顾小兵不明就里地问道。

“你看这么大的世博园里，唯一屹立不倒的，就是这中国之冠，”郭怀恩转过身回到沙发边坐下，“你知道为什么吗？”

顾小兵眺望着窗外那红色的“中国之冠”，讷讷地说：“应该是基础建得好，材料也用得好吧！”

“小兵啊，是精神，中国精神，”郭怀恩满脸深沉，“是中华民族五千年悠久的人文精神在支撑着这个巨大的建筑。”

“中国精神？”顾小兵越发被郭怀恩说得稀里糊涂。

“仁义信诚，”郭怀恩伸出手，左手手指伸开，用右手一一掰着左手的四个手指，一字一顿地说，“信则立，不信则废。”

顾小兵这才开始慢慢琢磨出郭怀恩话里有话：“郭总，我这人做事有时毛手毛脚的，还有很多地方都需要郭总指教呢。”

顾小兵可不敢得罪眼前的郭怀恩，要不然自己今后真没法在这个圈子里混。但是一下子又想不起什么地方让郭怀恩心里不痛快，按说今天的阻击进展得很顺利，明天郭怀恩还可以很有把握地再赚一笔，这对于钻进钱眼里的郭怀恩，是真正的好事连连啊！

“我们做证券交易的，不能总是把钱、把利益放在首位，这个‘信’字，很关键。”郭怀恩义正词严，“这次中国有线赚的钱，你们想要多少，我是可以考虑的。”

顾小兵赶紧摆手说：“那可不成，不能坏了规矩，事先说好的。”

“我是讲的真心话。”郭怀恩正了正身子。

“郭总，那怎么成，这坏规矩的事，我们不能干！”顾小兵还是没搞清楚郭怀恩葫芦里卖的什么药。

“这次交易呢，主要还是你们策划得好，其实，我也想看看秦枫究竟会怎么处理这件事。”郭怀恩说完，看着顾小兵的反应。

顾小兵听郭怀恩将话题扯到了秦枫的身上，心里估莫着郭怀恩要开始讲关键问题了：“郭总，秦枫再怎么样，也翻不过您的五指山啊！”

“呵呵，哪里，小兵啊，说真心话，我也想看看秦枫这丫头手上有什么法宝。”郭怀恩进一步试探着顾小兵。

郭怀恩的这句话，倒的确让顾小兵有些意外，他脸上堆着笑容，一对小眯缝眼看着郭怀恩，脑子里却在快速地转动着：“难道郭怀恩知道了我们要干什么？应该不会啊，郭怀恩怎么可能知道秦枫的投资模型的事情呢？但是，郭怀恩既然说出这样的话来，也必然是事出有因，这个老狐狸绝对不会无缘无故地提到这个话题上来。”

“郭总，秦枫有什么法宝能够胜得过您啊！”顾小兵小心翼翼地对应着。

“怎么会没有，我看是值钱得很哪，”郭怀恩面色一沉，“要我看，是无价之宝，你说呢，小兵？”

郭怀恩的问话让顾小兵觉得有些紧张，但是他清楚现在如果扯些其他的事情来敷衍，郭怀恩是可以一眼就识破的。但是，他又不敢将这件事直截了当地对郭怀恩讲出来，如果对郭怀恩全盘讲了，这件事只会更加麻烦，但是要是不讲，也有麻烦，别的不说，郭怀恩要是明天一大早开盘后就收官，后面的那几十万股中国有线的股票他不要了，那么这件事就做不下去了。

"郭总，您的意思我算是明白了，这次交易的利润呢，还是得照规矩办事，其实秦枫和我大哥之间呢，的确有一些过节，"顾小兵眨巴了一下眼睛，将肥大的脑袋伸过去靠近郭怀恩，低声在他耳边说，"东方公司不是明天要参加中东联合投资公司的投资见面会吗，东方公司之前暗地里安排大哥和秦枫一起开发了一个新的投资模型，并且我弟弟顾小文昨天还拿着这个投资模型中的核心模块去了一趟澳门。"顾小兵说到这里停了下来，他要看看郭怀恩的反应。

郭怀恩依然是面无表情，一对鹰眼紧紧地盯着前方。

顾小兵又接着说："郭总，您猜怎么着，我弟弟拿着这个数据模型，在澳门的老虎机上中了三连线。"顾小兵朝着郭怀恩伸出了三根手指。

郭怀恩依然还是纹丝不动，没有接话。

顾小兵只好又接着说："现在就有个问题，这个投资模型的开发，因为东方公司是安排我大哥和秦枫两个人一起做的，但是秦枫这丫头不仗义，想自己代表东方公司去参加这个见面会，所以，秦枫单独开发的一块风险控制模块，她死活不拿出来，没办法，才逼着要阻击她，这样她才会在交易过程当中，为完善交易数据拿出模块。"

郭怀恩听了这些话，才缓缓点了点头："哦……"

"郭总，这件事，只有天知地知、你知我知，"顾小兵用肥肥的手指上下指了指，"既然现在跟郭总讲了，自然是等这件事过去后，您也可以对大哥的投资模型提出一些指导性的意见。"顾小兵尽量把话说得动听一些。

郭怀恩咧开嘴，露出了发黄的牙齿："呵呵，我哪儿成，大家互相学习，互相学习。"

"所以说，明天的交易就非常关键，郭总，您一定要把秦枫拖住才行。"顾小兵赔着笑脸。

"嗯，这丫头也不是好惹的，要十分小心才行。"郭怀恩的脸色渐渐好了起来。

"郭总，您就放心吧，大哥那边会时刻盯着的，有什么风吹草动，随时会通知您。"顾小兵站起身来，准备招呼服务员点餐。

"我要逼着秦枫在明天中午收盘之前卖出那几十万股，如果午盘收盘的时候，她没有全部卖出，我也不能等着，下午开盘，立刻收官。"郭怀恩坚定地说。

郭怀恩内心里对顾小兵的说法并不是完全相信。但是郭怀恩有他自己的想法，现在姑且相信顾小兵的话，因为无论如何，至少目前知道了秦枫手上有了个价值连城的投资模型，这是最重要的事情，至于顾小兵他们怎么去折腾，和他没有什么关系，有了好处，最终他是要分一杯羹的。

郭怀恩仔细盘算了好一会儿，终于把这笔账算得明明白白，于是满脸的褶皱又拉扯起来，和顾小兵两人开始你来我往地推杯换盏。

5

周一　18：00

金茂大厦的君悦酒店西餐厅里，流淌着轻音乐和红酒杯碰撞的美妙声音，在这里共进烛光晚餐的有来自世界各地的各种肤色的人们，餐桌边各种语言的窃窃私语声构成了这美妙音乐的和弦。烛光、音乐、美酒，还有那些餐桌旁的美女俊男。

秦枫提早了几分钟来到餐厅，等候着杜梅和郑其伟，她预订的是靠窗的座位，这里可以尽情欣赏夜上海的美景。

杜梅和郑其伟准时到达，秦枫站起身打着招呼，杜梅忍不住赞美道："秦枫，你真美。"白色的高领针织衫配上银色亮丝开衫，使秦枫原本就白皙洁净的皮肤散发出陶瓷般的细致光泽，更显得高贵典雅。

"这话，应该是我来说你，怎么你就先抢去说了。"秦枫微笑着看着杜梅，今天的杜梅确实有些不同，昨天她一身黑色裙装，没做任何修饰，今天仍然没怎么化妆，只是简单涂了睫毛膏，纤密卷翘的睫毛愈发使一双大眼睛炯炯有神。杜梅上身穿了一件彩色竖条纹镂空薄毛衫，里面是白色吊带背心做内搭，整个人看起来神采飞扬、富有活力，一条合体的深蓝色水磨仔裤，使杜梅娇小的身材显得亭亭玉立。此刻的她与昨天简直是判若两人。

郑其伟在旁解释说："你昨天拿到的十分钟数据，是杜梅熬了整个通宵想出办法解决的，一直到送走你，她才睡了一觉，今天基本恢复了状态。"

秦枫很感激，正想说话，杜梅连忙摆手说："不是的，我对这类挑战很上瘾，自己也乐在其中呢！"三个人都笑了起来。

此刻，窗外已经开始陆陆续续地燃起了霓虹，这是夜上海的肤色，永远年轻，犹如宫廷舞会上的蒙面公主般充满神秘与诱惑。

三人落座后，秦枫问道："我们喝点红酒，好吗？"见大家点头，秦枫点了瓶法国勃艮第地葡萄酒产区的罗曼尼红葡萄酒，为大家斟入杯中。

"谢谢你们的帮助。"秦枫举起高脚酒杯，由衷地表达谢意。

"祝贺你获得了那么大的成就。"杜梅也举起酒杯。

"祝贺你们成为好朋友。"郑其伟举起酒杯，三只蕴香扑鼻的红酒杯轻轻地碰撞到了一起，如一枝象征着纯洁友谊的三瓣兰花在盛开。

"杜梅，你能在上海停留多长时间，我抽时间陪你逛逛。"秦枫的话语如春风拂面。

"这次来上海，估计时间不会短，少不了要打搅你。"杜梅的笑容带着南国特有的温柔。

"杜梅是国内首屈一指的计算机程序设计专家。"郑其伟的介绍非常简短，却使秦枫惊叹。

"哇，真了不起。"秦枫再度举起酒杯和杜梅碰了碰，然后自己轻轻抿了一口。

"这酒味道真不错，到底法兰西勃艮第地的日照不一样。"杜梅品了一口红酒后，浅笑着说。

"做计算机程序，应该很辛苦吧？"秦枫问道。

"其实还好，熟悉了就轻松了，"杜梅微笑着，"你们搞证券投资压力也很大，昨天看你实证模型，我当时好紧张。"

"紧张就是我们的生活，都已经习惯了。"秦枫说的是实情。

"证券投资交易，要承受那么大的压力，你为什么要选择做这一行呢？"杜梅个性爽朗，想到哪儿就说到哪儿。

"上大学前，我和父亲一起商量选择专业，当时我认为学习金融会有一份受人尊重的工作，我父亲也认为我的性格适合从事金融，于是就进了人大金融系；大学时期，才知道要有那么多的考试，真是后悔没有学英国文学。"秦枫做出一副追悔莫及的表情逗笑了对面的两个人。

"是啊，听郑总说，你通过了所有和金融证券有关的考试，这真是难以想象。"杜梅露出十分钦佩的表情。

秦枫有些不好意思地看了看郑其伟："你们郑总无所不知。"

"那是他的特长，呵呵，你可别介意。"杜梅帮着郑其伟解释。

"大学毕业后，在银行和基金管理公司之间，权衡了一下，觉得基金管理好像收入更高一些，于是就考进了东方基金管理公司，结果进了东方，就开始后悔了。”

“啊？为什么后悔了？”杜梅好奇地问。

“压力太大了，理论和实践完全不一样，差距太大了，甚至产生了悖论。”秦枫说。

“理论和实践有什么不一样呢？”杜梅不自觉地开始发挥她刨根问底的专业精神。

“投资实务和理论研究之间最大的区分，就是心理上所承受的压力是完全不一样的，并且投资理论本身对于证券交易市场而言，并不具备指导意义，而仅仅是进入这个实践领域的门槛，跨过了这道门槛以后，真正的生存技能，还得自己重新学习。”

郑其伟在一旁冷不丁说了句：“秦枫后来被挑选进入到了中投进行学习。”

秦枫点点头：“如果说大学时期学习金融专业是让你具备成为一个专业运动员的基本身体素质，那么进入到中投学习，就是学习运动员的专业竞技能力。”

杜梅的悟性极高，一点就明：“生存的能力，实战的能力。”

“从中投学习出来后，才明白自己的选择是什么，”秦枫笑着摇了摇头，“要后悔也来不及了。”

“怎么又后悔了呀？”

“因为我明白，自己选择的是这个世界上最艰难的一条成功之路，几乎所有的人都认为华尔街是个掘金的宝地，可是却忽视了华尔街的一些铁律。”

郑其伟举起酒杯：“华尔街最大的铁律就是零和游戏规则，任何人都得遵守，这是世界上所有已知的竞争中最残酷的规则。”

杜梅侧过头，看着一向冷峻的郑其伟：“郑总，别说得这么可怕好不好，毕竟我们公司也在进行证券投资哦！”

“不过，到后来，我终于知道，自己的选择没有错。”秦枫轻轻晃动着杯中的红酒，“证券投资，是一件有意义的事情。”

“您看看，郑总，秦枫都没有觉得残酷，您倒残酷了。”杜梅对郑其伟开着玩笑，虽然郑其伟总是一脸冷峻，但相处久了，开朗的杜梅对他的冷脸一点儿也不在意。

“杜梅，有一件很重要的事情，恐怕也只有你能帮得上秦枫的忙。”郑其伟突然冒出了这么一句话。

“啊？什么事情我能帮得上忙啊？除了电脑程序。”杜梅不解地问。

第十一章

1

“秦枫的电脑系统今天遭遇黑客入侵，昨天实证过的数据模型中部分模块被窃。”郑其伟简明扼要地将情况告诉了杜梅。

“没有装防火墙和追踪程序吗？”杜梅瞪大了眼睛问。

“装过了，追踪程序还是郑总给我的。”秦枫看了一眼郑其伟，“黑客共两次入侵，第一次是利用我们公司老板的电脑IP地址进入到我的系统；第二次入侵是在我安装了追踪软件之后，对方在星巴克咖啡馆用上网本WIFI网络上网，入侵后虽然追踪到了IP，但是后来发现这只上网本丢到了咖啡馆附近的垃圾桶里了。”秦枫无可奈何地笑了笑。

“你看看有没有更好的办法，按我们预计，黑客还会入侵，因为还有重要的模块他们没有拿到。”郑其伟问杜梅。

杜梅将面前的刀叉放在一边，左手托着腮，右手慢慢转动着酒杯，思索着。

“对方既然懂得借用别人的电脑IP地址入侵你的系统，并且也熟悉WIFI技术，我想这个人对计算机技术还是有些了解的，”杜梅放下酒杯，“现在你的数据模型是否只是你一个人使用？”

“目前是这样的。”

“如果是你一个人使用，我想应该有办法。”杜梅的大眼睛里似乎燃起智慧的光芒。

西餐厅里的灯光暖暖地洒在每个餐桌上，无数的奇妙构想，都产生于这样的灯光下，这也许是爱迪生发明电灯的初衷。

“我今晚就给你写一个专门的病毒程序，你安装在你的电脑系统里，这个病毒程序只有输入你的专门认证码才不会启动，否则，任何人从你电脑里取走了任何文件，都将在他的电脑里启动病毒。至于启动病毒的方式，我需要再考虑考虑怎么设计，但是最迟会在对方启动你被窃走的任何文件后十分钟内，导致其系统崩溃和硬盘彻底坏损。”杜梅经过缜密的思考后，将想法娓娓道来。

“哇，你这么厉害！”秦枫非常惊讶。

郑其伟不动声色地说：“这个方案不错，这属于主动性的防御。”然后他对满脸惊诧的秦枫说：“这对杜梅来说不算什么，她是国家高级系统分析师、高级网络结构师。我说过，在专业领域里，她与你一样卓越。”

杜梅的脸色有些微红，应该是被郑其伟称赞的，当然，也可能是因为醇美的葡萄酒。

秦枫与杜梅这两位美丽的职业女性相互欣赏着，彼此都是各自专业领域的顶尖高手，这些特殊的领域，历来都少有女性做到事业的巅峰。她们同样深深地明白，要达到现在的境界，她们付出了多少心血和努力，承受了多少常人无法承受的失败和打击，还有长时间在专业领域里钻研的痛苦煎熬，这些是无法用语言来表达的。

杜梅与秦枫再次举杯相碰，两人惺惺相惜，将酒杯里的美酒一饮而尽。

窗外的天空完全暗了下来，但是夜色下的上海滩灯火通明，黄浦江两岸的美景尽收眼底，一架波音飞机闪烁着夜航灯在空中飞翔。

周一 19：00

上海浦东国际机场，上海地下钱庄的老大褚以森正在到达出口处翘首等待着从澳门飞来的司徒明，胡立阳则和褚以森的一位副手站在身后。

得知司徒明要来上海，褚以森本来是要高规格的接待，可是司徒明一再强调，不要声张，要低调行事，褚以森也只好照办。

司徒明独自一人拎着黑色旅行包从到达出口走了出来，褚以森立刻热情地迎了上去，胡立阳赶上前一步，双手从司徒明手上接过了旅行包。

褚以森和司徒明双手紧握着，好一阵寒暄：“司徒兄，难得来一趟啊，一路辛苦！”

褚以森比身材高大的司徒明略微矮一些，从外表上看，戴着一副无框近视眼镜的褚以森更像个学者，举手投足之间，有着儒雅之风。

褚以森和司徒明并排坐在林肯轿车的后排，胡立阳和褚以森的手下坐在另外一辆车上。林肯车里宽敞舒适，褚以森和司徒明一路上聊着些往事。

司徒明和褚以森所做的不是一个行当，司徒明是做赌场生意的，而褚以森是开地下钱庄的。但是，褚以森和司徒明在赌资的流动上却有着相当深的往来关系，这种关系的维护，可以说是他们彼此生存的重要环节。对于司徒明来说，能够顺利流转赌资，是发展赌场的重要因素之一，而对于褚以森来说，只有司徒明这种重要客人进行大规模的资金流转，他的钱庄才有利可图。

这似乎非常合乎经济学的内涵，维系得最牢固的，是密不可分的利益关系。

很快，两辆轿车就停靠在了金碧辉煌的紫禁城酒店大门前。

褚以森引着司徒明来到早已预订好的浦江厅包房，胡立阳将司徒明的旅行包送进包房后，马上退了出来，轻轻关上房门，和褚以森的副手站在门外。大家明白，一定要留给两位老大单独的空间。

紫禁城酒店的每个包房都装修豪华，浦江厅作为包房里最显赫的一间，自然是更加富丽堂皇。

水晶吊灯，匈牙利进口的玻璃酒具，雪白的英国骨瓷餐具，崭新的白色暗花台布，宽大而舒适的沙发。

漂亮的服务员招呼褚以森和司徒明在沙发上坐下，为他们沏上了茶水。

褚以森示意服务员回避后，然后才开口问道："大哥，许久没来上海，今天是什么风把大哥吹来了？"褚以森年龄和司徒明差不多，但直接称呼司徒明为大哥以示尊重。

"澳门旅游的新规定出来了，我得和上海的几家大型国际旅行社沟通一下。"司徒明没有直接对褚以森说明来意。

"大哥，你这次来，有什么事情，尽管吩咐。"褚以森说道，"其实，我还正有一件事情要问问大哥呢。"

"有什么事情，尽管问。"司徒明豪爽地说。

"大哥，昨天是不是有人在那边中了三连线？"褚以森问道。

2

司徒明心中暗道："这个世界真是没有秘密可言。"索性并不隐瞒，"是啊，就是昨天下午的事情，看来老弟你的消息很灵通啊！"

褚以森知道司徒明不抽烟，自己点燃了一支烟："说哪里话，一方面是大哥那里树大，有个什么风声，立刻就传开了；另一方面嘛，这个中奖的人，正好我认识。"

"中奖的确实是个上海人，没有想到竟然是老弟的朋友啊，哈哈。"司徒明没有想到中奖的林皓月竟然和褚以森相识。

“大哥，其实这个中奖的人，实际上并不是真正得奖的人。”褚以森有些神秘地笑着。

“哦，怎么讲？”司徒明表现得十分惊讶。

“大哥有没有觉得他中奖有些蹊跷？”

“这个人并没有作弊，不过应该说是采用了什么方法的。”

“大哥，他是用了一种数据模型计算出来的，呵呵。”褚以森的话让司徒明大吃一惊，他没有想到褚以森不仅消息灵通，而且对其中内幕了解得这么深。

“这话怎么讲？”司徒明问。

“这件事情，说来话长，”褚以森在烟灰缸里弹弹烟灰，“大哥这次来上海，是不是也和这个人有些关系？”

“老弟，实不相瞒，事情我倒是觉得有些蹊跷，不过只要他不作弊，其他的事情跟我们隔山隔水的都不相干。但如果真如老弟所说，那还得要当心，要是他隔三岔五地过来，那还了得。”

“按说是不会的，不过大哥还是得提防着点。”褚以森好意提醒。

“你说说这个人是什么来头，这件事可不能马虎，看来我这次到上海，算是没白来一趟。”

“有些话，我不方便讲，”褚以森说，“担心坏了规矩啊！”

司徒明轻轻拍着自己后脑勺，身子往后靠了靠。“有什么事情跟我还不方便讲的，老弟，有什么事情就说吧，别在意那么多。”

“其实，说到底，这是大哥你们的家事，我这外人要是说了，怕人家说闲话啊！”褚以森将这些话说在了前头。

“呵呵，没事儿，我一直拿你当自家人看待，你还要跟我分彼此，那我就起身告辞了。”司徒明笑道，但心中很是疑惑。

“行，大哥，这话就到我们这里为止，您可一定要体谅小弟啊！”褚以森再次作了铺垫。

“别那么见外，说吧。”司徒明感觉其中一定有文章。

“蔚蓝，你知道吧？”褚以森问道。

“知道啊，是老爷子投资公司那边的人。”

“其实，这个人，和蔚蓝认识。”褚以森显得有些为难地说。

“哦。”司徒明应了一声。

“不过，我估计蔚蓝也不知道他中奖这件事情，即使知道，应该蔚蓝也没有参与，她还不至于吃里扒外，这点我可以肯定。”褚以森担心他说出蔚蓝以后，司徒明会认为蔚蓝也参与了此事。

“谅她也不敢。”司徒明哼了一声。

“那是，那是。”褚以森将香烟按熄在烟缸里，“这个中奖的人，叫做顾小文，不过大哥，他这背后这个人的名字我不能讲，您要体谅小弟，要不然以后我没法做事情。”

“嗯，这个规矩我知道的，你说。”司徒明示意褚以森继续讲，褚以森说中奖的人叫顾小文，其中一定有问题。

“蔚蓝对顾小文背后的这个人比较熟悉，前些年介绍我们认识，也是个搞证券投资的人。”褚以森说道，“去年这个人在我这里借了四千万拿去炒伦敦铜，呵呵，结果方向做反了，血本无归，今天晚上伦敦铜交割，我预计他今天要爆仓，一分钱都拿不回来了。”

“他做亏了，老弟还这么高兴？”司徒明有些不解。

“这个人在一家投资基金公司工作，他们公司秘密研发了一套证券市场投资模型，这个家伙输疯了，愿意拿这个模型抵债，保证能在明天收市之前把数据模型给我送来，哈哈。”

“你这个证券投资公司的朋友，有没有说过这个数据模型是个什么模型？”

“说过了，叫做‘随机数据中非随机性数据模型’。”褚以森回答。

司徒明点点头：“难怪要去玩老虎机呢，原来是想和随机发生器斗一斗。你这四千万，值得。”司徒明肯定地说。

“是啊，他在伦敦铜上输惨了，不然也不至于到这一步。”

“老弟，有个问题，他既然能够战胜随机数，为什么伦敦铜还会输呢？”

“是啊，起初，我也考虑过这个问题，后来我才明白，这个数据模型是他们公司安排了两个人合作开发，只有合二为一，才能形成一个完整的投资模型。”褚以森照直说道，“他用来抵债的，是合二为一的完整模型。”

司徒明想了想，打开了身旁的旅行包，取出一张照片来，上面是一个身穿咖啡色夹克衫的人，递给褚以森：“你看看，这个人是谁。”

褚以森接过一看：“看来这些你都知道了，大哥，这个人就是顾小文啊！“司徒明微微点头，心里明白了大概。他不打算再和褚以森继续谈论这个话题了。

“这次来上海，比较匆忙，没什么准备，给你带了个小玩意儿过来。”司徒明说着，打开旅行包取出一只略显老旧的表盒，递给褚以森。

褚以森双手接过表盒，沉甸甸的分量很重，黑色的牛皮表盒上手工打印上马耳他十字标记，略有磨损的皮面显示出年代的久远，褚以森知道司徒明送给他的这个礼物不一般，打开一看，是一只江诗丹顿手表。褚以森是玩表的行家，一看手表表盘，眼睛顿时亮了起来：这是19世纪20年代美国经济高速增长时期，江诗丹顿特别在美国市场限量发行的靠垫形状腕表，整个盘面顺时针转了一个刻度，是江诗丹顿唯一一款将表冠置于表壳的一点钟位置的腕表，简洁，高雅，具有绅士气息，褚以森最喜好的就是这种风格。

“大哥，这款原版表存在世上的可不多啊，这么稀罕的东西，小弟怎么担当得起。”褚以森拿着手表爱不释手，略显歉意地看着司徒明，“大哥可不要见怪，小弟还没有来得及为大哥做准备啊！”

“哈哈，”司徒明笑着说，“上次在纽约正好赶上钟表拍卖会，看大家都抢这个，就想你是玩表的，这个也配你，机会可不能让人家抢了去。你喜欢就好，我们兄弟间，别说见外的话。”

褚以森毫不掩饰自己的开心：“大哥，太喜欢了，你可真是有心啊！”一边说着，一边将手上戴着的伯爵表取了下来，将这块江诗丹顿戴在腕上。褚以森的手臂搭在桌上，与身体成45度夹角，他低头又看了看表，视线正好与表盘十二点钟的位置平行。“艺术啊，手工的艺术啊！”褚以森在内心感叹。

3

司徒明笑着说：“好久没吃上海菜了，今天来一定要尝尝。”

褚以森明白司徒明的意思，起身打开房门，胡立阳和自己的副手正站在门外的走廊上，服务员也站在一边等候着。

紫禁城酒店的上海菜做得精细地道，褚以森对司徒明的到来自然是相当的看重，席间司徒明不断地夸奖褚以森是地道的美食家。

待到甜食上过之后，褚以森点燃一支香烟：“大哥，这几天在上海，就要小宋陪着你了，走动起来方便。”褚以森指了指自己的副手。

“多谢了，这边旅行社都做了安排，劳顿你也不方便，毕竟跟他们不是一路人。”司徒明笑着摆摆手。

“那也行，随时听候吩咐。”褚以森说完，示意服务员埋单。

褚以森亲自将司徒明送到香格里拉酒店，一直到司徒明上了电梯，他才带人转身离去。

司徒明跟着胡立阳来到下午就已经开好的房间里，关上了房门。

司徒明简单讲了一下褚以森的谈话内容，对胡立阳问道：“你怎么看？”

胡立阳沉吟了一下：“大哥，按我的看法，这个顾小文根本就是个跑龙套的角色，他背后的人，我估计不是林皓月背后的人，林皓月背后的人，应该是秦枫。”

司徒明点点头，示意胡立阳继续说。

“看来，蔚蓝不愿意告诉我们她认识秦枫，不是想保护秦枫，而是想保护她在秦枫身边的朋友，也就是那个借了褚以森的钱去做伦敦铜的人。”胡立阳分析道。

“你的意思是蔚蓝的这个朋友和秦枫在一家公司？”

“应该是这样，大哥，要不然，他怎么能够知道秦枫要去澳门，又怎么知道秦枫有这么一个数据模型，更加不可能保证能在明天股市收市之前拿到数据模型，这对他来说是性命攸关的事情。”胡立阳在司徒明面前做了一个手势，“四千万，褚以森的手段您是知道的，就凭这点，这个人拼了性命也要拿到秦枫的数据模型。”

“那就是说这个数据模型是秦枫的，而不是东方公司的。”司徒明判断着。

“是啊，大哥，如果是公司的，这小子早就弄到手了，没有必要费那么大周折，蔚蓝也没有必要骗我们说不认识秦枫。”胡立阳的思路很清晰。

“你的分析很有道理，应该不会有太大出入，那么现在就是要直接找到秦枫，你觉得怎么去找她合适？”

胡立阳想了一会儿：“大哥，最简单的方法，就是要老爷子直接问蔚蓝，把秦枫的手机号码弄到就可以了，但是这样似乎会惊动老爷子。”

“不行，我们人在上海，还转过头找老爷子要电话，这可说不过去，现在毕竟还不清楚蔚蓝和秦枫之间，以及蔚蓝和她那个朋友之间究竟怎么回事，贸然向老爷子提这件事，有些唐突。”

“要不然就直接找蔚蓝吧，她一定有秦枫的电话号码。”胡立阳建议道。

司徒明点点头。

蔚蓝在自己家中，整个下午都没有胡立阳的电话，蔚蓝觉得有些反常，虽然胡立阳和自己不相干，但毕竟都是一个集团的人，自己应尽地主之谊，于是蔚蓝决定主动给胡立阳打个电话。

“胡总监，我是蔚蓝。”蔚蓝的声音充满磁性。

正准备给蔚蓝电话的胡立阳，看到是蔚蓝来电，着实有些高兴：“蔚蓝小姐，你好。”

“我一直在忙，手头的事情才放下，怠慢胡总监了。”蔚蓝客气地表示着歉意，“您晚餐用过没有？”

“不客气，我已经吃过了。”

“那就一起喝晚茶吧，上海有家粤式餐厅很不错。”蔚蓝只想和胡立阳见上一面，不愿意在一起待得太久。

“对了，蔚小姐，有件事要告诉你，我老板到上海了。”胡立阳看到司徒明对他做的手势，直接在电话里告诉了蔚蓝。

“什么，司徒大哥来上海，哎呀，胡总监，这就是你的不对了，你怎么不早说，我怎么样也得去机场接大哥呀！”蔚蓝心中一惊，马上表现出十二万分的娇嗔。

胡立阳抱歉道：“老板来得急，我没来得及打搅你。”

蔚蓝听说司徒明到上海了，来得这么急，但是没有通知自己去接机，隐约间觉得事情不对：“胡总监，应该是我怠慢了，你们晚上有没有其他的安排？”

“目前还没有什么安排。”

“那我马上到酒店来，估计十分钟就到了，你看我们在哪儿碰面比较方便？”蔚蓝毕竟是女人，与司徒明在酒店房间里见面就显得不大合适。

胡立阳看了看司徒明的意思：“我们就在酒店大堂吧见面，然后再做其他安排。”

“好的，我到了酒店大堂再给你们电话。”蔚蓝的住处离香格里拉大酒店不远。

蔚蓝在黑色蕾丝裙装外面披上了一件紫色披肩，换上同色系的手包，对着镜子简单修饰了一下原本就精致的妆容，开着宝马就往香格里拉酒店驶去。

短短的十分钟车程，蔚蓝一边开车，一边迅速地在脑海里分析胡立阳今天下午的行程以及司徒明这么快来到上海的原因，难道他们已经发现了一些什么？

4

蔚蓝急急地从停车场进到酒店大堂，立刻拨通了胡立阳的手机，胡立阳告诉蔚蓝，他已经在大堂吧里等候。

蔚蓝走进大堂吧，扫视了一下，看到胡立阳坐在靠墙的位置，马上走了过去："司徒大哥休息好了没有？"蔚蓝知道，司徒明一定还在楼上，胡立阳能提前在大堂吧等候自己，显得他们对她是有礼数的。

胡立阳打通了司徒明的电话，报告他蔚蓝已经到达。几分钟后，司徒明红光满面地出现在了蔚蓝的面前，看到司徒明，蔚蓝和胡立阳都站起身来，司徒明一脸春风："蔚蓝啊，好久不见了。"

等司徒明坐下后，蔚蓝和胡立阳才重新坐了下来。

"看来我是得罪了司徒大哥，不然您来上海也不要我去接呢！"美艳动人的蔚蓝说起话来，嗓音十分性感。

"来得太匆忙，不敢打搅大忙人啊！"司徒明哈哈笑着。

"再怎么忙，也没有接司徒大哥重要。"蔚蓝也娇笑着。

"哪里，现在你们的事情才是集团里最重要的事情，这个，我心里还是有数的。"司徒明直接将话头往正题上引。

胡立阳的一双眼睛则盯着蔚蓝放在咖啡吧桌上的VERTU手机，心里琢磨着怎么把手机弄到手，查到秦枫的号码。

司徒明看出胡立阳的想法，不过司徒明也清楚，面对蔚蓝，不能使用下三滥的手段。

"大哥，这次来上海需要我做些什么？"蔚蓝问道。

在这样的对垒中，谁先开口问事，谁就已经败下这个回合，有本事，得继续耗着，只要一口气沉不住，后面的气就很难接上来。

司徒明摆摆手："嗨，能有什么事情，总是那些让人操心的事情。"

蔚蓝恰当地表示着关心："大哥，事情总是要让人操心的，还是要注意身体。"

服务生走了过来，请三个人点单，司徒明看了眼蔚蓝，对胡立阳说："立阳啊，你回房间和家里联系联系，看看那边的情况怎么样，我跟蔚蓝小姐聊聊。"然后向服务生点了两份红茶。

胡立阳立刻站起身来，满脸堆笑地和蔚蓝道别，转身上楼去了。

不大一会儿，服务员就端上两份气味浓郁的红茶。

司徒明端起茶杯，缓缓喝了一口，"这里的红茶不错啊！"

看到司徒明将胡立阳支走，蔚蓝心里明白，司徒明可能有非常重要的事情要跟单独自己谈。但是，司徒明偏偏不急不慢，这让蔚蓝反而觉得有些摸不着头绪，心里稍感不安。

"大哥要是喜欢喝这种茶，我来安排，给大哥捎些回去。"蔚蓝强展欢颜。

司徒明抬眼看了看蔚蓝："最近是不是太忙了，脸色不大好啊！"

"不瞒您说，近来压力很大，集团现在出了那么多事情，我这边资金也吃紧得很。"

"是啊，压力都大啊，没有什么事情是不用付出代价的。"

司徒明话里有话，蔚蓝感到有些胸闷："做的就是有压力的事情，比起大哥您来，我这儿不算什么呢。"

司徒明"呵呵"了两声："蔚蓝，问你一个事情。"

"大哥，您请讲。"蔚蓝的神经立刻紧绷起来。

"我们认识也有年头了，你觉得我这个人说话是不是一个讲信用的人？"司徒明脸上的笑容渐渐收了起来。

蔚蓝一怔："谁都知道大哥说话一言九鼎。"

司徒明继续问道："那我说的话，你信还是不信？"

蔚蓝赶紧正色答道："大哥说的话，蔚蓝岂有不信的道理。"

司徒明此刻的脸上没有一丝笑意："蔚蓝，我今天跟你说的话，一切到此为止，绝不会到第三个人那里去。"

"大哥，我信您，有什么事情，您照直说。"蔚蓝有些着急。

"蔚蓝，你是不是有一个朋友，做期货，伦敦铜，输掉了四千万？"司徒明一语惊人，这句话像一把重锤直击蔚蓝的头部，蔚蓝顿时感到天旋地转，大脑一片空白。

"嗯，是有这么回事。"蔚蓝竭力保持镇静。

"你还有一个朋友，叫秦枫，对不对？"

蔚蓝没敢否认，只好默默点头。

"秦枫昨天在我那里中了老虎机三连线，这个事情，你上午应该已经知道了。"司徒明步步紧逼。

"是，集团给我发了邮件。"

"不过，你没有告诉胡立阳你认识秦枫，这个我是可以理解的。"

司徒明的话，就像把蔚蓝放进了高压舱里，一点点地施加压力，压得她透不过气来。

"秦枫中了三连线，用的是一种数据模型，'随机数据中非随机性数据模型'，是不是？"

"大哥，这些事情您是怎么知道的？"蔚蓝忍不住问道，话一出口，自己就后悔了。

"呵呵，这些事情因为我想知道，所以，就会知道的。"司徒明笑道，“现在，你那个朋友想用秦枫的这个数据模型抵债。”

蔚蓝本来想说自己不是很了解这件事，但是转念一想，司徒明一定是已经见过了褚以森：“实际上也不是什么朋友，就是认识，是秦枫的同事，后来我介绍给褚以森认识的。哪知道，前些时他在褚以森那里借了四千万，现在才知道是去做伦敦铜。”

“蔚蓝啊，你这个朋友有什么苦衷，想做什么，我都不关心。现在我就关心两件事情。”司徒明伸出两个手指示意了一下。

蔚蓝问道：“大哥，您关心哪两件事情？”

5

“秦枫用数据模型在我那里中了奖，那是她的本事，但是我必须要找到她，了解清楚老虎机的程序漏洞在什么地方，这是我关心的第一件事情。”司徒明硕大的身躯像一座山一样，堵在蔚蓝的面前。

蔚蓝点点头：“这件事是得尽快弄清楚，说不准还有其他人也在琢磨呢。”

“这第二件事嘛，蔚蓝，我也是在为你担心啊！”司徒明眼光如炬盯着蔚蓝。

“大哥的意思是……”蔚蓝的身上如同爬了一只壁虎，全身上下都觉得难受。

“虽然从褚以森那里借钱的不是你，可是，毕竟是你的朋友，并且现在是要用人家的数据模型去抵债。”司徒明说着，停了下来，慢吞吞端起茶杯嘴唇碰了碰茶水，“做我们这一行的，这种事情看得太多了，这种人，经不起折腾的，但是现在和你扯上了关系，你说我能不担心吗？”

蔚蓝听了司徒明的话，在心里狠狠地骂了一句脏话，但是脸上却带着感动的笑容：“大哥，这些事情，我会给老爷子解释清楚的，真的是要感激大哥的关心了。”

“呵呵，恐怕还没有等到你和老爷子见面，这件事情就已经传得满天飞了，到时候谁说的是真话，谁说的是假话，老爷子恐怕也不好把握啊！”司徒明表现出无限的关心。

“谢谢大哥，明天办完这边的事情，我就马上回澳门，直接把事情给老爷子说清楚。”蔚蓝觉得司徒明这话说得有道理。

“蔚蓝，你放心，我们今天说的话，都到此为止，说完了，就全都过去了，我对你的这些事情一概不知，并且……”司徒明顿了顿，“到目前为止，集团里也只有我知道，包括胡立阳，他也一丁点儿都不清楚。”司徒明一边说着，一边用手往楼上指了指。

蔚蓝是相信司徒明的，只要司徒明答应了的事情，就如同进了保险箱，他说了就会做到，这也是司徒明能够有今天的地位的原因。所以，蔚蓝知道司徒明说这些话，无非是想为他下面要提出的条件增加砝码，但同时，她也感激司徒明的提醒，毕竟从褚以森那里借钱去炒期货、拿人家的投资模型抵债等事情，要是果真传到老爷子那里去了，自己不会有什么好结果。

于是蔚蓝娇柔地对司徒明说：“有没有什么事情，蔚蓝能够为大哥效劳的？”

司徒明摆摆手：“这次来上海，就不烦扰你了。这样吧，你把秦枫的电话告诉我，我亲自跟她沟通一下。”

蔚蓝实在没有想到司徒明会提出这个要求，她有些犹豫，没马上开口。

司徒明继续说，“你放心，我已经把话说明了，你的事情，该怎么做就怎么去做，你那个朋友的事情我也没兴趣。我只想和秦枫单独沟通一下老虎机的问题出在什么地方，毕竟，这对于我来说是个大事情。”

司徒明这些话一方面给予了蔚蓝莫大的压力，另一方面也打消了蔚蓝的顾虑，既然司徒明暗示自己，他不会插手这里的事情，那么就算是司徒明和秦枫见面，也不会与秦枫讲这些事情。于是蔚蓝笑着说：“大哥，可不要怪我上午没有告诉胡立阳我认识秦枫，实话跟您说，我们投资公司的资金这几年一直就是委托秦枫进行投资的，所以，我在有些事情没有完全弄明白之前，不方便告诉胡立阳这些详情。这件事情，还得请大哥跟胡总监说明白了，免得以后见面了大家不愉快，讲我蔚蓝的不是。”

蔚蓝这样解释，也是在给自己买些保票，同时告诉司徒明，投资公司的事情有她们自己的渠道，司徒明最好不要涉足。司徒明很清楚蔚蓝的意思：“没关系的，虽然大家都是一个集团的，但是你们投资公司有你们的规矩，我们有我们的规矩，都是为了集团好，放心吧，我会跟立阳说清楚的，保证大家以后见面都是开开心心的。”

蔚蓝从手包里取出随身携带着的黑色万宝龙签字笔和便笺纸，在手机里调出了秦枫的手机号码和办公室电话，写在便笺上，递给司徒明。

她不清楚司徒明要找秦枫的真正目的，但是，蔚蓝没有别的选择，为了她自己，为了她的爱人，为了她肚子里的孩子，她不得不把秦枫的电话告诉司徒明，人的选择很多时候是迫于无奈。

司徒明接过蔚蓝递给他的便笺，一眼也没看，直接折起来放进口袋里："喝茶，都快凉了。"司徒明指了指蔚蓝面前一口未动的红茶。

蔚蓝尽力挤出笑容："大哥，时间不早了，今天晚上有什么需要我来安排吗？"

司徒明该要的东西都要到了，该了解的情况都了解了，现在就只剩下和秦枫见面的事情了，于是笑着说道："今天白天在澳门忙乎了好一阵子，有点累了，飞机一路上也颠得厉害，待会儿就早点休息了。"

"那我今天就不打搅大哥休息了，要是明天有什么事情，随时听候大哥吩咐，"蔚蓝一边说着，一边将手机放进了手袋里，"谢谢大哥关心，我明天办完事，后天上午就回澳门。"

两个人一起离开了大堂吧，司徒明将蔚蓝送出了酒店的大门。然后，司徒明慢慢地踱着步子来到大堂的电梯前，心里在寻思："现在有了秦枫的电话，也有了她的办公地址，那么，什么时候找秦枫合适，应该用什么方式和秦枫联系，如果见面，采用什么样的方式和秦枫交谈？"

司徒明在心中反反复复地推敲着。

第十二章

1

顾小文再次到申思理家去找申军的时候，申思理刚刚吃过晚饭，用个大玻璃水杯泡了满杯的绿茶，眼睛贴着电脑屏幕在分析股市的技术走势。

这是他雷打不动的习惯，要不然申思理怎么会是股市里中小投资者中少有的赢家之一呢。不过，申思理还是很清醒的，证券市场博大精深，自己还有非常多的东西需要不断地学习、不断地进步，小股民不能靠听消息、听股评来炒股，总的来说，还是得靠自己去分析判断。

刚刚进入股市的时候，自己吃过很多亏，都是因为听了一些股评家黑嘴的话，相信所谓的内幕消息，经过这么多年的磨砺，申思理总结出了自己的一套投资方法，那就是通过基本面来选择股票，然后通过技术分析来选择买卖的时机，同时也要分析国家的宏观经济政策来判断大的趋势。

采取了这样的方法之后，申思理明显感觉到自己的投资有了方向感，并且事实也证明，要比以前完全听任分析师的推荐来买卖股票好很多。

但是申思理依然还是有很多问题觉得很困惑，他内心里一直都希望有一个真正的专家级的人物亲自指导他一下，这个专家级的人物最好是基金经理，或者券商自营的人，证券投资公司的掌舵人也可以，反正就是要真正的专家，而不是那些伪专家，分析师大多不大靠谱。

申军知道父亲的想法，中午顾小文来的时候，本想让他和父亲交流一下，但是顾小文因为有要紧的事情要办，所以申军没有对他开口。在申军的眼里，顾小文算是一个正儿八经做股票的行家，他在他哥哥顾小兵开的一家证券投资咨询公司里做副总，这些年来财源滚滚，做得还是不错的。

今天中国有线奇怪的走势让申思理觉得有些压力，所以他特地叫上申军来帮他调出各种技术指标和各种图形分析方法，帮助分析中国有线今后的走势。

正当申思理被这些相互矛盾的技术分析弄得头晕脑胀的时候，顾小文的到来，就犹如及时雨一般，让申军很是高兴，没等顾小文开口说话，就拉着他到了电脑前。

“爸，这位是诚信证券投资咨询公司的副总，顾小文，我让他帮着分析分析。”申军拉着顾小文进屋，对申思理介绍说。

“叔叔好。”顾小文对申军的父亲很客气。

“那可是专家啊，来，请坐，请坐。”申思理站起身，指着旁边的凳子说道。

“您在分析股票啊？”顾小文看申思理的电脑屏幕上显示的图形。

“是啊，你是行家，我正好有一些问题要请教。”申思理相信儿子介绍的人不会错。

“叔叔，您可别这样说，和您沟通一下可以的，请教可不敢当。”顾小文倒是很谦虚。

申思理指着两人面前的电脑屏幕，问道：“你们一般用什么技术指标来分析股票？”

顾小文一直混迹于股票市场，这些年在哥哥顾小兵的有心栽培下，通过名家指点和实战操作，水平大有长进，当上公司副总并非徒有虚名。

听到申思理这样问，他笑着说：“技术分析，分很多种，有指标类、图形类、统计类，关键看您的投资风格了，不同的投资风格，一般就采用不同的技术分析方法。”

申思理不大理解顾小文说的投资风格是什么意思，他就那么几十万的资金，从来没有想到过自己的投资风格是什么。“我主要是买业绩好的龙头股，然后根据价格走势进行技术分析。”

“叔叔，您买业绩好的龙头股，那么就算是价值投资了。”顾小文下了定论。

“对，我就是价值投资。”申思理很满意这样的专业术语。

“不过，价值投资一般是不搞技术分析的。”顾小文接着说。

“啊？不搞技术分析，那怎么操作？”申思理有些不解地问。

“价值投资，主要是分析公司的投资价值，如果股票的价格过高，偏离公司价值太远，就卖出；如果股票的价格过低，偏离公司价值，就买入，这种分析主要是分析价格和公司业绩的关系。”

“但是我发现用技术分析的方法来进行股票操作，很有效。”申思理用手指了指电脑屏幕。

“单纯从技术分析来讲，技术分析方法是反应股票价格运行事实的一种客观评价，但是，各种技术分析指标或者图形，都代表了一种投资思想，您得先明确自己的投资思想，才能运用好技术分析方法。”顾小文的话很中肯。

申思理觉得顾小文说得非常到位，看来今天是遇到行家了，兴趣盎然地问道："那你就说这随机指标怎么用吧，这是一个什么投资思想？"

顾小文答道："叔叔，随机指标是一种反向指标，指标的数值高于设定值，在高位形成死叉，就卖出；数值低于设定值，在地位形成金叉，就买进，这是一种反向投资思想。"

申思理认真地听着。"但是有时候在高位出现了死叉之后，后面股票还涨得更凶了，那是怎么回事？"申思理经常对这些现象有些不解。

"这种反向指标，是反应一种股价的短期波动。如果整体股市大盘和您所持有的股票是处在一个强趋势行情里面，您要是用这种反向指标来进行操作，在牛市里，就会踏空，在熊市里就会被套牢，因为反向指标在趋势行情里，一般只能表示股票价格短期的，也就是量的变化，但是对于股票价格趋势来说是没有意义的，所以他不能反映出股价质的变化。"顾小文耐心地对申思理解释着，因为他待会儿还有重要的事情有求于申军。

申思理听得有点开窍了。"那趋势行情里怎么办呢？"

"您在趋势行情里，自然是要用趋势指标了，在震荡行情里，用反向指标，摆动指标，这样，您就厉害了。"顾小文没忘记对申思理说上几句好听的话。

顾小文的分析让申思理有了豁然开朗的感觉，让他多年以来很多的疑问顷刻间有了解决的方向。他于是转过头，对申军认真地说："这位顾先生，是专家，是真正的行家。"

顾小文从凳子上站起来，对着申思理欠了欠身子："叔叔您过奖了，申军是电脑行家，我好多事情都得请教他呢。"

2

申军带着顾小文来到自己的房间。"你可千万不要告诉我抢劫计划进展啊！"

顾小文苦着脸："正为这事犯愁呢，要不怎么又来找你。"

"还犯什么愁？"

"用WIFI成功了，不过废了我一只上网本。"顾小文假装表现出心痛的样子，把申军逗乐了。

"还有一部分资料没有弄到，现在人家也知道了我用无线上网这个办法了，再这么做，一定会露马脚的。你再想想，还有什么办法能成？"顾小文皱着眉头问。

“你直接到人家那里，抱着电脑就走，不就得了。”申军打趣道。

“哥儿们，别说笑话，我这次是真遇到急事了，要不，怎么一天往你这儿跑两趟呢。”顾小文叫着苦，“拜托，想想办法。”

“现在人家防火墙也有了，跟踪软件也有了，无线上网人家肯定也提防了，这办法真不好想。”申军摇摇头。

“所以我着急啊，你一定要帮忙，如果不是很重要的事情，我不会求你的。”顾小文和顾小兵一样，有一双眯缝眼。

“到底什么东西，那么要紧啊？”申军问。

“你就别细问了，现在情况就是这样，人家是局域网，你说我该怎么办？”顾小文不想对他讲太多细节。

申军沉吟了半晌，说出一句话来：“只好用最后一招了，局域网最怕的就是病毒，如果大家全都中毒了，谁都搞不清楚是怎么回事。”

顾小文是何等聪明的人，立刻恍然大悟：“就是说，先把资料搞到手，再往电脑里丢个病毒进去，系统一玩儿完，谁也查不到谁，问题就解决了，是吧？”

“我可没有这样说。小文，这种事情，能不做就尽量不要做。”申军依然强调这点。

顾小文知道申军不会把病毒给他，更不会帮他写病毒程序，这些得自己赶紧去找，于是拍了拍申军的肩膀，说：“厉害啊，够哥儿们，我先告辞了。”

顾小文急匆匆地离开了申军的家，想办法去找病毒程序了。

周一　19：30

君悦酒店西餐厅，秦枫、杜梅和郑其伟吃完了晚餐，离开酒店来到门前的停车场，初春的晚风拂过杜梅富有光泽的短发，她的一双明眸在夜色中依然明亮，“我今晚就尽量帮你把病毒程序写好，中间可能会随时打电话和你沟通，你看方便不方便？”

秦枫笑着说：“非常感谢，你随时给我电话都可以，我很晚才休息的，今晚还要加班做些事情。”

秦枫站在大厦前的广场上，看着郑其伟载着杜梅离开。夜风里夹带着几份凉意，她把LV的长围巾在脖颈处绕了两圈，走到街对面的西点店里挑了一款巧克力生日蛋糕，然后拎着包装精致的蛋糕盒朝金茂大厦地下停车场走去，她拿出手机拨通辛洁的号码。

秦枫就算再忙，辛洁的生日会也是要参加的，她很看重这份多年的友情。但是秦枫万万没有想到，此刻和辛洁在一起的，是古天牧。

秦枫在给辛洁打电话的时候，辛洁和古天牧也刚刚离开餐厅，正开车在回富海证券的路上。

“生日公主，吃过晚餐了吗？”电话接通后，秦枫问道。

“亲爱的，刚吃完，是天牧陪我一起吃的呢。”辛洁的声音里透着甜蜜。

秦枫停下了脚步，她的心突然涌起一阵强烈的酸楚感，但是她尽力克制保持着语气的平稳：“你们打算怎么安排？”

“到我家去吧，我准备了几瓶智利红酒，很不错的。”辛洁一边说着，一边用满怀深情的目光看着古天牧，坐在她身边副驾驶座位上的古天牧听出是秦枫的电话，心里暗自叫苦。他本想等会儿找机会先向秦枫作出失约的解释，但辛洁已经说了出来，他知道感情敏感的秦枫一定会介意的，即使她不会表现出来。

“好，我现在就准备出发了，你大概多久可以回家？”秦枫温和地问道。

“天牧要回公司取车子，如果你离得近，就在富海证券的门前碰头吧，我们从那儿一起出发去我家。”

“嗯，富海门口见。”秦枫放下电话，不到十分钟，白色奥迪就到达了富海证券。不到半分钟，辛洁的雷克萨斯也嘎的一声停在了奥迪旁边，古天牧下车后，辛洁降下车窗，伸出头，笑着对秦枫招手：“嗨，让你久等了。”

秦枫已经知道古天牧退掉和自己的约会，原来是与辛洁共进晚餐。当她亲眼看到古天牧从辛洁的车内下来时，她的胃突然一阵绞痛，不过她还是忍住了所有的不快，对辛洁微笑着说：“我也刚刚才到呢，出发吧，你在前面，我跟着你。”古天牧也将他的路虎开过来了，三辆车就这么前前后后开到了辛洁的家。

辛洁住在一个别墅小区里，房子是父亲辛睿夫送给她的礼物，三层的小洋楼，西班牙风格，夜幕降临，门前的拱廊里已经自动亮起了橘黄的灯光。走进屋里，却是典型的美式装饰风格，铮亮的木地板，大而柔软的布艺沙发，沙发上方的墙壁上挂着不同风格的油画，旁边的展架上摆放着各式各样精致的艺术品。布艺沙发前是一个带有凹槽的加拿大原产地木茶几，茶几上放着几只遥控器，似乎这个屋子里的一切，辛洁都可以通过遥控来完成。

秦枫将精美的蛋糕盒递给辛洁，辛洁开心地接过来："亲爱的，谢谢，每年都是你给我买生日蛋糕。"

秦枫和古天牧坐在宽大舒适的布艺沙发上，秦枫似乎在欣赏着房间的陈设，没有打算和古天牧说话。

辛洁在茶几上的一堆遥控器里挑出了一只，打开了对面墙壁上的巨幅液晶电视下放着的银色外壳的美国漫步者音响，于是恩雅那摄人心魄的声音便缓缓从天而降。

"你们先坐会儿，我去换件衣服。"辛洁将包扔在沙发的一角，精灵般地飘上了二楼。

"秦枫，你听我解释。"看到辛洁上楼，心中一直忐忑不安的古天牧急切地说道。

"今天是辛洁生日，有什么事情改天再讲。"秦枫淡然地说，平静的目光直视前方，似乎身旁没有古天牧的存在。虽然她尽量保持着一贯的矜持，但眼眶里的泪水似乎没有听从她的意志，感觉快要溢出来了，她赶紧将头侧转到另一边，望向天花板，硬是将眼泪逼了回去，屋里荡漾着恩雅的天籁之音。

"秦枫，事情不是你想象的那样。"古天牧还是想解释清楚。

"我是怎样想象的？"从碰面到现在，秦枫没有看古天牧一眼，她似乎在对空气说话。

"你一定认为我推掉咱们的约会是因为辛洁。"古天牧说道。

3

周一　20：00

秦枫没有说话，古天牧担心的正是这样的回应，秦枫的内敛隐忍与辛洁的喜怒形于色是截然不同的，如果她想关上心门，没有人能轻易打开。

"下班前辛洁到我公司里去，我当时正在查询今天中国有线的交易席位资料，希望能够帮你找到阻击资金的席位，然后……"古天牧想把当时的情况告诉秦枫。

秦枫打断了他的话："够了，只需要一个理由就足够了，今天是辛洁生日。"

古天牧正要再说什么，辛洁出现在二楼楼梯口。

辛洁换上一件低领白色柔纱长裙，裙摆层层叠叠拖到脚踝，但质地极其轻柔，使整个人显得飘逸灵动。长裙的领口、袖口采用手工缝制，缀上一颗颗切割完美的施华洛世奇水晶，在灯光下熠熠生辉。低领的设计尽显辛洁的丰满性感，无须再佩戴任何首饰就足以让人目眩神迷。

辛洁像一只白色的蝴蝶飞了下来，停落在秦枫和古天牧之间："准备开红酒。"辛洁高举双臂摆出了一个表示庆祝的姿势。

秦枫和古天牧打住了交谈，空气中有一种沉闷的气氛，不过辛洁似乎丝毫没有感觉到这种氛围，她几乎是滑着舞步从酒柜里取出一瓶智利蒙特斯红酒，走到古天牧身前："天牧，帮我打开。"

古天牧用开瓶器取出红酒瓶的软木瓶塞，辛洁从酒柜里拿出三只高脚红酒杯并排摆着，接过酒瓶，分别倒入了三分之一杯的红酒。

"生日快乐！"秦枫和古天牧捏着高脚酒杯的杯柱，一起祝福辛洁，即使两人之间有所不快，但在此时特殊的时刻里，他们仍是送上自己最衷心的祝愿。

"谢谢，有你们陪我一起度过这个生日，是一件无比幸福的事情。"辛洁举起酒杯，三个人的酒杯碰在一起，发出清脆悦耳的声音。

他们将酒杯摇了摇，一股醇香便袅然升起，辛洁稍稍抿了一口红酒，然后兴奋地说道："我现在要对你们宣布一个重大事件。"

古天牧突然感到一阵胆寒："上帝保佑，可千万别说出什么太过的话。"今天辛洁对他说过不少大胆热烈的表白，古天牧已经难以招架了，假如辛洁现在毫无顾忌地信口开河，那么他和秦枫之间的误会就更深了。

"我准备下个月离开《证券日报》，开始创业。"辛洁美丽的眼睛里闪耀着自信的光辉，"我要做第一流的全方位金融数据服务公司。"

"这是让人兴奋的好消息，祝你成功！"秦枫真诚的祝福发自内心，举起酒杯和辛洁碰了碰。

"我也祝你成功！"古天牧也和辛洁碰了碰酒杯，悬着的一颗心暂时放了下来。

"我想我会是你的忠实客户。"秦枫笑道。

"我可不要你当我的客户，我想要你跟我合伙呢。"

"算了，我这么笨，会成天挨你骂的。"秦枫笑着，品了一小口杯中的"蒙特斯"，"这酒真不错，年份应该不短吧？"

辛洁摇动着酒杯："三十五年了，比我们都要大呢，最好的年份，葡萄丰收的季节。"

"是啊，我们第一天认识的时候，都只有十八岁呢。"秦枫感慨道。

"青春易逝，岁月催人老啊！"辛洁开始多愁善感起来，"不过，这些年你越来越美了，美得那么超凡脱俗，不食人间烟火。"

秦枫笑着摇头："上帝啊，你赐给这个人天仙一样的容颜和公主一样的气质，就是为了让她来取笑我们这些凡人吗？不公平啊！"

古天牧静静地站在旁边，右手托着高脚酒杯，默默地品味着杯里的红色琼浆。他看着眼前这两位相识多年的美丽女郎，如果说秦枫好比空谷幽兰，清丽淡然自高雅，那么辛洁如同夏日盛开的玫瑰，娇艳而绚烂，两个人都是那么美，但美得又是那么不同。

辛洁听了秦枫的话，转过头笑着问古天牧："天牧，你说句公道话，你说秦枫是不是比我更吸引人？"

辛洁的这句问话，活像一把镊子，将秦枫和古天牧两个人的心挑拨起来，秦枫刚刚被红酒冲淡了一些的那种酸酸的感觉，顷刻间被这根纤细的镊子全部挑了上来。

屋子里一阵安静，就连音响里恩雅的浅唱低吟声也似乎停顿了下来，秦枫和辛洁都在等待着古天牧的回答。

这的确是一个难以回答的问题，古天牧感觉自己额头有些冒汗，他先看了一眼秦枫，再看了一眼辛洁，俊朗的脸上硬是用力展开了笑容，貌似轻松地开着玩笑："一个是天上的星星，一个是海底的明珠，全世界的美，都被你们两个人占尽了。"

辛洁依然不依不饶，追问道："那如果要你选择，你是选择天上的星星，还是海底的明珠？"

屋子里顿时又安静下来，古天牧被辛洁逼问得没法回避，生怕说错了话加深秦枫的误会，同样也怕说了让辛洁听了不开心的话，只好笑着自我调侃起来："你不会是要我解释，什么叫做癞蛤蟆想吃天鹅肉吧？"

辛洁知道古天牧一心想支吾过去，心中有些不爽，逼问道："那就当你是青蛙王子吧，你说说，如果可以选择的话，你希望是星星还是明珠来吻你恢复原形？"

辛洁对古天牧的句句逼问不仅让古天牧甚是为难，也让秦枫的心似秋千般的荡来荡去、摇摆不定，她自己都不清楚希望古天牧怎样来回答，毕竟，辛洁是自己的闺蜜，今天又是她的生日。

"还是要青蛙王子先帮你点燃蛋糕吧。"秦枫转移了话题，把生日蛋糕移到桌子上。

"对，我来把蜡烛点上。"古天牧感到后背有点汗湿，幸好秦枫的话让他暂时摆脱了辛洁的追逼，不然他真不知道该如何应对这个问题。他感激地望向秦枫，但秦枫依然对他不理不睬。

很快，生日蛋糕上燃起了烛光，在秦枫和古天牧的生日快乐歌声中，辛洁双手合十，闭着双目，许下这个生日里最想实现的心愿。她睁开眼睛，深情地看着古天牧，因为这个愿望与古天牧有关。这份深情从辛洁的眼里毫不掩饰地流露出来，不仅古天牧看到了，秦枫也清清楚楚地感觉到了。

古天牧垂下了目光："来，切蛋糕吧！"

"天牧，你来帮我切吧。"辛洁的声音里有着撒娇的味道。

秦枫的心里充满了想要逃离的感觉，她想着尽快离开这里，尽快离开辛洁和古天牧。上帝似乎听到了她的祈求，这时，秦枫放在沙发上的包里响起了《天鹅湖》的手机铃声。

取出手机，来电显示居然是蔚蓝。

"秦枫，你现在讲话方便吗？"

"蔚蓝你好，你请讲。"

"我想现在和你见一面，就耽搁你几分钟时间，有很重要的事情。"蔚蓝的声音听上去既紧张又急迫。

4

"好的，你说在哪里见面？"秦枫觉得蔚蓝此时来电有些蹊跷，今天她们已经见过两次面了，下午蔚蓝还说了不少令人费解的话。

"我在你们公司附近，就在正大广场见吧，你说呢？"蔚蓝道。

"那好，二十分钟后，正大广场世家·兰迪咖啡馆见。"秦枫说完，将手机顺手放在沙发上，伸手拿起桌上的酒杯，对辛洁举起，"辛洁，有个客户有急事儿马上要见我，我就先走一步了，美酒敬佳人，生日快乐！"说完，将酒中红酒一饮而尽。

辛洁有些失望："还没有尽兴呢，亲爱的。"

"已经非常享受了，改天咱们再约。"秦枫说着，拎起包匆匆朝着大门走去。

辛洁瞥见沙发上秦枫遗忘的手机，正想开口提醒，但稍做犹豫之后，她突然决定不讲了，径直送秦枫出门，两人道别后，秦枫匆匆地启动汽车疾驶而去。

辛洁走回屋内，但没有将大门关好，而是虚掩着留下一丝缝隙。

"她总是那么忙，真扫兴。"辛洁娇嗔着对古天牧说。

秦枫离去时没有看古天牧一眼，这让古天牧很不安，他希望尽快消除两人的误会："辛洁，我也要回去了。"古天牧从沙发上站起来。

“你要丢下我一个人吗？在我生日之夜？”辛洁没料到古天牧这么急着要走，又是生气又是伤心。

“我们一起庆祝过了，大家都很开心啊！”古天牧虽然想尽快离开这尴尬的处境，但还是不愿辛洁生气。

“天牧，你知道我刚才许的什么愿吗？”辛洁站在古天牧的面前，痴痴地看着他。

“许的愿不能说的，说了就不灵了。”古天牧试图阻止辛洁。

“我就是要说，我许的愿望就是希望你一心一意地爱我，就像我爱你这样。”一袭白裙的辛洁脸上泛着诱人的红晕，在水晶的映衬下愈发娇媚动人。

辛洁的热辣表白让古天牧不知所措：“辛洁，你别开玩笑了，我说过……”

辛洁打断了古天牧的话：“谁说我在开玩笑？我是认真的，天牧，你是知道的，我没法爱上其他人。”

“可是……”面对深情款款的辛洁，古天牧不知应该怎样表达，既不伤害她，又能使她明白。

“没有可是，你只需要告诉我一句话，你究竟是要我，还是不要？”辛洁炽热的眼光看着古天牧，她伸出细嫩的玉手紧紧拉住古天牧的手掌，然后牵着他的手慢慢按到她的胸前，“你还没有感觉到我的心吗？”

辛洁轻轻地解开隐藏在V形领口下的拉链，长裙如一条瀑布般倾泻在她的脚下，醉人的体香扑鼻而来，辛洁白玉般的胴体、丰盈的胸脯、娇嫩的肌肤，彻底地展现在了古天牧的眼前。

古天牧的心脏剧烈地跳动着，全身的血液顿时沸腾起来，一时间目眩神迷，他毕竟是个血气方刚的男人，他只有强迫着自己不去看辛洁雪白光润的身躯，用最大的自制力弯下身，想从辛洁的脚下拾起白裙为她披上。

辛洁一把拉住古天牧，将颤抖的身体直接投入到古天牧的怀里紧紧依偎着，滚烫的红唇微微翘起：“天牧……”轻声呢喃中含着祈求，含着羞涩、含着希冀，几乎在一瞬间，辛洁吻上了古天牧，两人交织在了一起。

此刻，在这座西班牙式风格的房间里，回荡着恩雅飘逸空灵的歌声，如泣如诉，如梦如幻。

门，被推开了。

进来的是——秦枫，她是回来取自己遗落的手机。

眼前的一幕，让秦枫的血液在刹那间凝固。

时间，停止了流动。

周一 20：35

在辛洁的房间里，空气中塞满了爱，塞满了痛，塞满了诱惑，塞满了心碎，塞满了愧疚，塞满了时光的碎片，塞满了友谊的灰烬，塞满了得到与失去，塞满了男人和女人褪去包裹后彻底裸露的心灵……

几乎是奔到沙发边，秦枫拿起自己的手机。

几乎是疯了一样的速度，秦枫跑出辛洁的屋子。

“秦枫，你听我说。”古天牧从迷幻回到现实中，他推开辛洁，迈脚朝着门口追去。

“哎哟……”辛洁没站稳跌坐在地上，白嫩的肩膀碰到了沙发，她叫出声来。

古天牧的身形在门口顿住，他犹豫了一下，转过身来，扶起倒在地上的辛洁，有些慌乱地帮辛洁披上了长裙，脑子里一片乱麻。

辛洁满脸都是泪水：“你为什么不把我摔成碎片？”古天牧的这一推，深深刺痛了辛洁，让她又是伤心又是羞愧。

“天牧，我是真的爱你，你知道吗？”辛洁的泪水早已模糊了眼睛，“你用你的嘴唇从我的身体里吸出蛇毒，可是，你已经将爱的毒液深深地注入到了我的骨髓，这是深到无法触及的毒，这是没有解药的毒，我只想拥有你的爱，为什么你的心里却是别人呢？”辛洁靠在古天牧怀里抽泣着。

“辛洁，你是天之骄女，我有何德何能，能够得到你如此垂青，我又哪里有这份修为，能承受如此深情？”古天牧帮辛洁系上裙链，温情说道，他害怕伤着了面前这精美的瓷器。

辛洁一把抓起桌上的酒瓶，倒了满杯的红酒，放在唇边，一饮而尽：“为什么我不是她？”辛洁伤心欲绝，“你去找她吧，走吧。”

古天牧在一旁呆呆地看着梨花带雨般的辛洁，他不想伤害任何人，可是现在，他觉得自己毫无疑问已经成为罪人，他已经深深伤害了在他心中极为重要的两个人。

夺门而出的秦枫跳上汽车，朝着市区飞驰而去。

内心的痛，越忍越痛。

这是无处诉说的痛，她已被这锐利的疼痛刺穿。她机械地穿过一道道立交桥，拼命地踩着脚下的油门，她从未如此高速地在市区行驶，上海夜晚的流光溢彩在车窗外一闪即逝，还好一路没有出事，她的汽车终于在到达目的地时戛然停下。秦枫埋头伏在方向盘上，深吸一口气，平复着自己的情绪。

她怎么会不在意呢？看到自己的恋人与自己的闺蜜紧紧相拥、亲密热吻，她不敢相信眼前的事实，在那一刻，秦枫怀疑自己的神志是否清醒，是否仍在噩梦中游荡，但是，现实就是如此残酷，只是自己一直被蒙在鼓里，原来昨夜的深情都是谎言，自己终究是错了，错了时间，错了信任。

5

周一　21：00

蔚蓝早已在正大广场的世家·兰迪咖啡馆等候着，看到秦枫走进来，立刻站起身挥了挥手。

“秦枫，怎么身体不舒服吗？”蔚蓝一眼就看出秦枫神色落寞，面无血色。

“没什么，刚才眼睛受了点刺激。”秦枫淡淡地说。

两个人要了两杯卡布奇诺咖啡。

“什么事情这么着急？”秦枫问道。

“秦枫，有些事情可能出乎你的意料。”蔚蓝回答。

“当然，很多事情都会出乎意料的。”秦枫心痛地笑了笑。

“我们的公司是澳门赌博集团投资的，”蔚蓝下定了决心直言相告，“不过投资公司是单独运营，没有任何法律瑕疵，钱是干净的。”

“这的确有些意外。”秦枫说道，但在内心里却对着自己说，“这已经不算是意外了，更加意料之外的事情我刚刚经历过了。”

“不过事实上，我和集团的人并不是很熟悉，投资公司这边和整个赌博业务也毫无关联。”蔚蓝解释。

“原来是这样。”秦枫不清楚蔚蓝为什么要把如此隐秘的内情告诉自己，也不好多问。

“我要跟你说的，并不只是这件事，而是关系到你的事情，”蔚蓝说，“你是不是昨天去了一趟澳门？”

“是啊，去玩老虎机了。”秦枫笑了笑。

“中了三连线，一千多万，”蔚蓝说，“可这并不是关键，关键是人家已经知道你用的是一种数据模型，‘随机数据中非随机数据模型’。”

蔚蓝的这句话让秦枫颇为震撼，这可不是一般人能知道的事情，她用探询的目光看着蔚蓝。

“赌场的老板叫司徒明，是个老奸巨猾的人，他今天已经到了上海，跟他一起来的，还有他的安全总监胡立阳，他们来上海的目的就是要找你，”蔚蓝担心地说，“并且他们已经有了你的联系电话，恐怕很快会找到你。”

秦枫奇怪地问道：“找我干吗，还钱给他们？”

“这是不会的，赌场的规矩，赢了就是赢了，钱不会有什么问题，我估计他们是为了你的那个数据模型。”蔚蓝回答。

蔚蓝的话确实让秦枫感到些许紧张，她实在是没有想到连赌场老板都已经知道了她的数据模型，而且连数据模型的名称都了解得一清二楚，这实在是一件恐怖的事情。

“谢谢你，蔚蓝。”秦枫诚恳地说，“你能告诉我这些，我想已经超出了你能承受的底线，无论如何，希望我们今后还是能够长期合作。”

“恐怕很难了，秦枫，有些事情现在只言片语很难讲清楚。但是以我们这些年的交往，不管发生了什么事情，我希望我们还能是好朋友，我几乎没有什么朋友，我一直把你当做我最好的朋友。”蔚蓝有些动情。

其实，她走的每一步都有太多的身不由己，其中充满煎熬和痛苦、无奈和挣扎，只有她自己最清楚

“谢谢。”秦枫听到蔚蓝这样说，心里又是一阵酸痛，她想到了辛洁，那个与她从小到大的闺中蜜友，最最要好的朋友。

一起成长，一起欢笑，一起哭泣，一起走过人生最美时光的最最要好的朋友，刚刚在自己的心脏上插上一把尖刀的最最要好的朋友。

“如果我有什么地方伤害到了你，希望你能谅解。”蔚蓝看着若有所思的秦枫。

秦枫的心脏抽搐了一下。“原谅！”她停了一下，笑着说，“当然，当然要原谅，也许是我的错呢。”

蔚蓝不大明白秦枫的意思，觉得她今晚有些怪怪的，似乎魂不守舍。“你身体好些了没有？”蔚蓝关切地问。

“真的没事的，现在好多了。蔚蓝，你是我的好朋友，如果我做了什么事情伤害了你，也希望你能谅解。”秦枫说。

“不会的，秦枫，我了解你，你从来不会伤害别人，”蔚蓝柔媚的眼睛满是欣赏和钦佩，“知道吗？你的身上从里到外都写着高贵与宽容，但有些时候，你要学会更好地照顾自己，保护自己。”

蔚蓝，秦枫的客户，赌博集团投资公司的总经理，在秦枫最需要安慰

与关怀的时候，将关爱放在了秦枫的手上。虽然蔚蓝这份关爱也许并不是无私的，但是，对于秦枫来说，这已经弥足珍贵，让她冰冷入骨的心渐渐地有了温暖。

“蔚蓝，再次谢谢你告诉我这些，不管发生什么事情，我会记得你对我说的话。”秦枫对蔚蓝承诺着。

蔚蓝也略略感到一丝心安，为了肚子里的孩子，为了她爱着的他，蔚蓝在尽力救赎。

救赎，起源于人的心灵，但是，生活依然固执地继续前行。

和蔚蓝告别后，秦枫坐在车里，静静地发呆，似乎忽然间车轮没有了方向，车灯不知道应该照亮前面哪条路，她该到哪里去？

父亲！

任何时候，父亲都会等着她。

这是父亲秦天不断告诉她的话。

秦枫启动了白色奥迪，朝父亲家里的方向驶去。

周一　21：30

秦天正在家里品着龙井茶看电视，一副享受的样子。秦枫的到来，无疑和她每次回来一样，使秦天的心里美滋滋的，不仅仅是因为那浓浓的父爱，还有，秦枫总是那么让他引以为豪。

“晚上回来，一定有要紧的事情找我吧。”秦天慈爱地对女儿说，一边接过秦枫手上的大挎包，让秦枫坐在客厅的沙发上。

“情绪不大好啊！”秦天看了看秦枫的表情，发现了问题。

秦枫委屈地点了点头。

“工作，还是……”秦天微笑着问。

“都有。”秦枫抿着嘴唇，身体疲惫地靠在沙发上，没再多说什么。

秦天虽然脸上笑着，其实心里已经感受到了女儿低落的情绪，秦枫是个外秀内刚的女孩，没有特别的事情，她不会如此消沉，从来她都是用微笑坚强地面对一切。

“我明白了，双重压力，前后夹击。”秦天想首先调节一下秦枫的情绪。

“那你想保密，还是想跟我说说？”秦天小心地问道，他为女儿泡了一杯热茶，然后坐在她的身旁。

“阻击，我今天又遭遇了阻击。”秦枫眼中慢慢浮现出泪光，在父亲面前，秦枫觉得自己永远是个孩子，可以不做任何掩饰。

“股市吗？”秦天问道，

“白天，是股市，晚上，比股市更糟糕。”秦枫的泪水慢慢收了起来，能够和父亲在一起坐坐，感觉一切都好了许多。

“我明白了，这的确是很棘手。”秦天皱着眉头。

“爸，我已经好了很多，就是觉得不明白，为什么，事情总是那么的无情。”秦枫说道。

第十三章

1

“无情也是人情，秦枫，”秦天缓缓地对女儿说，“人情有善的一面，也有恶的一面，但是无论善恶，都是人情。”

“善良的一面，我是认同的，但是您告诉我，我该如何面对这恶的人情？”秦枫问道。

“天主教的教义，依据人对爱的违背程度，依次将人情中恶的一面分为七宗罪，分别是饕餮、贪婪、懒惰、淫欲、傲慢、嫉妒和暴怒；与其相对的，有七德行，是人性中善的一面，谦卑、温存、善施、贞洁、适度、热心及慷慨。”秦天对秦枫娓娓道来，“面对七宗罪，天主教的教义认为需要用爱来对待，上帝爱一切众生，众生也要互爱，认为爱可以化解一切，而佛教认为人性的弱点在于贪、嗔、痴、慢、疑，唯有宽容和忍辱可以度一切众生，实质上，也是爱。”

“可是假如你爱的人伤害你，那样会伤得更深，你爱的事情背叛了你，打击更是深深的痛苦。”秦枫挪动身体，轻轻倚在父亲身旁。

秦天知道女儿事业的所指，但还不是很清楚她所说的爱人所指是发生了什么事情，不过秦天心里也掂量得差不离。“你爱的人，伤害了你，不等于是你的爱就不存在了，你的爱依然还在那里，但是，很多人会因此将爱改变成为仇恨，因爱生恨；你所钟爱的事业背叛了你，你的付出和热爱并没有付之东流，你所得到的，一定比你付出的要多出许多。”秦天春风细雨般对女儿谆谆教导。

“爸爸，要是突然哪一天，你发现你爱着的，也爱着你的人和事业，忽然之间变得面目全非，怎么办？”秦枫相信她睿智的父亲能够告诉她一切，就像儿时，每个夜晚入睡之前，父亲都会给她念书，讲着书上的故事和故事的道理，让她明白什么是真善美，什么是优雅与高贵，什么是诚实和执著，什么是坚强和自信。

“什么事情，都有两面，就看你给一件事物贴上什么标签。同样的一个人或者事情，如果你贴上好的标签，那么你看到的就是好的；你贴上坏的标签，你得到的结论就是坏的。但是，爱终究是爱，真正的爱是不会变的，要相信真爱的存在。”秦天鼓励秦枫正面地看待问题。

“天牧，他，他和辛洁在一起了。”秦枫对父亲不想隐瞒，父亲一向是自己最可信赖、最愿倾诉的人。这句话一说出口，秦枫顿感心酸不已，泪水终于流了下来。

“哦，是这样啊，”秦天拍了拍秦枫的手背，“天牧这孩子，我还算了解的，人品好又能干，我看得出，这些年他一直在等你，按说不会做出什么出格的事情，你们之间是不是发生了什么误会？”秦天问道。

“是我亲眼看到的，不会是误会。”秦枫摇了摇头。

这些年来，在秦枫身上所发生的事情，秦天非常清楚。女儿是个责任感和原则性过强的人，在情感问题上，秦天觉得，秦枫有时候会将感情看成一种责任。白云山车祸受伤入院，秦枫极为自责，给自己背上沉重的精神枷锁，将全部精力投入数据模型的研究，将感情世界完全封闭。对此，秦天并不赞同，但他很清楚女儿是个拿定了主意就很难改变的人，何况她是在承受着别人的生命之重。事实上，秦天认为，这对古天牧是不公平的。他知道古天牧是秦枫的初恋，那孩子很阳光又有才干，是同龄人中的佼佼者，这些年他一直在等待着秦枫的自我解脱，没有深厚的感情和坚强的意志，常人是无法做到的。现在，模型终于成功了，秦天希望尽快看到两人重归于好，这位慈祥的父亲直觉认为秦枫对古天牧产生了误会，因为秦天相信古天牧是一个诚实可靠的人。

“来，我给你讲个故事吧。”秦天说道。

秦枫歪着头靠在父亲的肩上，手搂着父亲的胳膊，就像小女孩时那样聆听着。

“这是一个真实的故事，我前不久刚刚在报纸上看到。这件事情开始于几十年前美国东海岸的一座大城市，在那个城市里有一个美丽活泼的女孩和她的父亲生活在一起，女孩的母亲很早就离开了他们，父亲无比爱着他的宝贝女儿，就像我爱你那样。”秦天微笑着拍拍秦枫的手，“每天晚上，在女儿入睡前，父亲都要坐在宝贝女儿的床边，给她念童话故事。父亲是一名业务经理，经常会出差，并且经常去国外，不过每次出差时间都不太长，几天就回来了。每次回来，都会给心肝宝贝买回好多礼物，各个国家的，就这样，女儿幸福地成长着。可是，女儿十五岁那年，父亲有一次到国外出差，去了东欧，这一次出去以后，他就再也没有回来。”秦天抚摩着秦枫柔顺的秀发，慢慢地给女儿讲述着。

“女儿刚开始以为父亲发生了什么意外，发疯似的查遍了当时的新闻媒体的所有报道，可是父亲出差的地方没有任何事故发生。女儿只知道父亲是一个公司的业务经理，她问遍了所有认识的人，没人知道父亲的行踪。日子就这么一天天地过去了，女儿每天守望在窗前等待着她亲爱的父亲归来，可是一天又一天，一年又一年，女孩从期望，开始失望，然后是绝望，父亲不见踪影，杳无音讯。她内心里认为父亲抛弃了她，不要她了，否则无论如何会有个消息。慢慢地，她开始变得闭塞起来，她开始不相信任何人，拒绝与人交往沟通，因为那么爱她的父亲都会抛弃她。等到她慢慢长大，到了三十五岁的时候，她已经变成了一个性格孤僻冷漠的人，没有任何朋友，也不和邻居来往，不相信世界上有爱的存在，她守着那个屋子等待了二十年，父亲还是没有回来，于是她准备搬家。

“搬家的那天，她很伤感，认为生活欺骗了她，就在这个时候，她突然发现，家门口来了一位老人，头发苍白，衣衫褴褛，拎着一只老旧的大皮箱。”

秦枫抬起头来：“是她父亲吗？”

秦天点点头：“是的，是她父亲，女孩刚开始还以为是一个搬运家具的工人，待到她仔细再看时，才认出是离开她二十年的父亲。父亲的到来让女孩着实兴奋了一阵，然后马上质问父亲为什么要抛弃她，让她独自生活。”秦天继续说，“父亲对女儿讲述了事情的经过，原来，父亲是一名职业特工，在东欧国家执行任务的时候被发现，然后锒铛入狱，因为他工作的特殊性，所以二十年来没有任何消息，直到最近出狱。”

“那她应该原谅她父亲，她父亲并不想抛弃她。”秦枫说道。

“是的，女儿刚开始不愿意接受父亲的解释，因为二十年的思维习惯让她觉得爱已经不存在于人间，直到她父亲的老旧皮箱被不小心碰开，女儿看到皮箱里装的东西后，才知道，父亲是一直爱着她的。”秦天慈爱地看着女儿。

“皮箱里装着什么呢？”秦枫抬起清澈的眼睛看着父亲。

“当父亲那老旧的皮箱被不小心碰开，女儿发现，皮箱里没有任何值钱的东西，一张一张的小纸片，装满了整个皮箱，二十年里，父亲每天晚上都在这些小纸片上写上同样的字，这些小纸片是她父亲在监狱里被提审的时候留下来的纸张撕开而成的，每一张小纸片上都写着完全相同的一句话——‘亲爱的女儿，我爱你！’”秦天重复着，“整整一箱，无数张小纸片，全部写着‘亲爱的女儿，我爱你！’”

2

秦枫靠在父亲的肩上，已然泪流满面，这个故事深深地打动了她。

是的，相信爱，不要怀疑。

了解女儿的莫过于父亲，秦天不担心秦枫的事业问题，她具有足够的智慧处理复杂的证券交易状况，他担心的是，秦枫是一个感情细腻的人，内心远远没有外表的坚强理性，这种内心的情感又经过多年的压抑，更加变得敏感脆弱，经不起波折或是误会，一旦处理不慎，秦天担心秦枫会将心门再次关上。一个人的青春能有几个六年呢?

“怎么样?今天晚上就住在这边吧，我给你煮桂花汤圆吃。”秦枫从小就喜欢吃桂花汤圆，所以秦天才这样说。

“不了，爸爸，我好多了，今天晚上还有好多事情要做。”秦枫的脸色确实好了起来，拧着的心也渐渐地舒展开来。

这时，白云山给秦枫打来了电话。

“爸，我接个电话，是白云山。”秦枫看到来电显示，对父亲说。

“秦枫，告诉你一个好消息，我和费清明教授联系上了，现在已经拿到了数据比较结果，今天阻击你的人，应该是凯旋资本的郭怀恩。”电话里的白云山很兴奋。

秦枫可以想象，下午白云山离开后为找到费清明教授花了多大的精力，美国与这里远隔万里，时差十多个小时，白云山不仅联系上了费教授，还与人大金融所联系打开服务器数据库，最终作出分析结论。

秦枫非常感动：“云山，谢谢你!”

“现在有关凯旋资本和郭怀恩详尽的资料全部在我手上，有他的历史交易数据，风险偏好以及交易技术和人格分析。”白云山希望秦枫能够马上拿到这份资料，“你现在在哪里，我马上给你递过去。”

秦枫看了一眼父亲，她不想晚上再继续打扰父亲，于是说：“你驾照还没有换新的，过来还得打车，还是我过去吧，在你家附近找个地方见面。”秦枫总是替别人着想，已是她的习惯。

“那好，我就在查理咖啡馆等你。”白云山说道。

秦枫告别了父亲，走出家门，脚步轻松了很多，很快来到了查理咖啡馆。

这是一家英国人在上海开设的咖啡馆，已经有近一百年的历史，咖啡馆依然还保留着一个世纪前的样子，虽然几经装修，但是没有对最先的风格进行过大的改变，木质的旋转推门，玻璃窗依然有一半被那古老的提花窗帘遮挡着，咖啡馆里也依然是雪茄和着咖啡的味道，墙上相框里的黑白照片中海明威的花白胡子，提香浪漫的眼神以及希区柯克转过头的身影与每一个来到这里的人进行着心灵的交汇。

白云山已经在靠窗的位置上等着秦枫，铺着红白相间桌布的咖啡桌上摆着一只古老的台灯，灯罩是用产自威尼斯的彩色玻璃做成，浓浓的暖意在白云山的身前弥漫着。

秦枫坐到白云山对面。“来杯意大利特浓咖啡。”秦枫对迎过来系着黑色领结围着长长黑色全棉围裙的服务生说。

“晚上喝这么浓的咖啡，不打算睡觉了？”白云山一边笑着，一边把桌上的白色塑料文件袋递给秦枫。

“晚上还有些事情要做，喝浓一些没关系。”秦枫接过文件袋，“我知道有凯旋资本和郭怀恩这个人，不过不太了解具体情况。”

“军人出身，交易纪律很严明，资金实力雄厚。”白云山简要概括。

秦枫取出资料：“谢谢，我想拿到这些一定很不容易。”

“也没有什么，主要是费教授在国外，金融所谁也不敢做主，不过总算还是找到了他，好说歹说，他老人家看在师生情分上，总算是网开一面，呵呵。”白云山轻描淡写地说了两句。

“总之，我又欠你的。”秦枫看了看白云山。

“你又来了。我看了资料，觉得郭怀恩是属于交易型投资人，比较关注价格风险和心理风险。”

服务生送来了咖啡，秦枫喝了一口，将杯子放在桌上，开始仔细地看起资料来。

“从历史资料来看，郭怀恩每次进行阻击准备都很充分，计划安排得也相当周密，你说得没错，他是个风险交易型投资人。”秦枫仔细分析后同意白云山的判断。

“是的，所以我觉得很奇怪，这次郭怀恩的阻击显然准备不够充分，很明显没有量变过程。”白云山提出了新的看法。

“那么他必须速战速决，交易时间周期的限制是他的障碍之一。”秦枫说道。

“是的，所以要赢得反阻击，必须要打乱他的交易时间周期。”

秦枫想到了数据模型被窃的事情：“扰乱他的交易时间周期，应该有一点儿希望，但是，更为重要的，是要针对他的风险控制策略和交易心理控制方法。有了这些资料，至少有了方向。”秦枫将资料收进文件袋。

“秦枫，我还有一件事情要告诉你。”古天牧看秦枫收好了文件袋，接着说道。

“有什么重大消息？”秦枫微笑着问。

“的确是重大消息，”白云山呵呵一笑，“我仔细考虑过了，不打算回东方了，决定自己做一家投资交易公司。”

“是吗？”秦枫对白云山的这个决定感到意外，“你考虑成熟了吗？”

“是的，”白云山说，“你不要以为我是因为钱向东的反对才被迫作的这个决定，事实上，这是我内心里一直期望去做的一件事情。”

“你刚才说的是投资交易公司，为什么不是投资公司？”秦枫问道。

3

周一 22：20

在查理咖啡馆吧台上，老式黑胶碟片留声机用它那典雅的嗓音唱着悠扬的歌，白云山的脸上微微有些发热，咖啡馆里暖暖的气氛将白云山的眼睛衬得雪亮，这个与尘世隔绝了六年之久的人，用更为清晰的眼睛重新看着这个世界。

“首先，这是一件有意义的事情。”白云山说道，“我的生命缩短了六年，我没有资本浪费时间，去做一些没有意义，仅仅是追求利益的事情。”

“的确如此。”秦枫也感慨着。

白云山继续说道：“证券投资交易，有两个层面，一个层面是投资，一个层面是交易。你是知道的，在发达国家，都设有专门的交易公司，而国内没有，国内的证券投资公司也好，证券投资基金也好，券商自营也好，大都没有将证券投资和证券交易这两个层面清晰区分，所以，我想成立一家证券投资交易公司，在投资和交易两个层面上清晰地为客户服务，同时，也是为资本市场作出一些新的探索。这对于我来说，是一件意义非凡的事情，我想，对于证券投资界，也能够起到抛砖引玉的作用。”

“云山，我非常赞同你的想法，支持你的决定，”秦枫的脸上开始恢复了红润，“做有意义的事情，会使生命变得永恒。”

“我想你会支持我的决定，目前证券投资界在投资和交易这两个层面的混淆，直接影响到了证券投资机构的发展，以及投资者的投资收益，最终使得投资收益和经济发展不匹配。”白云山阐述自己的见解。

“是的，我也考虑过类似的问题。投资，是基于公司的价值进行的，而交易，是基于上市公司风险进行的，投资和交易，二者层面不同，出发点不同，如果不能清晰地区分投资和交易，对于投资价值取向，投资风格的形成以及对市场风险的认识都会有严重的影响，更加不用谈在投资交易过程中的心理控制。”秦枫非常赞同白云山的观点。物以类聚，人以群分，共鸣总是在具有同样价值观的人中产生。

“现在各基金公司将证券投资基金的投资风格进行了分类，价值型、成长型、指数型、红利型等，这的确是在投资策略和投资风格上进行了一个有效的区分，但是，大家面对的是同样一个市场，投资是一部分，交易，也同样重要。”白云山说道。

“有一句话说，‘人性的弱点，是证券投资交易的最大障碍’，这句话没错。当然，在同等数量级的投资人之间，交易选择是制胜关键，但是，证券投资交易的终极考验，是在盈利后卖出的交易选择，在这个交易层面上的选择，是终极考验。”秦枫侃侃而谈自己的想法。

“所以，在我的证券投资交易公司，我会将不同投资体系进行区分，在投资层面上，确立投资风格，同时，建立不同投资体系下的风险控制体系，在交易层面上，确定客观的分类，确立在不同投资体系中，哪些是需要主动去承担的风险，哪些是可以被动承担的风险，哪些是务必回避的风险，有了投资层面的价值确立体系以及交易层面的风险确立体系，那么心理控制方式就会水到渠成。”白云山一口气对秦枫说出自己的规划，看得出他已经考虑成熟，并且对这个想法感到兴奋。

“你能这样想，我就放心了。真的，云山，你不知道，这些年我有多内疚。”秦枫有种如释重负的感觉。

“秦枫，有些事情，是命运的定数，你没有必要把责任往自己身上揽，这样会影响到你的生活，这是我不希望看到的。”白云山很了解秦枫，他的担心也不无道理，因为事实上秦枫就是这样子的，“你看我现在不是很好吗，比过去还好。”

“是的，你现在康复了，自然都好，但是假如，我是说假如，假如你没有康复，那么你怎么办，白阿姨怎么办，她的内心将会有多痛苦？我难辞其咎。”秦枫依然没有全部释怀。

“你就是这样一个人。其实，每个人都要为自己的行为、为自己的选择负责，你没有必要为了别人让自己背上负担，这样子你会很累。”白云山知道这些话对秦枫也许起不了太大作用，她认定的事情别人很难改变，但又不能不说。

“好了，最重要的是，现在你一切都好了。”秦枫微笑着，“那么我现在要做的，就是要送一份礼物给你。”

“好啊，你送的礼物我一定珍藏。”白云山没有推辞。

“就怕你瞧不上，不愿意要呢。”秦枫笑道。

“哈哈，你送我的礼物我会瞧不上，你把我的眼睛放到天花板上去了吧！”白云山开玩笑说。

“好，那就这么说定了，我的投资模型，明天就装到你的电脑里去，要是有什么不懂的，可得要请教我哟。”秦枫的笑容里有一丝调皮。

白云山听了秦枫的话，笑容立刻消失了：“不行，这份礼，我受不起。”白云山没有想到秦枫会把价值连城的投资模型作为礼物送给他。

“有什么受不起的，我又不是完全为了你，我也有私心的。”秦枫的眼神是无私与诚恳的，“我也希望逆向投资交易决策体系能够成为市场完整投资交易过程的一部分，你的公司，是它的最好的归宿。”

白云山实在无法接受秦枫送他的这份大礼，因为对一个投资家而言，这甚至比自己的生命更珍贵：“不行，秦枫，真的担当不起，我们是好朋友，你这个决定让我很为难。”

“那么你就勉为其难吧。投资模型如果在我的手中，那么它仅仅是一个赚钱的机器，而放到你的公司里，它就成为了一个理想，成了一件有意义的事情，它就拥有了生命。凡是真正有价值的东西，只有体现了它的价值，它才会拥有生命。我没有别的希望，只希望你能好好地照看它，让它在这个市场的波澜中接受洗礼，让它如磐石般坚韧，如大海般包容，同时也让它在市场中时刻提醒我们，不要忘记了自己的人生意义和职责。”秦枫极其郑重地说出内心对投资模型的看法。

投资模型本身并无生命，秦枫给予了它存在的价值，并赋予了它存在的理由及其存在价值的真谛，如同一个有生命的人的存在。

4

辛洁一直爱着古天牧，并不仅仅是因为古天牧曾在几年前救过她，也不仅仅是古天牧英俊出众的外表和众所周知的才干，当然也不因为古天牧是她所认识的人当中唯一登顶珠穆朗玛峰的男人。在辛洁看来，她更欣赏的是古天牧诚实守信的品质，一个真正的男人，一定要有高山一样的胸怀和情操，“男人不坏，女人不爱”这样的谎言在辛洁看来纯属无稽之谈，流于庸俗与低级。当然，还有一个原因是辛洁不愿意面对的，那就是秦枫也爱着古天牧。在这个世界上，只要是她辛洁想得到的，就一定能得到，越是得不到，越是挑起她极其强烈的好胜心。因为从小到大，凡是辛洁想得到的，她从未品尝过失败的滋味。

秦枫的夺门而去让古天牧有追出去的冲动，但面对跌坐在地上的辛洁，古天牧左右为难，他无法忽视辛洁的伤心与无助，自己确实无法给予辛洁需要的爱情，但这不是辛洁或是他自己的过错。

“请原谅我的冒犯。”古天牧主动对辛洁表示出深深的歉意。

“为什么要我原谅，明明是我主动的，这是自取其辱。”辛洁的眼泪纷纷滑落着，这是她二十八年来第一次对男人投怀送抱，这个男人只可能是古天牧。她一直以为，古天牧在感情上的躲闪回避是男人的腼腆与退缩，关键时刻需要自己的勇气帮他迈出这一步，突破隐藏在两人间的界限，让古天牧看清他爱着自己的事实。

但今晚，当她褪下矜持和骄傲之后，却发现一个她不愿证实的事实：古天牧心里的人不是她，而是秦枫。她恨这个事实。

辛洁的自责之言更加让古天牧感到难受，这个他从死神手中抢夺回来的美丽女郎，如她的名字一样纯洁而高傲，这些年来，有那么多青年才俊拜倒在她的石榴裙下，她却不屑一顾，从不假以辞色，只有在他面前是那么热辣深情。

但是，古天牧无法接受辛洁的这份爱情，因为，秦枫已深深刻在他的心上。

在古天牧的心里，辛洁是纯洁的、美丽的、热情的，可是，秦枫却是他生命的灵魂，秦枫的一切都让他心潮澎湃，她的高贵典雅，她的超凡脱俗，她的才华横溢，她的坚强执著，她的如静水深流般的谦逊与善良，总之，秦枫占据了他全部的身心，他不可能，也绝不会爱上其他的任何一个人。

“辛洁，”古天牧诚恳地说道，“你天生丽质，才华过人，上帝要我从毒蛇的口中救你，是上天的安排，因为这个世界上不能没有你的存在，因为还有很多有意义、有价值的事情需要你去完成，否则，上帝不会这么做。”

“对于我来说，最有意义、最有价值的事情莫过于能和我爱的人相爱，如果上帝连这都不能满足我，那么他又有什么理由让我存在？”辛洁泪眼婆娑。

“你那么完美，上帝一定会赐给你一份最完美的爱情，正如他已经给予你的一切。”古天牧安慰着辛洁。

“爱情现在就在我眼前，可是我却无能为力，难道不是吗？”

“辛洁，上帝只不过是借用了我来救你，可是没有想到这样却蒙上了你的眼睛，让你看不清你的世界。其实，你的世界里有很多无法想象的幸福与惊喜在等待着你。也许将我这块遮眼布取走，你才会看清真相。”

古天牧递给辛洁面巾纸，辛洁拒绝了：“就让我痛痛快快地哭吧，天牧，究竟需要我用什么才能换得一个人的爱？我愿意付出一切，甚至让毒蛇再咬我一次，我都是愿意的。”

辛洁伤心的表白如箭一般刺痛着古天牧，他一直珍视着与辛洁的友情，不愿给她任何伤害。

“你不必失去任何东西，爱情与此毫无关系。”古天牧充满磁性的嗓音如夜曲般抚慰着辛洁，希望她能归于宁静，“辛洁，总有那么一瞬间，当你与某人四目相对，你突然发现你找到了自己的灵魂，你的心虽然在颤抖，但是你会觉得无比的幸福与快乐，对方与你有着同样的感觉、同样的默契，那样，才是真正的爱情。没有任何理由，没有为什么，就在你生命中的某个不经意的时刻，意想不到地发生了，那才是真正属于你的爱情。”

古天牧说着，再次将面巾纸递给辛洁。

辛洁接过纸巾，慢慢地止住哭泣，古天牧扶她坐到沙发上，两个人许久没有说话。辛洁渐渐平静了下来：“不管怎样，天牧，谢谢你陪我度过这个美好的生日，我清楚我自己需要什么，我知道什么是我的幸福，我会得到它的。”

辛洁的情绪平稳了下来，古天牧的心里却时刻牵挂着秦枫，他不知道秦枫此刻在哪里，在做什么。他需要和秦枫见面，需要面对面地将事情解释清楚，否则，这个误会是无法消除的，时间拖得越久，伤痕就会越深，直到无法痊愈，直到无法抚平两人间的沟壑，这沟壑他花费了六年的时间，直到昨晚才刚刚弥合。

“辛洁，我想你该好好休息一下了，”古天牧关切地说道，“红酒的味道很不错，今天晚上，你就像月神一样的美丽。”

辛洁知道古天牧要走了，她站起身来，她不愿意他离开。她知道古天牧一定会马上去找秦枫，她多么希望古天牧现在能够再次拥她入怀，吻她，让她依偎在他充满成熟男人气概的怀抱里沉醉，可是，幸福，近在咫尺，却远在天涯，她与古天牧站得如此的近，几乎可以听到对方的心跳和呼吸声，可是，两颗心离得太远太远，她终究无法得到他的心。

终于，古天牧的背影消失在门外，消失在上海滩的夜色里，渐渐地离她远去。

如果不是父亲辛睿夫打来了电话，辛洁一定会整晚伫立在门口。

“宝贝，生日快乐！”辛睿夫在电话里说道，虽然辛洁早已长大，但在他的心里，女儿永远是自己最珍爱的宝贝。

“谢谢，爸爸，我很快乐。”辛洁话里带着浓浓的鼻音。

“听声音可不是这样，宝贝，谁欺负你了？”辛睿夫马上紧张起来。

5

周一　22：50

秦枫离开查理咖啡馆，回到毕加索公寓，她依然和往常一样，去街角的西点店买好次日的早餐。秦枫走到公寓门前时，发现一个高大的身影在公寓大门前孤零零地站着——是古天牧。

“看到你的房间没亮灯，我想你还没有回来，我很担心。”焦急的古天牧一看到秦枫，立刻迎上前去。

秦枫停下脚步：“你们的派对结束了？”尽管父亲的劝慰让她起伏的心绪平缓了很多，可是当古天牧站在面前时，秦枫的酸痛依然涌上心头。

“秦枫，这真的是误会，事情并不是你想象的那样。”

“我看到的，不是真的？那么犯错的是我的眼睛？”

“没有，是我的错，”古天牧非常内疚，“我没有想到辛洁会那么冲动。”

“辛洁冲动？那么请你告诉我，和她拥抱的人是谁？和她拥吻的人是谁？不是你吗？或者就像我内心里最期望的那样，是我的眼睛看错了，是另外的一个人？”秦枫激动地问道，胸中的压抑顷刻喷发。

“事情的经过是这样的，”古天牧极力解释，“下午辛洁到我办公室来，我当时正在查询中国有线的交易席位资料，但是没有了解到对方具体的交易情况，辛洁说她可以帮我查到，让我进了她的数据库，并且我查到阻击你的是郭怀恩。”古天牧的声音低沉了一些，“辛洁提出来交换条件，要陪她吃晚餐，所以，真的很抱歉。”

在夜色里，秦枫痛苦地闭上眼睛，很快，她重新睁开了眼睛，直视着古天牧：“抱歉的应该是我，我没有资格对你要求什么，是我的固执和自私让你等待了我这么多年，你早就应该有你的幸福，我很了解辛洁，她很不错，你们很合适，不，不仅仅是合适，应该说很般配，天作之合！难道不是吗？”

秦枫的话让古天牧更加着急："秦枫，你这样说，我非常心痛，除了你，我从来就没有想过还会爱上别人，请相信我。"

"你让我能相信吗？你刚刚还在拥吻我最好的朋友，事实如此，难道不是吗？"秦枫质问道。

"我对此无比内疚！你走后，我也正要离开，可是没有想到，辛洁她会，她会，她会那么冲动……真的，秦枫，我没有必要欺骗你，如果我想欺骗你，我为什么还要来找你。你应该是清楚的，如果我想欺骗你们之中的任何一个人，我都不会站在这里，站在这里祈求你的原谅。"古天牧十分激动，面对秦枫的不信任，他的心里同样难受。

"秦枫，这些年，我一直在等着你，等着有一天我们能够重新在一起，昨天，这美好的日子终于来临，我无比珍惜！请相信我，即使是要我再等六年，也比让你误会好上很多，我没想到事情变成这样。"古天牧十分担心，因为误会，秦枫再次把他推出心门之外。

秦枫站在原地，低着头默默无语。

"请相信我，秦枫，请原谅我。"古天牧再次恳求。

"郭怀恩的资料，是在哪儿找到的？辛洁的数据库里吗？"秦枫突然问道。

"是的，是在她的数据库里。"古天牧奇怪秦枫怎么会提到这件事上来。

"中午我找过她，在她数据库里搜寻过，没有发现郭怀恩的任何资料。"秦枫看着古天牧，眼神仿佛如梦初醒。

是的，没错！

古天牧和秦枫四目相对的时候，一切都明白了——辛洁参与了郭怀恩的阻击，她上午的财经评论，她在收盘后才让古天牧看到郭怀恩的资料，却没有让秦枫看到丝毫有价值的信息。

"原来是这样。"古天牧皱着眉头。

秦枫没有说话，从古天牧身边走过，打开公寓的大门，她既没有走进去，也没有回头，只是站在那里，古天牧在她身后呆呆地看着，站在原地不敢移动脚步。

"要我请你，你才会过来吗？"终于，秦枫低着头轻声说。

古天牧欣喜若狂，秦枫终于还是原谅了他！

"天牧，请你记住，我绝不赞同用感情作为交换条件，去换取任何所谓有价值的东西，因为，感情是无价的，不容玷污，不容践踏。"秦枫说道。

秦枫和古天牧乘电梯到达公寓门前，秦枫打开房门，客厅的灯光自动亮了起来，屋子里马上变得温馨怡然，空气中飘着淡淡的清香，两个人的心情也平静了许多，他们都意识到，两人单独相处的时间是多么难得而宝贵。

秦枫低声问道："天牧，你是不是还在责怪我让你等了那么久？"

"其实，我们一直都在一起，等待，也许是我们爱情的一部分，我一直都这样在想。"古天牧回答。

"我没有你想象中那么坚强，也没有你想象中那么理智和包容，"两人站得很近，秦枫抬着头，眼神泄露出少见的柔弱，"天牧，我受不了这种伤害，你明白的，我不知道该如何应对。"

古天牧伸出坚实的臂膀，将秦枫紧紧地拥在胸口："我明白的，一定不会再有下一次了，我保证。"

秦枫靠在古天牧怀里，点了点头，她想起父亲晚上讲的故事，父亲是要告诉她，相信爱，不要怀疑，那么，就相信一次吧!

"说真话，我不知道以后该如何面对辛洁，你知道的，她是我最好的朋友，失去她，我的生活也将失去很多美好的回忆。"秦枫此刻心痛地想到辛洁，"但是，我不可能当做什么事情都没有发生过。"

"我没有想到她会帮助郭怀恩来阻击你，这中间恐怕还有其他的原因。"古天牧对辛洁参与阻击的事情仍感到不解。

"白云山刚才已经将郭怀恩的有关资料给我看过了，是人大金融所数据库的。"秦枫说道。

"你再看看辛洁这份，也许有些不同。"古天牧说着，拿出郭怀恩的资料递给秦枫，两人一起坐到沙发上。

秦枫仔细地分析着："大体上和人大金融所的差不多，但是辛洁的这份在具体的交易单量上，更为详尽。"

"是的，从郭怀恩交易单量的选择和分布来看，他习惯于大波长的进出场，"古天牧说，"这种进出场方式迅猛果断，来自于对市场的准确分析和交易对手交易选择的准确判断，战胜他的办法，恐怕要在交易心理上对他施加压力，击破他的风险控制底线。"

秦枫非常赞同古天牧的意见："是的，我也这样想。"

"你已经决定反阻击了吗？"古天牧问道。

"是的，决定了。"秦枫的回答坚决果断。

"那么，你今天一定要休息好，明天在交易过程中不要受到其他干扰。击破别人的风险控制底线，事实上也是在对自己的心理底线进行考验。”

“我明白。”对于古天牧的体贴，秦枫感到心中温暖。

古天牧想到秦枫明天的反阻击和投资见面会，对她而言，明天会是非常忙碌的一天，更是非常重要的一天，今晚她要养精蓄锐，保持充足的精力和体力。

“你早些休息，我走了，等事情结束了，我们一起庆祝。”

冰释前嫌之后，这对恋人实在是难舍难分。古天牧看着秦枫，她白瓷般光泽的面容是如此清雅美丽，眼中同样是含情脉脉，他心中的爱火迅速燃烧，多么希望两个人就这样在一起，永不分离。秦枫也感觉到古天牧的情不自禁，她的脸上浮现出妩媚的红晕，不敢再与古天牧对视下去，不然激情的后果可想而知，她的心也在悄悄颤抖。

古天牧强力克制胸中汹涌澎湃的激情，甚至不敢再与秦枫的身体有任何的触碰，否则，他担心控制不住自己。

“再见！”古天牧恋恋不舍地转身离去。

夜风微凉，古天牧驾车离开时，摇下车窗，望向秦枫的窗口温馨的灯光，心想：“我们，会有无数个在一起的明天。

秦枫来到书房，刚刚坐到书桌前打开笔记本电脑，《天鹅湖》的乐曲就响了起来，是一个陌生的电话号码，她按下手机的接听键，里面传出一个男人浑厚的声音：“你好，秦枫小姐……”

第十四章

1

辛睿夫身体强健，天生自然拳曲的头发，浓密的鬓角已经有些花白，络腮胡子刮得干干净净，在长方形的脸颊两侧留下一片铁青。

听到宝贝女儿不开心的声音，辛睿夫以匪夷所思的速度出现在辛洁的面前，即使作为一个财团的领袖，他永远将辛洁视作自己最珍贵的财富。

“眼睛都像个桃了，发生什么事情了？”看到辛洁哭红的双眼，辛睿夫的心就像被人用刀割了一样难受。

“没什么，爸爸，我很好。”辛洁拉着父亲坐在沙发上，她不愿意跟父亲讲太多自己的事情。

“今天可是你的生日啊，辛洁，我晚上约你吃饭时，你不是说有约会吗？”辛睿夫在女儿面前丝毫没有平日间的豪迈气概。

辛洁低着头，没有出声。

“来，宝贝，爸爸送你一份生日礼物。”辛睿夫取出一把钥匙递给辛洁，是一辆宝马跑车的钥匙。

“谢谢爸爸。”辛洁在辛睿夫的脸上亲了一下，辛睿夫犹如得到了最高的赏赐。

“可是我看你还是很不开心，能不能透露哪怕一丁点儿消息给爸爸听听？”辛睿夫小心翼翼地问着眉头紧锁的女儿。

“输了，和人家比试，输了。”辛洁嘟着嘴，声音像绸缎般柔软。

在辛睿夫的眼里，辛洁是完美无缺的，是至高无上的，没有谁能和辛洁比较。

“胜败乃兵家常事，这次输了，下次再来嘛！”辛睿夫嘴上安慰着女儿，心里却老大不痛快，“和人家比什么比输了？”

“比什么，都输了。”辛洁赌气的话让辛睿夫的心拧了起来。

“究竟是什么事情？”辛睿夫皱了皱眉，心里不太相信。

“不说这个了，”辛洁不想再继续讨论这个问题，“爸爸，下个月，我就打算离开报社，自己做数据服务公司。”

“好啊，你终于下决心了，我支持你。”辛睿夫很高兴，女儿自小处处就让他引以为傲。

“我不能在市场统计分析和投资策略分析上输给别人。”辛洁的眼神里燃着火焰。

“当然，事实上，你的市场统计分析能力和投资策略分析已经到了一个相当高的水准，你不会输给任何人，专门的研究机构也不过如此。”辛睿夫对女儿是了解的，辛洁美丽、聪明、能干、好学、肯吃苦，这是她能够依靠自己发展到现在不可或缺的东西。

“但是事实上，是输了，我知道的，我不如人家。”辛洁楚楚可怜地抱怨着，这比拳击冠军的钩拳还要沉重地击打着辛睿夫的心。

“这是不可能的，我不允许这样的事情发生，你得告诉我，究竟是谁，究竟是怎么回事？”辛睿夫着急了。

“其实也没什么，事情没有那么严重。”辛洁的目的已经达到了，“只是您得答应我一件事情。”她希望能够借父亲的手教训一下秦枫。

“你说，我答应你。”辛睿夫心痛地看着女儿，哪怕是答应一千件、一万件事情都行。

“首先，您不许过问这件事情。”辛洁说。

“好，还有呢。”

“还有就是我得反击。”

“当然得反击，你得赢回来。”虽然辛睿夫不清楚女儿究竟要赢得什么，但是只要是辛洁想要赢来的东西，辛睿夫都是赞同和支持的。

“明天我想写一篇文章，用您的名字署名，在基金论坛上发表，不是在报纸上，报纸上我会用我的名字另外写一篇文章，我要赢回这一局。”辛洁告诉父亲。

“当然可以，这就对了，上阵父女兵，杀他个片甲不留。”辛睿夫就怕女儿不提要求，提了要求，才说明女儿开心了。

“谢谢爸爸。”辛洁娇美的脸上重现了笑容。

辛睿夫的心也放下了一大半。

“过生日，要开心才对，”辛睿夫怜爱地看着女儿，“打扮得漂漂亮亮的，去找秦枫，你们一起出去玩一玩，开开心心地玩玩。”

辛洁没说话，眼睛看着茶儿上的蛋糕和空空的红酒杯。

辛睿夫这才注意到已经有客人来过了。能够被辛洁请到家里来的，应该是秦枫，但是桌上却放着三只酒杯，那么说还有另一个人也来过。辛睿夫是个极具智慧的人，一眼就看出了问题的所在，女儿的伤心，要么和秦枫有关，要么和另外一个不速之客有关。

不过辛睿夫没有再继续追问女儿。

“是的，我等会儿就出去，去开心一下。”辛洁说道。

“和谁，秦枫吗？”辛睿夫看了看桌上的酒杯问道。

辛洁知道父亲是可以洞察一切的人：“秦枫已经给我庆祝过了，但是她有个客户突然来电话，说有要紧的事情，就提前走了，要不然您还赶得上和我们一起吹蜡烛呢。”辛洁抬头看着辛睿夫。

“哈哈，恐怕轮不到我吧，要是你想要我来，早就通知我了，这桌上，根本就没有我的酒杯呢。”辛睿夫话里有话。

辛洁明白父亲的意思，脸不禁红了：“您为什么不来，您要是来，就没有人敢欺负我了。”

辛洁的话把辛睿夫放下了一大半的心，又给提了起来，但是辛睿夫明白，在辛洁感情的问题上，自己可不能插手，但是又放心不下：“哪个小子要是敢欺负你，你跟我讲，我一定不会放过他。”

辛睿夫的话让一向大方的辛洁也忸怩起来，她撒娇地说：“爸，您赶紧回家吧，我待会儿要出门呢。”辛洁的确是要出去办点事情，重要的事情。

“好，好，我这就走。”辛睿夫看着美丽的女儿，哪里舍得走，“你妈说下午和你碰过面了？”

辛洁点点头：“下午我们就见过了，她身体不好，晚上要早早休息，下午特地给我准备了礼物。”

“那我也早点回去了，要不然太晚了，吵醒了她，她又整晚失眠了。”

辛洁送走了辛睿夫，倚靠在沙发上思索了一会儿，走上楼去换了件衣服，准备出门。辛洁要彻底地战胜秦枫，在所有的事情上。

2

郭怀恩是一个勤奋的人，与顾小兵吃完晚饭，就回到了自己的交易室，每晚他都要处理大量的财经信息，并且关注国外资本市场的交易情况。

接到辛洁的电话，让郭怀恩有些意外，这位千金小姐可是从来不会主动跟他联系的，但今天居然第二次主动联系他，而且在现在这么晚的时间，事情就变得有点意思了。

辛洁内着连衣黑裙，外穿了件金色双排扣长风衣，握着一只黑底亮片手包，走进了郭怀恩的交易室，屋里顿时如华灯亮起，郭怀恩看到辛洁同样也是眼睛一亮："蓬荜生辉，蓬荜生辉呀。"郭怀恩脸上堆满了褶子，笑呵呵地迎接辛洁进到交易室里。

"不打搅吧？"辛洁问。

辛洁少有的客气，让郭怀恩觉得有些蹊跷："哈哈，盼都盼不来的人，还说什么打搅。"

"郭总，我想，我们以后没有办法再进行合作了。"辛洁板着脸说道。

"哦？我们之间的合作不是一向都非常愉快吗？是不是有什么误会呀？"郭怀恩连忙请辛洁坐下，"喝什么茶？"

"谢谢，不喝，我坐坐就走了。"辛洁回答。

郭怀恩还是给辛洁斟了一小杯乌龙茶："一定是有什么误会，我们之间建立起来的革命友谊，哪能说没有了就没有了的。"

"郭总，以前你的交易我是从来都不过问，你阻击谁我也没有任何兴趣，但是今天这件事情，郭总你能不能给我一个合理的解释？"辛洁瞪着漂亮的大眼睛，郭怀恩发现，辛洁的双眼虽然经过精心的装扮，但还是遗留下哭过的痕迹。

郭怀恩听辛洁的意思，是怪罪自己今天阻击的对象是秦枫，而这件事情没有提前对她讲清楚。

"我算是明白了，你是责怪我没有告诉你，今天我们阻击的对象，是不是？"

"秦枫是我的同学，也是我的好朋友，如果你阻击她，我想我应该有权知道。"

"呵呵，辛洁啊，这里是股市，是赛场，场上是对手，场下是朋友，你说对不对？"郭怀恩轻描淡写地说，"股市里的交易行为，不影响场下的朋友关系，我想这点，秦枫是清楚的，你也应该很清楚的，友谊第一，比赛第二嘛。"

"话是这样说，但是假如我们既是朋友，又是比赛场上的对手，那就不同了。"辛洁话锋一转。

辛洁这句话让郭怀恩脑筋转了好半天，还没有明白过来。

"辛大小姐，我有点转不过弯儿来，不大明白你的意思。"郭怀恩苦着脸说。

“我的数据公司，下个月就要开业了，我当然不能在任何方面输给任何人，郭总你说是不是？要不然，你会需要一份二流的数据服务吗？”辛洁问道。

郭怀恩连忙祝贺：“恭喜恭喜，我郭怀恩就是你的第一个客户。”

“我和秦枫之间的关系，郭总应该是清楚的，我们是最好的朋友。”

“那是，那是。”郭怀恩心里却笑道——“越是好朋友，就越好下手。”

“正如你所讲，我想交易行为并不影响我们的关系，”辛洁继续说，“以我对秦枫的了解，如果郭总事先就告诉我，你阻击的是她，我想应该更加有把握一些，当然，我也相信郭总是有办法的。”

“确实如此，如果有可能的话，我希望能和你进行全面合作。”郭怀恩已经知道辛洁所想了。

“那么就明天吧，明天如何？”辛洁问道。

“明天上午，我就打算收官了。”郭怀恩遗憾地说。

“如果在明天上午的《证券日报》上，有我对秦枫再次遭遇资金大额赎回进行报道，还有，华诚基金管理公司总裁辛睿夫在基金论坛发表署名文章，对秦枫的资金管理能力提出质疑，你是否会改变计划呢？”辛洁扬出杀手锏。

郭怀恩本来就在考虑明天收官时间，听辛洁这样讲，对于明天的交易更加有了把握，掩饰不住内心的高兴，龇牙笑道：“如果这样的话，我一定在明天采取最直接的交易，大幅低开，逼秦枫清仓，下午收官。”

“我不需要别的，我只是想公平地较量一番，因为成功有效的数据提供，是和失败的投资交易相对的。”辛洁冷冷地说。

郭怀恩知道了辛洁的想法，也对第二天的交易更加有了把握，但是，他还是不清楚一个问题，那就是辛洁究竟是否清楚秦枫的投资模型的事情，可是，他又不方便直接问辛洁，那样不仅会显得唐突，而且会显得自己消息不灵通。

“是啊，只有和她的投资模型比个高下，才能显示出你的数据服务的能力和特点。”郭怀恩不怀好意地试探道。

“她的投资模型？什么投资模型？”辛洁问。

郭怀恩还是不能确定辛洁是否真的不知道，如果辛洁是真的不知道，那么辛洁才是最有可能拿到秦枫的投资模型的人，因为她们走得最近。

“你和秦枫是最要好的朋友，你要是不清楚，那就没有人知道这件事情的究竟了。”郭怀恩神秘兮兮地说。

“我的确是一无所知，我不清楚你说的什么。”辛洁皱起眉头。

“那就是秦枫的不是了，”郭怀恩一肚子坏水，“你和她是多好的朋友啊！要是这件事情她连你都没有告诉，那么她是在心里没有把你当好朋友。”

“别卖关子了，究竟是什么事情，快告诉我。”辛洁有点急了。

“可是我不知道该不该对你讲这件事情，要是你真不知道，我对你讲了，恐怕你和秦枫之间会产生矛盾啊，她既然没有把这个投资模型的事情告诉你，说明她根本没有打算让你知道。”郭怀恩沉重地说。

“别兜圈子了，我和她之间就算是有天大的矛盾也没事的，你快说说是什么事儿？”辛洁已经急不可耐了。

“昨天在澳门，有件大事情，秦枫的投资模型战胜了老虎机，中了三连线大奖，一千多万，”郭怀恩一双深深凹陷下去的眼睛盯着辛洁，“她战胜了随机数，辛洁，这件事情，你难道真不知道？”

郭怀恩的话将辛洁心里的五味瓶彻底地打翻了——“原来如此，原来她是用这个抢走了古天牧！”辛洁心里暗暗发誓，“不行，这一局，我一定要赢回来！”

3

辛洁从郭怀恩那里出来，如梦初醒。本来是想打电话给古天牧，但是坐在车里想了想，觉得没有这个必要，那样会很没趣。于是她想到了华迪，从华迪那里了解情况可能要更好一些。

也许真是无巧不成书，本来辛洁就打算到外滩上的黄埔茂悦酒店三十二层的VUE酒吧去消遣一下，解脱一下满心的郁闷，没有想到拨通华迪的电话后，华迪居然也在那里。这并不奇怪，证券投资圈子里的人经常会去那里坐坐。

辛洁到达酒吧的时候，正是这里最热闹的时间。

周一　23：00

VUE酒吧的门被推开了，门厅的服务生眼神突然牢牢定住，望向走进来的女人。她手臂搭着一件金色风衣，穿着一件黑色裙装，紧紧包裹住女郎的上半身，勾勒出迷人的曲线，从腰部开始，裙摆突然铺展开长及膝部，自然垂下时形成一个个隐藏的波浪，当她走过来，裙摆就飘开成一片浪花，在空中划出优美的弧度，在酒吧慵懒的气氛中荡漾起来。

酒吧的入口长廊是一个长达二十米的酒窖，两边摆满了红酒，进到酒吧里面，已经坐满了形形色色的男男女女们，酒吧里灯光昏暗，此时此刻，颜色，是你所能看到的全部，红脸人和蓝脸人像萤火虫般地此起彼伏，红脸人是有人在点烟，蓝脸人是在相互留手机号码。

事先华迪在电话里告诉过辛洁他在露台的位置上，辛洁穿过人堆，推开门，来到露台，终于将那些啤酒的苦味，威士忌和烟草的辣味全都留在了身后，露台上宁静和惬意，微风拂过，屋子里面的音乐若有若无地在玻璃窗上弹奏着。

尼采说得没错，酒神代表着人根本的欲望，在这里，音乐和酒精其实都是借口，那只是给了人们承认欲望的勇气，像一面凿开人与人之间壁垒的利斧，褪去了日间的面具，留下真实的自我。

辛洁坐下后，华迪非常绅士地问辛洁要喝点什么，却没有想到辛洁挥手叫来服务生，要了一杯VUE马爹利。

"喝这么烈的酒？"华迪觉得有些意外。

"喝烈酒一般有两种状况，一种状况是开心，一种状况是不开心。"辛洁笑了笑。

"你现在属于哪种状况？"

"今天是我生日，一个人，这么晚了，还打电话找你，你告诉我，一般情况下，这属于哪种状况？"

"不知道该不该问你为什么不开心？"华迪的声音有些低沉。

辛洁这才注意到，华迪实际上已经略有醉意，看得出已经喝了不少酒。

"我这么晚找你，是希望你能证实一件事情，不过我想现在已经没有必要了。"辛洁看华迪醉醺醺的，不打算向他了解更多。

"辛洁，难得你能主动给我打一次电话，你想要知道什么事情，你就说吧，我一定据实相告。"华迪推了推鼻梁上的金丝眼镜。

"你们公司明天打算派谁去参加中东联合投资公司的投资见面会？"辛洁问道。

"你是问这个呀，"华迪笑了笑，"我跟你说了，你可别弄到报纸上去，搞得众人皆知啊！"

"放心吧，这是私人问题，今晚你跟我讲的每一句话，我都不会对任何人提起。"辛洁对华迪保证。

"瞧你说哪儿去了，我当然信任你了，"华迪喝了口酒，"吴总今天上午开晨会的时候，露出口风说要派秦枫去参加。"

“为什么会派她去参加呢？按道理应该是公司的投资总监去才对啊？”辛洁又问。

“辛洁，这话恐怕也只能跟你讲了，”华迪把头凑近辛洁，要是往常，辛洁早就站起身离开了，但是今天她捺住了性子，忍受着华迪的一身酒气，“吴总上午说，秦枫发现了一个什么投资模型，能战胜随机性，不过钱向东对此持怀疑态度，究竟如何，还不是定数。”华迪将事情对辛洁全盘托出。

“那么这个投资模型是属于秦枫的还是公司的？”辛洁最关心的正是这个问题，至于投资模型是什么样的，尚且不是她最为关注的事情。

“看来你是真不知道，投资模型当然是属于秦枫的了，你是她最好的朋友，这个问题应该是我来问你，现在怎么变成你来问我了？”华迪不禁反问道。

辛洁现在已经完全肯定，古天牧之所以不愿意接受她，完全就是因为秦枫发现并拥有这个数据模型。“原来如此，我要做得比她更好，我一定要夺回古天牧。”

辛洁对华迪莞尔一笑：“不管是谁问谁，总之，是她发现了投资模型。”

华迪又喝了口酒：“是啊，这就是人与人的不同之处，有的人永远都是幸运儿，他们的人生充满了各种各样的惊喜与收获，而有的人却永远都是倒霉蛋，在他们的人生当中，即使偶尔得到了一些什么，也要加倍地偿还。辛洁，比如你，比如秦枫，就是天生的幸运儿，老天创造你们，似乎就是要让别人来羡慕你们的，老天爷也不公平啊！”华迪感慨道。

辛洁不知道华迪为何发出如此感叹：“华迪，你的话我要纠正一下，幸运儿不是‘你们’，幸运儿是秦枫，没有我，我也是你说的那种倒霉蛋。”

“辛洁，你这是在嘲讽我们啊，说真的，你恐怕自己都不知道你有多幸运。”华迪说的是肺腑之言。

辛洁倒不这样想，她现在认为自己是最不幸运的人，但是，她是一个不会向命运低头的人，她觉得她不会总是那么的“不幸”。

“时间不早了，我看你喝多了，要不要我送你回家？”辛洁看着醉眼惺忪的华迪问道。

“不用了，我晚上还得回公司加班，倒霉蛋，就得加班，要不然，就不是倒霉蛋。”华迪呵呵笑着。

“是不是真没事？我看你喝得好像有点多了。”辛洁再次追问华迪，毕竟华迪还是朋友。

“真没事儿，辛洁，要不怎么说我是倒霉蛋呢，”华迪笑道，“要不是因为要加班，我能坐上你的车就是一件很荣耀的事，所以，这已经说明了我没事儿，待会我真的要回公司。”

辛洁没有再坚持，她告别了华迪离开了VUE酒吧！

在回家的路上，辛洁就已经在厘清着思路，为明天的两篇评论做准备，同时，她也在仔细地盘算着，怎样才能超越秦枫，真正地拴住古天牧的心。

4

周一　23：30

给秦枫打电话之前，司徒明心里已做好打算，无论怎样，一定要见到秦枫本人，和她面对面地交流，他直接拨通了秦枫的手机。

“你好，秦枫小姐。”

“您好，我是秦枫，请问您是哪位？”秦枫听到一个中气十足的男人浑厚的声音，明显带着广东口音的普通话，她的直觉马上告诉自己，很可能是澳门方面的人。

“我是澳门葡金娱乐场的负责人，我叫司徒明，很抱歉打搅了你。”司徒明自我介绍的口气十分客气。

秦枫证实了自己的直觉，蔚蓝的及时告知，让她有了一定的心理准备。秦枫很少和圈子外的人打交道，她是一个生活环境比较单纯的人，而现在面对的，是一个在极其复杂的环境里摸爬滚打，并且最终扛上一方大旗的人。

“应该说是我打搅了，惊动了您千里迢迢来到上海，”秦枫的语气不紧不慢，没有一丝慌张，“我想您现在是在上海吧？”

“秦枫小姐果然不同凡人，我晚上刚到上海，本想直接就来拜访，可惜才从朋友那里找到你的联系方式，实在是抱歉。”司徒明同样是不动声色。

“看来让您大费周折了，您找我，有什么事情吗？”

“是的，只是这么冒昧地与秦小姐直接联系，实在是有些失礼。”司徒明客气得像是个文人。

“司徒先生，昨日有所唐突，我没有想到会惊动大驾。”秦枫同样客气。

"秦枫小姐言重了，如果早知道你来澳门是有事要办，我应当亲自协助才对，也许那样效果会更好一些。"司徒明暗指秦枫在老虎机上实证数据模型。

"看来司徒先生明察秋毫。"秦枫说。

"我这次来上海，就是想拜会一下秦小姐，不知道你是否会赏脸？"经过了几个回合的较量，司徒明认为秦枫是个沉稳干脆的人，对待干脆的人，就应该干净利落，所以他没绕弯子，直接对秦枫提出见面的要求。

"如果司徒先生认为很有必要，恭敬不如从命。"对于见面的要求，秦枫的内心没有任何不安，反而，她也想了解在所有钱生钱游戏中，博彩这个最古老的游戏里，究竟有哪些与证券投资交易相通或者可以借鉴的法门，找到这个答案，显然司徒明是最好的对象。

"我不太了解贵地的生活习惯，不知道秦小姐现在是否方便？"司徒明问道。他知道现在已临近午夜，秦枫可以轻易推辞，但明天，一定要见到她。

"好的，在什么地方？"秦枫没有片刻犹豫。

这大大出乎了司徒明的意料，他没有想到秦枫会如此干脆地答应："本来应该我们前来拜访，不过如果你方便的话，我们在香格里拉大酒店见面，您看如何？"

"好，我十五分钟后到达。"秦枫回答。

"谢谢，恭候大驾。"双方结束通话。

秦枫坐在书桌前理了理思绪，认为去见司徒明是一件必须要做的事情，不过，至少到目前，还没有告诉郑其伟的必要。于是，她关上桌上的笔记本电脑，穿了件风衣，驾车驶往香格里拉大酒店。

和秦枫通完电话，司徒明立刻要胡立阳安排一间商务会谈室。胡立阳马上找到了白天有过一面之交的大堂经理苏雪。

苏雪非常热情周到，很快在二楼安排了一间豪华商务洽谈室，面积不大，但是装修格调大气典雅。司徒明亲自到洽谈室看了看，房间的中间是一个椭圆形的红木洽谈桌，桌上放着一套晶莹剔透的水晶天鹅摆件，一只大天鹅带着三只小天鹅在桌上游动着，惟妙惟肖。天鹅的身上折射着天花板水晶串顶灯的灯光，使得整个房间里熠熠生辉。桌子的周围摆放着六只真皮座椅，墙上还有一个投影屏幕，这个会议室非常适合六个人以下的小型洽谈。

洽谈室按小时计费，远远高于客房的费用，不过这不是重要的，重要的是司徒明认为这样才是与秦枫见面的合适方式。

安排好洽谈室，司徒明和胡立阳一起到酒店大堂等候秦枫的到来。

约定时间刚到，一位身材修长，穿着白色立领长风衣的年轻女人从酒店巨大的转门处款款走来，她的风衣廓形完美，线条极简，女人全身上下也没有任何多余的修饰，却使人感到极具气场，无法忽视。

司徒明仅仅从这个女人的绰约风姿就判断出来，她就是秦枫，于是满面笑容地迎了上去。

“请问，是不是秦小姐？”司徒明虽然相信自己的眼光不会错，但是为了显得礼貌，所以还是轻声问了一句。

“我是秦枫，想必您是司徒先生了。”秦枫微笑着朝司徒明伸出手。

司徒明着实没有想到秦枫会和他握手，于是也伸出手和秦枫的手象征性地握了一下：“幸会幸会，我是司徒明，”然后又介绍站在身边的胡立阳：“这位是我们公司的安全总监，胡立阳先生。”

秦枫和胡立阳相互微笑着点头致意。

胡立阳在前面带着路：“秦小姐请这边走，我老板在酒店订了一间洽谈室。”

“司徒先生多礼了。”秦枫跟在后面。

来到二楼的洽谈室，苏雪已经安排了服务员在门口等候，看到司徒明和秦枫一行三人走近，马上推开了房门，礼貌地招呼道：“晚上好。”

秦枫进到洽谈室里，看到房间中间的椭圆形会议桌上，摆着新鲜的水果和精美的点心，桌上还特地放上了酒店的信笺和黑色的圆珠笔，俨然是一个非常正式的高规格会晤。

秦枫对司徒明笑道：“您不会是让我签署第三个巴塞尔资本协议吧？”

司徒明一边请秦枫入座，一边笑道：“风险与标准，的确是我们最为关注的问题之一。

仅凭司徒明的这句答话，秦枫心里已经明白，司徒明是个不简单的人，是一个懂得金融和证券投资的人。

5

洽谈室里的墙壁上挂着几幅抽象派的油画，墙角里的花瓶里插着几枝盛开的康乃馨。司徒明和秦枫彼此之间客客气气的，但是二人各自体现出来的气质却针锋相对，司徒明的身上带着一种豪气和霸气，而秦枫的身上则笼罩着一种凛然正气。这种气场上的对抗也许只有他们自己才能够真正感受得到。

“说到风险，还要请教秦小姐，股票投资都有些什么风险？”司徒明落座后，开门见山地问秦枫。

“从理论上来讲，不投资才是最大的风险。因为从长期来看，股票投资的收益远远超过其他任何证券投资的收益，如果进行股票投资，不同的投资交易决策体系的风险认知是不尽相同的。”秦枫接着反问司徒明，“正想请教司徒先生，您怎么看待博彩的风险？”

苏雪特地安排了训练有素的商务服务员给三个人斟上了茶水，然后安静地退出门外。

司徒明豪爽一笑：“与股票投资恰恰相反，不赌，就不会有风险，如果赌，没有哪一注的胜率是超得过一半的，风险可想而知。”

“不过，似乎很多人都很乐意承受这种胜率不到一半的风险？”秦枫问。

“那是因为神经上的紧张，会产生一种短暂的快感，大多数人都是用这种短暂的快感来换取长期的痛苦。”司徒明回答，接着话锋一转，“股票投资里有没有这种事情发生？”

“当然有，华尔街交易症，频繁的短线交易，和这个有点类似。和您说的一样，短暂的快乐换取长期的痛苦，其实正确的做法是恰恰相反，应该是用长期的痛苦换取最终的快乐。”秦枫告诉司徒明。

“我想，秦小姐拜访我们葡金一定不是赌博，而是来投资了。”司徒明笑着问道。

“事实上，我现在到这里来的原因，也是希望就这个事情对您作一个解释。”秦枫说，“我对赌博毫无兴趣，当然也不是去做投资，而是葡金娱乐场老虎机的随机数吸引了我。”

“我想，你是在老虎机上证明你的数据模型。”司徒明一语道破，他盯住秦枫，想要看出秦枫表情的变化。

秦枫恬静的脸上波澜不惊，她没有回避司徒明利剑般的目光。“是的，针对随机数据的数据模型，因为在股票交易中，股票价格的波动同样呈现的是随机性。”秦枫没有对司徒明做任何隐瞒，也没有对司徒明知道数据模型表现出诧异。

司徒明点点头，他已经亲自从秦枫口中了解到他想知道的事情。

“我从澳门来上海打搅秦小姐，实际上也是和这个有关。”司徒明开始了第一个回合。

“司徒先生也在研究随机数现象？”

“呵呵，当然不，这不是每个人都能研究的事情，也不是每个研究的人都能找到答案的事情，不知道能不能这样讲，这是一个世界性的难题。”司徒明问秦枫。

秦枫点点头：“可以这样说。”

“所以我来拜访秦小姐，就是希望能够和你面对面地谈谈这件事。”司徒明说道。

“很抱歉，司徒先生，我来见您，是因为我不想失礼。”秦枫微笑着，“昨天在澳门，就算是我有意拜访，您也无意与我见面，但是今天您不辞劳苦来到上海找我，我来见您，这是合乎情理而且有必要的事情。不过，除此以外，谈论任何其他的事情都显得不合时宜。”秦枫明确拒绝与司徒明在数据模型的事情上做任何沟通。

“我很能理解秦小姐的意思，不过秦小姐也许在有些事情上存在一些误解。”司徒明不紧不慢地说道。

“比方说？”秦枫眉头一挑。

“比方说对我们生意的看法，我想秦小姐不至于和普通人那样，认为我们做博彩生意的是偏门吧。”司徒明倒是不怕讲到问题的关键，“其实，这也仅仅是一门生意而已，在澳门，这是一个合法的生意，向政府缴纳很高的税额，就我个人而言，是不赞成人们迷恋博彩的，偶尔娱乐一下倒是很有趣的游戏。”

“的确如您所想，我对赌博一向持否定态度，娱乐与迷恋没有什么不同。”秦枫总是这么黑白分明。

“没想到秦小姐如此快人快语，”司徒明似乎很有兴致，“看来要能和秦小姐继续沟通下去，一定要帮秦小姐除掉身边的内鬼才行。”

司徒明的话让秦枫心里咯噔一下，她没想到司徒明如此神通广大，自己直到今天才发现内部有问题，司徒明怎么会知晓这件事。“司徒先生，此话怎讲？”

“秦小姐，我是真心希望能与你在某些方面达成一致，”司徒明喝了口茶，“你的朋友，做伦敦铜做错了方向，今天晚上要进行交割，不出意外的话，必定爆仓无疑，即使不爆仓，他依然亏损四千多万。”司徒明说到这里，停顿了一下。

秦枫确实没料到司徒明竟然将事情的背景了解得这么深，这的确是她目前非常关心的问题，她没有出声，默默地看着司徒明。

“这四千万，是你朋友在外面借的高利贷，明天必须还。”司徒明的笑容收了起来，脸上一片肃然，“准确地说，是用你的投资模型抵债，抵这四千万的高利贷。”

“这件事听起来有些离奇，我对此一无所知。”秦枫无法确认司徒明讲的话是真是假。

“秦小姐，信誉就是我的一切，我想不用我说，你也应该清楚，你的朋友会不惜一切代价拿到你的投资模型。”司徒明一双虎目盯着秦枫。

司徒明的话，解开了秦枫心中很多疑问，但是，司徒明并没有告诉秦枫，她身边的这个人是谁。秦枫也不打算问，因为她不希望司徒明参与到这个事情里面，这种人的背景太过复杂，最好不要有任何纠结，何况，她已经有了解决方案，杜梅正在帮她设计病毒程序。

“非常感谢您的关心，我会十分小心处理这个事情。”秦枫非常诚恳地对司徒明说道。

“有些事情可能秦小姐不太看重，不过我们在处理这些事情的方式和经验上，可能会比你亲自处理要好上很多，何况在交易日里，你想必也没有太多时间来顾及别的事情。”司徒明同样诚恳地对秦枫说。

“非常感谢，我想我会有办法解决。”秦枫的回答非常坚定。

“事实上，我所有的目的只有一个。”司徒明说。

“您请讲。”

第十五章

1

“资金。”司徒明非常慎重地说道，“我想你今天看过新闻，关于网络赌球被内地警方查获的新闻，不过我不做那样的生意，虽然我有朋友在做。我拥有三张在澳门开设娱乐场的牌照，合法的经营才是我想要的，现在仅葡金娱乐场一家，每天的现金流量至少在数亿以上，每年的现金结余也非常可观。在资本市场里，有资金才有话语权，无论你是谁，所以，我想要做的，就是给你提供资金，足够的资金。”司徒明经过了几个回合对秦枫的考量，已经可以肯定，秦枫就是他以及整个集团所苦苦寻觅的投资家。

秦枫明白了司徒明真实的意图，如果司徒明是在之前任何一天提到这种合作，秦枫一定会断然拒绝，在她的人生字典里，非黑即白，不会与赌博集团沾上一点关系。但是此时，她没有立即回绝，她在内心考虑着明天的反阻击，郭怀恩的资金实力不可小觑，在反阻击战中，资金就是军队，资金就是弹药，想要打赢这场反阻击战，没有资金支持可以说必输无疑，如果万一明天吴文松不同意自己动用公司资金参与，那么司徒明如果能够提供足够的资金，那无疑就是雪中送炭。

“澳门的资金进入内地资本市场还是有障碍的。”秦枫提醒道。

“这方面不是问题，我们在内地设有投资公司，资金进入的额度比QFLL还要高，如果我们合作，我保证所有的投入资金都是合法的。”司徒明继续说，“我可以给你承诺的是，每年的投资额不会低于两百个亿人民币。”

司徒明是有诚意的，秦枫可以感受得到，能够和司徒明合作，无论是对于她个人还是对于公司来说，都不是坏事，何况正如司徒明所言，所有的投资资金都是合法资金，之前与蔚蓝的成功合作也不是没有先例。

“合作条件是什么？”秦枫问。

“合作条件很简单，”司徒明笑了笑，“这就不得不提到你的投资模型。”

“您请讲。”秦枫作出了让步，愿意继续谈下去。

“我提供给你足够的资金，你只需要保证你的投资模型只用于这些资金。”司徒明开出条件。

“这个我无法做到，”秦枫毫不退让，“我是职业投资管理人，我必须将我的投资交易决策体系用于我所管理的所有资金。”司徒明提出的条件秦枫无法接受。

“好吧，这样也行。”司徒明稍作沉吟，退让了一步。

“好，司徒先生，我明天就向公司汇报，我想公司会非常乐意结识您这样的合作伙伴。”秦枫的脸上露出笑容，光彩照人。

“恐怕，我更愿意和秦小姐个人合作。”司徒明立刻提出了反对意见。

“和我个人合作是法律所不允许的，您不会希望我被吊销了执业资格吧？”秦枫笑着说。

“这确实是个问题，我们资金量太大，不允许和公司合作，否则流动起来会有很多限制。”司徒明谈到了自己的顾虑。

洽谈室里顿时安静了下来，秦枫在这件事情上已经有违自己的初衷，但是，法律法规的底线她是绝对不会越雷池半步的。

司徒明也在考虑着同样的问题，现在好不容易能够和秦枫碰面，并且秦枫也基本上同意了进行合作，他很清楚，这种机会不会太多，这个市场上的资金无穷无尽，无论是谁，只要了解到了秦枫能够战胜随机性，资金就会蜂拥而至，这个世界上比他司徒明有实力的人大有人在，但是话又说回来，一旦一笔巨额的投资资金进入到了基金管理公司的账面，那么这笔资金的流动性就会大打折扣。

沉默了好一阵子，司徒明轻轻地用手掌拍了拍桌面，果断地对秦枫说：“如果我们单独设立投资公司，由你来掌管，无论盈利与否，管理资金的百分之二作为固定报酬，秦小姐意下如何？”

这将是一笔巨款！每年两百亿的投资额，仅仅管理费的收入，秦枫每年就可以得到四千万以上。

胡立阳静静地坐在一边看着司徒明和秦枫的交锋，从头到尾没有说一句话，他不懂得证券投资，但是，他可以肯定，司徒明的决定绝对不会错。

“这个条件实在非常诱人，”听了司徒明的决定，秦枫开心地笑了，“司徒先生，非常感谢您的赏识，不过，这不是我想要的。”

对于秦枫的拒绝，司徒明觉得有些意外，不费吹灰之力，四千万就可以收入囊中，眼前的这位白领丽人居然会断然拒绝。

“资金投入的时候，这百分之二你可以事先提走。”司徒明强调了一下。

“司徒先生，对于您个人的信誉我毫不怀疑，承蒙您抬举，说真话，您所提出的条件优厚得我自己都不敢相信。”秦枫云淡风轻地浅笑着，“关键的问题是，我还有比赚钱更为重要的事情要做，我必须做对于我来讲最重要的事情，我想，每个人都会这样选择，您认为呢？”秦枫反问司徒明。

“如果秦小姐不介意，能否告诉我，这件重要的事情所指是……”

“使命。”秦枫对司徒明只说了两个字。

秦枫说的这两个字无疑也打动了司徒明，他在江湖拼杀多年，什么人物都见过，但没将几个人真正放在眼里。然而，今天，在上海滩这间小小的洽谈室里，面前的这位美丽典雅的柔弱女子，骨子里却有着极为坚韧执著的信念，这信念的力量强大刚硬，足以让一个凡人登上峰顶，足以让一个天才成为大师，也足以让她所做的每一件事情都会烙下她的名字而流传。

司徒明果断地作出最后的决定：“五十个亿，首期资金，与贵公司合作。”

“我有一个小问题想要了解。”秦枫说道。

“请讲。”

“如果我明天上午就需要五个亿的资金，您最快多长时间可以到账？”

司徒明稍做考虑，肯定地回答：“四十分钟以内。”

这是一间幸运的洽谈室，不知不觉中，时间已跨越到了第二天，秦枫非常意外地和司徒明达成了合作意向，如果此刻秦枫没有接到郑其伟的来电，可能会谈还将继续进行下去。

2

周二　00：20

秦枫的手机响起了《天鹅湖》，她从包里取出手机，来电显示居然是郑其伟，她对司徒明说了句，“抱歉。”没有刻意回避司徒明，依然坐在原来的地方没动，只是将声音稍微压低了一些。

“你好，我是秦枫。”

“我是郑其伟，我现在就在香格里拉大酒店大堂，你现在情况怎么样？”郑其伟简短地表达了关心。

“我很好。”秦枫回答。

“我刚刚才知道澳门方面找到了你，你应该告诉我的。”郑其伟的语气中明显表现出不放心。

“没问题，你放心。”秦枫简洁地说。

“好，”郑其伟接着又说，“我有个建议，希望你能考虑一下。”

“你请讲。”秦枫很纳闷儿，郑其伟怎么在这个时候在电话里提什么建议。

“如果对方想与你合作，希望你能慎重考虑。”原来郑其伟是说这件事。

“谢谢，我知道该怎么做。”秦枫此时不愿在这个问题上与郑其伟深谈。

秦枫放下手机，抬起手腕看了看时间。“今天司徒先生远道而来，该好好休息一下，我想就不再打扰了。”

司徒明笑着点点头，笔锋飞舞，在面前的信笺上写上了自己的名字和联系方式，递给秦枫：“我明天等你电话，五个亿，四十分钟之内到账。”

“很高兴能见到二位，再次为昨天的唐突抱歉。”秦枫站起身。

司徒明和胡立阳也站了起来，胡立阳走到洽谈室门口拉开了门，司徒明笑道：“秦小姐，今天唐突的应该是我，不过现在我们是一家人了，就不要再这么客气了。时间的确不早了，我和立阳是习惯了黑夜白天颠倒着过，你可不一样，要早些休息啊！”

三人走到二楼的楼梯口，司徒明要送秦枫下楼，但秦枫停下脚步：“司徒先生，刚刚有朋友来电话，正好也在酒店，您就此留步，明天我会给您电话。”

司徒明是个明白人，没有坚持再送，笑容满面地与秦枫握手作别，目送秦枫走下楼去。

秦枫来到酒店大堂，左右环顾着寻找郑其伟的身影。

“在这里呢。”是郑其伟的声音，秦枫扭头一看，郑其伟和林皓月已经出现在她的身边，林皓月和秦枫打了个招呼：“秦小姐，晚上好。”

“晚上好，我非常好奇，你们怎么知道我和他们在一起？”

“这是我们的工作，如果我不知道，那才应该奇怪。”郑其伟冷峻的脸上没有多余的表情。

秦枫看了眼自己手中的手机："我的电话该不会被监控了吧？"

"放心，很安全。"郑其伟明确地表示，他知道秦枫在对自己的隐私受到威胁感到担心。

郑其伟的话虽不多，但是可信，秦枫的担心消除了一大半。

"杜梅有些事情要找你，如果你不觉得时间太晚，我们一起过去吧！"郑其伟说道。

"现在这个时间对于我来说只不过是黄昏呢，就怕影响杜梅休息。"秦枫笑着。

"她和你一样，恐怕现在对于她来说还是中午。"郑其伟破天荒地说了句玩笑话。

与林皓月告别后，郑其伟坐上了秦枫的车去接杜梅。

夜色里，秦枫驾车穿过闪烁的霓虹灯，按照郑其伟的指引，朝杜梅在上海租住的公寓楼驶去。

"你们谈得怎么样？"郑其伟在车上问秦枫。

"比想象的好很多。"

"你一定要谨慎，他们是唯利是图的人。"

"谁又不是呢？"秦枫说，"我的每一个客户都希望我能做到最高的投资回报。"

"他们不一样，他们是有组织的财团，做的是特种生意，你不要看他们现在是一团和气，涉及到利益，立刻就会翻脸不认人。"郑其伟慎重地提醒秦枫。

郑其伟的话，让秦枫立刻就想到了辛洁。

"的确如此，也许会伤人很深很深。"

郑其伟不太明白秦枫的意思，但是一向言语简洁的他没有再多说什么。

在郑其伟的指引下，秦枫将车停靠在了杜梅的公寓楼下，杜梅早已拎着电脑包在门口等候着。

看到郑其伟和秦枫都走下车，杜梅迎了上来。

"秦枫，病毒程序我已经写好了，如果你有时间，我得看看是否和你的系统兼容。"杜梅的声音像银铃般悦耳动听。

"这么快啊，真没想到，"秦枫非常佩服，"如果你觉得方便，就到我家去吧。"

"太好了，我可以参观一下秦枫的宝地了。"杜梅开心地接受了秦枫的邀请。

秦枫提出先送郑其伟回住处，但是郑其伟坚持自己打车离开，看着郑其伟坐的出租车消失在夜幕里，秦枫载着杜梅回到了毕加索公寓。

“哇，这里真漂亮，真舒服。”杜梅一进到秦枫的公寓就开始赞不绝口。

“喝点什么？咖啡和果汁都有。”秦枫笑着问。

“咖啡吧，”杜梅说，“我喜欢你这盏灯。”杜梅研究着餐厅上的那盏黄铜吊灯。

“那是在一艘报废的邮轮上买来的，碰巧。”

秦枫煮好咖啡，一杯递给杜梅，一杯自己拿着，两人坐在沙发上。

“现在就开始吧，我得先看看你的系统。”杜梅和秦枫一样是工作狂。

秦枫将杜梅带到书房：“杜梅，正好今天你这个电脑大师来了，我想请教你一些问题。”

“大师就免了，什么问题，你说。”

“我的投资模型里，在技术分析模块上有几个关键点的处理还需要完善。”秦枫打开笔记本电脑。

“你仔细给我讲讲，不知道我能不能帮得上忙。”杜梅很谦虚。

秦枫启动了投资模型中的技术分析模块。“你对股票技术分析了解吗？”

“大的概念我了解一些，但是讲到具体应用，我可是一窍不通。”

“那就足够了。”秦枫说。

3

秦枫将整个技术分析模块展现在杜梅眼前，拿起一支中华牌铅笔，指着电脑屏幕一个部分一个部分对杜梅介绍：“你看，这是技术分析模块的主要内容，技术指标分析、图形分析、周期分析、混合分析、道氏理论以及统计分析。”秦枫用铅笔在屏幕上指示：“在这些技术分析方法的关键点位，目前我依然采取的是半自动的操作方式，一半是计算机自动计算，另一半需要我人工计算合成，我一直都希望能找到合适的办法，在计算层面上，整体由电脑代劳。”

“那么，目前人工计算部分为什么无法纳入到计算机的计算程式呢？”杜梅问。

“这是由几个原因造成的，”秦枫说，“第一个原因，就是每种技术分析的体系不兼容，技术指标分析和周期分析技术是根据市场内部数据进行的客观性分析，而道氏理论和图形分析属于主观性的分析，波浪理论和甘氏理论属于主观和客观相混合。第二个原因，所有的技术分析，都是以周期性为基础，证券价格波动的周期性，是所有主动投资的根本，但是股票市场的价格波动周期往往又具有变异性，这就需要随时调节和跟踪。第三个原因，通过确认周期变异后的技术分析，我在投资模型里建立了一个交易系统，而这个交易系统的交易信号，需要经过统计甄别后确认，所以到目前为止，后期工作全部由我自己人工完成。”

秦枫用最简洁的方式，对杜梅介绍了她所遇到的一些问题，杜梅认真地听着，大脑同时高速运转着，智商超过一百五十的杜梅很快就听清楚了智商同样在一百五十以上的秦枫所说的问题之关键。

“可不可以这样理解，第一，你需要将主观分析与客观分析兼容？”杜梅问。

“是的。”

“那么首先要将主观分析进行改造，使得主观分析变成客观分析，采用这样的标准，应该可以解决这个问题。”杜梅很快抓住了问题的关键。

“对啊，你真是厉害。”秦枫惊叹。

“第二，你所说的周期变异，无非就是时间节点的动态移动过程，这个用模糊程序就可以解决，纳入到你的交易系统里，在时间周期的基础上建立的所有技术分析指标，就可以自动变化周期参数了。”杜梅的脑袋几乎就是一个高级计算机。

“杜梅，你简直就是神，你不是人。”秦枫由衷地赞叹，自己百思不得其解的问题居然被她轻松搞定。

“呵呵，还没有说完呢，第三，关于统计甄别的问题，我想统计方法对你来说不是问题，那么为难的应该是动态数据样本的采集数，你觉得设计一个噪音过滤装置是不是就解决了问题？”杜梅问道。

秦枫用手拍了拍自己的额头：“哇噻，我终于见识了，什么是真正值得敬畏的大脑。”秦枫对杜梅佩服得五体投地。

“别夸了，我都不好意思了。”娇小的杜梅谈起电脑技术头头是道，但面对秦枫的夸奖，却很是羞涩。

“你说的，都是问题的关键，今后我可是要不断地麻烦你了。”秦枫感觉自己找到了知音，这一天里，在此刻，她是最开心的，“事实上，我已经采用了手工方式对图形分析技术和道氏分析方法进行了客观化改造，周期变异也是手工完成，今后在程序设计上，我一定少不了向你请教，你可要做好心理准备啊！”

“那你赶紧麻烦我吧，我可是巴望着呢，知道吗，帮你把难题搞定，最开心的是我。”杜梅说着，将咖啡杯放在桌上，开始查看秦枫投资模型的系统结构和程式设计方式。

秦枫坐在一边，看着专注的杜梅，就像欣赏着一幅美丽的画。而从书房的门口向内望去，秦枫和杜梅两人，就像是这子夜守候着的仙子，亦如油画中圣洁的女神。

“这里是有一些冲突，我很快就可以弄好。”杜梅说着，回到客厅，从电脑包里取出自己的笔记本电脑，拿进书房在桌上打开，开始修改为秦枫设计的病毒程序。

整个修改过程只花了不到一刻钟时间，杜梅就抬起头：“搞定了，我现在就要把这个病毒程序载入到你的系统里了，病毒程序设定了自动启动装置，你在进入投资模型的时候，要输入密码，密码错误病毒则自动启动，并且我还给你设置了一个防止侵入模块，拷贝你的投资模型需要另外一组密码，如果没有输入拷贝密码，文件拷贝到别的电脑里，在启动投资模型程序的时候，病毒自动启动，五分钟内，那台电脑的系统会彻底崩溃，并且破坏CPU和硬盘，无法恢复。”

秦枫听杜梅说完，惊叹得目瞪口呆：“我不再夸你了，找不到词了，你太厉害了。”

杜梅让开位置，让秦枫坐到电脑前设置启动密码和拷贝密码，在秦枫设置密码的时候，杜梅特意将头偏向一边，这是秦枫的隐私，即使程式是她设计的，杜梅也认为自己无权知道密码。

等到秦枫将密码设置完毕，杜梅笑道：“好了，现在就算是我自己，也没有办法碰这个程序了。”

秦枫也高兴地站起身来，“现在已经很晚了，如果你不嫌弃的话，就在我这里休息吧，客房里什么都有，很舒服的。”

“好啊，我很乐意在这么温馨的房子里美美地睡上一觉。”杜梅欣然回答。

“你先泡个澡吧，客房的浴室里，浴衣睡衣都是新的。”秦枫带着杜梅来到客房。

客房里摆着一张英式楸木单人床，床单被套雪白洁净，床头柜上摆放着一些书籍。

“好的，你也该休息了吧？”杜梅问。

“我还得再晚点，要看看今天晚上的伦敦金属期货市场的交易情况。”秦枫往常是不会关注LME的具体交投的，但是晚上司徒明告诉了她，窃取模型的人今晚要进行伦铜交割，所以她觉得有必要观察一下。

杜梅洗完澡出来，身上套着粉红色全棉睡衣，看到秦枫依然坐在电脑前看着跳动的LME市场行情，走上前去：“你也投资期货吗？”杜梅问。

“不，我没有投资期货，我只是今天需要关注一下，不过看来也无济于事。”秦枫说。

“为什么说无济于事呢？”杜梅不解地问。

“因为我只能看到交投，不能了解具体的交割仓单属于谁。”秦枫回答。

“要怎样才能知道呢？”杜梅问道。

4

“除非能够看到LME的柜台交割单显示屏。”

“如果仅仅是看柜台交割显示，是不用进入交易系统的，对吧？”杜梅问。

“是的，这是公开信息，只是目前我们公司还没有开展外盘期货交易，所以看不到具体的仓单权属。”

“如果不是进入到交易系统，仅仅是要查看场内柜台交易显示屏，我想应该有办法。”杜梅的大眼睛灵活地转动了两圈，对秦枫说道。

秦枫惊讶地问：“你不会指的是黑客吧？”

杜梅笑了起来：“当然不是，黑客就要入侵交易系统了，我是做网络安全工作的，这点我比较了解，交易所的安全监控系统应该属于公共安全防护范围，公共安全防护目前实施的是全球共享协议，信号可以通过卫星传播的。”

秦枫再度震惊：“你的意思是说，你可以进到LME交易大厅？”

杜梅点点头：“不过需要借用卫星信号，还需要特殊的通信协议，这样你就可以坐在这里看到LME交易市场里你想看到的每一个画面了，这是公共信息，你有权了解。”

“可是，这会儿到哪里去获取卫星通信协议呢？”秦枫话刚出口，就知道自己犯了一个错误，杜梅是专家，她既然说了，自然有办法解决这个问题。

“我来试试看。”杜梅说着，麻利地从电脑包里再次取出自己的电脑，放在书桌上，秦枫把座位让给杜梅坐好，自己则坐在杜梅身边的另一把椅子上，欣赏着注定要令人激动一幕的发生。

秦枫看着杜梅进入到了一个卫星共享网站，这哪里是深夜，卫星共享网站里，挤满了世界各地的电脑高手，大家都不知道在忙些什么，但是一定都很忙，因为无论是共享区域还是论坛的交流，信息更新的速度就和眨眼睛一样的快。

在人群里，杜梅发现了一个熟悉的名字，“海豚”。

事实上，“海豚”是申军在国际IT交流圈子里的名字，这个名字和杜梅的名字“杜鹃”一样如雷贯耳，受人尊敬。

申军几乎是同时看到了杜梅：“你好，杜鹃。”电脑屏幕上显示“海豚”对“杜鹃”的问候。

“你好，海豚。”

“在哪里逛呢？”申军在电脑上发问。

“正打算去看看伦敦金属交易市场LME，我在寻求一个LME公共安全视频信号通信协议。”杜梅知道“海豚”是通信专家，在通信技术上，比自己要高出一个层次。

“你稍等，我帮你找吧，喝杯茶先。”电脑屏幕上显示出一个笑脸和一杯热气腾腾的红茶。

杜梅知道“海豚”会帮她找到通信协议，转过头对秦枫说：“这个‘海豚’是中国人，在国际IT届很有威望，他在帮我寻找通信协议。”

杜梅一边等待申军找寻公共通信协议，一边看着秦枫面前LME各金属交易的行情跳动：“秦枫，你的投资模型能用到期货交易上吗？”

秦枫笑着回答：“可以的，一个成功有效的投资模型，是要经过跨市场检验的，这个投资模型我事先已经在LME实证过了。”

“真厉害，跨市场的实证，是要对整个投资模型进行检验，还是只检验技术分析模块？”杜梅问。

“技术分析模块，仅仅是投资模型中市场分析模块子项目下的一个很小的组成部分，甚至在很多投资交易决策体系里，根本上就没有技术分析模块，”秦枫告诉杜梅，“不过我的这个投资模型里，技术分析占有一些比重，虽然不高，但是很重要，进行跨市场检验，是一定要对整体投资交易决策体系进行检验的。”

“是不是可以这样说，所有的证券投资交易，其核心实质上是相通的？”杜梅问。

“是的，我认为是相通的，所以一个有效的投资模型才具有广泛的实用性。”秦枫说道。

电脑屏幕上，伦敦铜的交易价格依然倔犟地大幅上涨，根本不顾不断增加的库存量，秦枫指着伦铜价格的分时走势图：“早在半年前，铜价就已经远远突破了投资者的心理极限，并且同时全球铜产量不断提高，库存也在不断地增加，按照常理，铜价应该下跌才对，结果这半年以来，铜价非但没有下跌，而且像火箭一样往上攀升，所以很多非常老到的投资人这半年里在伦敦铜上损失惨重。”

“那是什么原因呢？”

“从表面上看，是市场出现了异常交易，或者有的人认为是庄家在进行炒作，但是实际上不是这样，归根到底，还是交易策略出了问题。”

“交易策略的问题？”杜梅有些不解。

“是的，市场不会随着投资者的意愿去发展，它总是用各种各样的方式完成‘零和游戏’的博弈结果，这个结果总是出乎大多数投资人的意料，所以一个有效的交易策略就一定要涵盖群体心理模块，在市场关键时刻，采取逆向交易。”秦枫简单说了一下逆向交易的问题。

电脑屏幕上“海豚”给杜梅发来了新的消息：“通信协议已经找到。”

杜梅移动鼠标，接收了申军传递过来的卫星公共通信协议频道用户名和登录密码，然后在电脑上输入：“谢谢海豚，我试试看。”

这就是互联网，这就是地球村，“海豚”和“杜鹃”之间的沟通用不着太多的言语、默契和守信，是这个地球村的通用语言。

LME交易大厅几乎和上海南京路一样的热闹，杜梅笑着问秦枫：“我经常在商场里迷路，你得告诉我，哪里是交割仓单显示屏？”

秦枫沉浸在惊讶之中，笑道：“你在电脑上，哪里都可以去，难道百货公司还能难得住你？”

“是真的，秦枫，进了百货公司，我的头立刻晕掉，智商直线下降，估计最多五十。”杜梅自嘲地笑着。

秦枫把头凑近电脑屏幕，仔细看了看整个画面，指着中间一处地方说：“这里兴许是吧，呵呵，我也没有去过呢。”

5

杜梅控制着LME里的公共安全摄像头，用鼠标调整着摄像头的角度和焦距，将画面放大，果然，画面清晰后，秦枫所指的地方就是交割仓单显示屏。

两人不约而同地相视而笑，默契油然而生。

“这么复杂的地形，你都能一眼找到目标，以后我去百货公司买衣服一定拉上你。”杜梅笑道。

秦枫一边看着LME的交割仓单显示屏，一边说：“这是职业直觉，至于买衣服，我只去看看自己喜欢的几个品牌，其他的也没有太在意，没时间闲逛呢。”

“你看你，那么美，什么衣服穿在你身上都像是订做的，”杜梅说，“还有，你的身上，你的房间里，都有着兰花一样的清香，可我在房间里又没有看到兰花。”

秦枫终于忍俊不禁：“杜梅，你可真逗。”

杜梅很认真地说：“你可别笑，我是认真的，你告诉我，你身上的兰花香，是哪儿来的？”

“这是个秘密，”秦枫笑着，“其实你也可以做到的。”

杜梅眨着大眼睛，灵光闪动：“快告诉我，怎么做到？”

秦枫对着杜梅的耳朵低语几句，杜梅也笑了起来：“那好，咱们说定了，一个月以后，你教会我。”

“行，我保证。”秦枫对杜梅承诺。

两个开心的女郎就像是两朵盛开的雪莲，在夜里，在跳动的LME行情屏幕前，在国际资本搏杀的大舞台前，谈笑风生。

秦枫和杜梅都毫无睡意，查看了半个多小时后，秦枫说：“有几家是中国境内公司的仓单，其中有中储公司的，也有铜冶炼公司和五矿公司的，但是其他的几张国内户头的仓单还不太了解。”

“那怎么办？需要怎样才能了解呢？”杜梅很想帮秦枫解决所有的问题。

“这个通信协议，能不能了解到从LME交易大厅内发往国内的传真号码？”秦枫问。

“这个通信协议是公共安全通信协议，只能查到公共安全设置的共享通信信号，如果你要查传真号码，我得再找‘海豚’帮忙。”杜梅说着，开始在电脑上寻找申军。

谢天谢地，申军还在网上神游，杜梅在美国联合航天空中基地找到了“海豚”。

“海豚，还有一件事请求帮助。”杜梅输入。

“请讲。”申军打出了一个笑脸。

“是否能查询到从英国伦敦金属交易所发往国内的传真号码？”杜梅输入问题。

“可以。”“海豚”回答。

杜梅和秦枫激动地对视了一眼。

“如何做到？”

“过程比较复杂，你需要哪个时间段的，我查询后再告诉你。”

杜梅用询问的眼神看着秦枫，秦枫考虑了一下：“半小时前开始到现在的，然后从现在开始到半小时后的。”

杜梅在电脑里输入了要求。

“没问题，请等候十分钟。”电脑上显示“海豚”的回答。

这个午夜虽然没有星星闪烁，却是美妙的时刻，是秦枫觉得一天中最轻松的时候。从早上到夜晚的整整一天里，一波接着一波地发生了那么多错综复杂的事情，让秦枫应接不暇，终于，上天把杜梅送到她的身边，这是最好的礼物。

“杜梅，真是不知道该怎么感谢你，幸好今天你来上海了。”在等候申军的回音时，秦枫情不自禁地对杜梅说。

“我也在你这里学到了不少东西呢，特别是一个月以后，你还要传授给兰香的秘诀呢。”杜梅的大眼睛闪动着。

“一定，”秦枫说，“而且只教你，不教别人。”

“所以说，所有的事情，一定要有正确的路径才能走向极致，信息技术也是，迷人的芬芳也是，证券投资交易也是，对吗？”杜梅问道。

“天使，我完全同意。”秦枫笑着说。

“那你能不能用一句话来说明，什么才是证券投资交易的正确路径呢？”

杜梅的问题直接而关键，这也是秦枫一直在思考的问题，“我认为证券投资交易正确的路径应该是这样的，”她认真地总结着，“八个字——源于投资，终于交易。”

“我不懂。”杜梅摇了摇头，坦白地说。

“简单说，就是在进行证券买入的时候，投资者是基于对证券价值的发现，而在进行证券交易的时候，是基于对证券风险的认知。”秦枫用经典的语言，简明扼要地总结出证券投资交易之道，对于杜梅这样优秀的人，秦枫认为没有必要做任何的隐瞒。

“是不是可以这样理解，证券投资分析的核心，在于价值研究，而证券交易选择的核心，在于对交易风险的研究？”杜梅的理解力超乎常人。

“我敢保证，你要是来做证券投资，一定比我强。”秦枫对杜梅的悟性之高心悦诚服。

这时，电脑屏幕上显示出“海豚”的新信息——“请接收数据。”

杜梅点击了接收，第一次数据传输了过来，秦枫看了看，数据不多，几个号码显示的公司都是属于正常套期保值交易。

申军再次发来信息：“我每五分钟给你发一次数据，如果有传真进行的话。”

“不知道该怎么感谢你！”

“上个月你帮我写的反病毒程序，又需要我怎么感谢呢？还有三个月前帮我写的程序，是不是也要我报答？”

“杜鹃”和“海豚”从未谋面，仅相识于网络，但是，他们之间的互相支持与信任确实没有任何条件。

五分钟后，“海豚”发来了第二份数据，还是没有秦枫认为有价值的内容。

但是，第三份数据发来之后，却让秦枫大吃一惊。

从伦敦金属交易所交易大厅发到国内的传真里，最近的一份传真接受终端号码居然是秦枫熟悉得不能再熟悉的一个电话号码。

没错，这是公司投资总监钱向东办公室的传真号码。

第十六章

1

钱向东僵直的身影定格在办公桌前，整个晚上，他都在公司忙碌着，电脑部、风险控制部和投资策略部都被要求抽出人手加班。

但是，一直到事情做完了，大家依然不清楚自己加班所做的事情是为了什么。

钱向东首先要电脑部的人检查了公司的整个网路系统，增强了系统防护措施，然后要求风险控制部针对八竿子打不着边际的LME期铜合约进行详细的风险评估，但是，奇怪的是钱向东要求风险控制部假设公司对伦铜进行了一亿份额的投资，这对于风险控制部来说，简直就是一件无厘头的事情，完全没有逻辑可言。

投资策略部的几个加班经理也被钱向东的指令弄得头昏脑胀，钱向东要求投资策略部当晚拿出各种投资策略之间的风险评估和心理指数的比较数据，这对投资策略部来说，同样是一件破天荒的事情，投资策略不同，风险认知的方向就不一样，风险评估很难进行横向比较，而心理指数是根据投资风险的不同认知产生的，没有因就没有果，策略部的人谁都不知道钱向东的葫芦里卖的什么药。

但是，钱向东对大家保持了一贯的沉默。

LME开盘后，钱向东就像一尊雕塑坐在电脑屏幕前，看着屏幕上变幻的曲线和跳动的价格显示屏。

许久之后，他拨通了LME的场内电话。

钱向东在这方面独具优势，他在剑桥的同学现在有不少在英国金融证券领域处于中坚位置，所以，能够直接给LME场内打电话索要数据传真资料，在整个上海滩恐怕没有几个人能做到。

显然是伦敦铜反常的走势吸引了钱向东的关注，他向LME场内的同学索要了几份交割清单，拿到交割清单后，钱向东非常认真地将每个细节逐一查看，看完后，就这样站在办公桌前，一动不动地思考着。

电脑部经理过来请示钱向东的时候，他才从这种入定的状态中脱离出来：“哦，你通知一下几个加班的部门，现在可以下班了。”电脑部经理走后，钱向东双臂环抱，在办公室里来回地走动着。

他的办公桌上，除了那张传真以外，还有电脑部的安全报告、风险控制部对于伦铜超级牛市的衍生风险报告以及策略部的比较分析报告，三份报告并排静静地摆放在那里。

东方证券投资基金管理公司办公室的灯光一处一处渐渐地熄灭，加班的人陆续地离开，只剩下钱向东的秘书还在隔壁的办公室等待着。

钱向东走出办公室，来到走廊，公司里只有钱向东和秘书的办公室的灯还亮着，从站着的地方向看过去，两边似乎蔓延着无尽的黑洞，钱向东悄无声息地出现在秘书面前。

秘书是个小伙子，虽然已经适应了钱向东的突然出现，依然还是有些受惊：“噢，钱总监。”

“小陈，几个部门的报告，你应该都看过了，有什么看法？”

“我觉得，电脑系统对外的安全性没有问题，但是公司内部系统里，电脑之间的安全无法保证。”小陈说。

“嗯，还有呢？”钱向东的态度冷冰冰的。

“还有就是从LME这半年超级牛市的衍生风险评估来看，应该对国际股票交易市场会起到推动作用，因为热钱必然从金属交易市场撤出，流入到股市。”小陈想站起身来说话，被钱向东硬生生地给按了下去，“坐下，接着说。”

“但是，如果是纯粹在期货交易中套利，而不是套保的投资者，可能会蒙受巨大损失。评估报告上显示，空头爆仓的概率是百分之九十九，也就是相当于彻底爆仓了。”小陈抬着头对钱向东说。

钱向东整了整笔挺的西服，严峻地点了点头：“是啊，空头，哪怕是中间多翻空，也是血本无归，资产归零啊！”

小陈有些后怕地说：“公司幸好没有做期货投资，那些期货大户这次可就惨了。”

钱向东没有出声，不知在想着什么。

“钱总监，策略部的比较研究，我觉得没有太大的价值。”小陈是钱向东的心腹，他清楚顶头上司钱向东天生就是这么一副僵尸般的模样，其实对自己是相当不错，于是直截了当地把想法说出来。

“为什么？”

“策略部的不同策略研究员根本无法找到不同策略之间的共性，所有的比较没有一个基准点，所以，出来的比较研究报告，都只是停留在对市场的分析能力以及过往的投资业绩上，我想他们还没有理解您的思路和意图。”

钱向东的嘴角牵动了一下：“你说说，我的意图是什么？”

“您的意图应该是用不同的投资策略的风险评估体系，分别来评估秦经理的投资交易决策体系。”小陈不愧当了钱向东多年的秘书，一语道破天机。

钱向东终于难得地露出了笑容。

“你了解秦经理的投资交易决策体系吗？”钱向东问道。

“不了解，但是听您下午提了一下，说是全天候的投资交易体系。”小陈回答。

“你认为这个投资交易决策体系有必要对外公开吗？”钱向东又问。

“我认为没有必要，这应该作为核心交易技术保留。“小陈无所顾忌地说。

“我也是这个想法，我认为我们应该用别的投资策略去参加明天和中东联合投资公司的见面会，宁愿放弃这次合作机会，也要保留核心交易技术。”钱向东忙碌了整个晚上，意外地得出了这么一个结论。

“吴总一定不会同意的，公司非常重视这次和中东联合投资公司的合作机会，吴总志在必得。”

“是的，但是，我会尽一切可能阻止秦经理去参加明天的投资见面会。”钱向东的态度很坚决，“时间不早了，下班吧。”

钱向东回到自己办公室，将桌上的那份从LME发来的传真放进自己的公文包里，关上灯，和秘书一起离开了公司。

陈秘书走出公司大门的时候，突然想起了一件事情，告诉钱向东说：“钱总监，晚上吴总可能带着严小冉去见中东联合投资公司的代表了。”

2

今天晚上，关心伦敦金属交易市场期铜交割的不仅仅只有秦枫和钱向东，蔚蓝此刻也坐在自己的书房里，呆呆地看着电脑里伦铜疯了似的上涨。她几次拿起了电话，但是没有拨号码就放下，几番犹豫之后，蔚蓝终于下了决心。

“怎么样？交割了没有？”蔚蓝拨通了电话后，温柔地问。

对方一阵沉默后，暗声回答：“交割了。”

“你打算怎么办？”蔚蓝低声问。

“能怎么办，还是那样，已经和褚以森商量好了，明天收盘之前两清。”电话里的声音依然低沉。

“没有别的办法了吗？”蔚蓝又问。

“没有了，没有任何其他的办法。”声音除了低沉依稀有些绝望。

“要不你过来，我们商量一下吧，兴许还会有其他的机会。”蔚蓝轻声恳求着。

“现在不方便，还有一些事情要做。”电话里冷冰冰地回答。

“我有一件非常重要的事情要告诉你。”蔚蓝到现在为止，还没有把自己已经怀有两个人骨肉的消息告诉他。

蔚蓝是一个有主见的女人，但凡是涉及他的任何事，自己就变得优柔寡断，但是她改变不了这种习惯，这习惯从跟他在一起开始就形成了，也许是因为自己太在意他了。

当初他说要借钱做伦铜的时候，蔚蓝提出过反对意见，蔚蓝认为不是在套期保值的基础上进行的期货交易行为，有非常大的赌博成分，风险太大，但是最后因为他的振振有词而没有坚持自己的意见。

起初的操作很顺利，一个星期他就赚了五百万，蔚蓝当时就提出过及时收手，但是，他不听。伦铜由初期的盘整突然转向轧空走势，起初盈利的五百万亏进去了，蔚蓝再次提醒过，要求他收手，可是他不甘心，认为不能让冒这么大风险赚到的五百万就这么付之东流，从那天起，就是噩梦的开始，从轻微的亏损，一直到大亏，终究发展到了孤注一掷，全仓做空而爆仓。

如果，蔚蓝想，如果当时她坚持自己的意见，是完全可以阻止悲剧的发生，可是，证券投资交易中没有如果这个词，时间不能倒流，所有的后果最终都得由自己来承担。

爆仓，是意料之中的事，但是现在这一天来临了，蔚蓝依然不敢相信，也不愿相信。但相不相信又能如何，事已至此，后悔于事无补。

但是蔚蓝始终不赞同他采取更为极端的方式，窃取秦枫的投资模型抵清债务，四千万的确不是一个小数目，但是凭借他们两个人的能力，只要给予他们时间，还是有机会偿还的。

“还有什么事情比四千万更重要？”话筒里的声音听起来就像大西洋底冰冷刺骨的海水。

“的确，比这个要重要。”蔚蓝眼眶里盈满泪水。

“什么事情？”

“我一直没有告诉你，是因为没有确定。”蔚蓝一阵心酸。

“别啰啰嗦嗦的，有什么事情快说。”

“我有了我们的孩子了，已经确诊了。”蔚蓝的泪水淌了出来，泪水里，有激动、有幸福、有委屈、有自责、有期盼、有憧憬……

“你有什么打算？”

“医生说，一切都很正常。”

电话听筒里，一阵沉默，这沉默对于蔚蓝来说，犹如大西洋的海底般黑暗深沉，看不到光亮。

“我想把孩子健健康康地生下来，我们共同把孩子抚养长大，培养成人。”蔚蓝哽咽着。

“你要保重好身体，等这件事情处理完了，我来看你，到时候一切问题都不复存在了。”

“我有一句话，我知道你听不进去，但是我还是要说，”蔚蓝依然抱有一线希望，她坚持说出自己的想法，“你用投资模型抵清债务，看上去是可行的，但是我始终觉得会后患无穷，我不想你这样做，我总是感觉会出问题。要不，再和褚以森谈谈，让他再给我们一些时间，一定会有更好的办法来解决的。”

女人的直觉通常比男人的思维更为准确有效，这是经过了几千年的实践证明出来的一个近似于真理的常识。

但是，蔚蓝的爱人拒绝了。

“没用的，我已经和褚以森谈过几次了，现在只有这个办法。放心吧，我会处理好一切，明天下午股市交易结束之后，一切问题都会解决。”

蔚蓝终究没有再坚持下去：“好吧，亲爱的，希望你明天一切顺利，我爱你。”一个人的性格就是这样决定了一些事情的发生，一些事情的发生就慢慢累积成了一个人的命运。

“我也爱你，晚安。”

挂断电话后，蔚蓝关掉了面前的笔记本电脑，仓单已经交割，行情的跳动对于她来说已经没有任何意义，更加糟糕的是还有司徒明和胡立阳，这两个人今天一早一晚来到了上海，正所谓来者不善，蔚蓝心底不自觉地泛起了不安和恐惧。

她看着窗外，浦江对岸的外滩上霓虹灯在变幻闪烁着，她突然作出了一个让她自己都震惊的决定：“为了自己今后的幸福，为了自己爱人的安全，必须给秦枫打电话，要她明天切勿打开投资模型。”

蔚蓝认为，只有这样，才会真正阻止他的一错再错，只有这样，才是给了自己机会，至于褚以森那边，一定是有办法延缓一些时间的，毕竟褚以森要的是钱，不是人。

蔚蓝鼓起了全部的勇气，双手捧着手机，几乎是颤抖着拨通了秦枫的电话。

“蔚蓝，这么晚还没有休息？”接到电话，秦枫非常诧异。

3

蔚蓝本来已是鼓足了勇气，准备对秦枫说出投资模型的事情，可是当电话接通，话到了嘴边，她立刻又收了回去：“哎呀，是秦枫啊，对不起，电话打错了。”蔚蓝总是这么优柔寡断。

“没关系，你还没有休息吗？”秦枫问。

“正要休息呢，秦枫，是不是打搅你休息了？”蔚蓝明显带着抱歉的语气。

“没有呢，刚刚看了LME的伦铜交易，今天会睡得晚一些。”秦枫随口回答。

听秦枫提到伦铜交易，蔚蓝心里一惊，立刻说道：“那我就不打搅了，晚安。”

“晚安，蔚蓝。”秦枫挂上电话，暗自思量，蔚蓝在这个时候打来电话，恐怕不是拨错了号码，难道蔚蓝和钱向东有私人关系？应该不会吧，钱向东是有家室的人，蔚蓝的个人条件又是那么好。但是，秦枫的脑子里不能完全摆脱这个想法，从LME发往钱向东办公室的传真，蔚蓝的深夜来电，这其中应该有一些必然的联系。

“怎么了，秦枫？”坐在一边的杜梅问。

秦枫摇了摇头：“没什么，是一个老客户，说打错了电话，我在考虑是不是和今天伦铜的交割有关。”

“你的工作是不是每天都这么紧张啊？”

“差不多吧，不过今天确实很特别。”

“你受得了吗？每天这么大的压力。”

“习惯了就好了。”

“你说，如果要你再选择一次，你还会选择做证券投资吗？”杜梅歪着头，俏皮地问。

秦枫也学着杜梅，歪着脑袋，做出俏皮的样子，想了想：“当然，我还是会选择做证券投资。”

“为什么呢？说说你的理由，是因为收入高还是因为你喜欢？”杜梅继续刨根问底。

“这两个原因都有，但更重要，是因为证券投资交易是发现经济真相和自我真相的一个过程。”秦枫直言自己选择的理由。

“为什么说证券投资交易可以发现经济真相呢？”杜梅明亮的大眼睛注视着秦枫。

“股票价格和实体经济是一个互动的过程，推动股价上涨的因素在短期来看，是多种多样的，很多人认为群体心理因素也是其中的重要原因，但是，从长期来看，推动股价上涨的因素，一定是企业的发展和盈利能力，”秦枫用手将柔顺的秀发拂到耳后，“同样，股票价格往往会提前反映实体经济的发展，对于实体经济的战略制定有着非常强的指导作用。”

“杜梅，你知道吗？有时候你觉得你发现了历史，或者走在了历史的前面，可是回头看的时候，才知道，你依然在历史之中，你是在参与历史和创造历史。”

“这实在是太美妙了，”杜梅说，“秦枫，你不会觉得我问得太多吧？郑总说可能要调我到投资部工作，我可是一点把握都没有。”

“是吗，那太好了，你一定没问题。”秦枫很为这个消息开心。

“搞电脑我没问题，可是，对证券投资交易，我几乎是一张白纸。”杜梅有些忧心忡忡。

“其实，一张白纸才更好，”秦枫说，“证券投资交易最关键的，在于一个人的品质，人品好，在性格上的缺陷就会少很多，那么她对于人性自身的弱点，就会有清醒的认识。如果一个人，能够战胜人性的弱点，那么证券投资交易对于她来说，就是一条康庄大道。相反，就算是一个人掌握了无数的证券投资交易理论，但是在投资交易的过程中，无法清醒地认识和控制人性的弱点，那么这些理论知识就没有任何意义可言，这种投资者注定了是要失败。”

秦枫望着专注的杜梅：“你在电脑领域已经达到了相当的高度，我想任何行业想要到达顶峰，都需要战胜很多别人无法战胜的困难。还有，你善良聪慧、悟性又高，这些都将会使你很快触及证券投资交易的核心，我等着和你一起开香槟庆祝的那一天。”

“有你做我的老师，我才会有信心。”杜梅笑了，一张俏脸在灯光下神采飞扬。

“做老师可不敢，做好朋友才对。”

“秦枫，告诉你吧，我从小是在孤儿院长大的，没有父母、没有亲人，你要是不嫌弃的话，收我做妹妹吧！”杜梅说这句话的时候，脸上依然带着笑容。

“啊？”秦枫没想到开朗的杜梅有着如此凄凉的身世，她最怕听到别人的哪怕是一丝的不幸，“好啊，我这里，就是你的家了，以后，你可得要叫我姐姐哦。”

“好啊，姐姐！呵呵，我有姐姐了！”杜梅高兴得像个孩子。

“其实，我一直都想在世上找到亲人，找到家。小时候，院长说，等我成为最优秀的人，亲人就会把我领回家，所以我拼命地学习，考试永远拿第一，但没见谁来领我啊，心里一直很自卑。在中学接触到电脑，突然发现，它可以容纳我所有的喜怒哀乐，就一下子喜欢上了，越是钻研得深，就越喜欢，感觉似乎找到了亲人，我的话它最听，别人指挥不了它，多难的事儿只要我动动键盘告诉它，它都会照办。它的事儿我都懂，哪儿出了毛病不对劲，我都能察觉出来，这叫感同身受。好多人说我是电脑天才，其实才不是，应该是‘电脑亲人’。”

杜梅开心地说着，但秦枫却听得鼻子发酸，眼底泛起泪光，她可以想象，当一个孤苦伶仃的女孩把所有的感情寄托在这冷冰冰的机器的时候，内心曾经受过怎样的痛苦与煎熬。所幸，杜梅是这么坚强、这么乐观。

秦枫掩去疼惜，和杜梅一样开开心心地笑着：“好妹妹，我妈这几天在新加坡办画展，下星期应该可以回来，到时候我带你回家，去见见我爸我妈，他们一定会高兴极了，他们总是遗憾我没有兄弟姐妹，这下，天上掉下来一个这么优秀的女孩给他们当女儿，他们不知会有多开心。”

世界上的事情，也许真的有定数，杜梅和秦枫，一位是证券投资界的精英，一位是电脑程序开发领域的先锋，这两个优秀的人走到了一起，注定会使现代证券投资交易与当代先进的计算机技术紧紧地融合在一起，共同完善投资交易决策体系，应对跌宕起伏的国际国内资本市场，也注定了在不久的将来，两位杰出人才的联手，创造出让全世界震惊的投资奇迹。

作为国际老牌投资资本的中东联合投资公司早已看到了东方巨人的崛起，这次来华投资，首期资金即达到两百亿美金，完全可以体现他们的信心和决心，同时，他们也在暗暗地考验着中国人的证券投资交易能力。

这个晚上，最后休息的，并不是秦枫和杜梅，当这对姐妹入睡的时候，东方证券投资基金管理公司的总裁吴文松还在反复推敲着与中东联合投资公司的谈判方案。

4

为了能够与中东联合投资公司进行合作，吴文松动用了各种渠道关系，终于，在晚上十一点，得以在投资见面会之前，与中东联合投资公司代表团主要负责人提前见面。

显而易见，中东联合投资公司对这次在华投资相当之慎重，此次谈判代表的主要成员，均由该公司聘请美国基金协会高级管理人组成。

今晚与吴文松面洽的，正是代表团副主席美国人理查德先生。金发碧眼的理查德是美国雷鸟基金创始人，同时，他也是国际证券界现代统计学派的代表人物。毫无疑问，与这样一个强劲的对手谈判，过程之困难可想而知。吴文松与理查德之间的交流，不仅是对投资理念的一种碰撞，而且是对证券投资实务发展方向一次面对面的交锋。

谈判的转机出现在吴文松对理查德阐述了秦枫的逆向投资交易决策体系之后，理查德对此深感震惊，他认为如果该交易决策体系的基础，“随机数中的非随机性数据模型”被证实发现，作为资金委托方的代表人，他有权对该模型进行全面详细的核实，而吴文松则坚持只能用模型实证的市场数据以及跨市场的实证案例来证实模型的真实性与有效性。

双方在这个问题上形成了僵局。

谈判在希尔顿大酒店的一个豪华商务套间进行，吴文松和理查德分别坐在客厅里相邻着的两张巨大沙发上，理查德带来了代表团的翻译格林，也是美国人，但中文讲得非常流利，吴文松则带着严小冉，因为严小冉是英语专业科班出身，她的英语说得纯正地道。

“理查德先生，目前，我们东方证券投资基金管理公司虽然在资金管理的规模上还不算非常强大，但是，正如阁下所管理的雷鸟基金创业之初那样，一直以来，我们东方基金都遵循科学投资与理性投资。”严小冉替吴文松翻译。

听了吴文松的话，理查德微笑着：“非常感谢吴先生对雷鸟基金的关注，雷鸟基金创建之初，我们的主要合伙人大多是来自于理工科的专业人员，有工程师、飞机机械师、退役飞行员等，而我本人则是一名统计师。”

“是的，正是在理查德先生的带领下，这些有着高度逻辑思维能力的理科人才，创建了美国现代统计学派，雷鸟公司随之发展壮大，成为美国投资基金的主要力量之一。”吴文松对于理查德所领导的雷鸟基金了如指掌。

理查德虽然很高兴吴文松对雷鸟基金的关注和了解，但是，对于逆向投资交易决策体系的具体环节，他依然还是坚持自己的意见："吴总裁先生，我相信东方基金管理公司的务实与客观精神，但是，我们西方人有一句话叫做'只有亲眼看见的东西，才能证明它的存在'，所以，虽然您所介绍的逆向投资交易决策体系以及这个投资交易决策体系的根基，'随机数据中的非随机数据模型'，我们的确非常感兴趣，但是，在对其进行全面透彻的评估之前，我们不能对中东联合投资公司与贵公司的合作作出任何承诺。"理查德讲话的态度很友好，但是所表现出的立场却非常强硬。

"我非常理解您的想法，理查德先生，但是随机数据中非随机数据模型是一个重大的突破，我们不可能对该模型进行全面揭示，不过，我们可以完全对您公开所有的数据模型实证结果。"吴文松也坚持自己的立场。

"总裁先生，我们是带着诚意而来，所以同样也希望我们的合作伙伴具有真正的诚意。"理查德毫不让步。

"当然，我们同样也是怀着最大的诚意来争取与中东联合投资公司成为长期的合作伙伴，但是，作为整个投资决策交易体系的核心，数据模型作为独具的知识产权也同样应当受到尊重与保护，不知道理查德先生是否同意我的看法。"吴文松的脸上永远挂着笑容。

"这一点，请吴总裁放心，我们美国人最重视的就是信用，我可以保证，我们只对这个投资模型进行审核，而不带走模型中的任何有价值的组成模块。"理查德信誓旦旦地对吴文松作出保证。

"我对于代表团的信用没有任何怀疑，我所做的一切努力，都是为了能在今后的合作中，为我们的客户创造长期稳定的资产增值。对投资模型的保密，事实上也是对我们的客户负责任的一种态度。"吴文松讲话非常具有艺术性。

"总而言之，我也必须对我的委托人负责，我不能轻率地将巨额资金委托给我不了解的公司，总裁先生想必可以理解。"理查德几乎是在对吴文松做最终阐述。

"当然，我非常欣赏理查德先生负责任的精神，所以，我们的焦点应该放在对客户负责上，在我看来，能够长期稳定地给客户带来投资效益，有效的投资交易决策体系是不可或缺的必要条件，而这就正是我们公司所拥有的，还有我们的热情，诚实与守信。"吴文松希望理查德能撇开这个话题。

"吴总裁，我想我们很难在这个关键问题上达成一致，虽然我很愿意交您这个朋友，但是恐怕这对于我们之间的合作起不到任何帮助作用。”理查德非常委婉地说到了结束语。

眼看理查德就要起身告辞，吴文松内心焦急万分，但是表情依然非常镇定，带着招牌式的笑容不紧不慢地对理查德说：“如果您能和这个投资模型的发现人面谈一下，也许对我们的合作会有帮助。”

这正是理查德所期望的，吴文松抓住了关键。

“虽然我很期望能够和这个投资模型的发现人见面，但是这似乎对我们之间的合作起不到任何推动作用。”理查德很客气，但是依然寸步不让。

吴文松则笑眯眯地对理查德说：“如果您了解了她对统计学派的一些观点，我想您会改变您的想法。”

严小冉对吴文松的话翻译得非常到位。

5

“现代统计学派是目前最为科学和客观的投资交易决策体系，我非常想了解您的这位伙伴在这方面有什么真正意义上的突破。”理查德对此非常自负，他的翻译在转述这句话的时候，也显得相当自豪。

“理查德先生，我们所谈到的投资模型的发现者，是我们公司一名年轻的投资经理，一位理性的东方女性，据我所知，她对统计学派有一些与众不同的看法。”严小冉的翻译铿锵有力。

“统计学目前已经成为所有投资交易策略的基础，这是毋庸置疑的。”理查德的翻译对每一个汉字的发音都很清晰。

“我们这位年轻的投资经理叫做秦枫，在她看来，统计学派在理论立足点上出现了重大悖论，这个悖论将会导致资金管理者因为追求客观理性，反而最终形成了主观化情绪化的投资结果。”吴文松慢吞吞地说，他不得不用这招，既然理查德对逆向投资交易决策体系并未完全信服，并且还要求核实投资模型，那么吴文松只能寻求对于理查德的看家本领处进行突破。吴文松知道，理查德是一个真正的投资家，他绝不会因为自己的投资理论遭受质疑而对东方基金管理公司产生抗拒的态度，反而，一个真正的投资家对于真相的探索才是他们的动力源泉。

“这的确是一个惊人的观点，”理查德挪动了一下魁梧的身躯，“总裁先生能不能说得更为细致一些。”

“秦枫小姐并不否认统计学在现代投资技术中的重要作用，正如您的理论所述，统计学是客观和理性的，”吴文松保持着一贯的风度，“但是，统计学派的理论在用于投资实务时，却存在将相关关系用于因果关系的概念鸿沟，这种概念之间的鸿沟如果没有进行真正的跨越，而仅仅是将概念进行了转换，就会使得客观统计的结论成为主观判断的依据，而无法形成真正的客观投资。”吴文松娓娓道来，严小冉逐字逐句地准确翻译着。

理查德听了严小冉的翻译，脸上的笑容有些僵硬，客厅里出现了短暂的沉默，理查德伸手从茶几上拿起装着大半杯矿泉水的玻璃杯，喝了一口，然后慢慢将玻璃杯放还原处，看着坐在侧边的吴文松，微笑着说：“如果能够看到这位秦小姐三年以来的投资交易记录，我本人非常愿意在明天到贵公司拜访她。”

吴文松的目的达到了：“非常欢迎理查德先生到我们东方证券投资基金公司做客，我相信您一定会不虚此行。”

“重要的，是这位秦小姐的历史交易资料，”理查德摊开手，笑了笑，“我期待着明天与她的会面。”

“这二者，明天您都将在我们公司一起看到。”吴文松终于松了一口气，满面春风地说。

理查德和吴文松站起身来，两只手终于握在了一起，整个晚上的谈判到此告一段落。

“理查德先生，明天我们上午什么时间来接您合适？”吴文松没有忘记紧盯细节。

“吴总裁先生，不敢烦劳阁下，我需要回去与我的同伴商量一下，具体时间格林会提前与你们联络。”理查德礼貌地与吴文松握手告别。

吴文松在酒店门前目送理查德的车缓缓离开，到目前为止，美国代表团的真实住址仍然对外保密。

吴文松和严小冉坐进他的奔驰汽车，吴文松要司机先送严小冉回家，然后坐在后座上一言不发地沉思着。明天中东联合投资公司的代表要直接来公司会谈，这对东方来说是一个极为难得的机会，可以说，他们明天的造访，只要不出特别大的差错，凭借秦枫新开发的投资模型，以及在投资模型之上建立起来的逆向投资交易决策体系，一定可以令理查德以及他的伙伴信服，那么东方证券投资基金管理公司和中东联合投资公司的合作就会有绝对的把握了，这将会使得东方公司实现一个巨大的跨越，资产管理规模进入到千亿级别层次，这是吴文松一直以来梦寐以求的事情。

吴文松侧过头，看着车窗外流动的风景，深夜的霓虹灯依然流光溢彩，这座城市有着永不衰竭的魅力，正是因为它时刻都向全世界敞开着宽广的胸怀，整整一个世纪以来，这座美丽的东方之都如同一颗明珠闪耀在中国版图的东端，这里时刻都会带给世人惊喜，明天，秦枫一定会让整个中东联合投资公司代表团震惊。

同时，吴文松也在考虑秦枫这个交易日遭遇阻击的事情。他非常了解秦枫，他知道秦枫今天下午的举措，就是为了明天的反阻击而做的准备。自己一再阻止秦枫进行反阻击，就是为了能够提前邀请中东联合投资公司的代表到公司来面洽，并且不让他们看到哪怕是一丁点儿的不稳定状况，吴文松知道，这样做对于秦枫来说的确是很不公平。

但是，为了公司的发展，吴文松不得不违背常理去制止秦枫，即使秦枫完全有能力、有机会取得反阻击的最终胜利。

吴文松希望能够在与中东联合投资公司签约后，再和秦枫单独沟通这个事情，毕竟这件事不是一句两句就能够说得清楚。

明天理查德来公司，会查看秦枫的过往交易记录，并且会和秦枫一起探讨新的投资模型和投资交易决策体系，自己费尽心思所做的努力终于有了成效，胜败在此一举。

明天，无论如何要阻止秦枫进行反阻击，即使这样做不通情理。

吴文松作出了最后的决定。

严小冉的家到了，严小冉推开了车门："吴总，再见。"

吴文松叫住了严小冉："小冉啊，明天早点来公司，上班第一件事情，就是看到秦经理的时候，立刻要她来我办公室。"

夜雾弥漫在整个城市的上空，汽车轮胎与地面摩擦发出的"沙沙"声清晰可闻，彩带般纷繁交错的高架桥上偶尔有车灯亮起，这座城市停止了白日的喧嚣，暂时归于宁静。

吴文松身子往汽车座椅的后背上靠了靠，微闭着双眼，他依然在思考着，他知道这短暂的宁静过后，将迎来更为壮观的浪涛。

第三部分

第十七章

1

周二 7：00

闹钟将秦枫从睡梦中唤醒，她做的第一件事情就是打开枕边的笔记本，画上了一个三角符号，然后在后面写上473。

噩梦依然还在缠绕着她。

推开卧室的门，杜梅已经起床梳洗完毕，独自坐在客厅的沙发上看电视播放的早间新闻，杜梅将电视的音量调整到了最低。

“是不是在我这里睡得不习惯，这么早就起来了。”秦枫看到杜梅，心情非常好。

“早上好，晚上睡得香极了，我习惯早起，只是可惜你这里没有跑步机，要不我就可以跑几千米了。”杜梅看到秦枫出来，站起身笑着说，做了个跑步摆臂的动作。

“行，我明天就去买个跑步机来，免得让我们家的小鹿憋着了。”秦枫看到杜梅的动作，不禁笑了。

“你呢，你每天运动吗？”杜梅问道。

“我每天早上就是转圈，不停地转，就算是运动了。”秦枫说着，摆出了芭蕾舞的第五手位，在客厅里雪花般地旋转起来。

杜梅在一边看着，好半天，秦枫还没有停下来的意思，直到杜梅看得目瞪口呆，秦枫觉得身上微微有了些发热，这才“嘎”地停了下来，对杜梅做了个标准的谢幕姿势。

“哇噻！太精彩了，”杜梅赞叹道，“你从小就练芭蕾吗？”

秦枫点了点头：“小时候跳过《天鹅湖》，现在全忘光了，就只会打转了，这么多年，就没有压过一天腿，呵呵，这就叫做懒惰。”

“还懒惰呢，头发再长一点，都可以转得飞起来了，哪天也教教我，行吗？”杜梅满脸认真的模样。

“没问题，但是首先你得吃早餐。”秦枫说着，走到餐厅去给杜梅和自己做早餐。

杜梅兔子一般地蹦了过来："姐姐，我来吧，你也得让我显显本事呢。"

秦枫转过头，看着杜梅一副要大显身手的样子，不禁笑道："那好吧，就让你显摆显摆吧。"然后一一告诉杜梅，"这里有面包、牛奶、果酱还有牛油，冰箱里还有一些水果。"

杜梅挽起袖子，准备大干一场了。

秦枫则走出餐厅，来到浴室冲了热水澡。

等秦枫披着浴袍从浴室出来的时候，杜梅已经在餐桌上摆好了早餐，秦枫惊讶地瞪大了眼睛，她没有想到就那么几块面包几个水果，能让杜梅摆弄成这么丰盛的早餐，心灵手巧的杜梅居然还做了份水果沙拉。

"我的老天，你简直是在变魔术，"秦枫看着站在桌边的一脸得意的杜梅，"真没想到，你还有这手绝活儿。"

"还不知道好不好吃呢，快去吹干头发过来尝尝。"杜梅推着秦枫进到了卧室。

"好，你别等我了，赶紧先吃吧。"秦枫笑着催促杜梅。

秦枫吹干头发走出来的时候，早间新闻已经结束，电视里开始播出当日的财经要闻，秦枫将电视音量调大，习惯性地关注起来，杜梅也和她一起看着电视屏幕。

财经新闻还是那个模式：隔夜美股走势报道；LME金属行情分析；外汇分析；国际国内经济形势的报道之后通常会有财经媒体摘要。可是，电视播出的《证券日报》的一则财经评论，将秦枫和杜梅早间的愉快心情一扫而光。

"据《证券日报》报道，东方证券投资基金管理公司成长型基金近日连续遭遇大额赎回，该报财经评论员辛洁认为，东方证券投资基金管理公司旗下成长型基金管理人秦枫应该对此负责，连续的资金大额赎回，说明了投资者对管理人能力的怀疑。作为基金管理人，秦枫的投资策略可能违背了基金发起的初衷，她本人应该对投资者做出适当的解释，积极完善投资策略。另有消息称，昨日中国有线的股价突然出现大幅波动，也是因为该经理人大幅抛售所致。基金经理应该主动积极维护市场稳定，而不应该成为股价大幅波动的元凶，对此，我们将继续予以关注。"电视播音员职业地播完了这则消息，"下面播出上市公司动态……"

杜梅非常气愤，指着电视屏幕说："这个财经评论员怎么这么恶毒，一派胡言，哪有这么不尊重人的。"

秦枫紧咬牙关，控制着自己的情绪："她是我的同学，应该说也曾是我最好的朋友。"

"最好的朋友？她怎么能这样对待朋友？这完全是在亵渎友谊。"杜梅比秦枫还要激动。

"我也不知道她为什么要这样，可能是受到了什么事情的刺激，否则很难理解。"秦枫为辛洁开脱。

杜梅的眼里闪耀着愤怒的火焰。"任何事情都不能作为伤害朋友的借口，我从小到大没有一个亲人，朋友就是我的亲人，我知道一个好朋友在人的生命中有多么重要的价值。"

"有的人可能不像你这样想，她们也许认为友谊就像拉链一样，可以随意的拉开，然后再按照自己的想法拉上去。"秦枫无可奈何地说。

"这真可悲，这样的人根本算不上朋友。"杜梅愤愤不平。

"即便如此，杜梅，生活还是要继续，也许一切都会好起来。"话虽如此，秦枫却没有了胃口，她只喝了杯牛奶，吃了几口水果沙拉，其他的东西根本没动。

"真是件让人不开心的事情，我的好心情一下就没了。"杜梅皱着眉头。

"你要是想做好证券投资交易，就得学会把心情放在一边。"秦枫收拾完餐桌，一边说着，一边走进卧室换衣服。

"可是，这哪是说放就能放下的呀！"杜梅在客厅里叫着。

"中国禅宗有一个方法，"秦枫一边换衣服一边说，"你可以将你的情绪、你的经验、你的感觉当做三个气球，分别放在你的面前，然后你时刻审视它们，这样，你就不会被情绪左右、不会被经验误导、不会因感觉而失去逻辑。"

"可是，就算是把这些摆在面前了，情绪不可能就这么消失了呀？还有，那些经验也不会没有了，感觉也不可能突然变得迟钝。"杜梅仍有些不解。

"情绪当然不会无缘无故的消失，但是将情绪摆在面前，至少可以知道自己在情绪中，这才是最重要的。"秦枫换好衣服，从卧室走了出来。

2

杜梅正要说话，看到款款走出的秦枫，突然停住了口。

秦枫已经换上一套黑色Armani西服套裙，内衬同一品牌的白色丝质衬衣，一条精致的铂金项链上悬挂着一粒南洋珍珠吊坠绕在颈间，铂金发出的内敛冷光与极品珍珠的柔和莹光相互辉映，使秦枫姣好的面容散发着光泽，愈发衬托出她的典雅清丽，令人不愿移开凝视的目光。

杜梅足足停顿了好几秒，才像转过神似的，用非常真诚的语气赞叹道："My God，你知道你美得多么与众不同吗？让我突然想明白了一句话——时尚易逝，唯有风格永存！"

"承蒙夸奖，不胜荣幸！"秦枫说道，两个人不约而同地笑了起来，秦枫将电脑包装进线条方正的硬皮手提包中，接着刚才的话题，"把经验摆在面前，就可以警醒自己，别总是按经验办事，如果自己能看到自己的感觉是什么，做事情的时候则会理性很多。"

杜梅也拎起了自己的电脑包："虽然听起来有些复杂，不过这么奇妙的事情，回头我一定试试。"

两人一边说着，一边来到了停车场。

"你现在去哪里？"

"我要到平安大厦，送我顺路吗？"

"当然，平安大厦就在我们公司附近。"秦枫说着，开动了奥迪。

在平安大厦写字楼门前，秦枫停住车，放下杜梅："再见，回头电话联系。"秦枫摇下车窗，对车外的杜梅挥挥手。

"再见，我们保持联系，程序有什么问题，随时沟通。"杜梅做了一个打电话的手势，挥手作别，看着秦枫的汽车远去，这才匆匆地走进了平安大厦。

秦枫在金茂大厦地下停车场刚刚停好车，就接到了古天牧打来的电话："秦枫，上午的财经新闻我看过了，很遗憾，希望不会影响到你今天的交易。"

"谢谢，唯一能够影响到我的，恐怕只有你。"秦枫说道。

"我支持你，凡事小心，希望你今天一切顺利。"古天牧叮嘱。

"我知道的，天牧，你昨天给我的资料，我又仔细看过了，上午我先征求吴总的意见，他应该会同意我的方案。"

"你考虑过备选方案没有？如果万一吴总不同意你今天进行反阻击，你打算怎么办？"

秦枫本想把昨天晚上与司徒明见面的事情告诉古天牧，但是考虑到这件事情一句两句说不清楚，终于还是忍住了没说，只是对古天牧说道：

“备选方案还是有的，不过这会儿很难解释清楚。”

“好的，有备选方案我就放心了，辛洁今天上午的报道，估计会对开盘价格和早盘的走势有些影响，你要有心理准备。”古天牧强调说。

“我会的，什么心理准备我现在都有了。”秦枫的话里有话。

古天牧也听出了秦枫的话外之音，看来昨晚的事她没有完全释怀，当然，无论换做是谁，都不可能这么快淡忘，有些事情只有靠时间去慢慢地抚平：“那好吧，晚点我们再联系。”

秦枫关上了手机，一边走向电梯口，一边思考着如何与吴文松沟通自己的计划赢取他的支持。

秦枫走出电梯，刚刚进入公司大门，严小冉就迎了上来：“秦经理，吴总请您马上去他的办公室，他要见您。”

“好的，谢谢。”

秦枫快步来到自己的办公室，放下手提包，取出已经整理完善的参加中东联合投资公司投资见面会的投资策略报告书，准备去见吴文松。

走出自己办公室，看到华迪满脸严肃地站在走道中间等着她：“秦枫，辛洁今天的报道是怎么回事儿啊？”

秦枫平静地摇摇头：“我也不清楚。”

“你俩可不是一般的朋友，是不是出了什么大问题啊？”华迪关切地问道。

“至少到目前为止，我不知道发生了什么非常特别的事件。”秦枫心平气和地回答。

“这实在是太让人费解，怎么你们两人掐上了。”

“别把我扯进去，华迪同志，我确实是一无所知，”秦枫微笑着抬了抬手上的文件袋，“我先去吴总那儿，回头再聊。”

华迪让开过道让秦枫走了过去，看着秦枫飘然而去的背影，华迪依然若有所思地在原地站着，一动不动。

周二　8：00

看到秦枫到来，早已等候多时的吴文松立刻非常高兴地招呼：“来来来，秦枫，我正等着你呢。”

秦枫将手中的报告书递给吴文松：“吴总，这是为今天下午见面会准备的报告书，您看看。”

“好，坐下说，”吴文松招呼她坐下，“秦枫啊，有个好消息要告诉你。”

“您请讲。”

吴文松意气风发地说道：“我昨天晚上与中东联合投资公司代表团的副主席理查德先生见过面，他可能上午就要造访我们公司。”

“真没想到，”秦枫有些惊奇，“吴总，是美国雷鸟基金的理查德先生吗？”

“是的，这次中东联合投资公司代表团的成员请的都是美国证券投资基金协会的人，不过到目前为止，代表团的主席是何方神圣，他们还没有对外做任何透露。”吴文松红光满面。

“这么说，吴总对这次与中东联合投资公司的合作已经有相当的把握了？”秦枫感受到吴文松的兴致很高。

“我是对你有把握。”吴文松笑容可掬地看着秦枫。

“为什么您这样说？”秦枫不解。

“他们能主动造访我们公司，主要原因就是为了见你。”吴文松直言相告。

“我不大明白。”秦枫一脸愕然。

“我昨天跟他们提到了你的投资模型和逆向投资交易决策体系，他们对此非常感兴趣，所以今天过来，主要就是和你面谈，并且看看你近三年的交易记录。”吴文松讲明详情。

“我想这没有什么问题，交易资料公司都有留存，至于投资模型和交易决策体系，都有实证资料，解释起来并不是一件费劲的事情。”秦枫对此有相当的信心。

“我对你很放心，这次如果能够与中东联合投资公司合作成功，你就是公司的第一功臣啊！”吴文松语重心长地说道。

“吴总，我一定会尽力而为。”秦枫看着吴文松，“另外，我有一件事情想跟您汇报。”

3

“有什么想法，你尽管提。”吴文松已经猜到秦枫想谈什么。

“吴总，关于昨天中国有线遭遇阻击的情况，我了解到了炒家的身份。”

“究竟是什么资金干的？”

“是郭怀恩，凯旋投资公司。”

“哦，”吴文松拖长了声音，“这个人啊，他好像和长三角地区的热钱联系比较紧。”

“是的，并且据我分析，他昨天的阻击可能有我们公司内部人员参与谋划，甚至有可能我们公司参与的人还起到主导作用。”秦枫直截了当地对吴文松谈了自己的看法。

吴文松没有马上说话。

“昨天下午，我特地联系电力财务的方总赶在收盘前签署赎回通知，就是为了让公司内部人员给郭怀恩通风报信，让郭怀恩继续对我阻击，”秦枫对吴文松解释，“侵入我电脑的，第一次是公司内部人所为，从现在的情况来看，他还没有完全拿走整个模型，也只有郭怀恩继续阻击我，他才有机会拿走剩余的模块。”

“秦枫，你考虑过没有，在一家公司里，要拿走投资模块今后还有很多机会，只要是在交易日，并且你只要进行交易行为，他就有窃取的可能性，他即使要拿，也没有必要一定选择在今天。”吴文松考虑问题既宏观又细致。

“吴总，我得到比较可靠的信息，”秦枫犹豫了一下，但是还是决定把从司徒明那里得到的信息告诉吴文松，“他务必在今天收盘前拿到整个投资模型。”

“为什么？”

“有消息称我们公司有人参与LME伦铜炒作，但是这半年是在做空。”

吴文松很清楚秦枫所说的这半年做空伦铜会是什么结果，他还是问道：“参与了多少？你是否了解结果如何？”

秦枫点点头：“了解一些，但不是很具体，大概是投资了四千多万，昨天晚间进行了全部交割。”

“如果是做空，那就爆仓了。”吴文松感叹道。

“是的，他不仅爆仓了，而且这四千万本金他是从地下钱庄借来的钱。”秦枫说道。

吴文松的一双大手拍了拍沙发扶手。“简直是胡闹，”然后问道：“你知道这个人是谁吗？”

秦枫摇摇头：“我不知道，但是我知道，他已经和地下钱庄达成一致，用我的投资模型来抵消债务。”

吴文松“嗖”地从沙发上站了起来。“岂有此理！”吴文松很是气恼，“无论如何，都要把这个人给揪出来。”

秦枫本想告诉吴文松，昨晚发现公司投资总监钱向东收到LME场内传真的事情，但是，考虑再三，觉得到目前为止自己还仅仅是猜测，没有证据不能就信口开河谈及如此重要的事情。

“吴总，我想跟您汇报的事情，就是希望您能支持我今天采取反阻击，这样不仅可以查出公司内部究竟是谁与郭怀恩合谋，而且还可以直接打击炒家的气焰。”秦枫公开表明了自己的想法。

吴文松背着双手在办公室踱着步，心中反复权衡着事情的利弊得失。

“按道理，我应该坚决支持你今天进行反阻击，事实上昨天就应该进行。”吴文松停下脚步，对秦枫说道，“但是，这些天，我一直在想方设法能与中东投资公司代表团的人提前接触，而你，是这次谈判中最重要的筹码，容不得半点闪失，所以，我昨天阻止你进行反阻击，我知道，你心里是不舒服的。昨晚，我好不容易使理查德同意今天上午到公司来，他们来就是要见你，这个时刻对公司来说太关键了，如果在这个时候你进行反阻击，你认为可行吗？”

吴文松的话非常有道理，从大局出发，秦枫完全可以理解：“吴总，我非常理解您的决定，您刚才说了，中东联合投资公司的代表到公司来，其中一个目的就是要看我的交易记录，这个时候如果进行反阻击，成功了固然是件好事，但如果有了闪失，可能会影响到合作的最终确定，这个利害关系我很明白。”

“你能这样想我很欣慰，不让你进行反阻击，对你确实不公平，连续遭遇阻击，对于任何一个投资者来说，都是很大的打击，特别是心理上的打击，况且以前的事情我也清楚。”吴文松坐了下来。

“吴总，我还有一个想法，不知道该不该讲。”

“秦枫啊，有什么想法就尽管讲。“

“中东联合投资公司的代表到公司来，要看的只是我个人的交易记录，如果我的反阻击方案不涉及公司的资金投入，只是借用一下公司账户上的存量股票，这样就不涉及我个人的投资交易问题，最多也只是涉及到公司的股票作为筹码调换。”秦枫想到了司徒明答应可以随时给予她的五个亿资金，于是提出了另一个方案。

“要进行反阻击，资金与股票，二者都不可或缺，那么大的资金你从哪儿调集？”吴文松问道。

“资金由我自己想办法解决，这样做，既不会影响到中东代表团查看我的交易记录，也可以打击炒家，同时还能查出与炒家勾结的内部人员。”秦枫认为这是最佳的策略。

吴文松沉吟再三，还是摇了摇头：“用了公司账下的股票，实质上还是你在进行交易，如果客人一定要认为这就是你的交易行为，我们没有办法做出合理的解释。这一点，我们不能存在侥幸心理。”

停顿了一下，吴文松拍了拍沙发的扶手，说道：“这样吧，如果在交易层面上，不动用公司资源，我原则上同意你联合其他投资机构进行反阻击。秦枫，今天的情况太特殊了，我们不能出任何差错。”

“我知道了，吴总，您放心，我会配合公司做好谈判工作。”秦枫深知自己应尽的职责。

秦枫很清楚，吴文松已经做出最终的决定，他否决了秦枫利用东方公司的资源进行反阻击，但还是网开一面，如果秦枫想进行反阻击，那么就要完全靠她自己的能力去解决。

现在，资金方面没有问题，她相信司徒明不会食言，那么股票，作为筹码的股票从哪里来呢？

4

周二 8：15

秦枫离开总裁办公室后，吴文松拿起了秦枫拟好的投资报告书，仔细翻阅起来。

看完以后，他立刻派严小冉把投资总监钱向东找来。

很快，钱向东身体僵直地走进办公室。

“钱总监，有一件很重要的事情，我想和你商量一下。”吴文松请钱向东坐下，“今天上午，中东联合投资公司代表团的副主席理查德先生会到我们公司来，这是秦枫做好的报告书，你过目一下，把把关。”吴文松一边说着，一边将秦枫的投资报告书递给钱向东，

钱向东愣了一下：“吴总，您已经和中东联合投资公司接触过了？”他接过报告书，没有马上翻开。

“是啊，昨天谈了整个晚上，他们最终还是被秦枫这张王牌所打动，所以同意上午过来看看。”吴文松很是得意。

“他们来主要是看什么？”钱向东问道。

“一方面是了解秦枫这三年的交易记录，另一方面是对逆向投资交易决策体系很感兴趣，想与秦枫本人见面沟通。”吴文松说道。

钱向东点点头，没有说话，打开投资报告书仔细翻阅起来。

过了一会儿，钱向东合起报告书，递给吴文松：“吴总，我有个想法。”

吴文松接过报告书顺手放在桌上："你说说看。"

钱向东清了清嗓子，脖子依然硬硬地挺直着："我觉得公司不能把秦枫这份投资策略报告书给中东代表团。"

吴文松觉得非常诧异："你昨天不是也非常赞同我的意见吗？"

"是的，我昨天是非常赞同您的意见，但是昨晚我仔细地考虑了一下，觉得我们不应该将秦枫的逆向投资交易决策体系对外公布，即使是框架也不能对外。刚才，我看了秦枫写的投资策略报告书之后，更加确定了我的想法，希望您能够考虑我的意见。"钱向东一板一眼地表述了自己的观点。

"事实上，整个投资交易决策体系都掌握在我们自己手中啊，投资模型也不会有任何泄露，这同样也是我昨晚和理查德之间谈判的底线。"吴文松以为钱向东没有理解自己的意思。

"吴总，在秦枫的报告书里，除了没有详细披露投资模型，整个逆向投资交易决策体系的思想与脉络完全展露无遗，这不得不说是我们公司的一个巨大损失。"钱向东依然坚持己见。

"中东联合投资公司是老牌跨国投资公司，能够得到与他们的合作机会，多少基金公司都想尽了办法，我们现在有机会拔得头筹，这是我们东方证券投资基金的一次发展契机，就算是中东联合投资公司了解了逆向投资交易决策体系的主体脉络，我们公司依然还是得到了实实在在的跨越，这应该算不上损失吧？"吴文松音量提高不少，显得有些激动。

"中东联合投资公司这次的投资额两百亿美元，接近两千亿人民币，而我们公司目前的管理规模接近七百亿人民币，虽然之前的投资交易决策体系不具有全天候的市场适应性，但是即便如此，我们也依然是在不断地发展。"钱向东伸出手，掰着指头对吴文松说道，"现在秦枫发现了新的投资模型，在这个投资模型之上又建立起了逆向投资交易决策体系，那么，我们这七百亿的资产就相当于增加了三倍的规模，仅仅按照秦枫的这个投资模型的战略层面、战役层面包括战术层面的适应性来计算，我们在今后的投资交易中，每年获得50%的复利应该不是梦想。这样下来，我们从七百亿达到两千亿的规模也只需要三年左右的时间，而中东联合投资公司这笔资金与我们合作完毕后，完全有可能不再续约，或者根本不再追加投资资金，我先不说从长期经济周期二十年或是三十年来看，即使是从一个中短期的经济周期五年和十年来看，我们都是不划算的，十年后，我们的资产规模可以达到三万亿人民币，合计约四千亿美元，这个规模即使是在美国，也是排名领先的。"钱向东面对吴文松侃侃而谈、据理力争。

“钱总监，我和你一样对公司的发展有信心。我们姑且不谈中东联合投资公司是否会对秦枫的逆向投资交易决策体系虎视眈眈，我们就说眼前即将发生的事情，理查德先生上午随时都可能到达公司，我已经答应安排他和秦枫见面探讨逆向投资交易决策体系，难道你现在让我再找个人，重新安排一个投资策略和理查德来谈不成？”如果这样做，吴文松和东方公司一定会成为投资界的笑柄。

钱向东面无表情：“吴总，我们可以安排秦枫与理查德见面，但是投资模型就不要给他们看了，就算是框架也没有必要，如果抛开投资模型，秦枫的这个投资交易决策体系可以被称作是‘新成长学派’的投资策略，只不过是不具备中短期市场适应性，从长期来看，依然还是远远超出其他投资交易决策体系的。”

吴文松没有说话，他思考着钱向东的建议：“钱向东说的话并非没有道理，秦枫本身就是成长学派出身，事实上逆向投资交易决策体系也带有成长学派的影子，无论是在股票选择以及上市公司基本分析方面，都延续了成长学派的分析模型中的核心观点，如果取出投资模型，再舍弃掉中短期动态风险控制和心理控制模块，那么作为‘新成长学派’的投资交易决策体系拿出去也不是没有一定的说服力。但是，舍弃掉这些，就相当于把整个逆向投资交易决策体系的核心全部清除了，只留下了一点点皮毛，理查德是何等人物，这分量是远远不够啊！”

吴文松转念又想：“再说，我昨天已经向理查德提到了投资模型，如果今天出尔反尔，自己和公司的形象都会大打折扣，中东投资公司的代表都是这个行业的权威，这不是贻笑大方吗，如果传了出去，自己和公司今后如何在这个圈子立足？”

想到这里，吴文松拿起投资报告书对钱向东说：“钱总监，投资模型是一定要完全保密的，至于整体逆向投资交易决策体系的框架是否向中东联合投资公司展示，我们还是听听秦枫本人的意见，你看如何？”

钱向东点点头：“我完全同意。”

吴文松和钱向东终于在这个问题上达成了一致，钱向东站起身来准备告辞。

这时，吴文松突然问道：“钱总监，你最近和伦敦金属交易所有没有联系？”

5

钱向东正要起身离开，听到吴文松的问话，立刻就定在原地："公司没有开展期货业务，即使有联系，也仅仅限于和伦敦金属交易所朋友的私人往来。"钱向东反问吴文松："怎么，您对商品市场有兴趣？"

吴文松摇了摇手："哪里哪里，今年伦铜交易是彻底的轧空行情，我是想听听你的观点。"

钱向东想了想，说道："这只能说期货市场比股票交易市场更为残酷。"

"相信大多数交易者在中途会选择多翻空，到现在应该差不多要爆仓出局了。"吴文松看着钱向东。

"如果中途多翻空，血本无归是肯定的，但是这还不是最可怕的事情，"钱向东面无表情地说，"最可怕的是投资失败后的衍生风险，每次资本市场或者商品市场在出现投机盛宴后，残局的影响都非常深远，这种影响往往超过了投资本身。"

"不错，荷兰郁金香投机事件，日本股市房地产投机，我国的海南房地产投机，都对社会留下了长时间难以抚平的经济创伤。"吴文松感叹道。

"甚至有的人会因为压力而触及底线，这种事情也在所难免。"钱向东的头高昂着，纯钛无框眼镜后的眼睛里寒光闪现。

吴文松抬起手看了看他的萧邦腕表："开晨会的时间到了，散会以后，我们找秦枫一起坐下来谈谈，你看怎么样？"

"好的，我同意您的意见。"

周二　8：30

晨会依然在公司一号会议室进行，在各部门的主要负责人汇报了日常事务之后，吴文松和钱向东都没有发言。

本来吴文松想要在会议上宣布对秦枫的任命提议，但是因为任命投资副总监不仅需要董事会决议，而且还要经过证监会最后批准才能通过，所以，吴文松决定缓一缓，等拿到证监会的最后通知再宣布也不迟。不过，今天上午中东联合投资公司的代表来到公司的时候，他准备以未来的投资副总监的身份来介绍秦枫。

晨会很快结束，散会时，吴文松叫住了秦枫，与钱向东一起，来到了总裁办公室。

“秦枫，有一件事情，钱总监和我想征求一下你的意见。”三人刚刚坐下，吴文松就开口对秦枫说道。

秦枫看着他们，静候下文。

吴文松看了看钱向东：“钱总监，还是我来说说吧。”

钱向东点头道：“好的，您讲。”

“秦枫啊，我之前说过，上午中东联合投资公司的代表会到公司来与你见面。刚才，我和钱总监在商量这件事，钱总监不希望把你的投资交易决策体系的整体框架交给他们，认为这样会使得你的研究成果流失，从而令公司和你均蒙受损失，”吴文松简明扼要地对秦枫说道，“我想征求你本人的意见，如果你也有这样的想法，我们可以考虑更换投资报告书。”

“您和钱总监这样替我着想，我非常感激。我认为，如果这套投资交易决策体系能为公司做出贡献，我十分乐意，至于公司是否应用，我完全听从公司的决定。”秦枫的回答很干脆，使吴文松非常欣慰。

钱向东接过秦枫的话：“我正是考虑到公司的利益，所以才认为没有必要将这个投资交易决策体系对外公布，也许你现在认为无关紧要，但是一旦其他财团应用或者完全了解这个投资体系，不排除就会涉及到随机数据中非随机数据模型，到时候不仅会引起资本风暴，也许残酷的资本博弈将使得对手直接用你的武器来打击你。”

“所以，秦枫，这件事情究竟怎么决定，最终取决于你的意见。”吴文松是个非常有涵养的人，他虽然相信秦枫不会收回自己的投资报告书，但是万一秦枫在关键时刻动摇了想法，那么他在理查德那里一定会颜面尽失。

“吴总，钱总监，那我就谈谈我的看法。”在公司最高决策者面前，秦枫没有感到任何拘束和压力，她冷静而又坦然地分析道，“与中东联合投资公司进行接洽，如果没有真正具有突破性的有效的投资交易决策体系，想要提前得到与他们的合作机会几乎是微乎其微。事实上，与他们这种具有相当历史的大型投资财团合作，也不完全是我们拿出投资交易决策体系供他们来作为权衡条件，如果我们能够得到合作机会，我们也一定会从他们身上学到很多东西，特别是那些需要经过历史的沉淀才能具有的东西，所以从这方面来说，这是一个对等以及互赢的过程。”

吴文松和钱向东看着秦枫，两人都听得很专注，秦枫这颗即将在国际投资界冉冉升起的新星，确实拥有大多数人所不具备的思维模式。

“无论是偶然，还是碰巧，总之这次上天确实是垂青了我，将这份幸运降临到了我的身上。”秦枫笑了笑，“不过我也认同钱总监的看法，对于随机性的挑战，确实是一个世界性的难题，如果将完整的投资交易决策体系彻底对中东联合投资公司曝光，现在想想是有些风险的，虽然投资模型不会展示细节，但是我在投资交易决策体系中谈到的风险分类评估和控制模块方面，已经涉及到了投资模型的核心部分。所以，我有这样一个想法，看看公司觉得是否可行？”

秦枫停下来，吴文松笑呵呵地说：“好，你继续说吧。”

“我将报告书里所阐述的逆向投资交易决策体系中的风险控制模块放到投资模型中，在报告书里只对动态风险进行分类，但是评估方法进行保密，这样做，既不会影响到整个投资交易决策体系的完整性和逻辑性，也不会令投资模型流失，因为我只是在报告书中提及了投资模型设计的思考路径，并没有谈及模型设计的哲学基础和完整的逻辑链。”

秦枫的提议无疑是两全之策，吴文松和钱向东都暗暗点头，一向铁板一块的钱向东嘴角也露出一丝笑容：“秦枫，你的思维比我要高出一个层次。”

“钱总监过奖了。”秦枫很谦虚。

“钱总监的话，我也有同感啊，”秦枫的决定无疑让吴文松吃了定心丸，他很高兴，不过，他还是担心秦枫反阻击的事情，所以，话题一转，“秦枫，昨天方心鹤那边不是要赎回资金吗？他们账上还有三十万股中国有线，这部分，你可以动，毕竟不涉及到大笔交易，但公司的那几百万股，绝对是一手都不能动的。”

吴文松的这句话既是在对秦枫交待工作，但也有意说给钱向东听，吴文松心里有些担心，暗中进行伦铜交易的人会不会是钱向东？

秦枫清楚，区区三十万股中国有线的股票，根本就无法组织起有效的反阻击，但是，这毕竟是一个希望，哪怕只有一丁点儿希望。

第十八章

1

周二　8：35

司徒明和胡立阳在香格里拉大酒店的西餐厅吃完早餐，准备回到房间。昨晚秦枫离开后，司徒明就已通知澳门做好准备工作，现在，只需要秦枫的一个电话，五个亿的资金随时可以划转到位。

没有想到刚刚走出西餐厅的门口，郑其伟和林皓月就出现在他们面前。

司徒明和胡立阳毕竟是经历过各种复杂局面的人，仅仅是怔了两秒钟，胡立阳立刻满脸堆笑，迎上前去："哎呀，是林先生啊，幸会幸会，没有想到在这里碰到您了。"说着，胡立阳向林皓月热情地伸出手去。

林皓月也握手笑着："胡总监，早上好！"然后对站在胡立阳后面的司徒明说道，"司徒老板，早上好。"

胡立阳握住林皓月的手不放，林皓月只好用左手介绍郑其伟："这是我老板，郑其伟先生。"

司徒明迎上前一步，和郑其伟伸手相握。

司徒明和郑其伟握手的习惯差不多，都非常用力，两人的手就像铁箍似的紧紧连在一起。

"司徒先生要找我？"郑其伟开门见山地问道。

司徒明笑容满面，客气应对："前日阁下来葡金娱乐，司徒明招呼不周，特地来上海亲自赔罪。"

"不敢当。"郑其伟说道。

胡立阳终于放下了和林皓月握了好一会儿的手，笑眯眯地对郑其伟和林皓月说："我们楼上有个商务套间，郑老板、林先生，如果方便的话，上楼坐坐？"

司徒明接着胡立阳的话："这次到上海，就是为了能够和郑先生、林先生见面，希望二位能够赏脸。"

郑其伟只说了一个字："请。"

胡立阳赶紧伸出手对郑其伟和林皓月说道："两位请。"

四个人走进司徒明入住的商务套间，刚刚坐下，林皓月就问胡立阳："胡总监，昨天到我公司去过？"

林皓月的问话，让房间的空气立刻变得紧张起来。

"是啊，我昨天刚到上海，就特地去贵公司拜访，哪知道昨天没有碰到您，今天却能够有幸见面。"胡立阳故作轻松地笑道。

"司徒先生，除了找我们两人以外，如果您还有意与其他人见面，我很乐意帮忙。"郑其伟说道。

司徒明笑了笑，缓缓地说："正要向郑总解释这件事情，我们昨天虽然没有与您二位谋面，但已经惊扰了你们的朋友，不过我们谈得非常愉快，请郑先生放心。"

房间里的紧张气氛被司徒明直截了当地化解开来。

"秦枫小姐是一个充满智慧的人，我非常荣幸能够与她见面。"司徒明继续说道。

郑其伟从随身携带的公文包里，取出自己的工作证件递给司徒明，司徒明接过去看了看，然后双手递还给郑其伟，笑呵呵地说："原来郑先生是国家金融安全人员，有眼不识泰山啊，幸会幸会。"

郑其伟将工作证放回包内："前天借司徒先生的宝地，是为了一项科研成果，没有事先知会，有不到之处，还请司徒先生海涵。"

"郑先生这样说就太过客气了，我是个喜欢交朋友的人，尤其做大事情的朋友。"司徒明想要拉近两人之间的关系。

"做大事情谈不上，职责在身，正事而已。"郑其伟说道。

"说到做正事，恐怕郑先生对在下有一些误解，"司徒明心平气和地说，"我虽然在澳门经营赌场生意，不过在澳门，这是一个正经营生，旅游支柱产业嘛。但是，我一向对国际网络赌球不太赞同，毕竟在大多数地方，赌球是违法行为，所以我一向反对网络赌球，在下认为，做任何事情都要在法律允许的框架内来办，这样做事才能有底气、有发展。"

郑其伟点点头："这个我了解，司徒先生一向没有涉足网络赌球，说实话，以前我不是很确信，今天一见，我信了一大半。"

"哈哈，郑先生果然是快人快语，信了一大半，就还是不全信。这也难怪，做我们这行，要让人相信是一件很难的事情，如果能让郑先生相信，那就更难了。"司徒明笑着说，"不过话说回来，我是学金融出身的人，如果不是在澳门，也许我和郑先生一样，涉足金融业或者证券投资业了。”

“司徒先生毕业于宾西法尼亚大学商学院，毕业后回澳门接管家族生意，大学期间被称为金融神童。”郑其伟微笑着，如数家珍地说出司徒明的简单情况。

“没有想到郑先生还了解到这些，真是让在下感动，我还以为所有人都只知道我司徒明是开赌场的。”司徒明有所动容，“这些陈年旧事，都已经成为了记忆，如果时钟能够回拨，我一定会选择自己钟爱的专业作为一生的事业。”

“正是因为司徒先生的为人行事口碑在外，所以昨天你们找秦枫商议事情，我才没有打搅。”郑其伟说到了正题，“事实上，司徒先生和秦枫小姐之间的会晤是你们之间的正常商务往来，我也不该过问。只是作为秦小姐的朋友，特别是秦小姐在投资领域作出重大研究成果的时候，我不得不对她的一些事情表示关心。”

“我完全可以理解，无论是对待朋友而言，还是对待工作职责而言，郑先生所思所想都令人敬佩。”司徒明很坦诚地说，“请郑先生放心，我对秦枫小姐的成就表示最大的尊重，并且我是抱着极大的诚意来上海，期望能与秦枫小姐合作。”

“我有个建议，希望司徒先生可以理解，”郑其伟本身说话语速就慢，现在他更是一字一句地对司徒明说道，“司徒先生是否能够放弃与秦枫小姐的合作？”

2

司徒明听了郑其伟的话，豪爽地笑了起来。

“郑先生不仅一身正气，而且对朋友负责的态度也让我佩服。”司徒明收起笑容，坦言相告，“不过，正如郑先生所知，进行证券投资是我一直以来梦寐以求的事情，并且我的想法和一般人有差别，很多投资人以为学过几年金融，掌握了一些投资原理就可以在资本市场里搏击，我从来都不这样认为，证券投资事实上是一个门槛相当高的行业。”

司徒明继续说：“我在美国的时候，了解过一些相关资料，比方说，想要成为一名注册会计师，成为一名执业医生，成为一名执业律师，甚至成为一个职业运动员，这个专业学习周期一般在七年，而要成为一名成功的证券交易员，除了要接受专业教育以外，还需要有两次以上的重大失败，并且必须要从失败里站起来，不仅要站起来，如果没有从失败中取得突破性的进展，那么还要面临更多的失败，最终是满抽屉的经验和教训，而没有真正的方向。所以，无论我是多么希望能够亲自披甲上阵，但是老天没有给予我这个机会，这是定数，就像我注定要做赌场事业一样。郑先生，如果您来替我选择，您是会将每天过亿的流动资金继续放在赌博娱乐事业的投资上，还是找一个像秦枫小姐这样极为难得相遇的投资家来实现你的投资梦想呢？”

司徒明的话真诚实在，话里话外都没有一丝的铜臭味道，谈的是每一个人都具有的人生理想和生命使命，这些让郑其伟心悦诚服，从根本上改变了对司徒明的看法，刚才他对司徒明所说的那一小半的不信任，现在已是烟消云散。

司徒明的确是金融科班出身，正如他所说，这么大的流动资金，如果是自己，也一定会投入到证券市场，如果有可能的话，自己也会寻找像秦枫这样的投资家来进行投资。证券市场是零和博弈的市场，零和游戏规则是世界上迄今为止最为残酷的游戏规则，这个规则注定了游戏的结果只能是一个人赢，两个人平，七个人是彻底的输家，这是每一个清醒的投资人对证券交易市场都要具备的客观态度。

“司徒先生，我提到的建议，仅仅是我个人的看法，既然司徒先生毫不藏私，那我也把话讲在明处。”郑其伟抱以同样的坦诚，“首先，我不希望在规则允许之外的资金与秦枫合作，这会对她造成不利影响；其次，我必须要考虑她的研究成果的安全性；最后，在投资决策上，应该由秦枫自己做决定，完全以利益为导向的投资方如果参与到交易决策中，资金量越大，对市场的影响力就越大，所以，我也必须考虑到维护市场的正常稳定性。”

“好，郑先生能够这样说，就是完全信任我司徒明了，”司徒明很高兴，“基于郑先生所考虑的问题，我说说自己的想法。”

“第一，我所投资于国内证券市场的资金，可以逐笔经过核查，保证其合法性；第二，我只负责投资资金，不参与投资决策；第三，我的投资资金只认秦枫小姐个人，无论她采取任何投资方式，我均不过问。”司徒明对郑其伟作出了三点承诺。

这是相当有分量有诚意的三点承诺，郑其伟点点头：“好的，祝你投资成功。”

正好在这个时候，司徒明的手机响起，司徒明笑着对郑其伟说：“抱歉，我接个电话。”

给司徒明打来电话的，正是秦枫。

从总裁办公室出来，秦枫知道，吴文松不希望今天她在公司的账户下出现大额交易，这一切都是为了保证与中东联合投资公司顺利签约。

“早上好，司徒先生，我是秦枫。”

“早上好，秦小姐。”

“司徒先生，昨天我们商量好的事情，在细节上会有一些变化。”

“你请讲。”

“因为业务上的原因，我公司今天不能受理您这方面资金的划转业务，但是，我个人希望您这笔资金今天开始启动，所以我们有必要商量另外的划转渠道，以便马上投入到交易市场。”秦枫将情况进行了简要说明。

“秦小姐，资金方面我已经全部安排妥当，五个亿的资金可以随时到位，至于划转渠道，我能不能把你刚才所说的意思重复一遍，以免我们在认知上出现偏差？”司徒明的行事风格一向相当严谨。

“秦小姐，我是否可以这样理解，你们公司今天因为某种特殊原因，不能接受我的现金划入，但是你现在就需要这五个亿的资金开始进行交易，同时我们的合作正式启动，是这样吗？”司徒明重复了一遍他的理解。

“是的，但是合作的相关合同，最终还是要和公司签署。”秦枫强调。

“秦小姐，我想这就是老天安排的定数了，哈哈。”司徒明笑了起来，看着郑其伟，对秦枫说道，“你的朋友郑其伟先生现在就坐在我的身边，我有一个想法，你看如何？如果郑先生同意的话，我将这笔资金划转到郑先生公司的账上，然后你与郑先生商量，如何进行方便快捷的交易渠道，我想这对于大家来说都是最好的事情，至于与贵公司的合作，我是冲着你来的，合同签与不签，今后就在于你一句话。”司徒明的应变能力很强，他马上提出了解决方案。

秦枫没有想到郑其伟此刻会在司徒明那里：“司徒先生，如果您不介意，我想与郑先生通话。”

“好的，请稍等。”司徒明说完，将手机递给郑其伟，“郑先生，秦小姐想和你通话。”

“秦枫，早上好。”郑其伟接过手机。

“早上好，你怎么一大早和司徒明在一起？是不是因为我和他之间合作的事情？”秦枫不得不佩服郑其伟的行事速度。

“开始的时候，是这样，”郑其伟回答，“不过现在，是我们大家一起合作的事情了。”

“你的意思是同意司徒先生的建议了？”秦枫问道。

3

“是的，司徒先生的提议非常具有建设性，我很愿意和你们二位合作。”郑其伟微笑着回答。

“那就太好了，”秦枫非常高兴，“今天会有重要的交易，资金最好在上午开盘后就能到位。”秦枫接着说，“不过，资金划转的事情你能不能交给其他人去办，我有一件很重要的事情要与你面谈。”

“好的。”郑其伟回答得简洁干脆。

“我九点十分到金茂大厦一楼等你，谢谢！请把电话给司徒先生吧。”

司徒明接回电话：“秦小姐，祝贺我们合作成功！”

“司徒先生，我随时与您保持联系，只是今天确实很忙，若有不周之处还请见谅。”秦枫说道。

“秦小姐太过客气，我随时听你的电话，再见。”

司徒明和秦枫同时挂断电话。

郑其伟没有想到事情会如此发展，上午他和林皓月一起来香格里拉大酒店，目的是要阻止司徒明和秦枫之间的合作，可是现在离开这里的时候，大家却成为了合作伙伴。

世事如棋，局局是新，但是走来走去，回过头来看全都是定局。

周二　8：40

凯旋资本的总裁郭怀恩行事风格低调而谨慎，即使是面对一场胜券在握的阻击，这位随时可以调拨二十个亿以上资金的股市炒家，依然是身着一套整齐的灰色中山装，早早来到了自己的交易室。

此时，郭怀恩看着《证券日报》上辛洁的财经评论，禁不住露出发黄的大颗门牙，笑呵呵地对做交易准备工作的卢林说道：“辛洁这次是真干上了，呵呵。”

“我们还是按照原计划操作吗？”卢林问。

“当然，这是纪律，纪律是不能违反的。”郭怀恩正色回答道。

“可是您为什么今天还要调十个亿的现金做准备呢？”卢林有些不解。

“春秋时，司马魏绛所言，居安思危，思则有备，有备则无患。”郭怀恩意味深长地说，“秦枫这个丫头不可小觑啊，凡事都要多做几手准备，既然打的是阻击战，就一定要处处占得先机，要不然，被对手反咬一口，轻则是粮草受损，重则是损兵折将啊！”

“郭总您看，中国有线出了澄清公告。”卢林指着电脑屏幕上的上市公司公告提示信息说道。

“我瞧瞧。”郭怀恩走上前，看到电脑屏幕上的信息写着：

“中国有线电视网络股份有限公司澄清公告，近日有传言称，中星卫星将对所有用户免费发送电视讯号，并将逐渐取消卫星电视通过有线电视网络进行落地。该消息传出后，导致了中国有线的股票价格出现大幅波动，公司到目前为止，没有收到任何关于停止卫星电视落地传输的通报，希望投资者对市场传言要有清醒认识，注意投资风险。”

郭怀恩仔仔细细看了两遍，然后“哈哈”地大笑了起来：“这简直是天助我也啊！”

“郭总，为什么这么说？”卢林摸不着头脑。

“澄清公告不出还好，要出，就得把事情讲明白了，”郭怀恩教导着卢林，“不过，证券市场里的澄清公告一般都是会起到相反的作用，从来都是模模糊糊，搞得投资者不明不白晕头转向。你看，中国有线今天的公告，你说要人家投资者究竟如何判断才对，哈哈，所以啊，人家糊涂，我们自己可不能马马虎虎的，要时刻保持头脑清醒。”

郭怀恩说的话没错，在富海证券的交易大厅里，申思理的身边与往常一样围着一群人，大家都在七嘴八舌地讨论着辛洁的财经评论和中国有线的澄清公告，大家你一言，我一语，有的说这证明卫星讯号全面免费放送、取消落地传输是有可能的；有的说这份公告证明这是子虚乌有的事情。

不过申思理最为冷静，他在听了大家的分析之后，沉吟了片刻，然后作出了一个基本的判断：“大家听我说。”顿时，他的周围就安静了下来，申思理继续说：“我看啊，中国有线的庄家应该就是秦枫，你们看看，人家《证券日报》的记者辛洁才是火眼金睛，一眼就看出了端倪，昨天中国有线的跌停，就是秦枫这个庄家出货引起的，这么看来，这份澄清公告应该是真实的，中国有线的基本面并没有发生重大变化，问题就在了秦枫这个庄家的身上。”

对于申思理的独到见解，周围的人群一致叫好，有人问道：“申主任，那么我们今天究竟怎么操作呢？”

这是中小投资者最为关注的问题——那就是今天该怎么办。没有一个一致性的投资交易策略，是大多数中小投资者的一大诟病，关心短期股价波动，关心所谓的庄家行为，使得证券投资交易行为变成了一个情绪化、主观化、只关注盈利的没有方向性的投机游戏。

申思理的大瓶子里盛着早晨从家里带来的满满一大瓶浓茶，他慢慢旋开瓶盖，噘着嘴唇喝了一小口，然后又慢慢地旋上瓶盖，这才缓缓地对周围的人群说：“今天就看庄家出货出完了没有，从图形和成交量上来看，昨天一天，主力应该还没有把筹码出完，那么今天应该还会继续出，所以应该会惯性跳空低开，继续出货。不过我们这些小散户就暂时不要理会那么多了，你们没有看到《证券日报》的辛洁做的评论吗？这是有目的的，说明以后会有新的主力进来。”的确，主力、庄家、筹码，这是挂在申思理嘴边的常用词汇，“我们今天要做的，就是静观其变。”

在这个交易大厅里，申思理是其中的主心骨之一，既然申思理都不怕，大家还有什么好担心的，静观其变吧。

在郭怀恩的交易室里，空气里飘浮着阴谋和算计，郭怀恩正对卢林部署今天的整个交易细节。

郭怀恩将当日交易计划单摊放在桌面上，一只手在交易计划单的图标上指指点点：“开盘，我们用对冲交易，做一个大单量的跳空高开开盘，然后看秦枫的反应，她动与不动，我们都用小单量将股价按照每五分钱一个价格区间往下打，内线会把她那边的消息随时通报过来，等到她三十万股出清，立刻开始大单量跳跃式拉升。”

“如果她今天不出清怎么办？”卢林问。

“下午两点，无论她出还是不出，准时收官，开始拉升，这场仗一定要赢。”郭怀恩主意已定。

“如果‘他’不同意怎么办？”。

郭怀恩知道卢林指的是秦枫身边的人。

“纪律就是纪律，要想赢，就得严守纪律，准时收官，彻底打她个措手不及。”郭怀恩的一双鹰眼坚定而理性。

4

郑其伟决定派林皓月去与司徒明办理划款的事宜，他们在香格里拉大酒店门口分手，郑其伟独自前往金茂大厦与秦枫见面。

香格里拉大酒店离金茂大厦步行只需要五分钟，如果驾车遇到交通拥堵恐怕要耽误更多时间，郑其伟听得出秦枫的意思，一定是有紧急的事情，他索性快步向金茂大厦走去。

虽然还是早晨，陆家嘴金融区已经非常繁忙，一路上车水马龙，人流如织。

周二 9：10

郑其伟准时到达金茂大厦，几乎在同时，秦枫也出现在大厦一层的大厅里。

郑其伟走进大厦办公区的拱门，一眼就看到了秦枫，她身材高挑、一身黑色职业正装，站在人群中格外醒目。秦枫也看到了郑其伟，两个人默契地避开人流来到大厅的一侧。大厅里若隐若现地播放着舒缓的钢琴曲，空气里飘着淡淡的清香。

秦枫和郑其伟站在大堂的巨大红褐色大理石墙面旁边，这里可以与进进出出的人们保持一些距离。

“有件事情，本来不该麻烦你的，只是事情实在是比较急迫。”秦枫似乎难以启齿。

“我敢打赌，假如你再继续客套，一定会耽搁时间的。”郑其伟试图用难得的玩笑放松秦枫的情绪，“你直说吧。”

“是这样的，我今天要对中国有线进行大额交易，中国有线的三大流通股东分别是华诚基金、我们公司和一个叫沈露露的自然人，如果要取得今天交易的胜算，就必须要取得至少一家大股东的支持。”秦枫对郑其伟分析着眼下的形势，“华诚基金是绝对不会出手相助的，这点我可以肯定；而沈露露这个人很神秘，神龙见首不见尾，只知道她在上海，但是从来没有出现过，这么多年来，她长期持有中国有线，从来没有进行过哪怕只是一手的卖出交易，连公司股东大会她都从未参加过，找到她也不现实，所以现在我就面临一个很为难的问题。”秦枫欲言又止。

“你快讲。”郑其伟催促道。

“我们从澳门赢回的一千多万，能不能借用一下？”秦枫问。

“那是你的资金，本来就打算交还给你，怎么能说是借用。”郑其伟笑道。

“谢谢，我真没有想过那是属于我的，现在就暂时算是我的吧。”秦枫紧接着问，“我希望，这笔钱不要还给我，而是转给你，借你的手进行操作，不知行不行？”

“只要是力所能及，我一定会尽我所能。”郑其伟干脆地回答。

“用这笔资金作为利息，以你们公司的名义，通过证券公司向我们公司融券，如果这样做不违反你们公司的运转原则。”秦枫终于说出自己的对策。

“为什么要绕这么大的弯子，向你们东方公司融券？你直接打报告申请使用不就行了吗？”郑其伟感到费解。

“上午公司要应付与中东联合投资公司的见面会，吴总不打算在今天进行大额交易，而我必须要在今天的交易中争取主动，所以只能自己帮自己了。”秦枫挑明原因。

“打算融多少？”郑其伟问道。

“五百万股中国有线，大约两亿五千万，三天时间。”秦枫说道，在她坚定的眼神中，战火已经点燃。

虽然融券业务会有风险，但对于郑其伟来说，这样做不会有任何损失，即使出现损失，也只是损失融资的利息，而这笔利息是由秦枫来支付的，他只是需要以公司融券人的身份出现即可。凭借郑其伟公司的信誉以及实力，融券成功应该不是问题，但是郑其伟担心的，却是秦枫。

考虑了片刻，郑其伟关切地问道：“秦枫，司徒明那里的五个亿，加上融券的两亿五，加起来就是七亿五千万，风险还是有的，你是否真正考虑清楚了？”

秦枫点点头：“我想我知道自己在做什么，整件事不会让你和司徒先生有任何损失。”

“我不是指我们的风险，秦枫，我的意思是指你的风险，你自己是否真正看清了这件事情的风险有多大，你是否能够独自承受？”郑其伟关心的不是交易而是秦枫。

“承担必须承担的风险，是我必须要做的事情，”秦枫秀美的脸上有着一种毅然决然的英气，“如果不去主动承担风险，对于我来说，所做的事情毫无价值可言。”

听到秦枫肯定的答案，郑其伟看了看表说：“我马上回公司做准备，争取一个小时之内赶到你们公司，即使你们公司同意，也需要去券商那里办理业务。”郑其伟估算了一下时间，“你看是否赶得及？”

“很难说，也许开盘十分钟后，我所做的这一切都没有任何意义了。但是，我想实际情况不会那么糟糕，交易对手应该会留给我一点时间，不过，十一点三十分，应该是市场在时间上给予我的最后底线。”

秦枫回答。

“我知道了，十点三十分之前，我一定赶到你们公司与吴总面谈，争取十一点二十分之前融券成功。”郑其伟定好时间表。

“真的非常感谢，好像我一直在对着你说谢谢，这样的表达实在过于苍白。”无论成败，秦枫对郑其伟的帮助铭刻在心。

“那就准备香槟吧，我宁愿你那样表达。”

“谢谢，希望如此。”

“一定如此。”郑其伟给予了秦枫最大的祝福。

秦枫目送郑其伟离开，正要乘电梯回公司，她的手机响了起来。

“秦经理，我是严小冉。”严小冉的语气很急促。

“小冉，你好。”

“您看到论坛上华诚基金的文章没有？”严小冉问道。

“没有呢，我现在在楼下办点事。”

“您办完事，赶紧上来看看，他们简直是太过分了。”严小冉气愤地说。

5

秦枫和严小冉通完电话，立刻快步来到大厦电梯口，正好赶上了一趟上行的电梯，电梯门关上的一瞬间，秦枫似乎看到了蔚蓝的身影出现在大厅里，但是她无暇顾及，高速电梯载着整厢的俊男美女们一一到达他们要去的楼层。

秦枫走到公司大门，在前台就碰到了正在等侯她的严小冉。

“出了什么事情？”秦枫看到严小冉焦急的神色。

“秦经理，刚才机构投资论坛上，华诚基金的总裁辛睿夫发表了一篇评论，很显然是针对您的，非常过分，您赶紧到办公室去看看。”严小冉义愤填膺，“吴总也看到了，他也很生气。”

“谢谢你，小冉。”秦枫拍了拍严小冉的肩膀，快步回到了自己的办公室。

机构投资论坛是互联网上的一个机构投资者沟通社区，这么多年以来，这里已经逐渐形成了一个非官方的专业言论交流中心，并且规定作者必须实名刊发。如果将这里与《人大金融评论》相提并论，应该非常恰当，它每天都受到整个证券投资界的高度关注，这里发表文章的影响力，在投资专业方面，远远超过了普通财经媒体，众多专业人士和不少中小投资者都将阅读机构投资论坛作为自己每天的必修功课。

秦枫输入机构投资论坛的网络地址后，一个设计精美的海蓝色页面立刻铺展在眼前，它一定是由一位电脑艺术天才创作的，因为，任何人看到这个页面就有一种想要投入这片湛蓝色的强烈欲望。

论坛页面上的文章像一层层梯田展开，秦枫一眼看去，就发现了一个显眼的黑体字标题——“成长型投资的掘墓人”。这篇文章被编辑推选在首页的醒目位置，很显然，这篇文章的热度不亚于烙铁，后面已经用红色加上了英文加粗的“hot”和大大的感叹号，秦枫估计严小冉指的就是这篇文章。

她用鼠标点开文章，仔细阅读了起来。

二十世纪五十年代，美国的工业向西海岸发展转移，形成了以硅谷为核心的全新经济地理版图。

新的经济核心以高科技产业为其基本特征，随着电子科技和生物科技产业在美国西部的快速发展，从而使得美国新的经济地理中心逐渐在西部成型。

高科技产业与传统制造业的根本区分在于其产业属性的不同，前者是代表先进生产力的“知识密集型经济”，而后者则是代表落后经济的“资本密集型经济”。

知识密集型的经济不同于资本密集型的经济，更加强调“人”与“研发”的作用。正是在这一产业背景下，成长学派的投资交易决策体系才应运而生，其代表人物为菲舍父子。机构投资者的代表是培育了IBM与苹果公司的红杉资本。

随着我国经济结构的成功转型，成长型投资在我国证券投资界越来越得到认可与重视，很多真正的投资家都深入地研究和应用这一适应新经济发展时代背景的投资交易决策体系，并且在投资实务中取得了相当的成功。

但是，证券投资交易市场里，从来都不缺乏滥竽充数和蛇形雀步的人，他们打着成长型投资的幌子，大行投机之道。

市场近日风传某基金公司成长型基金管理人，突然间心血来潮，对股票市场价格波动的随机性发生了兴趣，并声称要挑战这一难题。

众所周知，成长型投资是一个需要时间来证明的长期投资策略，是一个建立在经济周期基础之上的投资交易决策体系，而这位基金管理人，却试图将短期交易行为纳入到这一已经被市场广泛论证，证明是成熟有效的投资交易决策体系之中，其目的是为了哗众取宠，抑或是另有企图，不得而知。

但是事实是不言而喻的。

六年前，这位基金经理人曾作为助手，参与到新能源概念股票的短期炒作之中，不仅全军覆没，而且还导致其合作伙伴失去了工作能力和机会。时至今日，已经取代其合作伙伴的她，又开始突发奇想，声称要挑战股价波动的随机性，从而形成全方位的投资交易决策体系。可是话音未落，其持有的中国有线股票的股价就开始出现大幅波动，委托资金予其管理的投资人也开始对其不再信任，纷纷撤出资金，申请赎回。

如果视这种短期交易行为为全方位投资，那么成长型投资交易决策体系的意义又在何处？证券投资交易中，贪婪和恐惧是最大的敌人，那么这种贪大求全、追求全方位投资的念头，是不是另外一种形式的贪欲？

试问这位从证券投资交易黄埔军校“中投”出来的基金管理人，作为证券市场的主要资金力量，面对“全方位投资”所造成的市场振荡，责任感何在？面对无所适从的中小投资者，良心何安？

挑战随机性，究竟是对成长学派投资交易决策体系的发展，还是为成长型投资掘墓？

文章的落款人是——华诚基金总裁，辛睿夫。

秦枫一口气看完了这篇洋洋洒洒的文章，她的第一反应就是：“这篇文章肯定不是辛睿夫所写，应该是爱女如命的辛睿夫允许辛洁代笔。”但是，秦枫心里也明白，旁人却不会像她这么清楚内情。

文章后面的评论络绎不绝，大多是对文章中所指的“机构投机者”的指责，已经有人进行了爆料：辛睿夫所批评的，就是东方证券投资基金管理公司的秦枫。

这分明是一篇檄文，股市还没有开盘，来自于业界权威的指责批评却不期而至，这必然会影响中国有线当日的股价走势。

秦枫站起身，走到咖啡机旁，按下一杯意大利特浓咖啡。

窗外，太阳躲藏在深深的云层里时隐时现，秦枫静静地站在落地窗前思索着：“今天已经发生的和即将发生的一切，自己究竟该如何面对？”

第十九章

1

还有几分钟，股市就要开盘。

不管发生什么事情，自己都要去坚强而坦然地面对，秦枫内心认定了一个道理，那就是朝着正确的方向前行，不要被沿途的泥泞所羁绊。

回到办公桌前，在那篇文章后面已经有近百篇评论与留言。秦枫本想关掉网页，不再理会，却没有想到，一个熟悉的名字从屏幕上跳了出来——古天牧。

古天牧在这篇文章后面发表了自己的长篇见解，秦枫赶紧打开链接，抓紧时间看了下去。

尊敬的辛睿夫总裁，感谢您对年轻一代投资者的关爱，特别是对奉行成长型投资交易策略的投资人，看得出您更是厚爱有加。

正如您所说，成长型投资策略是随着高新产业的发展应运而生，并逐渐发展成为一个适应新经济发展的投资交易决策体系。

但是，似乎您忽略了三个重要问题，而导致您在文章中对那位‘中投’出身的青年人大发雷霆。

首先，您似乎认为年轻人不应该挑战经典，或者说是不应该自不量力，因为年轻人不具备挑战经典的能力。

成长型投资交易决策体系经过多年的跨市场实践证明，的确是一个有效的正向投资交易策略，但是有效并不意味着万全。

在投资实务中，成长型投资的诟病也随着证券市场的日益发展显露无遗，股市的经典之处，就在于没有永恒的经典。成长型投资脱胎于价值投资，而在此之前，价值投资同样是不可动摇的旗帜。正如您文中所述，成长型投资是一个长期投资策略，但是，您似乎忘记了硬币还有另外一面，那就是成长型投资还是一个高风险的投资策略。新的技术，有被更新的技术取代的风险，成长型投资策略最为关注的‘人’的因素具有非常大的不确定性，在一个长期的交易周期里，成长型公司的价值迟迟不被投资人发现和认可，股价蹒跚不前，甚至固执地下跌，对投资人造成巨大的心理压力。那么，作为一个负责任的青年投资家，对一个具有高风险的经典投资交易决策体系进行优化与改造，就冒了天下之大不韪吗？

其次，您似乎认为全天候的投资交易决策体系因为包含了短期交易技术模块，就成为了一个具有投机性的决策体系。事实上，您这是将长期投资交易与投资画上了等号；将短期投资交易与投机画上了等号。

众所周知，任何投资交易决策体系，最为重要的是要具有广泛的市场适应性，是交易决策体系适应市场变化，而不是市场来迎合交易者的主观预期，逐渐国际化的开放市场，怎么可能以万亿计的交易规模来适应某位投资者的交易决策体系呢？

我想这样表达我的看法，希望不会引起您的雷霆：适应市场的投资交易决策体系，就是正确的投资交易决策体系，而不能说经典的投资交易决策体系就是正确的投资交易决策体系。在这一点上，就我个人而言，我认为挑战经典是一种科学理性的行为。在此，我对您文中提到的那位基金管理人致以崇高的敬意。

再次，作为年轻的机构投资者，我们深感自己肩负重任，崇尚科学化、客观化的理性投资，应该是我们始终不渝的追求目标。但是，市场的波动是股票交易的本质现象，市场并不是因为投资者追求全天候的投资交易决策体系而波动，自身常态波动之外，还会有来自于心理的、来自于热点新闻的、以及突发事件的市场杂波，而我们真正要做的，是清除这些杂波，看到市场波动的本质原因。

最后，我要对您说的是，一个真正有良知的机构投资人，不应该仅仅关注股票价格波动，也不应该是站在经典投资交易决策体系面前故步自封，而是应该积极地推动市场发展，去发现未来经济的发展动向，从而与产业经济脉搏同步，与经济共同发展。

文章后面的署名为：富海证券投资策略总监古天牧。

秦枫看完了这段沸腾的文字，当看到最后署名的这三个字时，她白皙的脸庞上露出了笑容，心中倍感温暖。古天牧的这番反击，不仅抵挡住了辛洁发起的这波业界舆论的攻击，而且会极大地平衡普通投资者对中国有线交易的情绪波动。她还细心地注意到，古天牧在落款中特地写明了自己的职位，其实这是他一贯不屑于做的，今天，为了加强文章对普通投资者的影响力，他改变了自己的习惯。

秦枫内心感动着，她很感激古天牧能够在开盘前的关键时刻站出来替她说话，她真想给他打个电话，哪怕就只说上一句话。但是，股市已经开盘，战斗开始了，她必须全力以赴地投入到这场没有硝烟的战役中去。

秦枫关掉了电脑屏幕上的论坛页面，准备开始进行今天的交易。

周二　9：30

在交易室里，郭怀恩看着辛睿夫的文章，喜不自禁。这不仅仅是因为辛睿夫的文章可以帮助他在今天的阻击中更有胜算，这算不得什么，本来打阻击战就是他郭怀恩的看家本事，郭怀恩开心的，是能够和辛睿夫站到了一个战壕里，这就是战友，这就是友谊的开始，这就为今后的合作创造了机会。赚更多的钱，才是郭怀恩真正想要的，真正的哲学是什么？就是物质基础决定上层建筑，没有钱，什么都别想干，何况还是在这个谁有大钱谁才能玩得转的资本市场里。在这个市场里，永远是资本说了算，辛睿夫的文章，就代表了资本的态度，资本发言了，就为金钱指明了方向。

卢林按照预先的安排，采取了大单对冲低开的开盘定价策略，股价直接低开两个多点，开在四十四元。

之后，郭怀恩又分别在四十四元上方每隔五角的价格区间，挂上了两万股以上的卖单。

在富海证券环路营业部交易大厅里，中国有线的开盘价完全出乎围着申思理身旁的股民们的意料。

秦枫也没有料到郭怀恩会采取大额成交低开，这个架势就是要进行惯性的股价打压，这种大额的成交，明摆了就是告诉秦枫：他已经准备了足够的资金进行打压后的拉升。

秦枫略加思索，按照自己的预先方案，下达了第一笔五万股的“市场价格卖出指令”。

几乎是在五秒钟之内，她这五万股中国有线的股票就全部被郭怀恩悉数收入囊中。

2

周二　9：50

时间一分一秒地前行，秦枫一边盯着中国有线的交易情况，一边等待着郑其伟的到来，等待是最难熬的过程，秦枫内心里在分分秒秒地计算着郑其伟的行程。

突然，华迪推开门，径直走了进来："秦枫，忙不忙？"

华迪的脸色有点灰白，似乎昨晚没有休息好，秦枫看着他说："我还好了。怎么，你身体不舒服吗，气色不太好。"秦枫关心地问。

"我没事儿。论坛上的文章你看过了吧？"华迪问道。

"看过了。"秦枫手上拿着铅笔，在桌上的信笺上随意涂画着。

"很明显是针对你的，辛洁这是怎么了？"华迪皱着眉头问。

秦枫用铅笔头轻轻敲打着信笺："这个应该去问她，我怎么会知道。"

"一大早在报纸上搞了个评论不说，这会儿又要她父亲在论坛上写出这样的评论，你们俩什么关系大家还不清楚，难道你们之间出了什么大事情不成？"华迪继续问道。

"说真的，华迪，我的确不知道。"华迪的不断询问，让秦枫的内心隐隐作痛。

"不过，论坛上的文章，不一定是她父亲写的，"华迪分析道，"如果我猜得没错，应该是辛洁执笔，发表时用的辛睿夫的署名，你看呢？"华迪又问。

"算了，咱们不谈这个问题了。"秦枫岔开了话题，问道，"怎么，你今天这么有空？"

"我手上也有一堆事儿，过来就是问问你知道不知道论坛文章的事情。另外，"华迪扭头朝门外看了看，压低声音说道，"钱总监今天很奇怪，一大早就开始不停地往电脑室跑，好像有什么重要的事情。"

"他永远都和常人不同，要是他和大家一样了，才令人奇怪呢。"秦枫不以为然。

"不过，今天他好像非常特别。"华迪推了推金丝眼镜，说着又朝门外瞟了一眼。

秦枫听到华迪这么讲，也顺眼朝门外看去，真是凑巧，钱向东从电脑室那边走过来，笔直地停在了秦枫办公室的门口。

"钱总监早。"华迪看到钱向东突然冒了出来，不由得吃了一惊。

钱向东铁板一块的脸毫无表情。"早。"钱向东从鼻孔里发出了一点声响。

秦枫从座位上站了起来："钱总监早。"

钱向东站在原地没动，朝秦枫摆了摆手："秦经理，请坐，今天你应该很忙，不打搅你了。"钱向东话虽然这样说，但是脚步却没有移动。

华迪看了看冷冰冰的钱向东，转头对秦枫说道："秦枫，你先忙，我还有些事情。"转身离开秦枫的办公室。

钱向东堵在门口的身子侧了侧，让华迪走过："华经理，今天是非常时期，上午中东联合投资公司的代表要到我们公司来，凡事都要小心谨慎。"

华迪点了点头，没有停顿，直接走回对面他的办公室里。

钱向东看着依然站在办公桌前的秦枫，一板一眼地说道："论坛上的文章我已经看过了，辛睿夫讲的东西没有水平，你不要介怀。"然后扭头要走，突然又停住了脚，回过头来说："秦经理，昨天公司的电脑系统出现一些异常，我担心今天也会有状况，已经要求电脑部对防火墙进行了升级，你放心，系统安全应该不会再有问题。"

"谢谢钱总监。"秦枫不知道钱向东的葫芦里卖的什么药，传真号码的事情毕竟在心中留下阴影，她决定少说为佳，静观其变。

"你忙，不打搅了。"钱向东说完，转身离开了秦枫办公室的门口，顺手将门关上。

此刻，在总裁办公室里，吴文松同样也在焦急地等待着，秦枫等待的是郑其伟，而吴文松等待的是中东联合投资公司代表团的副主席理查德。

终于，吴文松办公桌上的电话铃声响起："吴总裁，您好，我是中东联合投资公司代表团的翻译格林。"

"格林先生，你好。"

"吴总裁，有件事情很抱歉。"格林说。

"你请讲。"吴文松有了不好的预感。

"今天上午，中东联合投资公司的代表们关注到了有关贵公司秦枫小姐的新闻报道，并且注意到互联网权威的投资论坛上也有针对秦枫小姐的文章出现，理查德先生对此非常重视，决定暂时不到贵公司拜访，他正在关注事情的发展。"格林的中文表达很清晰。

"好的，谢谢你。"

吴文松放下电话，立刻走出办公室，从来都是闲庭信步的吴文松，以少见的快步穿过走廊，来到秦枫办公室门前，轻轻敲了敲门。

"请进。"秦枫的声音传来。

吴文松推开门，走了进来。

秦枫看到是吴文松，心里暗自吃惊，他几乎从不走进基金经理的办公室，她立刻站起身来："吴总，您好。"

吴文松直接问道："论坛上的文章，你都看了吧？"

"是的，我看过了。"秦枫回答。

"中东联合投资公司也关注到了报上的消息以及论坛上的文章，他们正在观察事情的进展，我分析他们是希望在论坛上看到你的观点。"吴文松用建议的口气说道，"你看是不是也发表一下自己的看法？"

"您认为有这个必要吗？我看古天牧发表的意见就很不错了。"秦枫不想把时间花费在论坛的唇枪舌剑上。

"那些毕竟是别人的意见嘛，现在中东联合投资公司想要看的，是你秦枫的意见。你就针对辛睿夫提出的质疑，阐述一下你的观点，我想这是理查德他们希望看到的。"虽然吴文松的口气和缓，但他的态度很坚决。

"好吧，既然您觉得有必要，我就在论坛上简单说几句吧。"秦枫淡淡地回应。

"既要简单，也要慎重！这对你、对公司，都很重要啊！我知道你会处理好的。"吴文松语重心长地说完，离开了办公室。

秦枫重新坐下来，打开了论坛网页，果然，在辛睿夫的文章后面，很多机构投资者都发表了各自不同的意见，不同投资流派的观点在论坛上针锋相对，战火居然已经在互联网上展开。

秦枫静静地厘清着自己的思路，五分钟以后，她纤长的手指开始在键盘上飞舞，她的眼中闪烁着智慧的光芒，思绪如溪流般静静地流淌着，秦枫直接在网上发表了她对辛睿夫文章的回应。

3

秦枫以她习惯性的语句这样写道：

> 两百多年前，二十四个对未来充满憧憬的年轻人，相约在纽约华尔街六十八号门外一棵高大的梧桐树下，共同签署了著名的'梧桐树协议'，纽约证券交易所由此诞生，从此拉开了现代证券投资交易的大幕。
>
> 随后的两个世纪以来，证券交易市场以其无穷的魅力，吸引着全世界一批又一批满怀远大志向的青年人纷纷投身其中，立志要成为成功的职业化投资人。

事实证明，他们的选择是完全正确而且毋庸置疑的，证券交易市场已经与实体经济融为一体，特别是股票交易市场，已经成为实体经济的‘晴雨表’和‘助推器’。

但是，股票交易本身具有的独有特性和交易制度，使得股票投资成为一个残酷的零和资本游戏，给投资者带来了巨大的挑战，这一切都是因为股票价格的波动不仅具有随机性，而且具有周期性和跳跃性，以及从长期来看，股票所具备的偏向性所决定。随机性和跳跃性导致投资者对于股价未来的波动不可预测，而周期性与偏向性又给投资人带来了希望。

股票投资的先行者们正是在股票价格波动具有的这些根本特性之上，形成了各自不同的投资策略，经过时间的检验，渐而成为经典。从长期持有战略到价值型投资策略，从成长型投资理论到狗股理论，无不是先行者的智慧结晶。

无论是哪一种投资交易决策体系，无不是为了对几乎无法预知的股价波动增加更多的确定性，以期规避风险，带来财富的长期稳定增长。

但是，已经过去的两个世纪的证券投资交易历史告诉我们，所有的股价波动，在这浩浩的历史长河里，只不过是一朵小小的水花，回首看去，任何股市投资策略，都超越不了历史的发展，历史永远是一个永不停歇的火车头，牵引着我们前行。

所以，作为职业投资人，唯有遵循历史的必然发展趋势，才能在投资策略上立于不败之地。我们唯一要做的，就是从历史未来的必然，追溯到当今的现实。

站在历史的珠峰之巅回首过往，所有我们面对的问题都显得如众山般渺小和不值一提，既然未来的发展已成定局，那么成长型投资也罢，价值型投资也罢，都已经不再是我们所要面对的问题。我们要做的，是寻找到推动经济发展的真正动因，因为经济的成长是历史的必然。当然，也要看清在这个必然的发展过程中，也将必然会出现的曲折。

正如我们可以看到未来，又没有忘记过去，未来的发展与发展中的曲折便都已经接近于确定，以确定性为基础建立起来的投资交易决策体系，理所当然超越长期投资与短期投资的争论。尊重历史发展的投资交易决策体系，理所当然就是客观与理性的投资交易决策体系。因为我相信，在我们的脚下，这片养育我们伟大民族的土地，永远生机勃勃，在这片热土上的不老民族，充满了智慧与活力，经济发展的车轮必然随着历史的洪流滚滚向前，这是成长性的前提，也是职业投资人存在的前提。

辛总裁的文章我更愿意看成是对我们年轻的职业投资人的鞭策，是促进我们年轻人走向成熟与理性的一种激将法，对此我代表所有‘中投’学员以及这一代年轻的投资人，对辛总裁表示衷心的感谢。

提到责任，我这样认为，作为年轻职业投资人，我们的真正职责就是——看到未来，创造历史。

秦枫一气呵成，在文章后面署上自己的名字，不假思索就点击了发送。因为她看到电脑屏幕右下脚的时间又过去了十分钟，她不能让对手郭怀恩惦记得太久。

文章发送出去后，秦枫立刻下达了第二笔五万股的卖出交易指令。

等待了良久的郭怀恩毫不犹豫地全盘买下，他正在纳闷为什么秦枫过了这么长时间才开始第二笔交易，这时，一直也在关注着论坛进展的他看到了署名秦枫的文章，这才找到了答案，原来秦枫在互联网上进行着她的另一个反阻击。

郭怀恩略略放下心来，开始浏览秦枫在论坛上的文章，不料越看越惊，原本放松地靠在椅背上的身体，不由自主地凑到电脑前，他的内心受到了震撼："没想到，真没想到！"

郭怀恩暗自寻思："幸好今天就要收官，以后可不能再咬这只狮子了，弄不好让她把自己给咬了。"很显然，秦枫的文章已经在心理上给了郭怀恩些许压力，股市里的博弈，哪怕是心理上的一丝变化，都会导致双方力量的变化，从而导致结局的变化。博弈的天平微妙地在他们二人之间晃来晃去。

郭怀恩非常严肃地问卢林："辛睿夫、古天牧、秦枫这三个人写的文章，你怎么看？"

金融专业科班出身的卢林也刚刚看完秦枫的文章，他想了想，有些迟疑地回答："我觉得，辛总裁的文章体现了成长学派的投资精华，古天牧则指出了成长学派的不足之处，秦枫讲得好像很系统，似乎没有具体的针对性。郭总，您看我分析得对不对？"

郭怀恩的脸色沉了下来，深深的鹰眼里，露出精锐的光芒，他长叹一声，摇摇头对卢林说道："小伙子，秦枫的文章你没有看懂啊！"

郭怀恩站起身来，背起双手，在屋内踱了几步，才开口说道："这篇文章篇幅不大，但是气吞山河，尽显大将风范，并且只言片语，就将现代证券投资交易的起源、发展以及未来的趋势讲得一清二楚。这还不算，卢林，你再注意看看，她是从哲学的角度，提炼出了股票价格波动的几个基本特征，从根本上揭示了各大投资流派的根基，你说她讲的没针对性，我看是你还没有到这个境界啊！”郭怀恩又叹了口气，“能到这种境界，非大师级功力难以为之，她从历史追溯到现在，展望到未来，谈的就是成长型投资，只不过，她站的高度比辛睿夫要高出许多，对成长型的理解更为深刻，你没看到她写的吗？她是‘站在历史的珠峰之巅’上俯视辛睿夫啊！”

郭怀恩说完，又仰天叹道：“气吞山河，气吞山河啊！真是：江山代有才人出，各领风骚数百年！”

卢林从来没有见过郭怀恩如此地赞赏一个人，他细细体味着郭怀恩的点评，没等他的大脑反应过来，郭怀恩坚定地作出了一个出乎意料的决定：“密切关注动向，随时准备开始收官。”

说完，他走出了交易室，准备给隐藏在秦枫身边的那个人通个电话，这个决定也应该通知他。

4

周二　10：20

秦枫看到郭怀恩将自己下达的第二单卖出股票全部吃掉，焦急地看了看时间，快到十点半了，郑其伟的电话还是没有打来，人也没有出现。她的心开始焦虑不安，按照目前状况，她所能支撑到的极限，就是将时间拖延到中午十一点半收盘，如果郑其伟没有与吴文松谈成融券事宜，自己必然将再次面对遭遇阻击的惨败。

不过在总裁办公室里，吴文松却等到了好消息，中东联合投资公司代表团的翻译格林终于打来了电话。

“吴总裁，您好，我是格林，又打扰您了。”格林客气地说。

一直在盼望着中东联合投资公司方面来电的吴文松立刻回应：“哪里谈到打扰，今天我们最关注的就是与中东联合投资公司代表见面的事情。”

“是这样的，吴总裁，理查德先生看过了贵公司秦枫小姐在论坛上的文章，并且推荐给代表团的所有人员阅读了，现在代表团决定，在下午五点与各公司举行投资见面会之前，先到贵公司来与您和秦枫小姐会面，时间定在下午一点三十分，您看这个安排，是否合适？”格林礼节性地征求着吴文松的意见。

“没问题，对于理查德先生以及代表团成员的来访，我代表东方公司表示最诚挚的欢迎，”吴文松非常开心，“我和秦枫小姐一定准时在敝公司恭候诸位光临。”

“好的，吴总裁，我们午后见。”

“谢谢格林先生，再见。”

放下电话，吴文松不禁摸着自己微秃的头顶笑了起来，一向沉着稳重的东方证券投资基金管理公司的总裁，此刻开心得像个孩子。

吴文松准备亲自去秦枫办公室告诉她这个好消息，当他拉开自己办公室大门的时候，恰好看到了迎面走来的郑其伟。

“吴总，好久不见。”郑其伟说道。

“没想到贵客光临，来，快进来坐。”本来兴致就很高的吴文松热情地把郑其伟请进了办公室。

“吴总看上去气色不错啊！”郑其伟看出吴文松一脸喜色。

吴文松亲自沏了茶，递给郑其伟，郑其伟接过茶杯道了声谢，两人在沙发上落座。

“郑总，你是大忙人，平时请都请不到，今天大驾光临，有何指教啊？”吴文松满面笑容地问道。

“吴总，今日登门拜访，是有件急事想请您帮忙。”郑其伟知道时间紧迫，索性开门见山地说道。

“你看你，跟我还客套什么？有什么事情尽管说。”吴文松和郑其伟还是颇有交情的。

“这件事，恐怕会让您有些为难，希望吴总不要见怪。”郑其伟先了作了些铺垫，又补充了一句，“我知道，今天贵公司有大事要安排。”

“公司的事情大，你的事情也大，你尽管说。”吴文松豪爽地挥着手。

“我想要融券。”

“融券？融哪个品种？多大份额？”

“中国有线，两亿五。”

“没有问题。”吴文松一口答应下来，“和你做业务，我最放心。”

“谢谢，吴总，”郑其伟的嘴角露出笑容，“我希望能在今天上午办好手续，我把需要的资料全都带来了。”郑其伟拍了拍放在身边的黑色公文包。

“明天上午办手续，你看怎么样？”吴文松问道。

“吴总，我就是今天要用，最好上午办好。”郑其伟说。

吴文松没有想到郑其伟要得这么急，他觉得很为难，今天对于东方公司来说，实在太重要了，他不倾向于在这个时间做大笔的业务，即使是融券业务。并且，郑其伟要融券的是——中国有线，怎么会这么巧？老谋深算的吴文松有一种直觉，郑其伟想要的这两亿五千万中国有线的股票，极有可能与秦枫有关。

“其伟啊，”他换了个称呼，显得更加亲热，“以我们之间的交情，以你和你们公司的信誉，区区两亿五完全不是问题。不过，”吴文松稍作停顿，“今天，我们公司确实有件大事。你应该知道中东联合投资公司来华首次投资的事情吧？”

郑其伟点点头，他当然知道这件众所瞩目的大事。

“你不是外人，我就跟你讲实情了，不过这件事千万不能传出去。”吴文松是完全相信郑其伟的，各种信息到他那里就如同进了保险库，但是依然还是强调着保密的重要性，“中东联合投资公司代表团刚才打电话与我约定，今天中午会到我们公司来提前洽谈，如果不出意外，很有可能与我们东方基金签署合作协议，我实在是不想在这样的关键时刻，出现大笔的交易行为，所以，你一定要理解我。等今天和他们谈完了，明天一大早，我亲自到你们公司去接你，一起去券商那里办理手续，你看怎么样？”

吴文松一席话说的都是肺腑之言，没有丝毫的隐瞒，郑其伟非常能够理解。但是他考虑到秦枫的委托，感到有些两难，再三考虑，还是开口说道：“吴总，这笔融券明天就没有意义了，主要就是今天要用。”

吴文松与郑其伟的交情有些年头了，对待朋友，郑其伟从不强人所难，是他一贯的风格。按说自己方才那一番话，应该足以让郑其伟理解自己的苦衷，按照常理，郑其伟是不会使他为难的，可是现在，郑其伟居然一反常态，再次提出融券的要求，这让吴文松感到十分意外。

“其伟，你跟我说实话，这笔券究竟是你要用，还是你帮别人融的？”吴文松挑明了心中的疑问。

郑其伟也没有想到一向含蓄的吴文松会直截了当地提出这个问题，他笑了笑，答道：“我想，吴总应该知道吧。”

虽然郑其伟没有直接回答，但是吴文松已经明白了答案：“我就知道是秦枫找你帮忙的。”

吴文松端起茶杯喝了口茶，说道：“其伟啊，不瞒你说，这两天，秦枫在‘中国有线’上遭遇了交易阻击，按道理呢，我应该给予最大的支持，这不仅是秦枫个人的事情，同时也是公司的事情。其实秦枫已经找我谈过，想要用公司持有的大笔中国有线股票进行战术性交易，但是被我拒绝了。我知道，这样做对于她来说不公平，一则她在几年前遭遇过阻击，需要通过这次反阻击的胜利来化解心理上的阴影；二则她完全有实力，也有能力进行反阻击。但是，一切以大局为重，现在中东联合投资公司之所以愿意提前与我们接触，正是看中了秦枫的投资交易能力，因为秦枫已经超越了原来的成长型投资，形成了一个全新的投资交易决策体系。”

郑其伟默默地听着吴文松的解释，没有插话。

吴文松继续说道：“中东代表团中午就会到达公司，我不希望在此关键时刻，秦枫的交易行为出现丝毫的瑕疵，所以我才强行阻止了她对炒家进行反阻击，我想你应该是可以理解我的想法的。事实上，我也有苦衷啊！东方公司是否能够把握住这次历史性的机遇，得到跨越式的发展，成败就在于秦枫！其伟，我怎么能够让她在这个时候，进行风险极大的阻击与反阻击的短期交易，万一失败呢？这个‘万一’的责任，无论是她，还是公司，都承担不起啊！”

吴文松的话句句在理，郑其伟知道，再继续坚持进行融券业务，已经没有任何意义，他点点头，对吴文松说道：“我完全可以理解您的决定，吴总，预祝东方公司与中东联合投资公司合作成功！”

说罢，站起身来，伸出手要和吴文松握别。

“再多坐一会儿吧。”吴文松起身挽留道。

郑其伟笑道：“我的委托人现在还在等着我的消息呢，我过去给她做做工作，我想她也一定会理解。”

吴文松欣慰地握住郑其伟的手，用力上下摆动着：“其伟，那就太感谢你了。”

5

郭怀恩和国际上许多著名的投资家一样，习惯于远离市场。华尔街的著名投资人，崇尚价值投资的巴菲特也好，有“阻击教父”之称的资本大鳄索罗斯也好，除了在华尔街有一间办公室作为公司处理事务性工作以外，或是将交易室设在郊外，或是设在美丽的海岛上。

郭怀恩喜欢研究索罗斯，这不仅仅是因为索罗斯是擅长金融阻击战的资本教父，而且因为索罗斯也是学习哲学出身，所以郭怀恩学习索罗斯的交易方式，把他的交易室设在浦东临江的一座带有院子的小别墅里。这是郭怀恩多年前淘来的宝贝，凯旋资本的总部就设在这里，陆家嘴金融中心震旦大厦的办公室虽然是凯旋资本的注册地，但是真正的核心决策，都是在这个院子里进行。

院子的布局有点像西花厅，贴着院子的围墙是一圈矮矮的四季常青的冬青树，有一面墙的冬青树被专门订做的铁丝网网着，铁丝网上面齐着院墙的上端，实际上这是郭怀恩自己设计的一个天然鸟笼，这个巨大的天然鸟笼里，郭怀恩放养的几只喜鹊和黄鹂鸟，这会儿正唧唧喳喳地在枝头鸣叫。院子里栽种着几棵珍贵的西府海棠，海棠树下圆形的石桌边上，围着四只小石凳子，靠近角落的地方，硕大的深绿色琉璃鱼缸内侧，布满了厚厚的青苔，鱼缸里装有大半缸水，几只睡莲漂浮在水面上，睡莲下面是彩色的金鱼游来游去。

郭怀恩走出交易室，来到院子里，凯旋资本的其他人员都在忙着各自的事情，院子里空无一人。

郭怀恩一边拨打电话号码，一边朝着角落的大鱼缸走过去。

“郭总，你好。”电话那头传来低沉的声音。

“你好，你那边的事情进展如何？”郭怀恩看着鱼缸里游来游去的鱼儿问道。

“还需要一点时间，应该问题不大。”

“秦枫在论坛上的文章你看了没有？”郭怀恩又问。

“看过了，没有什么实际意义，不会影响今天的交易。”

“是这样的，老弟，我打算一会儿就收官了，现在已经拿了她十万股，至于后面的二十万股，我不打算要了。”郭怀恩说着，随手从鱼缸边盛满鱼食的盒子里拈了些鱼食，撒放到了鱼缸里。

“能不能再缓一缓，我们还是按照原计划进行吧。”对方有些着急了。

“老弟，我感觉有些不大对劲儿，整个形势似乎对我们太有利了，这是一个很危险的信号。”郭怀恩是地地道道的老狐狸，他的直觉一向灵敏。

“郭总是不是多虑了？以秦枫现在的状况，她翻不了浪。”

“这方面你是行家，股市里的事情，瞬息万变，什么事情都不能看得太死啊！多少人都是输在最后那几分钟。”郭怀恩感叹道，鱼缸里的鱼儿看到了鱼食，一窝蜂地拥了上来，水面上泛起了一阵阵涟漪。

“郭总，无论如何，您得按照原计划行事，要不然那才真是损失大了。”

“哦，为什么这么说？”郭怀恩看着抢食的鱼儿问道。

“中东联合投资公司的人很快就要到我们公司来和秦枫见面，准备资料、见面洽谈都要占用时间，她今天没有太多工夫花在交易上，老吴也不允许她将精力放在这上面。"

"是这样啊，"郭怀恩接着说道，"既然她无心恋战，我提前收官又有何不可？"

"郭总您想想，中东联合投资公司的代表都是一些什么人？他们可是老牌跨国投资公司，他们愿意以两百亿美元的代价来和秦枫合作，您想想，我们公司这个投资模型值多少钱啊？"对方说道。

"话是这样说，但是，这跟我们这次交易好像没有太大关系嘛。"郭怀恩非常冷静，一边说着，一边慢慢走到了天然鸟笼边。

"我可以对您承诺，投资模型搞到手之后，一定有您的一份。"对方听懂了郭怀恩的心思，作出许诺。

"以我们的交情，那是自然，我信你这句话。"郭怀恩考虑了一下，做出最后的决定，"这样吧，我在下午一点三十分，准时收官，不能往后拖了。你也要相信我，凭我多年的阻击经验，越是形势看上去对自己有利，越是要多加小心，并且按照常规，收官与反阻击大多会在两点三十分以后，所以我们这次提前一个小时收官，万一她有什么图谋，也会被打个措手不及。只是这样，会让你在时间上有些紧张，你就要多担待了。"

郭怀恩的话，明显已经没有再商量的余地，作为炒家，他有着特殊的敏感嗅觉，能够拖延到下午开盘，再多给对方三十分钟时间，这已经是作了天大的让步。

"非常感谢，郭总，晚上请你吃饭。"

"那好，我就不再跟你通电话了，下午开盘三十分钟后，我准时收官，晚上我请客。"郭怀恩强调了一遍，然后挂断电话。

笼子里的鸟儿看到郭怀恩走近，扑腾着翅膀飞了开去，郭怀恩抖动了一下附在鸟笼上的金属机关，鸟食便从笼子外的漏斗里顺着食槽撒落出来。

看到了食物，那些飞开的鸟儿又扑腾着聚了过来，一口一口地啄着鸟食。

看着鸟儿不断的啄食，郭怀恩心里想起了一句话："人为财死，鸟为食亡，自己绝对不能贪心！"想到这里，郭怀恩转身快步走回了交易室。

一进交易室，郭怀恩就问卢林："怎么样，她又卖出了没有？"

"还没有，郭总，成交的都是一些几手几手的小单。"卢林回答道。

"不管她卖不卖完，我们二十分钟后开始收官。"郭怀恩决心已下，再次提前了收官时间。

卢林看了看时间："现在快十一点了，还有半个多小时收盘，看来我们是赢定了，郭总，这次您干得真漂亮。"

郭怀恩听了，心里美滋滋的，但是脸上却保持着严肃：“做股票阻击，就是要讲究纪律，制订周全的计划，然后严格地去执行，绝对不能在交易过程中有贪婪和恐惧心理。”

“知道了，郭总，跟着您，学到的可都是真本事。”卢林笑着说。

“秦枫这丫头，也是个有真本事的人啊！历史上多少厉害角色，都倒在最后一分钟的交易时刻，‘三二七’的管金生，就输在最后两分钟，所以在没有最后定局之前，凡事都不可掉以轻心啊！”郭怀恩意味深长地说道。

不过，在郭怀恩自己看来，现在胜局已定。

第二十章

1

周二　10：50

郑其伟走出吴文松的办公室，直接来找秦枫。

刚才到达东方公司的时候，郑其伟已经和秦枫简短通过电话，他知道，秦枫此刻一定在等待着自己和吴文松商谈后的消息。

他站在秦枫的门口，轻轻地敲了两下门。

秦枫正在满怀希望地等着郑其伟，她立刻走到门前，伸手将门拉开。

“你好，请进。”秦枫看着郑其伟，似乎想从他的脸上找到答案。

“很抱歉，秦枫，事情不能如愿。”郑其伟遗憾地说道。

无疑，这是秦枫最不愿意听到的结果，她的身体已经感到了彻骨的冰凉。

秦枫淡淡地说：“没关系，不过真的很感谢，让你忙了整个上午。”秦枫希望能够带着微笑说出这句话，但是，脸上的肌肉却无法放松下来，笑容没能展开。

“吴总很详细地给我谈了他的想法，”郑其伟开始做秦枫的工作，“大局当前，他的决定是为了公司的长远发展，至于交易上的一时胜败，吴总认为来日方长，只要这次东方公司能够和中东联合投资公司合作成功，今后有的是交易机会。”

“机会？”秦枫脸色有些苍白，她努力克制心中的不快，“吴总的意思是说再过一个六年吗？还是说让我在二十年后拄着拐杖重新跳芭蕾？”秦枫终于按捺不住激动的情绪，“公司的事情重要，我当然知道，公司需要发展，需要扩大规模，我也明白。但是，为什么迫在眉睫的交易就一定要放手不管？为什么面对危局就不敢放手一搏？为什么公司发展一定要跨越式的，脚踏实地、稳步前行难道就得不到发展？什么是贪婪，这难道不是贪婪？难道贪婪只是在投资交易的过程中体现，而在对资本的渴求上却可以例外？”

郑其伟从未看到过秦枫如此激动的一面，之前无论是面对巨奖、面对阻击还是面对模型失窃，她都表现得冷静自制，有着一份同龄人难以企及的成熟和理性。但，她毕竟也是人，一个曾被击倒渴望重新站起来证明自己的普通人，明明看到反阻击的成功机会就在眼前，但却得不到自己人的支持，这份心中的不平确实是难以克制。

郑其伟轻声安慰秦枫："有些事情难以如愿，世事往往如此。"

秦枫已经意识到自己的失态，她咬了咬嘴唇，渐渐恢复了平静："对不起，我刚才有些激动，希望你不要介意。"

郑其伟理解地笑了笑："如果是我，估计已经把办公桌上的电脑给摔了。"

"说实话，我正想这样做。"秦枫的情绪已经完全平和下来，她时刻都在审视着自己，告诫自己保持心态的稳定。

"现在你打算怎样做？司徒明的五个亿已经办好了。"郑其伟关心地问。

"今天这个交易日，现在对于我来说已经提前结束了。"秦枫无可奈何地笑着说，"等到今天和中东联合投资公司的洽谈结束后，我们再商量司徒先生资金的事情，好吗？"秦枫的脸上虽然重新挂上笑容，可是心里却像刀割一样的疼痛。

她不甘心就这样被迫接受反阻击的失败，不愿意看到自己再一次深陷遭遇阻击的泥潭而无法自拔，可是事已至此，秦枫清楚目前的状况是败局已定，除非有奇迹发生。她唯一要做的，就是在今后的日子里，不断咀嚼着失败的苦涩，在清晨醒来的第一时间，不断地在笔记本上画上一个又一个三角符号。

失败并不可怕，可怕的是自己进入到了这个怪圈，并且这一次，自己完全有能力从这个无底的黑洞里抽离而出，可是最终还是没有做到，反而在这个黑洞里越坠越深。

郑其伟看到秦枫的状态很快恢复到平常，抬手看了看时间："好，你还要准备和中东联合投资公司见面的事情，我先走了。"

"我送你，回头再联系。"

秦枫将郑其伟一直送到电梯口，看着郑其伟乘坐的电梯门关上，才缓缓走回办公室。

周二　11：10

办公室的门在背后轻轻地合上，秦枫感觉整个屋子像是一座牢笼将自己困在里面，倍感压抑。秦枫坐在桌前，觉得两侧的太阳穴有些疼痛，于是用手指轻轻地揉着，还有二十分钟，上午的交易就要结束。秦枫看着眼前的电脑屏幕，似乎看到有一张模糊不清的面孔在对自己狞笑着，她不知道他是谁，这是一张陌生的面孔。她开始移动鼠标，将十万股中国有线的股票按照市场价格指令打了出去，她已经感受到失败离她越来越近。

《天鹅湖》的乐曲声骤然响起，秦枫疲惫地拿起手机："你好，我是秦枫。"

"秦枫，我是白云山。上午的情况怎么样？"电话里传来白云山的声音。

"看你是指哪方面？"

"我看过早上辛洁的财经评论和论坛上辛睿夫的文章，但我不是指这个，我是问你中国有线的交易情况，我看你一直没大动作，你在等什么？"白云山问道。

"不是我不想开展反阻击，本来资金的问题，我已经解决了，但是股票方面，吴总就是不同意动用公司的持仓，而方心鹤公司的三十万股，我已经卖掉了二十万股，我想你知道这意味着什么。"秦枫用手撑住头，一种无力感遍布全身，"云山，这次我又失败了。"

"郭怀恩收官没有？"白云山焦急地问。

"目前还没有，不过我看差不多了。"秦枫回答。

"现在还有十五分钟早盘收盘，你能不能坚持这十五分钟？"白云山又问道。

"已经没有太大意义了。"秦枫说道，这就是现实。

"不，你一定要拖住这十五分钟，也许我这边会有好消息，无论如何要坚持住，秦枫，答应我。"白云山似乎有非常重要的事情要告诉秦枫，但他没有明说。

"好的，我尽力。"秦枫觉得很诧异，但她信任白云山，他不会无缘无故打来这通电话。

"秦枫，不是尽力，而是一定！"白云山的语气坚定而执著，让秦枫全身一震，她似乎可以看到此时他刚毅的神情。

"是的，不到最后一刻，我绝不放弃！"秦枫在内心对自己说。

秦枫看了看电脑屏幕上显示的中国有线的走势，郭怀恩似乎还在等待她卖出最后十万股中国有线。

"好的，我一定拖住他。"秦枫对白云山毅然承诺。

放下白云山的电话，秦枫已经彻底绝望的心，重新又燃起了希望，白云山的意思很明显，拖过这十五分钟，反阻击依然还有可能，虽然秦枫不相信会有奇迹发生，但她知道白云山这样说一定有他的原因，他正在想办法，她不是孤军作战。有了白云山传递来的信心，秦枫像在比赛中被对手击倒的拳击手那样，在读秒声中重新站了起来。

2

11：15

还有十五分钟，今天早盘的交易就要结束，秦枫冷静考虑了一分钟时间，什么方式的委托下单，才能让郭怀恩觉得出乎意料，并且让这个老奸巨猾的阻击手花上十分钟来进行考虑呢？

“答案很明显，就是要让郭怀恩认为我的交易行为不合常理，才能拖延时间。”想到这里，秦枫立刻作出了一个自己都觉得不可思议的决定，她迅速地将最后十万股中国有线的股票全部按照市场价格下达了卖出指令。

两次相隔如此之近的卖出，果然让本已拿定主意收官的郭怀恩顿生疑虑。

看到交易行情明细上显示的委托卖出，卢林问道：“郭总，吃不吃？”

郭怀恩沉吟了几分钟后，说道：“吃掉。”

时间指向十一点二十分。

郭怀恩已将秦枫的所有委托悉数买入，此刻的秦枫已经手无寸铁，她现在唯一希望的，就是郭怀恩的多疑能够帮到自己，哪怕是仅仅十分钟，不，准确的说，是九分钟，现在又有一分钟已经悄然流逝。

如果说一个人的生命中会有一些极为重要的时刻，那么，对于郭怀恩和秦枫而言，此时余下的九分钟应该位列其中。事情似乎总是这样，当具有决定性的重要时刻来临之时，决定权通常掌握在别人的手中。

秦枫现在的状况就是如此。

11：23

郭怀恩死死地盯住面前的电脑屏幕，看着跳动的股价显示，他知道，现在下达收官指令是最合适的时机，只要他说出“收官”这两个字，交易员就会将事前准备好的大量现金投入到市场里，对中国有线的股价进行跳跃式的买入，这种近乎扫荡的阻击收官技术，郭怀恩早已烂熟于心。

但是，此时的郭怀恩突然对秦枫连续进行的两笔委托产生了疑虑，他不清楚，秦枫这样做的目的到底是为什么。

11：24

秦枫一手托着下巴，一手拿着铅笔在纸上转动着，开盘时就已经打开的投资模型正在自动完整地记录所有的交易数据，并进行即时分析，甚至包括市场外部数据，投资模型都自动进行了甄别。

秦枫非常清楚，郭怀恩老到的操作手法来自于他对市场的深刻理解。道氏一百年前就在他的理论论述中谈到了股价波动的趋势问题，道氏认为主要的大趋势是无法受到人为操控的，任何人都无法违背股票价格的主要趋势，但是，次级逆向波却有被人为操纵的可能，道氏认为投资者对次级逆向波的准确判断，是决定投资成败的关键，因为次级逆向波总是具有相当的欺骗性，让投资者误认为是一个反向的大趋势的到来，从而进行错误的操作。从某些角度上来看，这也是市场为了实现零和游戏规则而产生的一种自动调节功能。

而郭怀恩这类炒家正是基于对次级逆向波以及股价日间杂波的理解，在股票交易市场进行快速阻击，从而牟取短期暴利，基于次级逆向波进行有组织的短期阻击，基于日间杂波进行超短期的隔日阻击。

如果郭怀恩现在开始怀疑，秦枫意外的交易委托行为与他一样，也是为了制造日间杂波，那么他必须要花上一点时间来考虑，是否会有其他人与他来抢夺这块肥肉，因为只要是炒家都知道，制造了向下的日间杂波，一定会有一个向上的修正，让股价重新回到原来的价格趋势中，这就是很多分析师认为的技术指标的修正，对中小投资者而言，就是他们常常挂在嘴边的庄家震荡行为。

11：25

郭怀恩此时确实在考虑着与秦枫同样的问题。

郭怀恩在内心琢磨：现在还有五分钟时间，上午的交易就要结束，这个时候如果开始大举拉高，那么就意味着这次阻击结束，按照事先的安排，无论今天什么时间收官，在中午，吕品都会发表对中国有线有利的股评，以配合拉抬股价。事实上，这是一个近乎完美的布局，胜券已经在握。

可是，刚才仅仅五分钟的时间内，秦枫就连续进行了两笔一共二十万股的大额委托卖出，这让郭怀恩百思不得其解，秦枫难道真的不想进行一丝一毫的反抗？哪怕是拖延一下对手的时间都不愿意？

一个那么有气魄的人，那么具有投资智慧的人，难道会不懂得我郭怀恩是在利用日间杂波进行投机性交易？难道她就心甘情愿以如此低的价格，在早盘就将这整整三十万股中国有线全部出手？明摆着下午的股价将恢复到原来的价格轨道，难道她会这么轻易地放弃资产价格？她即使要认输，也应该是慢慢地等我拉高股价后再进行卖出啊，这其中会不会有什么圈套？

一个又一个问题在郭怀恩脑子里跑马灯似的晃动着，所有问题的根本就在于上，郭怀恩不相信秦枫会无条件投降。

这与他的预期落差太大，反而让郭怀恩怀疑秦枫会有其他的阴谋，世界上几乎所有的阴谋家都是如此，他们看待别人就像是在看待自己的内心，认为别人的一举一动，都有这样或者那样的阴谋。

时间大多数时候过得很快，如果我们以年或者十年为单位计算时间，光阴如白驹过隙，而当我们用分秒来计算的时候，时间就显得格外漫长难熬。

11：28

秦枫看着电脑上的时间指示，还有两分钟，上午的交易即将结束，整个盘面，还没有出现大的动静，秦枫此刻真的希望自己能够拨快时钟，让这两分钟尽快平静地过去，让十一点三十分早点到来。

11：29

郭怀恩终究是老谋深算的，十一点二十九分，他终于想明白了秦枫这样做的真正原因：聪明过人的秦枫就是要让他郭怀恩弄不懂她为什么这样操作，从而拖延他的收官时间。

秦枫这样做，一定是在观察他的动静，并且郭怀恩判断，只要自己开始动作，秦枫应该也会作出反应，事情并没有秦枫身边的内线说得那么简单。

秦枫极有可能准备了大量的资金要与自己抢食，所以，不管怎样，必须立刻开始收官。

郭怀恩巨大的鹰钩鼻子皱了好几下，这是他在进行阻击收官时的一个明显特征。

郭怀恩开口命令道："开始收官。"

3

11：29：20

卢林听到郭怀恩的命令，立刻下达了一笔制定价格买入交易指令，股价从四十四元迅速拔高了五角，这笔交易过后，时间刚好是十一点三十分，早盘收盘时间到了，上午的股市交易已经结束。

“郭总，下午开盘还是按计划往上做吧？”卢林问道。

郭怀恩没有马上回答，而是若有所思地说道：“我可能耽误了宝贵的十分钟时间，这十分钟，我完全可以把中国有线的股价推高五个点，到四十六元。”

“没关系，下午开盘，我们可以三十分钟之内，将股价拉到涨停板。”卢林满怀信心地说。

郭怀恩此刻面无表情，事实上，他正在内心批评自己的不够果断，看来，这个秦枫的确不容小觑，自己险些着了她的道儿。

“先吃午饭，好好休息一会儿，下午按照计划进行。”郭怀恩没有把心思表露出来，依然平和地说道。

11：30

秦枫总算是将时间熬到了十一点三十分股市收盘，可是即便如此，她现在依然感觉没有任何底气。虽然白云山的话给她带来了一丝希望，就像黑夜里在大海航行中看到了夜空中的一点微弱的星光，但是，这点星光是否能够指引她走出迷途，秦枫不得而知，不过有一点她可以肯定，白云山一定是在想什么办法来帮助她赢得今天的反阻击。

这时，手机又响起了，打进电话的是蔚蓝。

“中午好，蔚蓝。”秦枫轻声问候着，对于这个即将要做母亲的朋友，秦枫内心里有一种女人与生俱来的关爱之情。

“秦枫，你现在能不能赶紧下楼到银行来一趟？”蔚蓝在电话里的语气十分急切。

“出什么事情了吗？”秦枫问道。

“我正在中国银行办理划款，其他没有什么问题了，可是单据备份里有个地方需要你签名，我刚刚与医生约好了时间检查身体，如果我这会儿上楼来找你签了再下来，恐怕时间来不及。你能帮帮忙吗，就几分钟。”蔚蓝焦急的语气中含着恳求。

“好的，我马上下来。”秦枫立刻起身往外走，走到门口想起数据模型还没有关闭，从上午开盘起到现在，她一直将模型打开着。但秦枫想到蔚蓝这么着急，自己只是下去签个字，应该不会有太大问题，于是将办公室的门带上，快步朝着公司门外的电梯口走去。

很快，秦枫到达一楼，快步走向银行。蔚蓝穿着一件深蓝色的欧洲古典印花长裙，围着流苏大披肩，正站在营业部大门前张望，看到秦枫走近，立刻将手中的一沓单据中抽出一张来，递给秦枫：“你在这里签个字就行。”

秦枫接过单据看了看，是一张中恒公司与东方证券投资基金管理公司业务合作的证明单，上面已经加盖了东方公司的公章，秦枫奇怪地问道：“这不是已经在上面盖章了吗，怎么还要签字？”

蔚蓝带着歉意说道：“是啊，没办法，银行说还需要东方公司该笔业务的负责人在后面签名。”

秦枫接过蔚蓝递给她的签字笔，在东方公司公章的后面签上了自己的名字，然后将单据还给蔚蓝。“你要多多保重身体。”秦枫关心地说。

“谢谢，你也是一样，”蔚蓝柔媚的眼神中有着幽怨，“真是舍不得你这个好朋友。”

“别这么伤感，又不是以后不见面了，我们合作的机会还多着呢。”秦枫感觉到蔚蓝的情绪非常低落。

“希望如此吧，如果你还愿意跟我合作的话。”蔚蓝幽幽地说，眼中似乎有一层水雾。

“怎么不愿意，这么多年，我们的合作不是挺好的吗。蔚蓝，是不是女人有了宝宝以后就特别喜欢胡思乱想？”秦枫笑着问道。

“真的是这样呢，”蔚蓝说道，“你赶紧上去吧，我知道你忙，让你跑一趟真是不好意思。”

“那好，我走了，你赶紧去医院吧，祝你一切平安。”

秦枫和蔚蓝道别，刚刚走回大厦办公区域的门前，就接到了钱向东的电话。

“秦枫，我是钱向东，你现在在哪里？”

钱向东很少直接给秦枫打手机电话。

“钱总监，我就在楼下。”

“你赶紧上来，你的电脑中了病毒。”

秦枫顿时感觉大脑“嗡嗡”作响，她三步并作两步冲到电梯口，可偏偏这个时候是电梯运转的高峰期，等了好几趟，秦枫才挤上了电梯，回到了公司。

秦枫快速走进自己的办公室，看到钱向东和电脑部的一名工程师正站在她的办公桌前。

“怎么了？”秦枫焦急地问道。

“你的电脑中了病毒，差点蔓延到公司的整个网络，幸好钱总监上午一直都在关注电脑系统的维护，我们阻止了电脑病毒的蔓延，但是无法处理你这台电脑的病毒。”电脑部的工程师解释道。

秦枫看了看自己的电脑屏幕，整个屏幕上，只有一个光标在黑黑的屏幕上闪动。

秦枫移动了一下光标，没有任何反应，秦枫抬起头问道：“到底出了什么故障？”

电脑工程师的额头渗出汗珠，看上去已经忙活了好一阵子。“秦经理，你的电脑中了很厉害的病毒，现在系统已经崩溃了。”工程师无可奈何地说道。

“现在有什么办法处理吗？”秦枫追问。

工程师摇了摇头。“目前没有什么很好的办法，系统看来是无法进行恢复了，唯一的办法就是重装系统。”

“如果重装系统，我电脑里面原先的所有数据与信息岂不是都没有了？”秦枫反问道。

“是的，但是没办法，只能这样。”电脑部的工程师双手一摊，无奈地耸耸肩膀。

“我知道了，我考虑一下再做决定，谢谢。”秦枫知道再多说什么已经没有意义了。

“钱总监，秦经理，如果有什么事情就通知我，我先去公司餐厅吃饭了。”工程师打了个招呼，离开了秦枫的办公室。

钱向东站在原地没有动，片刻之后，他沉声说道：“秦枫，你电脑里的病毒，是在你刚才下楼去的时候，公司内部人员植入的。”

4

今天上午，从看到论坛上辛睿夫的文章开始，古天牧就想与秦枫联系。但是考虑再三，他还是没有拨出电话，因为他知道，在交易时间里，秦枫的注意力需要高度集中，所以没有去打搅她。古天牧时刻关注着中国有线的交易情况，现在的形势他也看得很清楚，秦枫这次凶多吉少，除非她手上持有大量的资金和中国有线的股票，才有可能起死回生。现在终于等到早盘结束，古天牧急切地想要问候秦枫，他刚刚拿起桌上的电话机，还没有来得及拨出号码，办公室的门就“嘭”的一声被人推开了。

古天牧抬头一看，破门而入的是风一样的辛洁。

今天的辛洁依然是那么光彩照人，她在黑色紧身针织衫外面套了一件粉红色大翻领外套，袖口长度仅过肘部，一条黑色漆皮宽腰带穿过宽松的外套，缠绕在辛洁窈窕的腰间，愈发显得她亭亭玉立，她手臂上套着粉红色的Fendi宽手镯，粉色与黑色这两种对比强烈的色彩在辛洁的身上形成了特殊的平衡感。古天牧可以想象，她一路走来，会吸引多少人的眼球。

辛洁进来后，径直将手上的拎包扔在沙发上，气冲冲地走到古天牧面前质问道：“你是不是认为欺负我还不够，还要羞辱我的父亲？”

古天牧看辛洁不请自到，就知道来者不善，果然，辛洁一开口，古天牧就知道，她是为了上午自己在论坛上针对辛睿夫发表文章的事情：“你不要误会，那只是专业上的探讨。”

“误会，什么叫误会，你以为我是文盲，看不懂你写的那些方块字？听不出来你的话中所指？”辛洁提高了嗓门，这时候她的声音不太像往常那么甜美动听了。

“辛洁，我只是就事论事，没有要羞辱谁的意思，如果真要说羞辱，我看是你父亲发表的那篇文章在羞辱其他人。”古天牧直言不讳地说。

“羞辱谁了，你是说秦枫吗，谁能够羞辱到她的头上，她一张利嘴，不咬别人就是太阳从西边出来了，谁还敢羞辱她。”辛洁没好气地说。

“你不要强词夺理，我看这篇文章是你写的，然后署了你父亲的名字。”古天牧一针见血地指出事实，这让辛洁的脸挂不住了。

“就算是我写的，那又怎么样？”辛洁的一双大眼睛因为昨晚的哭泣本就有些红肿，现在又开始泛着泪花，她冲着古天牧嚷道，“她什么都有，事业她有了，名誉她有了，金钱她有了，爱情她也有了，整个世界都是她的，你说，凭什么这一切她都能拥有？”

“你这是嫉妒。”古天牧听不下去了，没有再给辛洁留下情面。

“是的，我就是嫉妒，那又怎么了？难道她连嫉妒的权利都不给我？”辛洁显得蛮不讲理。

“你什么没有？你拥有的比谁都多，可是你就是不满足，秦枫在事业上付出的努力比你多，她自然会有更多的收获。”古天牧直言相劝，他希望辛洁能从嫉妒中脱离出来，看清事实。

“她在事业上是比我付出的多，你认为她应该获得成功，那么我呢？

我在感情上的付出难道就少吗？我的爱情，我的自尊，全部都毫无保留地给了你，天牧，你说实话，对于你，我的付出与秦枫付出的相比，我是不是要多出很多？”辛洁委屈的泪水顺着她漂亮的脸颊流淌下来。

看着辛洁楚楚可怜的模样，古天牧的心软了下来，在感情上自己确实亏欠她很多，他放低声音安慰道：“好了，别说傻话了，你和秦枫之间那么多年的友情，比我要重要得多，你别总是钻到牛角尖里去了。”

“我就是要钻这个牛角尖，在我看来，爱情就是我的全部。如果在爱情和友情之间作出选择，我愿意选择爱情，可是你却不愿意。”辛洁雪白的牙齿紧紧咬着嘴唇，不甘心地说道。

“辛洁，人生知己难求，我希望你能珍惜你们之间的友谊，毕竟这份情意伴随了你们十多年，来之不易，你们彼此是最好的朋友，如果失去这份友情，无论是对你还是对秦枫，都是巨大的损失。”古天牧的话发自内心，他不愿看到秦枫与辛洁之间的友谊破裂，他希望极力愈合其间的裂痕。

“你不要再说了，我们之间再也回不到从前了，现在说什么都晚了。”辛洁摇摇头说道。

“我觉得没有那么糟糕，现在大家还有机会挽回。”古天牧继续劝说。

“除非你答应与我重归于好，我愿意为你做任何事情。”辛洁擦干脸上的泪痕。

“我们之间不存在这个问题。辛洁，你这两天的财经评论，无论有意还是无意，都在客观上帮助了股市炒家阻击秦枫，现在秦枫已经到了交易最关键的时刻，我认为，现在有一个机会摆在你的面前，你可以帮助秦枫击败炒家，你们之间也可以和好如初。”古天牧说道。

辛洁怔住：“什么机会，我怎么帮她？”

“秦枫现在需要中国有线大股东的筹码支持，而华诚公司就是第一大股东。”古天牧回答。

“她们东方公司的持仓量与华诚相比，也不会少很多。”辛洁对中国有线的股东情况做过分析。

“我想，东方公司今天一定有某种特殊原因，导致秦枫无法动用公司资源，所以，如果华诚公司此刻愿意出手相助的话，秦枫今天击败炒家就有希望。”古天牧把局面分析得很透彻。

“你的意思是要我父亲出手帮秦枫？”

“是的，这是唯一的办法。”

“天牧，只要你答应和我在一起，我愿意为你做任何事情，”辛洁含情脉脉地看着古天牧，“只要我开口，我想父亲会答应我的。”

“辛洁，在你与我之间的问题上，我希望你能明白我的意思，我们一直都是好朋友。”古天牧仍然耐心地对辛洁说道，虽然同样的意思他已经表达过很多次了，“我觉得，你和秦枫之间这么多年的友谊非常难得，值得珍惜，我相信你一定是这样想的，秦枫也会这么认为。而且，她现在，非常需要你的帮助。”

辛洁想了想，对古天牧说道：“好吧，你给她打电话，就说我们商量好了，我这就去找她。”

“辛洁，你真的答应帮她？”古天牧喜出望外。

辛洁看着古天牧俊朗的笑脸，那份喜悦不是为自己，而是为了秦枫。她压住心中酸痛，仰头回答：“是的，我考虑清楚了，我决定帮她。”

5

周二　11：40

钱向东对秦枫说出自己对电脑病毒的看法，事实上在秦枫的眼里，钱向东是最可疑的对象，但是她没有表露出来，而是反问道：“钱总监这样说，一定是掌握相关证据了？”

钱向东板直着腰，摇了摇头：“不，我没有掌握什么证据，我只是推测。”

“如果是推测，那么有可能是任何人。”秦枫说道。

这两天发生的一系列事情，让秦枫对钱向东有些看法，他反对派自己参加投资见面会，阻挠白云山回到公司上班，昨晚从伦敦金属交易所发出的传真显示是钱向东办公室的号码，今天早上，他又力阻对外公布投资交易决策体系。

当然，仅仅凭借这些，还无法确定公司的内鬼就是钱向东，可是上午华迪说过，钱向东一大早就开始不停地往电脑室跑，现在自己的电脑感染了病毒，投资模型也极有可能被窃取，秦枫不得不加深了对钱向东的怀疑。

但是，现在电脑系统崩溃了，根本无法找到任何证据。

“我推测是有人想窃取你的投资模型。”钱向东说道，他的眼睛被镜片隔了一层，看不清其中隐藏着的变化。

秦枫也直接说道：“是的，我也有这个疑虑。”

“吴总已经知道了这件事，他很生气，我一定会想办法把这个人给找出来。”钱向东一本正经地说道。

“如果钱总监真的能够捉住这只黑手，我将非常感激。”事实上，在秦枫看来，钱向东的嫌疑最大，她希望他能够马上离开自己的办公室，她要找杜梅寻求帮助。

“我已经有一些线索，但是还不确定，我相信下午就有办法找出真相。”钱向东说完，转身有告辞的意思，突然又站住脚，“秦枫，凡事都要多加小心。”说完这句，钱向东才直挺挺地离开了秦枫的办公室。

钱向东离开后，秦枫压抑已久的心痛忽然蔓延到了全身，系统瘫痪意味着自己的投资模型再度失窃，对方的手段狠辣，不留下丝毫证据。难道，钱向东就是窃取自己投资模型的人？这实在是让秦枫无法接受。

可是更加让她难受的，是蔚蓝昨天曾经几次三番对她说过的那些话，如果猜得没错，蔚蓝肚子里孩子的父亲，就是钱向东，如果揭露了钱向东，那么蔚蓝怎么办？蔚蓝的孩子怎么办？而且，目前没有十足的证据证明是钱向东窃取了投资模型。

此刻她最需要的人就是——杜梅。

杜梅说过，即使别人拿走了模型，也无法使用，窃取者的电脑系统将彻底崩溃，并且硬盘也将损坏，这也许能够找到证据。

秦枫立刻拨通杜梅的电话。

“杜梅，我是秦枫。”

“秦枫，怎么了，你好像不大舒服，声音怪怪的。”电话里杜梅银铃般的声音关切地问道。

“杜梅，我这里出了状况，电脑里的数据模型被人偷走了，并且电脑被植入了病毒，现在操作系统已经全部崩溃，电脑无法使用，公司电脑部的工程师也没有更好的办法，如果系统重装，那么所有的数据都将失去。”秦枫把坏消息一股脑儿地告诉了杜梅。

“啊，怎么会这样？我现在平安大厦，马上出发，十分钟之内就能赶到，你等我！”杜梅非常着急，恨不能立刻飞到秦枫身边。

“耽误你的事情吗？”秦枫问道。

“你的事情就是我目前最重要的工作，我马上到，你别急！”

“好，我在办公室等你。”秦枫内心的感谢难以言表。

与杜梅通完话，秦枫来到咖啡机前按出了一杯浓浓的咖啡，没吃早餐的她现在胃部开始隐隐作痛，虽然已到中午，但是此刻她没有丝毫的食欲。

她一边喝着咖啡，一边想着这两天发生的事情，看着窗外阴沉沉的天空，心中思绪万千。证券市场瞬息万变，有的时候的确是难以看清方向，可是此刻，就连身边平时熟悉的人和事，也如同被阴霾笼罩的城市一般，模模糊糊，根本看不清楚。

周二 11：50

“秦枫，我来了。”杜梅喘着粗气冲进了秦枫的办公室，一张俏脸上已冒出汗来。

秦枫立刻将咖啡杯放在茶几上，迎上前：“这么快！”她引杜梅来到自己的办公桌前，指着电脑说：“黑屏了，完全没有任何反应。”

“我来看看。”杜梅从随身携带的电脑包里取出一只特制光盘，放入受到病毒侵害的电脑光驱里。过了一会儿，电脑屏幕上显示出了病毒系统感染状况，“是蠕虫。”杜梅说。

“厉害吗？”秦枫问道。

“很厉害，是最新的蠕虫病毒，十秒钟就可以让系统瘫痪，不过难不倒我。”杜梅说着，开始使用光盘上的工具清理病毒。

“不用重装系统吗？”秦枫又问。

“不用重装系统，这种蠕虫病毒设计出来才两三天时间，我必须找到这个病毒的下载源，这样就可以找到是哪部电脑干的好事。”杜梅的手指在键盘上优雅地滑过，就像是在演奏一首钢琴曲。

秦枫放下心来，在她眼里，杜梅就是上天派来的天使。

五分钟后，刚才还根本无法使用的电脑，经过杜梅的处理已经完全恢复了正常。杜梅取出移动硬盘，将病毒拷入到了自己硬盘的专门文件夹里：“姐姐你放心，我的病毒可没有这么容易破解，那个窃取了你电脑资料的人，现在说不准躲在哪儿哭呢！”

秦枫移动鼠标试了试，惊诧不已：“我的天才，你真是不可思议，我们电脑部的工程师刚才几乎是束手无策。”

“呵呵，我说过，我是电脑亲人嘛！这是我的专长，术业有专攻，我对计算机的了解，就如同你对证券投资交易的了解一样，都是像在看自己的日记本。”杜梅将电脑包挎上肩膀，“我现在就回去查询这个病毒源，要不了多久，就能查出真相。”

“好妹妹，太感谢你了，你就是我的天使！”

第二十一章

1

白云山的家在一个安静的花园小区里，是个三居室的屋子。祖上一直是书香门第，父亲也是个文化人，一辈子从事广播电视工作，七年前病故离开了他们，现在只有白云山和母亲住在这里。

虽然白云山一直住院治疗，六年没有回家，但是白阿姨一直保持着房间里干净整洁的原样。

可是，现在屋子里却乱糟糟的，从放下秦枫的电话一直到现在，白云山几乎把整个屋子翻了个底朝天，他在找寻一件非常非常重要的东西，这件东西找到了，就可以帮到秦枫马上进行反阻击。

他一直关心着秦枫今天的反阻击战，但他没想到，吴文松最终不同意秦枫动用公司的股票，也许，现在只有他能帮到秦枫，但是希望越大，失望就越大，如果自己没有找到这件重要的东西，仍然是与事无补。

时间一分一秒地过去，白云山的白色衬衣已经被汗水浸透，身上还印上了一道道黑色的灰痕，可是他要找的东西，还是没有出现。白云山着急得几乎要发疯，他甚至开始怀疑自己的病是不是没有彻底好，事实当然不是这样，而是时间实在过去太久了，有些事一时记不起来。

周二　12：10

杜梅走后，秦枫的胃疼没有丝毫缓解，她打算下楼去吃午餐，还没有走出办公室，手机响了起来，是古天牧打来的电话。看着这熟悉的号码，秦枫感到十分温馨，自己现在非常需要来自爱人的问候。

“秦枫，我是天牧。”

“天牧，你好。”

“我看到中国有线的交易情况，为什么没有调用你们公司的持有？”

“吴总坚持不让动用公司资源，我也没办法。”

“现在有个办法也许能够帮得到你。”

“什么办法？”

“你先答应我，听了以后先别生气，也不要拒绝，好吗？”

“好的，你说吧。”秦枫觉得古天牧的话很奇怪。

“你是知道的，华诚基金是中国有线的第一大股东，如果能够得到华诚基金的支持，就能够帮得到你。”

“你认为会有这个可能性吗？上午论坛上的事情我想辛睿夫也不会释怀。”秦枫立刻否定了这个办法。

“不完全是这样，秦枫，如果辛洁出面的话，事情应该会好办得多，现在她就在我这里，我们已经商量好了，她出面帮你解决这个问题，希望你能接受。”古天牧说出自己的解决办法。

“你是说，你和辛洁在一起？”秦枫现在听到“辛洁”这两个字，心里就觉得很不舒服。

“是的，她现在正在我办公室，一会儿她就过来找你，你们俩商量一下，看看怎么处理这个事情。”古天牧说道。

“你让她到我这里来和我商量？你觉得有这种必要吗？”秦枫显然有些激动。

“秦枫，你们之间无论有什么事情，其实都是可以解决的，难道不是吗？你应该给她一个机会。”古天牧不希望秦枫和辛洁之间的友谊就这么结束，这对两个人都是伤害，自己也难辞其咎。

可是古天牧的这番话，在秦枫听来，明显是在偏袒辛洁，这两天辛洁的所作所为，难道古天牧还不清楚？秦枫此刻有一种缺氧的感觉，胸口发闷，有些喘不过气来。

电话里的无言，使古天牧以为秦枫是在犹豫是否接受辛洁的帮助，于是继续说道：“我知道你的想法，其实有些事情并没有那么重要，既然现在辛洁愿意出面，你就不要太过在意，好吗？”

古天牧的话让秦枫产生了更深的误会，古天牧的本意是指辛洁通过财经评论诋毁秦枫，又在论坛上进行挑衅的事情，可是秦枫听了以后，在她眼前不由自主地浮现出昨晚在辛洁家里，两人相拥相吻的那一幕。而此刻，辛洁就在古天牧身旁。

秦枫握着电话的手有些颤抖，她想说些什么，可是一向思维敏捷的她，现在脑子里却是一片空白，停顿了良久，她听到自己用冰凉的语调说道：“有些事情可能你不在乎，或者她也不在乎，可是对我却很重要。”

古天牧办公室里，站在旁边的辛洁，看到古天牧对秦枫讲了半天，似乎也没有讲出个所以然来，她干脆上前从古天牧手中拿过电话，对着话筒说道："秦枫，我是辛洁，之前全都是我的错，现在的事情我和天牧已经商量好了，我马上就过来，十分钟就到，你等着我。"

没等秦枫说话，辛洁就把电话给挂上了，她从沙发上拎起手袋，对古天牧丢下一句："就按照你说的，我现在过去找她。"说罢，离开了古天牧的办公室，

放下电话，秦枫的心中不禁升起了想要逃避的感觉。多年的密友突然间出现了隔阂，明明是辛洁做错了事情，但秦枫自己却感到很不安，她不知如何去面对辛洁，因为，在内心深处，她很在意与辛洁的情分。

在工作上，秦枫一向擅长于将纷繁芜杂的事情梳理得条理清晰，但遇到带有"感情"这两个字的事情时，她却会常常发生短路，因为她是一个太看中感情的人。

感情是比证券投资交易更难以把握的事情，对秦枫来说，把握好情感问题的难度比做好证券投资交易的难度要高出许多。

就在秦枫忐忑不安地想要避开与辛洁见面的时候，辛洁已经推开了秦枫办公室的大门。

"亲爱的，我来了。"辛洁一走进来，就用她那独有的奶油般腔调甜丝丝地说道。

2

周二 12：30

秦枫看到辛洁走进了办公室，心中百感交集。从学生时代到现在，十多年过去了，两人情同手足，她们在一起的时候，总是那么开心愉快，秦枫已经习惯于两人之间的亲密友情。然而，仅仅两天的时间里，辛洁一个个反常的举动直接打击着她，两人一下子产生出这么深的隔阂，辛洁到底为什么要这样做，她真的要将这份友谊弃之如敝屣吗？秦枫不知道答案。

此时的辛洁反倒像是那个手握权杖的女王，似乎所有的局面都在她的掌控之中。

在来找秦枫的路上，辛洁已经决定好了要如何打赢这场战争。

她在内心对自己说道："——认错？古天牧真可笑，我辛洁有什么错？错都在于秦枫！她不该拥有太多，她不能太过贪心，我不会总让她占据上风，我要赢，赢得我想要的一切！凡是我想要的，一定会得到！

——帮秦枫进行反阻击？古天牧恐怕也太天真了，我凭什么去帮她，

她不是无所不能吗？古天牧模棱两可的话已经使秦枫产生误会了，现在是将计就计给予秦枫最后打击的时候，这一击必须直击要害，我要让她永远地离开古天牧，因为他是我想要的！”

嫉妒已经彻底占据了辛洁的心灵，并像毒蛇的毒液那样，顺着血管蔓延到了她的全身。

辛洁对秦枫的了解比秦枫对自己的了解还要透彻，其他的人可能永远都找不到秦枫的弱点，可是，辛洁知道这个球应该发向网球场的哪个角落。在一路上考虑好了如何战胜总是比自己优秀那么一点点的好朋友之后，辛洁出现在了秦枫的面前。

“我知道你一定还在生我的气，其实，那个财经评论只是一个交换条件，我要和郭怀恩交换交易数据。”辛洁大大方方地将秦枫办公室的门轻轻关上，然后走近秦枫的办公桌。

秦枫从办公椅上站了起来：“你没必要告诉我这些。”

“我当然要跟你讲的，天牧刚才不是已经告诉你了吗，我是来道歉的。”辛洁脸上露出俏皮的笑容。

“你做错了什么，需要道歉？”秦枫问道。

“亲爱的，现在看来，所有的事情都被我弄糟了。”辛洁尽显亲热地对秦枫说道。

“你干得很漂亮，你总是那么出人意料，所有的事情都让人震惊。”秦枫觉得双腿有些无力，可能是今天一直没有吃东西的缘故，胃疼没有丝毫缓解，她用一只手支撑在办公桌的边缘。

“好了，我知道你不会生我的气，你一定会原谅我的。”辛洁漂亮的大眼睛笑眯眯地看着秦枫，然后自己走到咖啡机前按出一杯咖啡，取过来递给秦枫。

秦枫没有伸手去接辛洁递过来的咖啡杯，她走到咖啡机边重新按了杯浓咖啡，径自坐到了落地窗旁的皮椅上。

“都什么时候了，还生气，”辛洁对秦枫的态度并不在意，“天牧知道你今天要对付郭怀恩，所以我们商量好了，现在只要你点头，我们就可以开始进行。”辛洁显得相当大气地说道。

“你们商量好了什么？我听不懂你的意思。”秦枫不太明白辛洁说的到底是什么，她感觉自己的胃似乎越来越痛，脸色不禁有些苍白。

“是的，我们商量好了，我出面要我爸的华诚基金公司对你进行支持，他们是中国有线的第一大股东，你赶紧决定怎么样利用这个资源，争取能够反败为胜。”辛洁直接表明自己的想法，捧着咖啡杯坐到了窗前的另一只椅子上。

辛洁的真诚态度，使得一直保持冷淡态度的秦枫开始动摇，这么说，辛洁真的是来帮自己的，是啊，有什么事情不能成为过去呢？自己和辛洁比起来，也许真的是有些小气。

“这样做可能吗？上午刚刚发生论坛的事情。”秦枫仍有些不太相信。

“你又不是不知道，只要我开口，我爸爸什么都会答应的。而且，你肯定看出来了，那篇文章不是我爸写的，我来办这事儿就当做是赔礼吧。”辛洁说道。

“我没有想到我们之间会出现问题，辛洁，我一直都很珍惜我们的友谊。”秦枫对辛洁重新表现出以往的友好，是的，辛洁是很任性，但她相信，辛洁与自己一样，不会将多年的友谊轻易地抛弃。

“是的，秦枫，我也不希望出现这样的局面，所以现在是改变这种状况的时候。”辛洁微笑着说。

如果上天有眼，一定会从辛洁的笑容里看到冰冷和无情，可是秦枫再次相信了辛洁。

“无论结果如何，我都谢谢你这份心意。”秦枫略微苍白的脸上泛起了一丝笑容，一直紧缩着的心似乎开始慢慢地舒展开来。

“秦枫，如果你也这样想的话，那就这么决定了，”辛洁将咖啡杯顺手放在茶几上，“我和天牧商量好了，我会尽全力来帮你，让华诚基金对中国有线的持仓按照你的要求进行部署。”

秦枫在内心感谢辛洁的雪中送炭，听着她继续说下去。

“这样，我们之前的误会就算两清了，不过，条件是你不再纠缠天牧，成全我和他之间的爱情，当然，我和天牧依然还当你是最好的朋友。”辛洁终于对秦枫揭开了最后的底牌。

辛洁的话就像一记重拳迎面击来，直接击中秦枫的额头，使毫无防备的秦枫顷刻间觉得一阵眩晕，眼前似乎模糊起来，辛洁的模样开始恍惚和扭曲。

秦枫下意识地说道：“这就是你们两人商量的结果？”

“是的，你没听到刚才天牧在电话里也是这样说吗？”辛洁强调了一句。

原来如此，这就是他们想出的好办法！交换条件，又是把感情作为交换条件，自己最爱的恋人和最好的密友，就这样拿着感情做交易，美其名曰是帮助自己。最最可笑的是自己，会如此天真而幼稚，以为这种帮助是纯洁的、是无私的，根本没想到有条件。她恍惚想起，古天牧似乎是在电话里说过：“有些事情并没有那么重要。”是啊，自己视若珍宝的感情，在他们眼里却没有那么重要，她又错了，错了情，也错了心。

秦枫的内心有如利箭穿透般的疼痛，一直没有进食、靠喝咖啡支撑的胃部也开始剧烈地抽搐，伤心至极的秦枫无法控制住身体的生理反应，猛然躬下腰，对着座椅侧边的杂物桶呕吐了起来。

从早餐就没有进食的秦枫其实腹中空空，开始不断吐出来的是褐色的咖啡，渐渐地，颜色淡了下来，接着，吐出来的是无色透明的胃液。秦枫想使自己的呕吐停下来，但身体的反应已经无法受到意志的支配，她继续干呕着，手扶着椅子但人已经半跪在地上，最后，一股淡红色的血液从秦枫的嘴角溢出，其中有几滴溅到了她的丝质衬衣上，就好像是杜鹃啼血后，在白色丝缎上落下染红的花瓣。

伤透了的心会泣血，原来不是传说，辛洁看到秦枫痛苦至极的样子和溢出嘴角的红色液体，一下子惊呆了，她慌忙上前扶着秦枫的肩膀，眼泪忍不住流了下来：“秦枫，你别这样，是我不好，我不该这么说，你真的不要吓我啊！也许是我对你的嫉妒，也许真的是得不到的才是最好的，也许我没有自己以为的那样爱古天牧，不管怎样，我都求求你，不要这个样子，我没想到会这样……”辛洁被秦枫的伤心欲绝深深撼动了，十多年手足般的情意顿时涌上心头，心中满是内疚，她现在才知道，自己并不真正了解秦枫，即使是秦枫这样坚强理智的女人，当心中的爱情与友谊被无情地掠夺后，她也会像英雄阿喀琉斯一样倒落在地。

秦枫慢慢地停止了呕吐，她无力地抬起手臂，轻轻但又坚决地推开辛洁放在她肩上的双手，用手指着办公室的大门，一字一顿地对辛洁说道：“从我的地方，出去，马上！”

3

周二　12：40

辛洁呆呆地看着秦枫，不知如何是好，突然，秦枫办公室的门被猛地推开了，白云山和白阿姨走了进来。

“秦枫，我要问……”一头汗水的白云山刚说出几个字，就发现房间里的情形不对，白阿姨看到秦枫半跪在地上，弯着腰难受的样子，赶忙走上前来：“秦经理，你不舒服吗？”正说着，一眼瞅见衬衣上的血迹，吓了一大跳，心疼地问道："孩子，你这是怎么了？"白阿姨转过身迅速拿来纸巾，轻轻擦去秦枫嘴角的血迹，从饮水机里取过来一杯温水，递到秦枫的嘴边让她漱了漱口，然后小心地将秦枫搀扶到椅子上坐下。白阿姨又快步去拿毛巾，走过辛洁身旁的时候，用眼光狠狠地瞪了她一眼，她把毛巾递给秦枫，"孩子，擦擦脸，好了一些没有？"

秦枫用毛巾擦了擦嘴角，无力地点了点头："谢谢，白阿姨，好多了。"

辛洁知道自己已经闯下了大祸，一直不知所措地站在旁边，直到看到白阿姨瞪了她一眼，她似乎才从震惊中反应过来，只好低低说了句："我先走了。"悄无声息地退出办公室。

白云山也被眼前的这一幕惊呆了，直到辛洁离开，他才走近秦枫："秦枫，要不要去医院看看？"白云山关切地问。

"不用，我还好，只是有点儿胃疼。"秦枫的脸色非常苍白，她慢慢直起身体，吸了口气，感觉比刚才要好了一些，"刚才，你要问我什么？"

"你必须确信你没事，我才能给你讲。"白云山依然很担心，他也发现了秦枫衬衣上的点点浅红。

秦枫接过白阿姨递过来的热水，喝了一口，抬起头来坚毅地说道："真的没事，我了解我自己。"

白云山这才指着靠墙的文件柜，问秦枫："这个文件柜里以前有我的一些资料，现在还在不在？"

"应该还在，"秦枫用手指了指其中的一个柜门，"你的东西我都集中放在这个柜子里，还有你的几个笔记本，我帮你收在柜子中间的抽屉里了。"

"好。"白云山疾步上前打开柜门，从中间抽屉里取出一摞工作笔记本，一个一个翻看着。当他将其中一个笔记本翻到最后一页时，看到上面记载着的六个阿拉伯数字，白云山的眼中顿时放射出激动的光芒，"太好了，终于找到了！我记得没错，就是记在这个笔记本里。"

"究竟是怎么回事？"秦枫的脸上渐渐有了一丝血色，看到沉稳平和的白云山如此兴奋，她十分不解地问道。

白阿姨对秦枫说道："我去给你拿杯热牛奶过来，你们先聊着。"便静悄悄地走了出去。

白云山按捺着激动，走近秦枫，轻声问道："你知道我妈叫什么名字吗？"

秦枫摇了摇头："对不起，我们一直都称呼你妈叫白阿姨，因为大家都知道她是你的母亲，又是我介绍到公司的，所以也从来没要白阿姨出示什么身份证明之类的。"

"秦枫，我之所以刚才不敢在电话里告诉你这个消息，是怕我自己找不到这个笔记本，如果没找到，说什么都毫无意义。好在，我还是找到了。"白云山的开心溢于言表。

看着白云山高兴的样子，秦枫也不禁受到了感染，微笑着问道："你就别打哑谜了，白阿姨的名字和这笔记本有什么关系？"

白云山终于揭晓谜底："我妈的名字叫——沈露露。"

"啊？"秦枫听到白云山说出这句话，不禁惊愕地瞪圆了眼睛，不敢相信地盯着白云山。

白云山说道："是的，沈露露就是我母亲，是中国有线的第三大股东。我父亲很有头脑，在多年前就开始用我母亲的账户不断地买入中国有线的股票，当时中国有线还只是两元钱一股，他前后总共买了三百多万股，花光了所有的积蓄，甚至变卖了祖传的古董。他从来就没有卖出过一手股票，直到七年前他去世的时候，才告诉我这件事，并告诉了我交易密码。我当时将交易密码记在了笔记本上，一直没有用过，所以怎么也想不起密码。"白云山顿了顿，又说道："上午跟你打电话的时候，我才知道吴总不同意你用公司持有的股票，我就想到我妈账户上的中国有线，我当时没把这件事告诉你，是担心如果找不到密码，就没有办法帮你了。"

秦枫完全明白了白云山的意思，她不知道该如何用言语来表达对白云山的感谢。从秦枫进入证券投资领域，白云山一直像兄长一样手把手地带领秦枫从一个新手逐步走向成熟，并且形成了自己的投资风格，如果不是六年前的那场车祸，以白云山的投资造诣，现在应该早已是公司的投资总监。

"云山，你总是在我身处危急之时，挺身相助，六年前是如此，六年后，又是如此。"秦枫无比感慨地说道。

"任何事情都会有一个结局，"白云山将笔记本递给秦枫，"这是交易密码，你拿着。"

秦枫接过笔记本，白云山又从另外一个笔记本上撕下一页纸，再次递给秦枫："这是开户券商和资金账号，现在离下午开盘还有……"他看了看时间，"还有八分钟，你想要打赢这场反阻击，必须现在就马上开始。"

这时，白阿姨推开门走了进来，手上拿着一只软包装的牛奶递给秦枫："秦经理，我帮你热过了，你快喝了吧。"

秦枫接过白阿姨递给她的牛奶，眼泪实在控制不住地流淌了下来，世上的事情往往出人意料，伟大的弧光总是在最平凡的事情中蓦然显现，感动一直都存在于你的身边，只是你没有发现，等到你发现的时候，感动便油然而生。

白阿姨看到秦枫落泪，连忙找出纸巾递给她，接着麻利地清理好地板和杂物桶，看着秦枫已经擦干了泪痕，白阿姨看了一眼自己的儿子白云山，便轻手轻脚地走出了办公室。

看着白阿姨的背影，刚刚擦干泪痕的秦枫又掉下泪来。

白云山着急了："秦枫，还有三分钟开盘，你得赶紧开始部署了。"

4

周二 12：57

秦枫迅速调整好状态，走到办公桌前拨通了郑其伟的号码。

"你好，我是秦枫。"

"秦枫，你好。"

"我现在已经得到了中国有线第三大股东的支持。"秦枫告诉郑其伟。

"这的确是个好消息，现在怎么做？"郑其伟听得出秦枫的开心，立刻问道。

"还有三分钟就要开盘，我需要马上进行交易，司徒明先生那笔资金现在是否可以使用？"秦枫问道。

"没有问题，随时可以使用。"郑其伟回答。

"太好了！"秦枫紧接着又问道，"下午的资金操作由谁来进行？"

"当然是由你来进行操作，你现在就记录一下资金账号和交易密码。"郑其伟随后对秦枫重复了两次资金账号和密码数字，秦枫核对无误后，郑其伟说道，"我将密切关注你的交易情况，祝你顺利！"两人挂断了电话。

中午吕品的股评非常到位，他几乎是在一夜之间改变了对中国有线的所有看法，将中国有线的发展前景形容得像盛开的牡丹，无比灿烂，三网融合也好、内容提供也好、节目互动也好，都被吕品谈得头头是道。分析师的嘴就像是花剑运动员手中的长剑，你根本无法猜测他下一个剑花要刺向何方，根本就不知道他下一句要说些什么，可是偏偏就有人喜欢听这些评论，不能不说这是一种心理上的依赖性和对自己的不负责任，赢了是自己的本事，输了是分析师水平不行。

郭怀恩对吕品的股评相当满意，一边品着安溪铁观音一边对卢林感叹道："分析师靠嘴赚钱，我们靠脑子赚钱，嘴巴天生就是要听脑子使唤，可是别人嘴巴里说出来的话，又要进到你的脑子里，想不听都不行，这是一个哲学问题，所以说啊，我们必须离市场远远的，离得近了，全都是信息噪音。"

郭怀恩正和卢林说着，一个电话打了进来："郭总，我的事情已经办妥了，你下午可以随时收官。"

这个与郭怀恩暗中勾结的人，其实是——华迪。

"好，那就按照老弟说的来，我一点钟准时开始下单。"郭怀恩给华迪做了一个顺水人情。

"晚上请你吃饭，郭总，你定个地方吧。"华迪说。

"那就凤凰楼吧，我做东，别忘了，我还想学习学习新东西呢。"郭怀恩打着哈哈。

"没问题，晚上吃饭的时候我们再叙，我现在要出去办点事情。"

"好的，晚上见。"

华迪此刻正驾车朝着褚以森的公司疾驶而去。

一大清早，顾小文就将病毒传送给了华迪，可是整个上午，秦枫都守在办公室没有出去，所以华迪始终没有找到机会下手，万般无奈之下，华迪要蔚蓝打电话引开秦枫，来了个调虎离山，这招果然奏效，华迪顺利地得到了秦枫电脑里的投资模型，并且将顾小文的电脑病毒也植入到了秦枫的电脑中。

现在东西终于搞到手了，所有的一切都神不知鬼不觉，没有痕迹。褚以森那边的催促电话一个接一个地打来，华迪拿到模型后，立刻拎着载有数据模型的手提电脑去和褚以森做一个彻底的了结。

华迪到达褚以森公司的时候，褚以森在办公室等候华迪已有多时，看到华迪拎着电脑包急匆匆走了进来，便从高背靠椅上站了起来，笑着说："哟，你到啦？"

华迪走上前，将手中的电脑包放在褚以森巨大的办公桌上，推了推金边眼镜："褚总，我这次实在没有想到会栽在伦敦铜上，真是非常抱歉。"

"呵呵，世事难料嘛！这次栽在伦敦铜上的人不止你一个啊，我认识的大户里面，失踪的都有好几个，生不见人，死不见尸，你说多惨啊！"褚以森阴森森地笑着说。

褚以森的笑声让华迪听了有些不寒而栗的感觉，但是他还是对褚以森赔着笑脸："如果不是褚总这次给了小弟一条生路，小弟的结果恐怕也会如此吧。"

褚以森对华迪摆了摆手："都是朋友，这些话就不要说了，"然后话锋一转，指着办公桌上的电脑包问道，"你说的东西都带过来了？"

华迪将手放在电脑包上，点头道："是的，全都带过来了。"

褚以森看华迪的手按在包上一动不动，没有要马上打开电脑包的意思，于是半开玩笑地问道："怎么，不想让我看看？是不是担心你那份借款合同啊？哈哈……"

华迪本来赶过来就有些急迫，听到褚以森不断给他施加压力，华迪感觉到额头上渗出了汗珠，与褚以森这样的人物打交道，华迪之前没有经验，不知道褚以森下一句话要说什么，下一个举动是什么，对于长期从事证券投资交易的华迪来说，不确定性是最可怕的事情，而现在，他甚至都不能确定如果自己将投资模型交给褚以森之后，褚以森是否会言而有信，将借款合同毁掉。

"哪里哪里，褚总，不过话说回来，一手交钱一手交货也符合交易规则。"华迪虽然没有和褚以森这类人打过交道，但是大场面还是经历过，几千万甚至上亿的交易对华迪来说是家常便饭，只不过这次是自己做栽了，才不得不在褚以森面前低头。

褚以森看出华迪的态度软中有硬，想了想事情总是会有个了结，毕竟华迪的圈子有的是资金需求，自己今后与华迪之间还有生意要做，于是挥手笑道："这话说得在理，好，一手交钱一手交货。"

褚以森说着，从办公桌的抽屉里取出了华迪的借款合同，放在了桌面上。

华迪看到了自己的那份借款合同，恨不得马上就取过来放进碎纸机里。但是看到褚以森的眼神，华迪还是伸手打开电脑包，取出了自己的笔记本电脑。

笔记本电脑正常启动，华迪打开了拷贝过来的投资模型，看着设计精美的框架画面，华迪将电脑屏幕转了个方向，对着褚以森，然后将电脑往前推了推："褚总，请过目。"

5

褚以森将电脑在自己面前摆正，仔细地查看了起来，他动了动鼠标，想查看模型框架下的具体内容，可是鼠标变得无法移动，而且华迪的电脑渐渐地开始出现花屏，紧接着整个屏幕一片黑暗，然后就是笔记本电脑里发出"咔咔咔咔"的声响，系统崩溃了。

华迪看着褚以森有些惊诧的眼神，得意地笑着说："怎么样？褚总，物有所值吧。"

褚以森伸手将已经彻底瘫痪的电脑转向华迪，冷笑着说道："华迪，你很会开玩笑啊！"

华迪将电脑移近，看着黑漆漆的屏幕，伸手在键盘上敲打着，然后又移动鼠标，可面前的电脑就像是一块石头，毫无反应。华迪想关上电源重新启动，可是杜梅写的病毒连这个机会也没有给他。华迪的头脑反应很迅速，他立刻将笔记本电脑的电池取下，然后再重新安装上去，可是，无论华迪如何摆弄，电脑就像一块废铁般横躺在华迪的面前。

"糟糕，可能是我电脑里的病毒没有处理好，被感染了。"华迪以为是自己没有处理好顾小文给他的病毒，从而导致了自己的电脑也受到感染，他像是自言自语，又像是对褚以森解释。

"我不明白你说的是什么意思，华迪先生，我这个人不是很习惯开这种玩笑。"褚以森的脸色显然非常难看，他有一种被华迪戏弄了的感受。

"褚总，您听我解释，我上午在电脑里存放了一个病毒，可能不小心自己被感染了。"华迪连忙解释。

褚以森摊开双手，阴笑着："很遗憾，我对电脑病毒没有研究，也没有兴趣和你讨论有关电脑的问题，现在最关键的问题是，这件事你打算怎么处理？"

褚以森说完，手指在那份借款合同上面缓缓地敲打着。

"褚总，请您相信我，这完全是个意外。"华迪着急地说。

"按照我们的协定，今天下午五点钟之前如果不能解决这件事情，我想应该还有很多意外在等着你。"褚以森面露狰狞。

"褚总，您放心，我在五点钟之前，一定把完整的投资模型给您带回来，请相信我，这真的是个意外，我没有必要这么做，您说是不是？"华迪情急之下，已经有些张口结舌。

“好吧，现在已经是一点整，你还有四个小时的时间。”褚以森冷然说道。

华迪从褚以森办公室出来，飞也似的往公司赶去，他要不惜一切代价，在下午的交易时间里，拿到秦枫的投资模型。

周二 13：00

刚刚开盘，富海证券交易大厅里，围着申思理坐着的人群就发出了一片惊呼，中国有线的股价在开盘的第一时间，就被三百万股巨大的卖单死死压在跌停板的位置上。

郭怀恩和卢林也对这突如其来的变化感到震惊，明明在上午收盘时，秦枫就已经束手待毙了，一时间郭怀恩判断不出究竟发生了什么事情。这么大的卖单，一定是大股东所为，究竟是谁，郭怀恩不得而知，于是他拿起电话，拨通了华迪。

“老弟，情况有些变化。”郭怀恩开口就说。

“什么变化？”华迪正开着车往公司疾驰。

“下午一开盘，就有三百万股卖单把股价给压在了跌停板，这是怎么回事？”郭怀恩问道。

“一定不是华诚基金的股票，他们绝对不会这个时候出手。”

“这个我知道，但是会不会是你们公司的持仓呢？老吴难道出手了？”

“我马上就到公司了，十分钟后给你电话，你先不要着急。”

“老弟，不着急才怪了，我等你电话。”郭怀恩说完，“啪”的一声，挂断电话，一双鹰眼紧紧盯着电脑屏幕上定在跌停板一动不动的股价。

郭怀恩开始静下心来仔细地分析起来：“辛睿夫按说不会出手，第三大股东沈露露是个长期投资者，根本就不可能出面交易，那么现在唯一的可能性就是吴文松拿出了筹码，如果华迪回去能够确认是吴文松在压盘，那么，我就将这三百万股彻底吃掉，然后将股价从跌停板拉到涨停板，吴文松的压盘恰恰给了我郭怀恩赚钱的机会。幸好上午自己就已经未雨绸缪，准备了十个亿的资金，等着的就是吴文松的这步棋。”想到这里，他刚才有些波动的情绪，立刻就平静了下来，现在郭怀恩要做的，就是静静地等候十分钟后华迪的来电。

秦枫一开盘就果断地将白阿姨持有的三百多万股中国有线的股票一次性地放在了跌停板上，这是秦枫综合了各种应对方案，深思熟虑后作出的决定。

郭怀恩的凯旋资本实力虽强，但是郭怀恩的交易面临两个软肋：第一个软肋来自于郭怀恩的交易策略，他是一个纪律严明的阻击者，这种交易策略绝对不允许郭怀恩恋战，他只能速战速决。第二个软肋来自于郭怀恩的交易心理，郭怀恩是一个行事坚持原则的人，在投资交易上，整个体系已经形成，郭怀恩的心理控制方法也是这个交易策略的一部分，他无法超越自己的投资交易决策体系而使用其他的心理控制方式。

秦枫的大笔压盘，就是要在交易纪律和交易心理两个方面给予郭怀恩直接的压力，但是胜败如何，还要取决于东方公司内部人员的配合，或许是钱向东，总之，公司的内线会给郭怀恩情报，让郭怀恩确信不是东方公司的筹码在进行卖出，那么郭怀恩的阵脚就将打乱，因为郭怀恩失去了确定性，他无法判断，如果将这三百万股中国有线买入了之后，东方公司会不会再继续出手打压，如果那样的话，郭怀恩是无法承受住这种压力的，无论是在资金上还是在心理上，他都无法承受，并且也远远超出了他的投资策略范围。

秦枫的眼睛此刻也和郭怀恩一样，紧紧地盯着电脑屏幕。

秦枫和郭怀恩，两个人就像是站在竞技台上的剑手，互相凝视着对方的眼睛。

第二十二章

1

华迪将车停在金茂大厦地下停车场，几乎是奔跑着赶向停车场的电梯口，一向儒雅稳重的他，不停地神经质似的按着电梯的上行按钮。电梯到达，他一头就冲了进去。等到华迪满头大汗地赶回公司，还没有来得及整理一下已经有些凌乱的衣衫，他就匆忙打开自己办公室的电脑，通过公司的内部系统查询中国有线的持仓是否被秦枫所用。

内部系统里显示公司持有的中国有线的股票一手未动，并且业务往来信息也显示没有任何记录，华迪立刻拨通了郭怀恩的电话："郭总，我可以确定这笔卖单不是公司自己做的，公司所持有的中国有线至今没有出现一手交易，也没有融券业务发生。"

"好的，我知道了。"说完，郭怀恩挂断电话。

"不是吴文松出手，也不是辛睿夫出手，那么从上午尾盘的秦枫的那两笔交易来看，就是秦枫出手无疑，看来秦枫今天是有备而来，自己恐怕要陷入到这个丫头设下的圈套之中。"郭怀恩坐在电脑前，陷入了沉思，此时，正确的思考路径是取得交易胜利的关键，"秦枫不管从哪里弄来了这么些股票筹码，现在已经不是最重要的问题，现在的关键，是要厘清秦枫究竟会采取什么样的交易策略。"

经验老到的郭怀恩思路非常清晰，在博弈激烈的证券交易市场中，清晰冷静的思路是一个成功交易者所必须具备的素质，"秦枫是一个成长型投资人，成长型投资人对于交易风险的认知是建立在成长型投资交易决策体系之中的，成长型投资人对风险的评价并不建立在股票的市场价格基础之上，而是建立在投资标的公司的成长性的减退或者不足上，所以，从现在的交易局面来看，交易价格对秦枫来说，根本上就不构成任何风险，即使是几个涨停板或者几个跌停板，也不足以改变她对一只股票的风险判断，秦枫的交易心理也就是建立在这个成长型投资交易策略的风险认知之上，她根本对价格没有恐惧感，也不会对短期利润产生贪婪，这是秦枫作为成长型投资人可怕的一面。”

郭怀恩抽丝剥茧般一点一点推断着秦枫的交易策略：“那么，既然秦枫她不畏惧交易价格的波动，也就是说秦枫会在反阻击的过程中，大刀阔斧地应用价格战术来对付我郭怀恩，因为我是一个价格导向的交易者，价格的波动是我的命脉所在，秦枫的策略应该是基于这么一个出发点。”

郭怀恩对秦枫的反阻击战术进行了细致的分析，头脑里很快勾勒出了秦枫进行反阻击的路线图。

秦枫的办公室里异常安静，开盘时下达了一次性卖出指令后，秦枫就开始考虑郭怀恩的心理将会如何变化。

白云山知道，秦枫在这个时候需要绝对的冷静，他不想对秦枫造成任何的干扰，于是轻声说道：“我在三楼咖啡厅等你的好消息。”他随身携带的手提电脑也可以看到交易行情。

秦枫当然了解白云山完全是在为她着想，不想影响她做交易，于是深深地看着面前高大魁梧的白云山，微笑着点点头道：“谢谢。”

白云山走出办公室，轻轻将门关好，内心为秦枫祈祷。

时间一分一秒过去了，秦枫没有发现郭怀恩采取任何交易行动。

她在脑子里默默推测着郭怀恩此刻的决策心理：“作为一名阻击手，郭怀恩通常采取的办法是在股票市场价格的乖离达到了相当指标，并且随机指标严重超过正常数值的时候，果断出击修正逆向波，这种快速的交易手段对价格的敏感性非常强烈，但是又通常不具备长期投资交易决策体系的投资与交易系统，这就将导致郭怀恩的交易心理控制方式，是建立在短期的无价格风险的交易之上，一旦价格风险超出了郭怀恩的预期，郭怀恩的心理底线就将打破，阻击手不具备长期心理控制能力，所以郭怀恩此刻必须要作出选择，究竟是自己主动将股票价格收复到风险可控范围，还是规避价格风险，认输出局，就看他下一步怎么办。”

秦枫的心悬在半空之中，如果郭怀恩选择前者，选择主动将价格风险收复到可控范围，那么这三百多万股股票不仅会被他完全吞掉，而且如果没有更大级别的卖出，郭怀恩将会在下午直接将中国有线的股价拉到涨停，这是郭怀恩的惯用手法，这一切，都取决于双方的风险评估能力和心理控制能力。

房间里的空气渐渐地凝重了起来。趁着这个时间空隙，秦枫站起身，打开衣柜，在柜中挑了一件白色雪纺衬衣，换下身上已染上污渍的衬衣。

她看了看镜中的自己，脸色已经不再苍白，战斗的激情已被点燃，进入到工作状态的她神采奕奕。“是的，我不会畏惧任何挑战，人可以被毁灭，不可以被打败！”秦枫对自己说道。

事实上，从秦枫和郭怀恩双方的兵力上来讲，秦枫目前稍逊一筹。在资金上，郭怀恩手上有十个亿的现金，而秦枫只有司徒明交给她的五个亿。在中国有线的持仓上，郭怀恩提前融入了五十万股股票，加上昨日买入的蔚蓝公司的一百万股，以及上午秦枫卖出的三十万股，现在郭怀恩的股票持仓达到一百八十万股。

郭怀恩的交易室同样也是异乎寻常的安静，卢林此刻连大气都不敢出，只是小心翼翼地随时等候郭怀恩的指令。

电脑屏幕上，中国有线的股价在跌停板上画着一道白色的横线，静静地向右蔓延着。

这种对峙是两名顶尖剑手之间的对峙，双方都非常清楚，此时此刻，只要一招不慎，就会遭遇对方的一剑封喉。

郭怀恩关上了手机，要卢林把交易室的大门也紧紧地锁上，此刻他不允许任何人、任何事情干扰他的思路。

可是偏偏就是在这个时候，秦枫的手机铃声骤然响起，《天鹅湖》优美的旋律在空中回响，手机屏幕上显示的名字，是此刻最能干扰秦枫的心理动态的人——古天牧。

秦枫看着来电显示，古天牧，这三个字像针一样刺痛着秦枫的心。她直接选取了关机键，她不想与这个名字再有任何关系。

2

杜梅整个中午都在查询植入到秦枫电脑中的病毒来源，该病毒是由伊朗黑客设计，并且是在星期天才存放到美国一家服务器公司的服务器上。在病毒置放的两天时间里，全球对该病毒的下载量尚且不到五千例，而国内的下载人数则不超过百例。杜梅查明，截止于今日中午12点之前，上海地区的下载人数为六例，杜梅很快就找到了这六例下载电脑的IP地址以及下载电脑的物理地址，然后通过这些物理地址与秦枫公司的网络通信关系进行比较，已经查明，今天上午8点25分，这六台电脑中的一台曾经传输病毒到秦枫公司的某台电脑上，该台电脑的物理地址杜梅也完全获取。

杜梅将整件事情对郑其伟进行了详细的汇报，郑其伟决定兵分两路，由林皓月带人去寻找那台传输病毒的电脑所有者，而杜梅则回到东方公司协助秦枫。郑其伟特地嘱咐杜梅，在交易时间里不要使秦枫受到任何干扰，也不要告诉秦枫相关详情，但是要确保她的交易安全。现在，杜梅又回到东方公司，一方面是为了执行郑其伟安排的工作任务；另一方面，是自己非常担心秦枫下午的交易安全。

周二　13：20

杜梅轻手轻脚地推开秦枫办公室的大门，又将门从身后轻轻地关上，微笑着伸出一根手指放在噘着的嘴上“嘘”了一声，示意秦枫不要说话，然后悄无声息地把办公桌前面的一只椅子搬到了秦枫的身边，静静地坐了下来，一个字也没说，像个女神般地守护着秦枫。

秦枫把杜梅进门以后的一举一动都看在眼里，不禁哑然失笑。“病毒源找到了？”秦枫问道。

“嗯，郑总说了，不让我打搅你，但是必须保护你的交易安全。”杜梅忽闪着明亮的大眼睛说道。

“还没有那么严重吧，不过你坐在我身边，我的确是安心了很多呢。”秦枫笑道。

“我不能跟你说话，免得干扰你，等下午交易结束后，我再查出是谁在你电脑里植入病毒的。”杜梅一本正经地说。

秦枫被她逗乐了：“好吧，我遵命。”秦枫和杜梅就这样并排坐着，秦枫继续密切地关注郭怀恩的动向，杜梅则从电脑包里取出了三只光盘，分别放进了秦枫面前的三台电脑的光驱之中。

秦枫看着杜梅的举动，忍不住问道：“什么厉害的武器呀？”

杜梅笑了笑，答道：“防御光盘，嘿嘿。”

周二　13：30

中东联合投资公司的代表非常守时，一点半刚到，代表团的代表就在翻译格林的引领下，来到了东方公司的门前。严小冉早已在前台等候，看到了理查德和格林等一行四人走进公司大门，立刻迎了上去，用纯正的英语向客人问好。

“下午好，非常欢迎各位贵宾莅临东方证券投资基金管理公司，请到公司会议室就座。”严小冉热情而礼貌地向代表团成员致意，并引领客人向会议室走去。

翻译格林跟着严小冉，为后面的三人领路，细心的小冉注意到，在格林身后，并不是理查德先生，而是一位戴着眼镜头发雪白的慈祥老者走在最前面，严小冉不禁寻思："这位老者的地位应该比理查德还要高，理查德先生是代表团的副主席，难道这位老者是代表团主席不成？"

二号会议室早已布置得焕然一新，会议桌上摆放着盛开的鲜花和新鲜的水果，每个座位前都整齐地放置好精美的信笺、书写笔和矿泉水，会议桌前端的大幅投影屏幕已经展开，屏幕上分别用中英文写着对中东联合投资公司代表的欢迎语，连接着的电脑笔记本已经接通电源随时待命。

中东联合投资公司代表团到来之前，格林本想先给吴文松通个电话，可是理查德阻止了他，既然事先已经约定，就按照约好的时间准时到达。当严小冉将四人引入了二号会议室的时候，吴文松几乎同时出现在门口。

吴文松笑容满面地走进了会议室，严小冉向客人介绍："这位是东方证券投资基金管理公司总裁，吴文松先生。"

理查德昨天与他见过面，笑着用蹩脚的汉语打了个招呼："您好，下午好。"

吴文松立刻走上前，伸出手和理查德握住："下午好，非常欢迎诸位的光临。"

格林站在一旁，准备向吴文松介绍代表团的另外两位来宾。

可是还没有等格林开口介绍，吴文松就被站在理查德身旁的人物惊呆了：那位带着和蔼笑容、满头白发的长者，居然是国际金融界的资本大鳄，有着"金融阻击教父"之称的——乔治·索罗斯。

索罗斯的出现使吴文松倍感震惊，他做梦都没有想到，这位美国著名的对冲基金——量子基金的创始人，索罗斯投资基金管理公司主席索罗斯，此刻会出现在中国上海，出现在东方证券投资基金管理公司的会议室里，这让吴文松大喜过望。

"您好，索罗斯先生。"吴文松主动伸出双手，如果他连索罗斯都认不出来，那就真的是应了中国的那句古话——有眼不识泰山。

索罗斯也礼貌地伸手相握："你好！"

格林介绍道："索罗斯先生是中东联合投资公司代表团主席，这位是中东联合投资公司投资总监，布莱特先生。"接着，将站在索罗斯另一侧的中年男士向吴文松作了介绍。

吴文松热情地握手致意："下午好，布莱特先生，欢迎来到东方基金。"

"吴文松先生，您好！理查德先生向我们介绍了贵公司的情况，我们对贵公司秦枫女士的投资交易决策体系非常有兴趣，我们很乐意在这个美好的下午，与您以及秦枫女士进行深入的探讨。”布莱特说道。

3

令人窒息的对峙依然在一分一秒地往前推进，郭怀恩在交易室的电脑前静静地等待秦枫的下一个动作，而在秦枫的办公室，她也等待着郭怀恩的下一步交易。在对方动手之前，谁也不愿意轻率出手。

秦枫已经将所有持仓都一次性放在跌停板上，而郭怀恩担心的是秦枫还会有更多的股票继续卖出，如果果真如此，那么即使是简单的价格惯性，股价在短期内还将大幅下跌，这种价格风险是郭怀恩无法承受的。但是，郭怀恩也在考虑着另外一种可能，那就是，秦枫极有可能只有这三百万股的筹码，她的交易策略是对自己进行秒杀，一次性打击自己的风险控制底线。

秦枫也在担心，她担心，如果郭怀恩这次不遵守他自己的交易原则，冒险作出交易原则之外的决定，他就会采取尝试性的买入，在这种情况下，如果自己没有继续增加卖压，郭怀恩就有可能将股价先拉回安全范围内进行观望，假如继续没有压力出现，股价会在最后时刻扶摇直上。

华迪在办公室里知道了中东联合投资公司的代表团已经到达东方公司的消息，这是窃取秦枫投资模型的一个绝佳机会，不出意外，吴文松会让秦枫离开办公室，到会议室与那帮代表洽谈，阐述她的什么投资交易决策体系，他偷偷地将自己办公室打开了一道门缝。

周二　13：40

通过门缝，华迪看到严小冉匆匆地来到了秦枫的门前，站在门口轻轻地敲了几下。

“秦经理，我是严小冉。”

“请进。”

“秦经理，中东联合投资公司的代表现在已经到达我们公司，在二号会议室，他们想要见你，吴总请你马上过去。”看得出，严小冉一脸的兴奋中夹带着些许紧张。

秦枫点点头：“好的，我马上来。”

说完，秦枫对杜梅笑了笑，随着严小冉走出办公室。

秦枫走进会议室，看到吴文松正和四个西方人愉快地交谈着，钱向东也在场。

四个人坐在长方形会议桌的对面，很显然他们就是中东联合投资公司的代表，而吴文松和钱向东则坐在会议桌的另一边。

看到秦枫进来，吴文松从座位上站了起来，向众人介绍道："这位就是我们公司成长型基金管理人，秦枫小姐。"

秦枫与来宾逐一问好之后，坐了下来，吴文松安排秦枫坐在自己的右手边，严小冉作为吴文松的翻译，坐在左手边，严小冉的左边则是钱向东。

索罗斯的出现，让秦枫感到非常的惊喜和意外，她没有想到自己会有机会与索罗斯这种世界顶尖的投资交易大师见面，甚至是交谈和探讨，这是多少人一生梦寐以求的事情，秦枫感到今天十分幸运，但又有些遗憾，因为自己现在正进行着紧张的决战，与大师交流的时间会受到影响。

理查德微笑着开口说道："秦枫小姐，今天上午我们看过你的精彩言论，并且吴总裁介绍说，你发明了一种新的投资模型，我们对此抱有浓厚的兴趣，希望能够在了解你的投资思想的基础上，探讨中东联合投资公司与东方证券投资基金管理公司进行合作的可行性。"

秦枫的英语水平非常好，她直接用地道的纽约口音回答道："尊敬的理查德先生，尊敬的中东联合投资公司代表，感谢你们对我的关注与厚爱，严格地说，我仅仅是'发现'了新的投资模型，而不是'发明'。"

理查德颇感兴趣地说道："我很想知道秦枫小姐这样说明的原因。"

秦枫微笑着回答："真理始终存在于任何地方，只是我们有时候被谬误蒙住了双眼，我们不可能去'发明'已经存在的东西，所以我只能说，我'发现'了这个投资模型。"

听了秦枫的回答，理查德与索罗斯等人互相看了看，这时，一头银发的索罗斯面带微笑，开口说道："据说秦小姐在这个投资模型之上，建立起了被称做是'逆向投资交易决策体系'的全新投资体系，我可以想象这一定是一个令人惊叹的杰作。"

秦枫轻轻摇了摇头，仍然微笑着回答："尊敬的索罗斯先生，事实上您的反射理论给了我很大的启发，您认为市场偏见最终会回归，而我只是将历史未来的必然发展视为确定性因素，从而以此确定性为基础正视当今的市场偏见。"

秦枫精辟的见解虽然只是寥寥数语，无疑已经打动了索罗斯以及他的伙伴们，三个人相互对望着点了点头，于是布莱特开口了。

“本人作为中东联合投资公司的投资总监，非常高兴能够在此刻与秦枫小姐会晤，中东联合投资公司是一家历史悠久的跨国投资公司，我们在全球各大资本市场都有相当规模的投资行为，我和代表团主席索罗斯先生以及副主席理查德先生，都希望秦枫小姐能够全面阐述一下逆向投资交易决策体系的整体框架，相信这是我们在未来共同合作的起点。”

严小冉将布莱特的话翻译给了吴文松，吴文松从这句话里听出对方表示出明确的合作意向，着实兴奋不已，对严小冉说：“你把电脑移到秦经理面前，让她给代表团做表述。”

这时，秦枫非常礼貌地对客人说了一句：“抱歉，我和我的公司总裁有几句话要商量。”然后转身对吴文松轻声说道：“吴总，我现在正在对郭怀恩进行反阻击，您看关于这个框架介绍问题，能不能让钱总监来阐述，我估计整个框架介绍完毕，至少要到3点30分，我在3点钟收盘以后立刻过来，进行具体的模块表述，您看好吗？”

吴文松立刻摇头：“下午我开盘就看出来了，你在进行反阻击，可是你要知道现在是什么时候，在这么关键的时刻你不在场，我怎么去向代表团解释？”

“您可以照直向他们解释，作为一名职业投资人，投资交易是最重要的事情，我想他们应该可以理解这件事，这并不影响大局。”秦枫对吴文松据理力争，不过脸上还是带着微笑，声音很低，她不希望客人看出两人在争执。

“不行，绝对不行，你现在必须放弃反阻击，以公司的事情为重。”吴文松的脸色沉了下来，这表明在这个问题上，他没有任何的商量余地。

4

周二　13：45

华迪看到秦枫和严小冉一同去了会议室，看准走廊里没有人，便立刻拿着移动硬盘，推开门溜进秦枫的办公室。

可是进门一看，只见一位身材娇小的年轻女郎正在秦枫的办公桌前，一双灵动的大眼睛忽闪忽闪地看向自己，华迪没有想到办公室还有其他人，吃了一惊。“呃，秦经理在不在？”华迪故作镇定地问道。

杜梅看到华迪鬼鬼祟祟地推门进来，手上还拿着一只移动硬盘，立刻就警惕起来，她反问道：“你是谁？”

华迪对着杜梅笑了笑："我叫华迪，是秦经理的同事，对面就是我的办公室。你是……"

"我是她的朋友，秦枫去会议室开会去了。"杜梅说。

"那好，我等会儿再来找她，谢谢。"华迪说完，马上转身离开，回到了对面自己的办公室，然后反扣上办公室的大门。

华迪眼看直接从秦枫的电脑里拷贝投资模型的计划无法得逞，决定索性直接通过自己的电脑进入秦枫的电脑，拷贝完投资模型之后，把病毒放进秦枫的电脑里，这样做，秦枫一样没有办法找到原因。至于正在她办公室里的年轻女郎，看起来普普通通的，应该不要紧，而且现在，自己也顾不得许多了。

事不宜迟，华迪立刻开始埋头进行。

华迪的悄然造访，然后又匆匆离开，已经引起了杜梅的怀疑，待到华迪出去后，她便坐到了秦枫的办公椅上，仔细地观察着电脑的运行情况。果然，不到一分钟的时间，秦枫的电脑屏幕上，鼠标就开始被人操控，在屏幕上移动起来。

杜梅没有采取动作，因为她事先已经放好的防御光盘自然会采取措施，她要观察的，是这个人的下一步举动。杜梅看到，屏幕上的鼠标驾轻就熟地直接关闭了秦枫的投资模型之后，准备进行拷贝，但是已经启动的防御软件对操作者进行了控制，并且按照程式的设定，对方的电脑现在应该已经死机，无法进行任何操作。

杜梅看到秦枫的电脑依然正常运行，立刻拎起挎包，拉开房门走到对面华迪的办公室前。

门锁着，打不开。

杜梅敲了敲门，屋里正在手忙脚乱的华迪愣了一下。

杜梅又敲了两下，华迪问道："是谁？"

杜梅在门口说："我就是刚才在秦枫办公室坐着的那位，我叫杜梅。"

华迪走过来打开了办公室的门："请问有什么事情吗？"

"你叫华迪，是吗？"杜梅问。

"当然，我叫华迪。"

"你是秦枫的同事吗？"杜梅又问。

"当然，我是东方公司的基金管理人。"华迪觉得眼前的这个扑闪着大眼睛的小个子女生问的话有些莫名其妙。

"我想看看你的电脑现在运行情况如何。"杜梅说着，没等华迪反应过来，就迅速地走到华迪的办公桌前。

果然，华迪的电脑已经被杜梅的软件进行了远程控制，杜梅动了动鼠标，没有反应。

华迪连忙跟到办公桌前，伸手阻止杜梅："不要动，你太过分了，这是我的办公室，你怎么可以随便动我的电脑。"

杜梅没有理会华迪，而是不慌不忙地从挎包里取出一只光碟，放到了华迪的电脑中，然后拿起手机拨通了郑其伟的电话："郑总，人赃并获，是东方公司的华迪，我现在正和他在一起，在他的办公室里。"杜梅说完挂上了电话。

她知道十分钟之内，郑其伟就会带人赶到这里。

"什么人赃并获，我不明白你在胡闹什么，请你离开这里。"华迪气急败坏地对杜梅怒斥。

杜梅没有理会，从挎包里取出自己的工作证，举到华迪面前，正气凛然地说道："我叫杜梅，国家安全局金融安全中心电脑工程师，华迪先生，你的行为已经触犯了国家法律。"

华迪看着杜梅工作证上的国徽，听到杜梅凛然的语气，面对眼前这个身材娇小的女子，他感觉双腿有些发颤，不知如何是好。杜梅收回自己的工作证，表情严肃地对华迪说道："你可以先坐下，马上会有专门的人员带你离开这个地方。"

说完这句话之后，杜梅走到华迪办公室的门口，站在那里抱着双臂，等候着郑其伟的到来。

华迪跌坐在办公椅上，呆若木鸡，大脑一片空白，一向思维敏捷的他此时非常清楚，自己造成的这一切都已经无法挽回。人生和股市一样，没有假设，没有如果。

东方公司二号会议室。

吴文松坚决反对秦枫继续进行反阻击交易，秦枫心急如焚，她知道，此刻根本没有可能也没有时间去说服吴文松。

秦枫迅速作出了一个决定，她转回身，一双明眸中闪耀着智慧的光芒，也显示出坚定的信念，她微笑地看着索罗斯说道："尊敬的索罗斯先生，各位贵宾来临之际，我正在进行一次反阻击交易，并且现在尚未结束；同时，我也非常乐意用一小时三十分钟的时间来给各位贵宾阐述我的投资交易决策体系，所以，此刻对于我来说，是一个艰难的选择，我非常希望能从您这里得到启示。"

听了秦枫的话，索罗斯毫不惊讶，脸上是一副了然的表情，他带着和蔼的笑容缓缓说道："秦小姐，如果我猜得不错，你应该是在进行关于中国有线的反阻击交易，我在阅读有关于你的言论的同时，也在关注着你的交易情况。事实上，你现在应该立刻离开这个摆满鲜花的会议室，回到你应该在的地方，我和我的同伴，将在这里关注你的交易，这也是我们真正关心的事情。"

秦枫听了索罗斯的话，如释重负，她站起身向索罗斯微微弯腰致意，由衷地道了句："谢谢！"然后又对布莱特和理查德以及格林点头告退。

严小冉同步将索罗斯的话翻译给了吴文松，吴文松这才猛然想到自己可能犯了一个严重的错误，索罗斯是国际著名的阻击教父，在这个时候，完全应该让秦枫尽情地施展她的交易才华。

吴文松立刻站起身，说道："秦枫，你赶紧回去继续交易。"紧接着又对钱向东说道，"钱总监，现在即刻授权秦枫二十个亿资金，还有公司持有的中国有线所有持仓，全部由秦枫调用。"

秦枫离开了会议室，快步回到自己的办公室。

让秦枫感到意外的是，此时，郑其伟也和杜梅一起坐在自己的办公室里，她惊讶地问："郑总，你怎么也来了？"

郑其伟笑着回答："和杜梅一样，来看看这件事情的结局。"

5

周二 14：00

郭怀恩作出了新的决定："如果秦枫再不进行任何操作，自己则进行试探性的买入操作。"

做好决定的郭怀恩在跌停板的卖单委托上，加上了二十万股的卖出委托，他要试探秦枫是否会撤去自己的委托，而把自己这二十万股吃掉。

郭怀恩非常清楚，秦枫作为成长型投资者，不具备短期交锋能力和技巧，看到自己的委托一定会赶紧撤销自己的卖单，最起码也要撤去与自己刚才添加上去卖单等量的委托。

秦枫看到在跌停板的卖出委托上又增加了二十万股，她确信这是郭怀恩的委托卖出。

秦枫明白，郭怀恩这是在对她进行试探性操作，秦枫冷静地分析着："郭怀恩知道自己是成长型投资人，从目前投资界普遍应用的投资交易决策体系来看，长期持有策略具有最好的心理控制能力，但是不具备短期投资交易模块，价值投资以及成长型投资，在中长期投资交易中属于主动投资者，虽然具备有中短期价格风险甄别能力，但是不具备短期交易模块，心理控制模块里也不具备短期交易控制技术，郭怀恩正是基于这一点，希望自己在短期交易中出招不慎，从而暴露交易意图。”

“这个时候，绝对不能撤销一手卖出委托，如果撤销，郭怀恩会将自己余下的筹码一扫而空。”

14：10

郭怀恩看到秦枫依然没有采取措施，果断地又追加了二十万股卖出委托。

如果这个时候秦枫还是不动，那么极有可能秦枫是不敢撤单，那就说明秦枫是害怕自己采取反手买入操作。

14：20

又过了十分钟，秦枫依然没有采取任何动作。

郭怀恩看了看时间，立刻将刚刚进行的四十万股委托卖出全部撤销，如果秦枫还是不动，或者在卖出委托上不追加卖出，郭怀恩就会考虑开始进行小单量的买入操作。

这时，钱向东直挺挺地走进秦枫的办公室，非常严肃地说道：“吴总交待即刻给予你二十亿的权限，并且你可以动用公司持有的中国有线的股票仓位，所有的事情我都已经安排妥当，你现在就可以开始使用了。”

秦枫抬起头，微笑地看着钱向东：“我想这些暂时不需要了。钱总监，我记得有一个词叫做‘蝴蝶效应’，如果这个时候在国际上其他的资本市场里，有一只蝴蝶扇动了一下翅膀，那么传感到国内的飓风，就不会仅仅是索罗斯先生与东方公司在洽谈合作事宜吧！”

钱向东的脸上露出极为难得的笑容，对秦枫说道：“你的意思是让炒家自己打败自己？”

秦枫笑着点了点头。

钱向东同样是一个具有高度智慧的人，他直直地站在原地，立刻给正在香港证券交易所进行交易的三位朋友发出了同样内容的手机短信，短信是这样写的：“乔治·索罗斯先生作为中东联合投资公司代表团主席，正在东方证券投资基金管理公司会议室洽谈合作事宜，若有结果，我将随时告知阁下。”

14：35

看到秦枫一直没有采取任何操作，郭怀恩准备开始进行试探性的买入。

这时，办公室的门突然被敲响了。

郭怀恩几乎是对着外面吼道："我说了三点之前不要敲门。"

可是，门依然还在敲着。

郭怀恩怒气冲冲地拉开房门，正要开口训斥，却发现是凯旋资本的董事长——自己的太太李婕，满脸不高兴地站在门口。

"哦，我不知道是你。"郭怀恩看到是李婕，立刻赔上了笑脸。

李婕没有责怪郭怀恩，而是将自己拿在手上的手机递给郭怀恩："乔治·索罗斯到上海了，他是中东联合投资公司代表团的主席，此刻他正在东方公司。"

郭怀恩连忙拿起李婕的手机查看，没错，是香港的一家著名财团主席给李婕发来的短信。

郭怀恩对李婕点点头说："我知道了。"李婕转身离去。

郭怀恩立刻回到电脑前对卢林下达了指令："将我们持有的一百八十万股中国有线，全部市场价格卖出。"

郭怀恩终于明白了，秦枫为什么那么有把握，为什么上午突然进行了异常的交易，原来这一切都是索罗斯帮助秦枫设计的圈套。

自己很显然钻进了索罗斯和秦枫设计的圈套里，输给索罗斯，认了！

对权威的崇拜和畏惧，令郭怀恩下达了一个他认为是无比合理的交易指令。

14：37

跌停板上突然出现了郭怀恩的一百八十万股卖出委托。

秦枫几乎是在一秒钟的时间之内，点击了早已准备好的撤销卖出指令，将自己的三百万股委托卖出全部撤出。

看到眼前的情景，郭怀恩惊呆了，他立刻就扑向电脑，伸手要去亲自下达撤单指令。

可是，已经来不及了。

因为，秦枫已经轻点鼠标，将郭怀恩的一百八十万股卖出委托全部一次性买入。

14：38

郭怀恩的手停在电脑屏幕前。

他非常清楚地知道，自己已经犯下大错。

他现在终于明白了，这一次，自己是彻底地输在了秦枫的手中。

14：40

秦枫用大笔的买入委托将股价推回到了昨日的收盘价格。

14：55

秦枫下达的整整四个亿的买入委托，将中国有线的股价牢牢地封死在涨停板上。

15：00

股市收盘，交易日结束。

秦枫站起身，白皙的脸上浮现出成功的喜悦，她的眼睛里满含笑意，对郑其伟和杜梅真诚致谢："谢谢你们。"

郑其伟也从椅子上站起来，微笑着说："虽然现在我很想和你一起庆祝，但是，索罗斯先生应该已经等候你很长时间了。"

东方公司二号会议室。

秦枫从会议室的门外款款走进，迎接她的是一片掌声。

秦枫微笑着对在座的每一个人致意。

索罗斯先生说道："秦小姐，首先，祝贺你的交易获得了成功，另外，我要告诉你的是，你完全得到了我的信任。"

"谢谢索罗斯先生，实际上，我的阻击成功是借用了您在世界金融界的威望。"秦枫微笑着对索罗斯致谢。

索罗斯像个孩子似的对秦枫眨了一下眼睛："我知道，并对此乐见其成，事实上我也很喜欢这样的游戏。"

理查德先生用他浑厚的嗓音说道："秦小姐，祝贺你交易成功，我现在迫不及待地想要了解逆向投资交易决策体系的整体框架，你可以开始吗？"

秦枫点头说道："我很抱歉耽误了各位的宝贵时间，我现在就开始向各位报告。"

秦枫坐到了放着笔记本电脑的位置上，设计精致的投资模型说明界面已经打开。

16：20

秦枫将逆向投资交易决策体系对中东联合投资公司的代表团做完了系统的阐述。

听完了秦枫的报告，索罗斯、理查德、布莱特三人进行了简单的交流，然后，布莱特对翻译格林说道："我想，你要改变一下日程安排了，请将即将在香格里拉大酒店举行的投资见面会，改为祝贺中东联合投资公司与东方证券投资基金管理公司合作成功的庆祝酒会！"

尾声

一个月后　9：10

一辆黑色的奥迪轿车飞驰而来，稳稳地停靠在上海浦东陆家嘴金融区的环球金融大厦前。

郑其伟和杜梅从车中走出。

“杜梅，我觉得你应该拥有第三个职业。”郑其伟面无表情地对杜梅说道。

“哦，郑总，您建议我的第三个职业是做什么？”杜梅瞪着大眼睛，不解地问道。

“赛车运动员。”

环球金融大厦的高速电梯载着郑其伟和杜梅到达大厦的第五十五层，两人一前一后来到55037号门前，门框旁边是设计精美的公司LOGO，上面用中英文写着——“上海昆仑投资有限公司”。

杜梅按响了门铃。

门被打开，秦枫满面春风地出现在郑其伟和杜梅眼前，她穿着绿色花呢V领背心裙，在白色短西装的领襟上别着一枚由四颗绿宝石组成的山茶花形状的Chanel胸针，显示出她与众不同的优雅。

“二位里边请。”秦枫引着郑其伟和杜梅来到布置雅致的会议室。会议室的四周是蛋青色的墙纸，一面墙上挂着一幅齐白石的真迹《虾趣》；另一面墙上挂着一幅秦枫登上昆仑山雪峰的照片。会议桌上摆着盛开的鲜花，屋子里有一股花香和着咖啡的独特味道，让人感到很舒适。

“这是我的新名片。”秦枫将名片双手递给郑其伟和杜梅。

这时，白云山也走进会议室：“欢迎莅临我和秦枫的公司。”

白云山和郑其伟、杜梅分别握了握手，同样也将自己的名片递给他们，然后坐在秦枫的身边。

“我们今天来，是想了解，我们公司是否有机会与昆仑投资公司进行长期合作。”郑其伟说道。

白阿姨给他们端上了浓香的咖啡。

秦枫笑着说：“如果今天签约的话，你们正好可以赶上成为我们昆仑公司前十名签约的战略合作客户。”

郑其伟笑道：“在签约之前，你必须告诉我一件事情。”

秦枫问道：“什么事情？”

“我至今都无法摆脱绿色对于股票市场的心理障碍，请问你是怎么做到的？”

“因为，绿色在我眼里代表春天般的蓬勃向上！”

图书在版编目（CIP）数据

投资家/杨鹏著. －北京:作家出版社，2010.7
ISBN 978－7－5063－5482－0

Ⅰ.①投… Ⅱ.①杨… Ⅲ.①长篇小说－中国－当代
Ⅳ.①I247.5

中国版本图书馆 CIP 数据核字（2010）第 138734 号

投 资 家

作　　者：杨　鹏
责任编辑：王宝生
装帧设计：视觉共振
出版发行：作家出版社
社　　址：北京农展馆南里 10 号　邮码：100125
电话传真：86－10－65930756（出版发行部）
86－10－65004079（总编室）
86－10－65015116（邮购部）
E－mail：zuojia@zuojia.net.cn
http://www.zuojia.net.cn
印刷：北京谊兴印刷有限公司
成品尺寸：152×230
字数：350 千
印张：20.5
印数：001－10000
版次：2010 年 8 月第 1 版
印次：2010 年 8 月第 1 次印刷
ISBN 978－7－5063－5482－0
定价：32.00 元